孔《こう》丘《きゅう》

宮城谷昌光

文藝春秋

目次

孔丘

盛り土

さわさわという音が近づいてくる。

その音は、翠天《すいてん》を急速に翳《かげ》らせるひろがりから落ちて、風に翻弄《ほんろう》されながらも、樹木を打ち、地をうがつほどの強さの到来を予感させる。

「先生、雨です――」

閔損《びんそん》の声である。この童子《どうし》は家の外の気配をうかがっていた。

――雨か……。

意外であった。葬地である防《ぼう》山にいたときは、おだやかに晴れていた。母の遺骸《いがい》を斂《おさ》めた棺《ひつぎ》を父の墓に合葬する際に、このおだやかさは母の徳のせいであろう、と感じた。だが帰宅して一時《いっとき》ほど経《た》つと、あたりは瞑《くら》くなった。

孔丘《こうきゅう》の胸裡《きょうり》も翳りはじめた。

「たれか、帰ってきたか」

この孔丘の問いに、すぐには答えなかった閔損は、雨の音が烈しくなってから、

「まだ、どなたも——」

と、いった。このとき九歳である閔損は、成人となってから、

「子騫《しけん》」

というあざなをもち、孝子、として知られる人物になる。いまはそういう年齢でありながら、この童子は孔丘の内弟子である。閔損はすでに不遇《ふぐう》である。生母が亡《な》くなったあと、父が継妻《けいさい》を娶《めと》った。閔損の継母となったその女には非情なところがあり、前妻の子である閔損を疎《うと》み、孔丘のもとにやってきて、

「この子は、学問ずきです。穀物をお送りしますので、先生にあずかっていただく、ということが、できましょうか」

と、なかば強引に閔損を押しつけた。

女の表情からは人を不快にさせる冷酷さと、閔損の表情からはきわめて濃い不安とを感じとった孔丘は、すぐさまその家庭内の複雑さを察知した。

井戸に落ちようとする子を救いたい、とおもう感情のことを、惻隠《そくいん》の情《じょう》、というが、そのことばは孔丘が発明したわけではなく、はるかのちの思想家である孟子《もうし》によって造《つく》られた。が、幼い閔損を視《み》た孔丘がおぼえた憐憫《れんびん》は、惻隠の情に比《ちか》い。

——この子を救えるのは、自分しかいない。

強い直感であった。同時に、孔丘は自分の子を想《おも》った。すでに、

「鯉《り》」

という幼児をもっていた孔丘は、鯉の話し相手に閔損がふさわしいとも想った。そこで、難色《なんしょく》を示すことなく、

「いいですよ」

と、あっさり閔損をあずかった。このときから、謙虚さと篤実《とくじつ》さを性質にそなえているこの夭《わか》い内弟子は、孔丘の思想の成熟と強烈な感情を全身で吸収することになった。

「遅い――」

孔丘ははじめて苛立《いらだ》ちをみせた。

葬儀というのは、埋葬をすませばそれで完了というわけではない。孔丘が葬地に弟子たちを残して、ひと足さきに帰宅したのは、虞《ぐ》祭の準備のためである。埋葬を午前のうちにおこない、午後に死者の霊を祭って安息せしめるのが虞祭である。その虞祭をおこなうために弟子たちとともに葬地から引き揚げるつもりであった孔丘は、急に、

「盛り土をしてくれまいか」

と、弟子たちにたのんだ。古代から、庶民の墓には、標柱《ひょうちゅう》を建てず、盛り土もしない。しかし孔丘の父は、

「孔紇《こうこつ》」

と、いい、叔梁紇《しゅくりょうこつ》という通称をもち、魯《ろ》国内の勇者として知られ、陬邑《すうゆう》を所有した小領主であったのだから、庶民ではない。当然、父の墓は平坦ではなく、多少の隆起をもっていた。その近くに母の棺を沈めたあと、

――これでは、母の墓は、みつけにくい。

と、感じた孔丘は、土を盛ることをおもいついた。勇者・叔梁紇の妻であった母に、それくらいはゆるされてよいであろう。ただし、このおもいには孔丘の恚憤《いふん》がこめられている。けっして幸せであったとはおもわれない母の生涯を悼《いた》む最大の手当《てあて》が、この盛り土である。

――母は犠牲《ぎせい》のようなものではなかったか。

その結婚は、想像するしかなく、また想像したくない惛《くら》さをもっている。すべては孔紇の都合《つごう》による娶嫁《しゅか》であった。すなわち孔紇は六十歳をすぎてもあとつぎの男子を得られなかった。女《むすめ》ばかりを視て嘆息した孔紇は、あらたな妻を求めた。数年のあいだにいろいろな家にあたったであろうが、その求婚の矢は顔《がん》家にむかっても放たれた。

当時、顔家には三人の女がいた。父にさとされた長女と次女は、即座に顔をしかめて、

「いやです」

と、答えて、顔をそむけた。六十数歳の老夫に、肌を合わせることを想えば、ぞっとする。しかしながら末女の顔徴在《がんちょうざい》だけは表情も態度も変えず、意を決したように、

「わたしが参ります」

と、けなげに答えた。父の苦しげな顔をみて、孔家からの求めをことわりきれぬ事情があることを察した。

が、のちのことを想えば、これは不幸な決断であった。

まずこの結婚は、媒人《ばいにん》（仲人《なこうど》）を立てる正式な結婚ではなかったので、口の悪い人には、

「野合《やごう》」

と、ののしられた。顔徴在の生家が貧しく、祈禱《きとう》や祭礼あるいは葬式にかかわるなりわいをしており、また老齢になって嫩《わか》い女を求める孔紇のありようも、世間の顰蹙《ひんしゅく》を買ったということである。

さらに、媒人なしで孔家にはいった顔徴在は、継妻と認められず、下女同然にあつかわれて、つらい毎日をすごすことになった。

おどろいたことに、孔家には妾《しょう》として別の女がいた。なんとその女はすでに男子を出産していた。ちなみに、その男子は孟皮《もうひ》という。

——あとつぎの男子がいるのに、なぜ、いまさら……。

唇を嚙《か》んだ顔徴在の心の問いが、きこえたかのように孔紇は、

「これでは、あとつぎにできぬ」

と、幼児の足を指した。その幼児は足に障害をもっていた。

「そなたが、あとつぎを産むのだ」

これは、はげましではない。ことばによる打擲《ちょうちゃく》であった。あとつぎにふさわしい男子を産むためにきた女が、男子を産まなければ、家畜にも劣る、といわんばかりであり、実際にそういったかもしれない。あまりのつらさに、顔徴在は近くの尼丘山《じきゅう》にむかって禱《いの》った。どうか男子をさずかりますように、と願ったというより、自身のつらさを山に訴え、救いを求めたのかもしれない。

ついに顔徴在は男子を産んだ。

孔丘の誕生である。

生地は孔家のある魯国・昌平郷《しょうへいきょう》・陬邑《ゆう》ということになっている。ただしこの表記は後世の書式によるであろう。もともと邑とは、くに、と訓み、時代が下っても、むら、とは訓まず、まち、と訓む。むら、と訓むのは、はるかのちである。むらには鄙《ひ》という文字があてられる。郷もあやしい。鄙より大きい集落は、聚《しゅう》と書くのがふつうである。それより大きいのが邑であり、邑のなかでも大規模なものを都《と》という。

それはそれとして、孔丘の名は、尼丘山から一文字を採《と》ってつけたことはまちがいない。子の命名権は父がもつのに、ひごろ引きぎみの母の意望がここにだけ強くまえにでたと想ってよい。顔徴在が尼丘山にむかって必死に禱って男子を得たことなど、孔紇は知らなかったはずだからである。

孔家のあとつぎとなった孔丘であるが、まったく父の容姿を知らない。父は、孔丘が三歳のときに亡くなってしまった。

その後、母の顔徴在は孔丘を残して孔家を去った。正妻の腹から生まれた女たちもいる孔家にあっては、さまざまな折り合いの悪さがあったにちがいない。

家のなかに母がいないという衝撃は、孔丘にとって大きかったが、二度と母に会えないわけではないことを、下働きの者からおしえられた。母の実家のある集落は、近くはないが遠くもないと知った孔丘は、しばしば孔家と顔家を往復した。顔家にある祭器をいじって遊んだ。

母は死ぬまで、夫であった孔紇について、孔丘に語らなかった。その墓地の所在さえおしえずに逝《い》った。それだけでも、孔家でうけたしうちのむごさが想像を超《こ》えるところにあった証左であろう。

「勇者とよばれた男の、どこが偉いのか。死んでしまえば、上からも下からも、わずかな称揚《しょうよう》も寄せられなかったではないか」

武勇を烈しく憎む母の本心の声とは、それであろう。勘《かん》のするどい孔丘は母の憎悪の的《まと》がなんであるのか、十歳になるまえに気づいた。それゆえ、十五歳になったとき、自分はけっして武人にはなるまい、学問で身を立てるべく懸命に学ぼう、という志《こころざし》をもった。この立志《りっし》は、精神的な企望《きぼう》というより、母の偏向《へんこう》的な感情を批判することなくひきついだといったほうがよいであろう。

――母に正しさがある。

そう認めたかぎり、孔丘はおのれの生きかたにおいて、母を擁護《ようご》しつづけなければならない。まず孔丘は身近にある知識を全力で獲得しようとした。その知識とは、祭祀《さいし》と葬儀の礼法である。口伝《くでん》だけではわからないため、書物も読んだ。それは独学に比い。そういう歳月を十年ほど積み重ねた二十四歳の春に、母が逝去した。

――さて、どこに葬ったらよいか。

さしあたり母の遺骸を五父《ごほ》の衢《く》へはこんで、殯葬《ひんそう》をおこなった。五父の衢は、首都の外にあり、共同墓地をそなえた公園であると想えばよいであろう。殯葬は一定の時間、遺骸を安置しておくことであるが、死者の身分が高ければ高いほどその時間は長い。当然のことながら一国の君主が薨《こう》じたあとの殯葬が最長で、往時、魯の隣国である斉《せい》の君主の桓《かん》公が死去したあと、内乱が生じて、その遺骸は納棺《のうかん》されず、六十七日も牀上《しょうじょう》にあったため、腐敗がすすみ、虫がわいて戸外まででてきたという話がある。

孔丘は殯葬を終えたら母を共同墓地に埋葬するつもりであった。

そこにひとりの老婆がやってきた。

陬の鄙人《ひじん》であるので、顔は知っている。

「せっかく孔家の墓があるのに、ここに埋葬するつもりかえ」

と、老婆はいった。

「えっ、父の墓をご存じですか」

孔紇がどこに葬られたのか、成人となった孔丘におしえてくれる者は、たれもいなかった。義姉《ぎし》はとうに他家に嫁して、家に残ってはいない。

「ああ、知っている。防山にあるのさ」

墓の位置をくわしく説《と》いてくれた老婆の家は、葬儀があれば人をだし、いまでもその子は葬儀の際に車を輓《ひ》いている。

「おしえてくださって、感謝します」

一礼した孔丘の胸裡に、にわかに迷いが生じた。

——あれほど嫌った父の近くに母を埋葬してよいのだろうか。

迷いぬいた孔丘は、自分が孔紇と顔徴在とのあいだに生まれた子であるかぎり、母を父の墓に合葬すべきであると決めた。それゆえ殯葬を終えた孔丘は、多くない弟子とともに、母の遺骸を防山にはこんで埋葬した。それだけではなく、母の墓の所在がすぐにわかるように、盛り土をさせた。弟子のひとりである曾点《そうてん》が、

「どれほどの高さにしましょうか」

と、問うた。すかさず孔丘は、

「四尺《せき》でよい」

と、指示した。この時代の一尺は、現代の二十二・五センチメートルにあたる。もともと尺とは、指を最大にひろげた長さのことで、手の大小によって長さがちがう、と想うほうが正確な理解のしかたであろう。それではわかりにくいとなれば、ここでの孔丘は、

「高さは、九十センチメートルでよい」

と、いったと想えばよい。たいした高さではない。むずかしい作業を弟子たちにおしつけたくない孔丘は、その高さなら早く作業も終わるであろう、という予想をもって、独《ひと》りで帰宅した。ところが、弟子たちはなかなか帰ってこなかった。

ふりはじめた雨は、豪雨になった。

「みなさん、お帰りです」

雨の音に消されそうな閔損の声をきいて、颯《さっ》と腰をあげた孔丘は、すこし趨《はし》って戸口に立

った。

雨が舞い込んできた。

同時に、ずぶ濡《ぬ》れの弟子たちが家のなかに走り込んできた。

顔の雨滴《うてき》を片手でひとぬぐいした弟子の秦商《しんしょう》が、

「先生、盛り土が……」

と、喘《あえ》ぐようにいい、口をゆがめた。秦商は成人になったばかりで、あざながある。子丕《しひ》（あるいは丕茲《ひじ》）という。かれの横で、土間に両膝《ひざ》をついた曾点が、孔丘のほうには顔をむけず、地にものを吐くように、

「せっかくの盛り土が、雨で、崩れてしまいました。それでも、なんどもこころみたのです」

と、いい、くやしげに両膝を拳《こぶし》でたたいた。

——そうであったのか。

無言のまま弟子たちの説明をきいていた孔丘は、肩をおとして、涙をながした。墓の盛り土に関しては、昔からしきたりがある。盛り土をおこなうのは一度だけで、あとで修築してはならない。今日の豪雨で盛り土がながれてしまったとなれば、もはや永久に墓は平坦のままである。

「よけいなことをしなくてよい」

孔丘は雨の音より強い母の声をきいたような気がして呆然《ぼうぜん》と坐り込んだ。

埋葬が終わったあとには、喪《も》に服する期間がながながとある。

人にとってもっとも尊貴なのは父母であり、仕えている主人や君主ではない。この考えかたは時代にかかわらず厳然とある。父母がいなければ、自分はこの世に存在しない。その事実を最重視するのである。この思想は、おそらく周《しゅう》王朝が血を尊んだところから発している。血胤《けついん》における嫡庶《てきしょ》をやかましくいうようになったのも周王朝からである。ちなみに殷《いん》（商《しょう》）王朝を倒して成立した周王朝は、首都の位置によって時代が分けられる。首都が西方の鎬《こう》にあったあいだを西周《せいしゅう》といい、首都が東方に遷《うつ》って成周《せいしゅう》となってからを東周《とうしゅう》という。孔丘が生きているのは、東周時代である。

父あるいは母の喪に服するのは、あしかけ三年（より正確には二十五か月）である。孔丘にとってそれは母を偲《しの》びつづけるための期間ではあるが、喪が明けてからの就職を想うと、かれの胸は不安で翳らざるをえない。

自分の妻子だけではなく、義兄の家族をも養ってゆかねばならないのである。

孔家は貧しい。当主であった孔紇が亡くなったあと、孔家は大きいとはいえない領地を公室に返上した。家のあとつぎが三歳では、領地の継承は認められなかった。十歳をすぎると急に身長が伸び、大人にまじって労働をしてもとがめられなかった。葬穴《そうけつ》を掘る仕事はいくどとなくした。埋葬をふくめて葬儀を請《う》け負《お》う者たちを、

「儒《じゅ》」

という。かれらのすべてが礼儀正しく、清貧《せいひん》にあまんじているわけではない。どこかの家

で死去した者があったときけば、

「葬式だ、葬式だ」

と、手をたたいて喜び、埋葬を終えたあとに仲間を集めて盗掘をおこない、高価な副葬品を入手してひそかに売りさばいた者たちもいる。そういう事実があるかぎり、儒者は卑陋《ひろう》な者として世間からさげすまれている。

――わたしも儒者か。

葬儀にかかわる仕事をするたびに、孔丘はやるせなげに首をふった。しかしながら、身分の上下にかかわらず、人の死とは厳粛《げんしゅく》なものであり、それを正しい葬礼によって保ち、紊《みだ》さぬようにするのが、儒者の本来のありかたではないか。そうおもった孔丘はまず葬礼について精究《せいきゅう》しようとした。母に問うただけではなく、顔氏一族の長にも会わせてもらい、真剣に学んだ。のちに孔丘は、

「三人で行動すれば、かならず師を得る。善《よ》いとおもった者をみならい、善くないとおもった者をみて、おのれを改めればよいからだ」

と、いった。あえていえば、孔丘にとってすべての人が師であった。どのような境遇にあろうとも、死ぬまで学びつづけるという心構えは、まさしく死ぬまでくずれなかった。

このたぐいまれな好学心は、十歳まえの孔丘に大冒険をさせたことがあった。

「延陵《えんりょう》の季子《きし》が旅行中に長男を喪《うしな》った」

というわさを耳にしたからである。孔丘は、延陵の季子ほど博識の貴人がどのような葬

礼をおこなうのか、観《み》たい、とおもった。

孔丘が幼いころに、中国における最高の教養人は、鄭《てい》の執政《しっせい》の子産《しさん》と呉《ご》の公子の季子である、と断言してよいであろう。鄭という国は、中華のなかの中心に位置して、東周時代になってからもっとも早く栄えた文化国家であるので、子産のような卓抜《たくばつ》した頭脳が生まれてもふしぎではない。ところが、呉の国ははるか南にあって、

「あの国の人々は、ろくに衣服を着ないで、髪を短く切り、身には入《い》れ墨《ずみ》をしている」

と、想われ、礼儀をまったく知らない野蛮国だ、とさげすまれていた。その国の王の弟で、延陵という地に食邑《しょくゆう》をもっていたのが季子である。かれは呉に新王が立ったことを中原《ちゅうげん》諸国に告げるべく、まず魯に表敬訪問にきた。周の伝統を守りぬいているという誇りをもつ魯の大臣たちは、季子が無知な公子であろうとひそかにあざわらい、古い舞曲をきかせて、まごつかせ、恥をかかせようとした。ところが季子はことごとくその曲名をいいあてたばかりか、深い解釈を披露《ひろ》したので、大臣たちはいちように驚嘆し、居ずまいをただした。

季子の評判はまたたくまに国内にひろまった。

魯をはなれた季子は、隣国である斉へ往った。そこからひきかえし、魯を通って鄭へ往く予定であった。ところが斉をでるまえに、随行《ずいこう》させてきた長男を病気で喪った。

「その葬礼を観たいのです」

孔丘は地を踏みならして母に訴えた。眉《まゆ》をひそめた母は、

「どこへ往けば、それを観ることができるのですか」

と、問うた。

「嬴《えい》と博《はく》のあいだだそうです」

孔丘の答えをきいた母は、おどろき、あきれた。その二邑は、魯の国境に近いとはいえ、斉の国に属している。童子が歩いてゆくには遠すぎる。それを想って、なりませぬ、といいかけた母は口をつぐんだ。延陵の季子は、いわば雲の上の人で、庶民がどれほど背のびをしても観ることはできない。しかし旅途《りょと》での葬儀であれば、見学がゆるされるのではないか。わずかに観るだけでも、人の生涯にとって宝物になりうる光景はある。幼年ながら志望の方向がはっきりしている孔丘のために、ここは冒険させてもよいと考え直した母は、

「わかりました。でも、独りでは危険ですし、徒歩では、埋葬にまにあわないでしょう」

と、いい、顔氏の族人のひとりに懇願《こんがん》し、付《つ》き添《そ》いを兼《か》ねて馬車をだしてもらった。

魯の国の外にでたことのない孔丘にとって、これは胸がときめく旅であった。幸運なことに、かれは季子がおこなう埋葬にまにあった。見物人はさほど多くなかったので、かれはまえにでて、食《く》い入《い》るようにみつめた。

掘られた葬穴は、水がでるほど深くはなかった。季子は遺体を特別な衣服でくるまず、季節に適《あ》った衣服をかけただけであった。その遺体を棺に斂めて、地中に沈めたあと、土を盛った。盛り土は低かった。

——目印は、要《い》らないということか。

つまり、季子は二度とここにはこない、と想った孔丘は、泣きそうになった。

季子は左袒《さたん》をおこなった。左の肩を肌ぬぎしたのである。

——あれ……、吉礼のやりかただ。

一瞬、孔丘は困惑した。凶礼は、右の肩の肌ぬぎをすべきなのである。疑念をかかえた孔丘は、右まわりに墓をまわる季子を見守った。右まわりは凶礼に適っている。それから季子はみたび哭《な》き、こういった。

「骨肉が土に復《かえ》るのは、天命である。だが、魂気《こんき》はどこにでもゆける。どこにでもゆける」

ほどなく季子は去った。

しばらく孔丘はたたずんでいた。左袒は、季子がまちがったわけではなく、長男の死を不幸とみなさず、魂が骨と肉から解放されて自由に動きまわるようになったことを祝う心づかいの表れである、と解したのは、それから十数年後である。

二十歳をすぎて、孔丘ははじめて弟子をもった。孔丘が葬祭における礼法を教えてくれるというので、数人の若者が集まった。ほぼ同時に、孔丘は吏人《りじん》に採用された。

喪中の光明

穀物倉の出納《すいとう》係りを、委吏《いり》という。

孔丘《こうきゅう》はそれになった。

委吏は下級役人にすぎない。とはいえ、吏人《りじん》に採用されるには、どこかに推薦《すいせん》者がいたにちがいない。その者は孔丘をじかに観察したというより、孔丘の父の勇者ぶりを知っていて、

「そういえば、叔梁紇《しゅくりょうこつ》は晩年に男子を儲《もう》けた、ときく。その男子は、もう二十歳をすぎたのではないか」

とでもいい、官府に採用をもちかけたのではあるまいか。

多かれ少なかれ、子は親の徳の影響下にある。

叔梁紇すなわち孔紇《こうこつ》は、魯《ろ》の戦史における伝説の人である。

孔丘が生まれる年より十二年まえに、

「偪陽《ふくよう》」

において戦いがあった。偪陽は国名である。しかも、めずらしい妘《うん》姓の国である。ちなみ

に妘は、邧《うん》あるいは䢵《うん》とも書かれる。

往昔《おうせき》、周《しゅう》の武《ぶ》王が殷《いん》の紂《ちゅう》王を伐《う》とうと挙兵したとき、武王を援《たす》けるべく集合した諸侯の数は八百であった。殷を倒して革命を成功させた武王が、その八百の君主をのこらず封建したとはかぎらない。が、数百の君主に建国をゆるしたと想《おも》ってよい。その後、周の首都が東へ遷《うつ》ってからも、存続しつづけた国は百四、五十をかぞえ、それから漸減《ぜんげん》した。

偪陽のような小国がその年まで存続していたことに、おどろくべきかもしれない。妘姓というのは、古代の火神である祝融《しゅくゆう》から発した姓で、その子孫たちが建てた国は、偪陽のほかに、

夷《い》　檜《かい》　鄅《う》

という三国が知られている。いずれも小国で、発展することなく、歴史のかたすみで摩耗《まもう》してゆくことになるが、偪陽の滅亡だけはちょっとした華やぎがあった。魯からみて東南に位置するこの国の不幸は、さほど遠くない柤《さ》という地で諸侯会同《かいどう》がおこなわれたことである。

諸国の君主（あるいは大臣）が集まって盟約を交わす会を、諸侯会同という。そういう会を主催できる強国はふたつあり、北の晋《しん》と南の楚《そ》がそれである。東周時代がはじまったときから、この世でもっとも尊貴である周王は、天下経営の威権を失いつつあった。そのため諸

侯は盟主を必要とした。中原《ちゅうげん》と河北の国々は、晋という超大国に恃《たの》み、その盟下にはいった。南方にあって蛮荒《ばんこう》の国とみなされていた呉《ご》が、寿夢《じゅぼう》という名君を戴《いただ》くようになって急速に隆《りゅう》昌《しょう》した。ちなみに寿夢は延陵《えんりょう》の季子《きし》の父である。南方に位置する国々は楚にすり寄るはずであるが、呉はちがった。この国は周王室から岐《わか》れでたという伝説をもち、しかも楚と反目しあっているということで、晋と盟《ちか》おうとした。

喜んだ晋の君主と大臣は、諸侯を引率《いんそつ》して、寿夢を迎えるべく、柤まで南下してその到着を待った。かなりの厚意といってよい。晋としては、呉を同盟国にすれば、その隣国である楚を牽制《けんせい》してくれるので、おのずと楚の北進の速度がにぶると予想される。北へ北へと勢力をのばしてきた楚との大戦を経験してきた晋には、もう楚とは戦いたくないという気分がある。

寿夢との会見が終わったあと、晋のふたりの大臣が、

「偪陽は、この会同に、君主どころか卿《けい》もよこさなかった。不敬の極《きわ》みである」

と、恚怒《いど》をあらわにした。卿は参政の大臣をいう。卿のなかで最上位にいる執政《しっせい》を正卿《せいけい》という。

さらにそのふたりの大臣は、そのような無礼な国は、この際《さい》、討伐すべきである、と主張した。このとき、晋の正卿は荀罃《じゅんおう》であり、かれは、

「偪陽の城は小さいとはいえ、守りは堅固である。それに勝ったところで武勇をたたえられることはなく、もしも勝てなかったら、笑いものになるだけだ」

と、難色を示した。だがかれはふたりの強い主張に押しきられて、やむなく偪陽攻めを諸侯に命じた。より正確にいえば、荀罃の決定をうけた晋の君主（悼《とう》公）が諸侯に命じたのであるが、それは形式にすぎず、実質的には大臣の威権が君主をしのいでいる。極端なことをいえば、晋の正卿である荀罃が天下の経営権をにぎっていた。

諸侯は軍旅を率いて会同に参加しているのである。それゆえ会同の地には各国の旗が林立し、あたかも彩雲《さいうん》がたなびいているようであった。それらが移動して、偪陽へむかった。

なにしろこのとき、集合した国は、晋、魯、宋《そう》、衛《えい》、曹《そう》、莒《きょ》、邾《ちゅ》、滕《とう》、薛《せつ》、杞《き》、小邾《しょうちゅ》、斉《せい》、呉という十三国で、帰国した寿夢をのぞく君主たちが、兵馬を偪陽に寄せたのであるから、偪陽にとってはむごい防戦となった。だが、城兵は数万の敵にひるまず、けなげに戦いつづけた。あせりはじめたのは、諸侯連合の軍である。

あるとき、突然、城門がひらいた。

たまたまそれをみつけた城外の兵は、

――城内に内応者がいたのだ。

と、喜び、遮二無二《しゃにむに》前進して、門内に突入した。そのなかに孔紇がいたということは、魯軍の陣に近い城門がひらき、おもに魯兵が門内になだれこんだと想ってよいであろう。

が、城門がひらいたのは城兵がしかけた罠《わな》で、ほどなく城門を閉じて、突入してきた数十の兵の退路をふさぎ、かれらをみな殺しにするつもりであった。

門は閉じられた。

――しまった。はかられた。

侵入した兵はおのれの軽率《けいそつ》さを悔《く》やんだ。が、どうすることもできない。かれらの大半が、ここが死に場所になる、と観念したであろう。

そのとき、孔紇が信じがたい剛力を発揮した。なんと独《ひと》りで門扉をもちあげたのである。脱出孔ができたため、うろたえていた兵はいっせいにしりぞき、門外に走りでた。いうまでもなく、孔紇が死地を脱した最後のひとりとなった。この豪挙《ごうきょ》は魯の陣のなかでたたえられたが、かれらよりも大いに感嘆したのは城兵であったろう。

しかしながら、孔紇よりも高く驍名《ぎょうめい》を揚《あ》げたのが、秦菫父《しんきんほ》である。

ある日、城壁の上から布がたらされた。この布をつかんで登ってこい、という城兵の挑発《ちょうはつ》である。多くの兵がそれを眺めたが、たれも近づかず、むろん手もださなかった。それをみていた魯軍の秦菫父が、

――これでは城兵にあなどられる。

と、発憤し、ひとりおもむろに歩をすすめて、布をつかみ登りはじめた。それだけでも衆《しゅう》目《もく》をおどろかす壮胆《そうたん》の行為である。

城壁の最上部は埤《ひめがき》になっており、あとすこしでそれに手がとどくところで、布が切られた。秦菫父はまっさかさまに墜《お》ちた。しばらく気を失っていたが、意識をとりもどすと、ふたたび布をつかんで登った。秦菫父はまた墜ちた。おなじことが三度くりかえされたのち、布はたらされなくなった。城兵がその勇気に驚嘆したといってよい。

「どうだ、みたか」

秦菫父は切り落とされた布をまとって、三日間も、おのれの勇を自軍に吹聴《ふいちよう》してまわった。

四月の上旬にはじめた城攻めが、五月にはいっても埒《らち》があかなかったので、

——なんたるだらしのなさか。

と、荀罃はふたりの大臣にむかって机《き》（ひじかけ）を投げつけるほど怒り、

「七日経《た》っても勝たなければ、城攻めをいいだしたなんじらに死んでもらうぞ」

と、すさまじく叱呵《しつか》した。この激怒が偪陽の城を陥落させたといってよい。落城とともに、偪陽という国も消えた。

魯軍が帰国してから、秦菫父は、魯の卿のひとりである仲孫蔑《ちゆうそんべつ》（諡《し》号《ごう》は献子《けんし》）の車右《しやゆう》に抜擢《ばつてき》された。車右というのは、主君の兵車に乗り、主君の右に立って護衛をおこなう勇者のことで、参乗《さんじよう》ともいう。武人としての名誉は最上級である。多くの兵のいのちを救った孔紇を超《こ》えて秦菫父が実利を得たのは、その場の実況を目撃した者の数の衆《おお》さによるであろう。

ところで、孔紇と秦菫父は戦友ということになるのか、秦菫父の子である秦商《しんしよう》は、よく孔家に遊びにきた。秦商は十代のなかばになったころ、

——仲《ちゆう》さんは、武人にならないのか。

と、衝撃をうけた。孔丘は次男なので、幼少のころから、仲、とよばれた。成人になってからのあざなは、

「仲尼《ちゆうじ》」

である。かれは二十歳になるまえに、その身長は九尺六寸《せき》（二メートル十六センチ）に達していた。堂々たる体軀《たいく》である。鄙《むら》の人々は孔丘をみて、

「長人《ちょうじん》」

と、おどろきをこめていった。

孔丘は軽々と矛《ほこ》をふりまわせる膂力《りょりょく》をもっていながら、その特徴《とくちょう》を活《い》かそうとせず、書物を蒐《あつ》め、人に頭をさげて、葬祭の礼法を究明しようとしていた。秦商はその意望と知識欲のすさまじさに打たれた。そこで、

「わたしは葬礼などはくわしく知りたいとはおもわないが、礼儀については知りたい。教えてくれないか」

と、いい、孔丘に師事した。ただし秦商は孔丘の弟のような気分で接してきたので、はじめは師事するというより兄事《けいじ》するといったほうがよいかもしれない。かれもまた武人として勇名を馳《は》せた父の生きかたに多少の疑問をもっていたとおもわれる。

なにはともあれ、秦商は孔門における最古参の弟子である。

孔丘が若者たちに教えはじめたころに限定して、ほかの弟子についていえば、曾点《そうてん》、顔無《がんむ》繇《よう》などの名が知られている。

曾点は皙《せき》（または子皙《しせき》）というあざなをもつことになるが、かれの子が曾参《そうしん》（あざなは子《し》輿《よ》）である。顔無繇は顔氏の族人の子といってよく、孔丘の母を知っていた関係で、昔から孔丘から遠くないところにいた。かれのあざなは路《ろ》または季路《きろ》といい、孔丘より六歳下であ

る。おそらくかれの家は儒《じゅ》に属していて、顔無繇は十代のなかばで孔丘に就《つ》いて葬礼を知ろうとしたのであろう。ちなみにかれの子が顔回《がんかい》（あざなは淵《えん》または子淵《しえん》）である。

孔丘は熱血の教師である。

「よいか、礼は、はるか上にも、はるか遠くにもなく、近くにある。あえていえば、礼は飲食にはじまる、と想いなさい」

かれは太古の飲食のしかたを説《と》き、時代の推移にともなうその変化を述べ、正しい飲食器の置きかたまで、こまかく語った。弟子たちの、なぜ、という問いに、合理的に答える方法はそれしかない。古きを温《たず》ねなければ新しさを知ることができないのである。そういう研覈《けんかく》をつづけるかぎり、礼の範囲を超えた故事にくわしくなるのは当然であった。

しかしながら孔丘はおもいがけなく委吏に採用されたため、弟子に教える時間を多くとれなくなった。

孔丘は勤勉な役人となった。まったく不正をおこなわず、穀物を出納する際には、料《はかり》と量《ます》のあつかいも正確でしかも公平であった。その勤めぶりは評判となり、その好評が上にもどいたのか、職を遷された。

司職《ししょく》の吏に任じられた。

牛馬の飼育係りである。より正確にいえば、馬、牛、羊、鶏《にわとり》、犬、豕《ぶた》という六畜《りっきゅう》を飼育するのである。食用のためではない。祭祀《さいし》用の犠牲《ぎせい》にするためである。

神にささげる動物は美しいものでなければならない。それがわかれば、その飼育がたやすいわけではないことに気づくはずである。孔丘は犬が好きで、実際に飼っている。が、牛馬のような大型の動物の飼育は経験がないので、ここでは熟練者に頭をさげて教えを乞《こ》い、知識を増やすとともに動物に馴《な》れようとした。孔丘はどこにいても学ぶ姿勢を保持し、未知のことを究《きわ》めようとする。それを称《ほ》める者もいれば、けなす者もいる。孔丘に質問されるたびにいやな顔をする役人もいたということである。

かなりのちに、孔丘は弟子のひとりから、

「毎月、朔《さく》（一日）におこなわれるはずの告朔《こくさく》の礼が、もはやおこなわれていないのに、羊だけが供《そな》えられています。むだではありませんか」

と、いわれた。すると、孔丘は、

「なんじは、その羊を惜《お》しがっているようだが、われは礼を惜しむ」

と、答えた。羊も供えられなくなれば、告朔の礼はまったく失われてしまう。それをかなしむべきである、というのが孔丘の考えかたである。伝統は、時代が変わると、意義を失って消滅する場合がある。そうなってから、伝統を復活させるのは至難《しなん》である。

とにかく孔丘が犠牲とその礼についてくわしくなったのも、その職に在ったからであろう。ところが、在職中に母が死去した。そのためかれはその職を辞さねばならなくなった。

家の近くに小屋を建て、毎日そのなかですごすのが正式な服忌《ふくき》である。孔丘はそれをやった。ただし、ほどなく、

――われは復職できるのか。

という不安に襲われた。喪が明けると、二十六歳になる。それまで弟子を教えることはできず、独りで学ぶこともできない。毎日、粗食ですごすので、体力が衰えてゆき、気力も萎《な》えてくる。最悪の場合、正しい服忌をしたせいで、死亡してしまう。

孔丘が小屋に籠《こ》もっているあいだは、顔無繇が住み込んで、家事をおこなってくれることになった。幼い閔損《びんそん》では、家事のきりまわしはできない。

半月ほどすぎて、小屋に近づいてきた顔無繇が、

「ただいま、季孫《きそん》氏のお使いのかたがおみえになり、慶事を賀《いわ》う会に、先生も招待されることになったと申されました。どうなさいますか」

と、低い声で告げた。

「季孫氏の使者……」

孔丘の胸が高鳴った。魯の三卿のひとりである季孫氏の当主を、

「季孫意如《きそんいじょ》（諡号は平子《へいし》）」

と、いい、魯の群臣の頂点に立つ最高実力者である。ちなみに、その三卿は、

「三桓《かん》」

と、よばれ、仲孫氏、叔孫《しゅくそん》氏、季孫氏がそれであるが、それらの家の始祖は、孔丘が生まれた年より百五十年ほどまえに魯の君主であった桓公の次男（仲）、三男（叔）、四男（季）である。かれらの子孫が魯の要職に就くと、しだいに他家を陵駕《りょうが》し、ついに君主の室《いえ》さえしのぐ威勢を得るようになった。それが魯の実情であり、いまや季孫意如が陰然と君臨してい

ると想ってさしつかえないであろう。

その季孫意如に、どういうわけか、孔丘は招かれたのである。

――この招待はことわれない。

というより、ことわりたくない、と孔丘の心が動いた。

「出席する、とお伝えしてくれ」

顔無繇は眉《まゆ》をひそめた。

「喪中ですが、よろしいのですか」

「かまわぬ。それよりも、季孫氏にどのような慶事があったのか、なんじは知っているか」

祝賀すべき事の内容も知らないで、のこのこでかけるわけにはいかない。

「さあ、存じません」

顔無繇は好奇心の旺盛な男ではない。世評にもうとい。

「それなら、秦商を呼んでくれ。ついでに馬車を借りたい、といってくれ」

「かしこまりました」

顔無繇が去ると、孔丘は坐ったまま、喜びが湧いてきたのか、両手で両膝《ひざ》をたたいた。

四日後に、秦商が馬車に乗ってやってきた。孔家で一泊し、翌朝、孔丘を乗せて首都の曲《きょく》
阜《ふ》にむかうのである。孔丘は閔損の声をきいて小屋をでた。孔丘をみた秦商は、

「すこしおやつれになりましたね」

と、素直な感想を述べた。

「明日は、やつれ顔をお歴々《れきれき》にみせるわけにはいくまい」

「それにしても、すばらしいことではありませんか。季孫氏に招待されたとは――」

「いや、恥ずかしいことだ」

「なぜでございますか」

「季孫家の家臣か、あるいは季孫氏に近い人が、われを推挙してくれたにちがいない。その人はわれを知っているのに、われはその人を知らない。ゆえに恥じている」

人が自分を知ってくれないことを患《うれ》えるのではなく、自分が人を知らないことを患えるべきである、という考えかたは、永い不遇が孔丘にもたらした教訓であるといえなくもないが、知るとは、人を知ることである、という基本姿勢は若いころからあったと想ってよいのではないか。

「そういうものですか」

秦商の頭では孔丘の思考の深みまでおりてゆけない。

とにかくこの日だけは、孔丘はまともな食事を摂《と》った。そのあと秦商にむかって、

「さて、なんじであれば、季孫氏の慶事がどのようなものか、知っていよう」

と、いった。秦商の家は仲孫氏とのかかわりをもっているので、かれは三卿について無知ではないはずである。

「知っています。だが、その慶事よりも、季孫氏を襲ったふたつの災難を知っておかれたほうがよいです」

秦商は語りはじめた。

季孫意如の最初の災難は、二年まえのことである。

季孫氏にはいくつか食邑《しょくゆう》があるが、それらのなかでもっとも重要であり、本拠地というべき邑《まち》を、費《ひ》、という。季孫意如には正卿としての政務があるため、国都を離れるわけにはいかず、費邑を重臣に治めさせている。当時、その邑宰《ゆうさい》であった者は、南蒯《なんかい》、という。かれは意如の父にはよく仕えたが、意如はかれを嫌い、礼遇しなかった。怒った南蒯は、費邑に拠《よ》って叛乱を起こした。やっかいなことに、南蒯は隣国の斉に通じた。その状態はたいそうこみいっており、費邑は南蒯個人の所有になったと同時に、斉の版図《はんと》に加えられたかたちになり、季孫氏が単独ではたやすく鎮圧して邑を取り返すことができなくなった。

二番目の災難は、昨年にあった。

晋が主催する諸侯会同が平丘《へいきゅう》でおこなわれた。

平丘の位置は魯の西で、衛の国に属する邑であり、魯からはかなり遠い。

その会同に参加した莒と邾の君主に随《したが》ってきた大臣がそろって、

「魯が、朝な夕な、わが国を伐つので、わが国は滅びかけています。わが国が晋へ貢物《こうぶつ》を納められないのも、魯のせいです」

と、晋の君臣に訴えた。

「けしからぬ」

怒気をあらわにした晋の悼公は、われは魯君に会わぬ、と烈しくいい、晋の大臣をつかって季孫意如を捕らえさせ、会同の地から晋都（新田《しんでん》）へ送った。みせしめ、ということであろう。

季孫意如は晋都で幽閉されたまま冬を迎えた。

本拠地は臣下に強奪され、自身は国外で拘束される。季孫意如にとって、これほどの大厄《たいやく》はないであろう。

まず、この苦境からかれを救ったのは、仲孫氏から岐れた家の子服椒《しふくしょう》（諡号は恵伯《けいはく》）である。かれは連行される季孫意如を見失わないように晋都までついてゆき、晋の卿のひとりである荀呉《じゅんご》にひそかに会って、

「これまで晋に奉仕してきた魯のどこが莒と邾におよばないのですか。また、わが国の卿にいかなる罪があるのか、あきらかにしていただきたい」

と、ねじこんだ。荀呉だけではなくほかの卿も、これには困惑して、季孫意如を帰国させることにした。

ものごとが好転するとは、こういうことなのであろう。今年の春に帰国した季孫意如は、やがて吉報に接した。費の住民が南蒯に背《そむ》いた。そのため邑を支配できなくなった南蒯は、斉へ亡命した。吉《よ》い事はそれだけではなく、斉の君主である景《けい》公は、

「叛徒《はんと》がもたらしたものを、うけとるわけにはいくまいよ」

と、いい、臣下をつかって費邑を正式に返却した。

二重、三重の喜びをおぼえた季孫意如は、国じゅうの名士を集めて饗応《きょうおう》したい、といいだ

し、実際に、盛宴を催すことにした。

「季孫氏の慶事とは、そういうことか……」

納得《なっとく》した孔丘は、翌朝、喪章《もしよう》をつけて馬車に乗った。

だが、季孫邸でのできごとが、孔丘の心のもっとも深いところに、生涯消えぬ傷痕《きずあと》をつくることになる。

陽虎

車中の孔丘《こうきゅう》は饒舌《じょうぜつ》になった。

心のはずみが、そのままことばをはずませているのであろう。

性癖《せいへき》というほどではないが、孔丘は喋りはじめると止まらないところがある。弟子にむかって熱心に解説をするときも、それはあり、そのことばの過剰《かじょう》さを重く感じるのは、秦商《しんしょう》だけではなかった。ここでも孔丘は、

「魯《ろ》の国を建てたのは、周公《しゅう》（旦《たん》）のご長子の伯禽《はくきん》公であった。知っているか」

と、手綱《たづな》を執《と》っている秦商に語りはじめた。

――はじまった。

秦商はわずかに眉《まゆ》をひそめた。

「それくらいは、存じています」

と、いうかわりに、小さくうなずいてみせた。

「そうか……、だが、最初に魯の国に封《ほう》じられたのは、周公ご自身だ。しかしながら、当時

の周都が西に寄りすぎて、中原《ちゅうげん》と東方を治めるのに不都合であったため、周公が洛陽《らくよう》の地に成周《せいしゅう》をお造りになって、そこにとどまり、周王にかわって軍事と行政を掌管《しょうかん》なさった。そこで、封国には、ご長子の伯禽公をお遣《や》りになった」

孔丘は古代の歴史にくわしくなりつつある。

「さようですか」

と、秦商は答えたものの、孔丘の声はかれの耳を通過してとどまらない。

この時代、平民にかぎらず貴族でも、歴史意識はそうとうに低い。端的にいえば、国家の過去を知ったところで、いまの生活が豊かになるわけではない。が、孔丘は実生活を超《こ》えるところにある精神生活に着目した。庶民にも精神生活はある。富む者がすべて幸せで、貧しい者がすべて不幸であるのか、と問うてみればよい。歴史を知ることによる文化的効用に最初に気づいたのは、孔丘であるといっても過言ではない。

車中の孔丘の説明はつづく。

「曲阜《きょくふ》を魯の国都にお定めになったのも、周公であろう。東夷《とうい》の寇擾《こうじょう》を防ぎ、隣国である斉《せい》を監視するためだ」

斉は羌《きょう》族の太公望《たいこうぼう》が封ぜられた国である。太公望は周の文《ぶん》王と武《ぶ》王（周公の兄）を軍事的に助けた勲功を賞されて東方に国を与えられた。それはみかたによっては、周とはちがう民族の首領である太公望が、周王朝の政治の中枢《ちゅうすう》から遠ざけられたことになろう。

「なるほど」

孔丘の話を傾聴すると、御《ぎょ》がおろそかになるので、秦商は首を動かさなかった。

やがて曲阜の城がみえてきた。

南北よりも東西に長い、長方形の城である。

その長いほうの城壁はおよそ九里ある。一里は現代の四百五メートルである。東西南北の濠《ほり》と城壁の内に、君主と貴族それに庶民の住居区がある。人口は十万を超えるが、十五万にはとどかない、と想《おも》ってよいであろう。

「曲阜は、古代の帝王である少皞金天《しょうこうきんてん》氏の都の跡だ」

と、孔丘はまたしても蘊蓄《うんちく》をかたむけた。

孔丘がいったことは、ほぼ正しいであろう。より正確にいえば、少皞は、姓が己《き》で、名を摯《し》といい、金天氏は号である。その本拠地を奄《えん》といった。その位置は曲阜よりすこし北にあったかもしれない。少皞の勢力圏は広大で、東方だけではなく南方にもおよんでいた。少皞を帝王とよぶのは後世の美称で、当時はおそらく巨大な族の首長であった。

曲阜の南の城壁が近くなった。

「門がみえるであろう。あれが高門《こう》だ。もとは稷門《しょく》とよんでいたが、僖公《き》が高大に造りかえられたので、高門とよぶようになった」

僖公は桓《かん》公の孫である。百年もまえの君主である。

馬車は橋と城門を通過して南北道にはいった。そのまま北へすすみ、東西に走る大路にさしかかると、右折した。季孫《きそん》氏の邸宅は、君主の宮殿からさほど遠くない。

近づけない。

「わあっ――」

と、秦商はおどろきの声を揚《あ》げた。大路は馬車でいっぱいである。とても目的の邸宅には

「よし、ここでおりて、歩いてゆく」

馬車をおりた孔丘は、数歩すすんでからふりかえり、

「客をおろしたあとは、馬車のむきをかえて待つのが礼だ」

と、秦商に声高《こわだか》に教えた。

門のほとりに行列がある。饗応《きようおう》の席は庭に設けられていて、その入り口に受付がある。招待客は謁刺《えつし》（名刺）をさしだしてなかにはいる。ようやく受付のまえに立った孔丘は謁刺をさしだした。

「陬《すう》の孔丘か……」

係りの者はそうつぶやきつつ、名簿に指をすべらせ、その名をみつけると、目をあげた。とたんに、おっ、と低い声を発して身じろぎをした。目前にあったのは、おもいがけぬ長身である。おどろいたのは、それだけではない。孔丘の面貌は、異相といってよかった。それについて、

――面《かお》は蒙倛《もうき》の如《ごと》し。

と、戦国時代（東周時代の後半期）の碩儒《せきじゆ》である荀子《じゆんし》は表現した。蒙倛とは、鬼やらいをおこなうときにかぶる面で、それをみれば魑魅魍魎《ちみもうりよう》のたぐいでも恐れるであろう。ちなみに

鬼やらいの面に四つ目があるものを方相《ほうそう》という。蒙倛は二つ目である。

「どうぞ――」

と、係りの者がいいかけたとき、それをさまたげるように、ぬっとまえにでてきた家臣がいる。

「陽虎《ようこ》」

と、いい、年齢は孔丘よりすこし上のようで、身長は孔丘におよばないものの、体軀《たいく》は大きい。目つきに険《けん》がある。

「そこの者」

と、孔丘をゆびさした陽虎は、

「季孫氏は士を饗応なさるのだ。なんじのような者を饗応するのではない」

と、あたりにきこえる声でいい、指をふった。その動きは、空気を切り裂くようなするどさがあった。去れ、ということであろう。

さすがに孔丘は慍《むっ》としたが、無言のまま、きびすをかえした。

その後ろ姿を睨《にら》んでいた陽虎は、姿が消えると、幽《ほの》かに冷笑した。

孔丘の名は陽虎の耳にとどいていた。仲尼《ちゆうじ》というあざなをもつ孔丘は、いなかの儒者のくせに、無知な若者を集めて、こざかしい智慧《ちえ》をひけらかしている、そのことを片腹痛いとおもっていた陽虎は、入り口に尊大に立っている孔丘をひと目みて、

――こやつが仲尼か。

と、癇にさわった。本能的な嫌悪感といってよい。じつは陽虎は故事と礼典を学んでいて、その道ではかなりの自信があった。すると、人は相似形を嫌うという原理がここではたらいたのかもしれない。一瞬の対面であったが、孔丘も陽虎を嫌悪したにちがいない。が、それをたしかめてもしかたがない。

——せいぜい小役人で畢《お》わる男だ。

そうおもいたい一方で、孔丘を季孫氏に近づけたくないという防禦的感覚がはたらいた。孔丘に危険なにおいをかいだ、というのが本当のところであろう。

ほどなく、せかせかと受付にやってきて、謁刺をしらべはじめた家臣がいた。いかにも少《しょう》壮《そう》といった年齢で、気の強さが眉宇《びう》にでている。かれは、

「公山不狃《こうざんふじゅう》」

と、いい、子洩《しせつ》というあざなをもっている。孔丘の謁刺をみつけて、つまみあげた不狃は、

「この者は、どうした。庭内にみあたらないが」

と、係りの者に問うた。

「はあ、それが……、陽虎どのが追い返されました」

「なんだと——」

眉を逆立てた不狃は、趨《はし》り、陽虎をみつけるとその肩をつかんで、

「陬の孔丘を名簿に加えたのは、われだぞ。かってに追い返すな」

と、怒声を放った。が、陽虎は顔色を変えず、肩に乗った不狃の手をやすやすとはずすと、

「邪教《じゃきょう》をもって若者をまどわす者を、主《しゅ》に近づけてよいものか」

と、鼻で哂《わら》った。

「邪教だと。なんじは孔丘を知らぬのだ。あの者は若者たちを善導《ぜんどう》している。正しい礼をよく知っているという評判だ」

「礼――」

陽虎は不狃をするどく視《み》た。

「礼は庶人に下《くだ》さず。長い間、守られてきたきまりだ。庶民の秩序は法によって保つものだ。礼ではない。庶民が礼を知ってどうなるというのか。孔丘はそれさえもわからぬ異端者だ」

礼はもともと宇宙の原理のことであるが、それを人間の世界におろして、秩序として表現しなおしたものが、いわゆる礼となった。ただしその礼は、貴族だけが適用し、陽虎がいったように、庶民の秩序維持は法をもっておこなうというのが、この時代の通念である。

時代の推進力が、大夫《たいふ》という上級貴族ではなく、士という下級貴族に移りつつあることを、陽虎ははっきりと予見しているがゆえに、士であるかれは礼について精通しようとしている。が、孔丘は士ではない。士ではない者に礼をつかみとられては、士の存在意義がうすれてしまう。

「その常識が、もはや古いのだ」

と、抗弁《こうべん》しかけた不狃は、季孫意如《きそんいじょ》が庭にあらわれたことに気づいて、口をつぐんだ。不狃は宴席に闖入《ちんにゅう》する者を防ぐ警備をいいつけられている。陽虎もおなじである。

宴が酣《たけなわ》となり、意如は手ずから賓客《ひんかく》に酒を注《つ》いでまわった。その手をやすめた意如は、庭の隅《すみ》に立っている不狃に近づき、

「なんじが推挙した陬の孔丘は、どこにいるのか」

と、訊《き》いた。不狃が口をとがらせて答えようとすると、かれをおしのけてまえにでた陽虎が、

「孔丘は喪中につき、欠席です」

と、いった。陽虎は孔丘がつけていた喪章《もしよう》をみのがさなかった。

「さようか。どんな男か、みたかったな」

意如は宴席にもどった。

もしも孔丘が魯の最高実力者に嘱目《しよくもく》されたら、かれの思想と生きかたは、ずいぶんちがったものになっていたであろう。不運が、孔丘を鍛《きた》えてゆくことになる。

憤然《ふんぜん》と曲阜をあとにした孔丘は、馬車を川のほとりに停《と》めさせ、自身は汀《みぎわ》まで行って、吼《ほ》えた。吼えたとしかいいようがない。その声は、地を裂き、水を逆流させ、天をも破るように、秦商にはきこえた。

――季孫家でなにがあったのか。

独《ひと》り、血相を変えてでてきた孔丘を馬車に乗せた秦商には、邸内での小事件の内容はわからない。そのときの孔丘は、くやしさで骨までふるえていたであろう。人を怨《うら》むという感情を自覚したことがなかった孔丘だが、はじめて陽虎を怨んだ。激情家である孔丘にとって、

その怨みの深さは尋常ではない。孔丘は死ぬまでその怨みについてたれにも語らなかったが、その怨みを忘れたわけではなく、語りたくないほど怨みは深かったとみるほうが正しいであろう。

——あの男を超えてやる。

陽虎への復讎《ふくしゅう》のしかたがあるとすれば、それである。

怨みを匿《かく》して、その人と友だちづきあいをするのは、恥ずべきことである、とのちに孔丘はいうが、怨みの相手を名指すことはしなかった。名指せば、その人を超えられない。そういうものである。批判者は批判する相手と対等の位置に立つ。したがって批判のことばは、相手にぶつかっておのれにはねかえってくる。ゆえに超越する者は、批判しない。孔丘にとって、あの男を超える、ということは、あの男に詆辱《ていじょく》された自身を超えることにほかならない。

無言のまま帰宅した孔丘は、門のほとりに小さな影をみた。

——閔損《びんそん》が立っている。

なんのために立っているのか、と問うまでもない。あの童子《どうし》は師が早く帰ってくることを予感したのだ。馬車からおりた孔丘は、鬱念《うつねん》をなげうちながら趨り、閔損のまえでしゃがんだ。

閔損はまっすぐなまなざしで孔丘の表情をさぐった。

「心配をかけたな」

と、孔丘は口調をやわらげていった。閔損はしばらく孔丘の顔をみつめたあと、すこし笑った。このとき孔丘の顔に柔和《にゆうわ》さがもどっていたのであろう。

――ああ、この子は……。

孔丘は閔損を抱きしめたくなった。それほどいとおしくなった。

家のなかにはいると、妻がいぶかしげに立っていて、

「あら、お帰りなさいませ」

と、虚《きよ》を衝《つ》かれたような表情をみせた。この瞬間、孔丘は、

――妻の愛情の量と質は、閔損のそれにおよばない。

と、小腹が立った。

妻は、孔丘が十九歳のときに、宋《そう》の国の幵官《けんかん》氏の家から嫁《とつ》いできた。媒人《ばいにん》となった者は、孔丘の先祖について多少の知識をもっており、

「ご先祖は、宋の貴族でしたから、娶嫁《しゆか》は宋の家の女《むすめ》がよろしいでしょう」

と、いって、実際に宋へ行って、孔丘の伴侶《はんりよ》にふさわしいという女をみつけてきた。

実のところ、孔丘は幼年のころに、あたりに孔という氏がみあたらないことを、ふしぎにおもっていた。十五歳になったとき、おもいきって鄹《むら》の長老を訪ね、自家の父祖について問うた。

「ああ、そなたの曾祖父は、孔防叔《こうぼうしゆく》といってな、宋から魯に亡命してきた貴族で、防という邑《まち》を君主からさずけられた、ときいたことがある。われが知っているのは、それだけだ」

この長老のことばは、孔丘の心にはじめて誇りの灯《ひ》をともした。

——わたしの先祖は、宋の貴族だったのだ。

亡命貴族は諸国にあまたいる。かれらのすべてが亡命先で優遇されるわけではない。邑を下賜《かし》されるのは、かなりの優遇で、以前、高い地位に在ったか、そうとうな実力をそなえていたか、とにかく人として高く評価されなければ、公室の領地を割《さ》き与えられることはない。

——曾祖父は宋の大臣か大夫であったにちがいない。

孔丘はそう想像した。卿《けい》あるいは大夫が国外へのがれるには、さまざまな理由があろう。常識的には、政争があって、敗《やぶ》れた、とみたい。孔丘の想像はふくらんだ。

——宋について、よく知りたい。

と、おもうようになったのは、そのときからである。やがて、宋が殷《いん》の後裔《こうえい》の国であることを知った。殷は周に滅ぼされた。殷の最後の王である紂《ちゅう》王は周の武王に討たれ、六百年つづいた王朝は倒壊した。そういう潰乱《かいらん》のなかで、紂王をたびたび諌《いさ》めた庶兄《しょけい》の微《び》子啓《けい》だけが、罪に問われず、建国をゆるされた。その国が宋である。

——宋は敗残の国か……。

孔丘の誇りの灯は、消えそうになった。しかし、である。宋は殷民族の国なので、多くの周民族の国に妥協《だきょう》しないでいたが、やがて孤立する頑冥《がんめい》から脱して、衰微《すいび》をまぬかれた。それどころか、伝統を守りながら大地にしっかり立っている国、という印象をもった。宋は孔丘の曾祖父を逐《お》った国であるにせよ、孔丘は憎悪の感情をむけなかった。もしも政争が生じなかったら、亡命事件は起こらず、孔丘は宋の貴族の裔孫《えいそん》として生まれ育っていただろうと想えば、宋はやはり遠祖の国として認識しておくべきである。孔丘の体内にながれている血が、その国のどこかにつながっているにちがいないのであり、そのことが精神をひそかに高揚させることはたしかであった。

とにかく、その国から妻はきた。

媒人が妻の年齢をいわなかったので、孔丘は不審をおぼえたが、はたして婚期にふさわしい十五歳ではなく、年齢は孔丘に近かった。

――この齢《とし》まで家にいたということは……。

むずかしいことが、実家の内情にあったたか、妻の性格にあったたか、どちらかであろう。この推測が孔丘の心を多少幽《くら》くした。妻のからだはすでに女として闌《た》けていたので、翌年、児を産んだ。母ともなった开官氏の女は、家政としきたりのちがいにとまどうことが多かった。孔丘はそのひとつひとつを丁寧に教えたが、妻はときどき気乗りうすになり、さらにうんざりした容態をみせるようになった。

――礼を教える家の主婦は淑女《しゅくじょ》でなければならない。

孔丘は家主《かしゅ》としてそういう情熱をもっていた。が、妻にはその情熱は通じなかった。

――女とは、教えがいのないものだ。

この落胆の意《おも》いは、じつはたがいに共通するものであった。妻は夫の上に平穏で平凡な夢を画《か》いてきた。が、夫はあきれるほど厳格であり、こまかな言動まで注意される妻は精神的に縛られて生活しなければならず、耐えがたい窮屈さを感じるうちに、夢はこなごなに砕《くだ》け散った。夢を失った妻にとって孔丘は、ただ口うるさい夫、にすぎなくなった。

孔丘は自分の気の短さを自覚し、それを性格上の欠点と認め、癇癖《かんぺき》をおさえる努力をつづけてきた。が、妻にたいしては、その努力をおこたるときがあった。孔丘の叱声《しっせい》に、いつしか妻はおびえず、淑気《しゅくき》をなげうったようなふてぶてしさをみせるようになった。この関係が、父と母の相関図《そうかん》に似ていると孔丘は気づき、ぞっとした。

――母があれほど嫌った父に、われは肖《に》ている。

この状態で夫婦生活をつづけてゆくむずかしさを孔丘は痛感した。妻を実家に帰そう、いや、帰さなければならない。なぜなら、実家に帰った妻が三十歳をすぎていたら、再婚先がみつかるまい。いまなら離婚の傷も深くならないで、他家へ嫁いでゆける。そうおもいつつも、孔丘は離婚を切りだせなかった。

――わが子の鯉《り》が幼すぎる。

母が家を去った悲しみをたれよりもよく知っているのは、孔丘である。鯉の場合は、もっと残酷で、生母の実家は、童子の足ではとても歩いてゆけない宋にある。妻も、この家をでたら、鯉とは二度と会えない、というおもいがあるので、耐え忍んでいるにちがいない。夫婦がたがいに苦しんでいる家庭に、この齟齬《そご》を改善する陽が射し込んでくることがあるのだろうか。

暗澹《あんたん》たるおもいの孔丘は、諸事に無関心になりつつある妻から目をそらし、いぶかしげに

立っている顔無繇《がんむよう》に、

「小屋にもどる」

と、不機嫌な声でいった。

すぐに顔無繇は外にでて趨り、うつむいて車体を点検している秦商のもとにゆき、

「季孫家でなにがあったのですか」

と、あまりにも早い孔丘の帰宅のわけを問うた。すこし顔をあげた秦商は、

「わからぬ。いやなことがあったにはちがいないが……」

と、冷ややかに答えた。そのあと、馬首のむきをかえて、孔家をはなれた。

小屋のなかの蓆《むしろ》の上に坐った孔丘は、しばらく呆然《ぼうぜん》とした。自分が怒っているのか、悲しんでいるのか、わからなかった。やがて、

――なにもかも、うまくゆかない。

という苦《にが》いおもいが、心底から喉《のど》もとまでのぼってきた。季孫氏の招待をうけたときには、きわめて明るい陽射しのなかにでたような喜びがあった。が、その喜びは、ひとりの男によって打ち砕かれた。しかも孔丘は恥辱まみれになって帰ってきた。

「なんじは士ではない」

そうののしった季孫家の家臣の名はわからないが、その声と貌《かお》は、一生忘れぬであろう。

「為《な》すべきことを為さぬから、そうなるのです」

母の声であった。あまりにもはっきりときこえたので、小屋の外に母が立っているのでは

ないか、と孔丘はうろたえた。

——母の魂が、ここに還《かえ》ってきて、服忌《ふくき》をおこたったわれを叱《しか》ったのだ。

そう感じたとたん、孔丘は蓆の上につっ伏した。なぜか地のぬくもりを感じた。土は冷えきった孔丘の心身を、おもいがけず、あたためてくれるようであった。人は、人に支えられて生きているが、そのまえに地に支えられている。わが母も、地にいだかれて、眠っている。人の世の寒さをいやというほどあじわった母は、いま、地の温かさのなかでやすらいでいるだろう。かならず人は地に帰って無限の休息にはいるが、それまでに、寒々しい世の中でめぐまれぬ個を精神的に転化し、それを礼によってつないでゆけば、世間全体が体温をもち、質も向上するのではないか。

孔丘は暗い小屋のなかで、そんなことを考えはじめた。

礼と法

喪《も》が明けた。

孔丘《こうきゆう》は二十六歳になった。

服忌《ふくき》のあいだ家事にあたってくれた顔無繇《がんむよう》に礼をいった。すると顔無繇は、

「あのかたたちに、だいぶ助けられました」

と、声を低くしていった。あのかたたち、というのは、孔丘の兄の孟皮《もうひ》とその妻のことである。孔丘にとって嫂《あによめ》にあたる人は、孟皮に足の障害があることを承知で嫁《とつ》いできて、ふたりの子を産んだ。女子と男子である。この時代、女子の名は、まず記《しる》されない。孔丘の妻も、开官氏《けんかん》の女《むすめ》、というだけで、名はわからない。孟皮の女子もそうだが、男子は、

「孔蔑《こうべつ》」

と、いう。ちなみに孔丘の妻も、男子だけではなく女子も産んだ。孟皮と孔丘という兄弟はそれぞれふたりの子をもったことになる。

顔無繇は孔丘の妻についてなにもいわなかった。

——われが小屋に籠《こ》もっているあいだ、妻はなにをしていたのか。

もしも孔丘が妻に詰問《きつもん》すれば、おそらく妻は、

「あなたは人に食事をつくらせて、小屋に籠もっていればよかったでしょうが、わたしはふたりの子を育てなければならないのです」

と、いい返すであろう。それがわかるだけに、つねに横をむいているような妻に、ことばをかけにくかった。

ところでこの年に、顔無繇は成人となり、路《ろ》（あるいは季路《きろ》）というあざなをもつ。なおかれは顔由《がんゆう》ともよばれるので、由はあざなではなく名であると想《おも》うしかないが、無繇のほかに由という名があったわけはわからない。さらにいえば、この年からかぞえて五年後にかれは男子を儲《もう》ける。まえにふれたことではあるが、そこで生まれた男子こそ、のちに孔丘の弟子のなかで最高といわれる、

「顔回《がんかい》」

である。

顔無繇が去ったあと、孔丘は兄と嫂に会って、

「喪中のあいだ、よく家を守ってくれました」

と、いい、頭をさげた。嫂はつねにやさしい目をしている。

——わが妻には、こういう目つきはない。

それがやるせない。

だが、妻からさほど離れたところにいない童子《どうし》の笑貌《しょうぼう》の明るさは、どうであろう。孔丘の子の孔鯉《こうり》のそれではない。十一歳になった閔損《びんそん》が、服忌を終えた孔丘を心からねぎらっているのである。閔損の賢さは、むずかしい孔丘の妻に嫌われない立ち位置を確保していることである。

——閔損の孝心は、妻にも滲《し》みたのだろう。

そう感じた孔丘は、閔損のまえにしゃがんで、

「毎日、小屋に飲食物をとどけてくれたのだな。そなたも喪に服してくれたことは、われにはよくわかっている。人に真心《まごころ》で接するそなたを、嫌う者はこの世にひとりもいないであろう」

と、この幼い内弟子を称《ほ》めた。

閔損は一粲《いっさん》した。師に称められたことが嬉《うれ》しいという笑顔である。

——この童子の存在だけが、わが家では明るい。

わが子の鯉も、閔損をみならってもらいたいが、どちらかといえば妻に肖《に》て、すこし暗い。

数日後、孔丘は官衙《かんが》へ往き、喪明けを告げて復職願いをだした。が、反応はなかった。そこでふたたび若者たちを教えることにした。すると、集まった者たちの数は、以前よりかなり多かった。

「なぜであろうか」

孔丘は古参の弟子である曾点《そうてん》に問うた。

「三年の服忌が効《き》いているのです」

「ほう……、そうか」

孔丘は売名的に服忌をおこなったわけではない。だが、父母が亡《な》くなって三年も喪に服する庶民などひとりもいない。小吏《しょうり》にすぎなかった孔丘がそれをやりぬいたことが、世間に衝撃をあたえた。孔丘は貴族的な葬礼をおこなった、と世間はみた。

孔丘が礼法に精通しているといううわさはかなりひろまったらしく、冠婚葬祭の助言者として諸家に招かれるようになった。このことは、弟子だけではなく孔丘に声をかけられて人をだす家の家計を助けた。

ある家の喪主は、孔丘の顔をみると、

「死んだ父は、あなたのお父さんの配下でした」

と、父からきかされた往時の戦いを自慢げに語った。孔丘が生まれる五年まえに、孔紇《こうこつ》が決死隊を編制したという話である。

父に関する武勇譚《たん》には耳をふさぎたい気分の孔丘であるが、いのちがけで魯《ろ》の国を守った人々の功績をないがしろにするほど傲慢《ごうまん》ではない。それゆえ喪主の話にまともにつきあった。

話をきき終えた孔丘は、ふと、

——父は臧孫《ぞうそん》氏に仕えていたか、その与力《よりき》であったか。

と、おもった。

話の内容をてみじかにいえば、こうである。

魯の君主が先代の襄公《じょう》であったころ、魯は北辺《ほくへん》を斉軍《せい》に侵された。臧孫紇《ぞうそんこつ》が守っていた邑《まち》が斉軍に包囲されたので、魯の朝廷は援兵をだして臧孫紇を救出しようとした。臧孫紇は大《たい》夫《ふ》であり、大臣といってよく、斉軍に捕斬《ほざん》されてはこまるからである。だが、救援の魯軍は斉軍を恐れて近寄れない。そこで邑内《ゆうない》で決死隊をつくって、囲みを破り、臧孫紇を迎えの魯軍にとどけようとしたのが孔丘の父の孔紇であった。三百人の甲士《こうし》が包囲陣を突破して、ぶじに臧孫紇を送りとどけ、邑内に帰った。あざやかな進退であった。その功勲はいまなお色あせないという話である。最後に喪主は、

「臧武仲《ぞうぶちゅう》さまが、わが国を去られたのは、いかにも残念です」

と、つけくわえた。その武仲とは、臧孫紇の謚号《しごう》である。

——臧孫紇は斉へ亡命したのか。

ここではじめて孔丘はその事実を知った。孔丘が二歳のときに、臧孫紇は季孫《きそん》氏との政争に敗れて、魯をでると斉へ奔《はし》った。それによって魯の大夫のなかで名門中の名門であった臧孫氏は衰退した。三桓《かん》が台頭するまえは、臧孫氏が魯の正卿《せいけい》の地位にいて国政をになっていたのである。

——臧孫紇の亡命後、臧孫氏にかかわりのあった家は没落したのか。

孔家もそのひとつではなかったか。

となれば、臧孫氏の政敵であった季孫氏に、孔丘が擢用《てきよう》されることは、まずない、といってよい。

――世の中のしくみとは、そういうものだ。

前途に深い暗さをおぼえたものの、遠くをみすぎるな、と自分にいいきかせた孔丘は、功利的な自分を棄《す》てようとした。功と利を求めて動くと、先年のあのときのように、挫折《ざせつ》させられ屈辱をあじわうことになる。

冬に、公庁《こうちょう》から通知がきた。

「えっ、師は曲阜《きょくふ》の府に登用《とうよう》されたのですか」

秦商《しんしょう》、顔無繇などの弟子は、その通知を知って喜躍《きやく》した。こんどは地方の小吏ではなく、中央の官としての採用である。

――どこかにわれを視《み》ている目がある。

途《みち》をさえぎる者がいれば、啓《ひら》いてくれる者もいる。もしもそれが人ではなく天であれば、その知らせは天命といいかえることができる。そう想った孔丘はひそかに身ぶるいをした。

「来春から、勤務することになった。まもなくこの教場《きょうじょう》を閉じなければならない」

孔丘は曲阜の官舎にはいることになる。

「師の教えをうけられなくなるのは、残念です。でも、よかった。野《や》に遺賢《いけん》があっては、国家の損失です」

先年、孔丘を馬車で季孫邸まではこんだ秦商は、孔丘の尋常ではないくやしさを察しているだけに、その採用通知を心から喜んだ。

新年になると、さっそく孔丘は公庁へ往き、届けでて指示を仰いだ。

祭祀官《さいし》の下に配属された。

上司は性質にいやな癖《くせ》のある人ではなく、すぐに職務の内容について簡潔に教えた。

「宮中の祭事はこまごまとあるが、儀式における挙止進退《きょし》は年配の者をみならい、おいおいおぼえればよい。だが、みずからおぼえなければならぬものがある。ついてきなさい」

上司は宮中の文書保管室に孔丘をつれて行った。建物の一部は、公室図書館といってよい。

「そなたは、詩を知っているか」

「いえ」

孔丘は恐縮してみせた。上司がいった詩とは、のちに儒教の教科書のひとつとなり、はるかのちには『詩経《しきょう》』とよばれることになるが、孔丘はそれには無関心でここまできた。

上司は一巻の木簡《ぼっかん》を披《ひら》き、

「これは魯頌《ろしょう》といい、先君をたたえる神聖なことばであり、宮中の祭祀にかかわる者であれば、すべてを暗誦《あんしょう》しておかねばならぬ」

と、いい、それを孔丘の掌に乗せた。ずいぶん重いものが掌の上に乗ったという感じで、孔丘は内心たじろいだ。板敷《いたじき》の上に両膝《ひざ》をついた孔丘は首をあげて、

「あの……、これは、書き写してよいものでしょうか」

と、おずおずと問うた。

「ああ、かまわぬよ。頌だけではなく、雅《が》もおぼえる必要がある。読んだだけでは、おぼえ

られぬであろう」

詩は、のちのちまでつたわった篇数は三百五である。全体は三部構成になっていて、頌、雅、国風《こくふう》より成る。頌はいわば祝詞《のりと》である。雅は舞楽に添《そ》える詩で、国風は民謡である。そのなかの魯頌は四篇にすぎない。むろん多くない。なお雅は、小雅《しょうが》と大雅《たいが》に分かれている。

上司が去ったあと、独《ひと》り室内に残った孔丘は膝をずらして牖《まど》に近づき、魯頌をおそるおそる披読《ひどく》した。それは、

駉駉《けいけい》たる牡馬《ぼば》
坰《けい》の野《や》に在《あ》り

という詩句からはじまっていた。それを読んだだけでも、孔丘の感覚が生彩を帯び、はずみをもった。

駉はみなれぬ文字であるが、おとこ馬を形容するかぎり、たくましさや肥厚《ひこう》さを意味しているであろう。坰は邑《まち》はずれの地で、郊《こう》といいかえてもよい。そこに草のゆたかな野がひろがり、色々な馬がいて、それらの馬を車につければ、勢いよく走るであろうという意味の詩句がつづく。

——馬の種類とは、それほど多いのか。

詩には、驈《きつ》から魚《ぎょ》まで、十六種類の馬がでてくる。魚は、さかな、ではなく、馬に魚つま

り𩣡《ぎょ》と書くべきところを、馬へんをはぶいたのであろう。孔丘の知識としては、驪《り》はまっ黒な馬、騅《すい》はあしげ馬、騏《き》は青黒い馬であることはわかるが、わからない文字のほうが多い。

しかし孔丘は楽しくなった。詩がもっている色彩感覚に打たれた。魯頌は、苔《こけ》むしたことばの羅列《られつ》ではない。ことばが生き生きとしている。しかもこれらのことばは、述べられるのではなく、歌われるのである。ちなみに驕は黒毛の馬だが内股《うちまた》に斑白《はんぱく》のあるもの、魚は両目の白い馬をいう。ついでにいえば、ひとつの目が白い馬を、𩦺《かん》という。

孔丘は夢中で再読するうちに、はっとした。昂奮した感覚が適度な冷静さをもったらしい。ひとつの詩句が比類ない清澄さをもって孔丘の心の深奥《しんおう》まで滲みた。

思い 邪《よこしま》 無し

なんという美しいことばであろうか。それは邪念なく純粋に生きよ、と教えてくれているではないか。孔丘は、身も心もふるえた。おもわず泣いていた。のちに孔丘は、

「詩は三百あるが、それらをひとまとめにして表せば、思い邪無し、である」

と、いうが、ここでの感動がすべてであったといってよい。

老司書《ししょ》が室内にはいってきて、孔丘に気づいた。涙をぬぐって起《た》った孔丘は、一礼して、

「陬《すう》の孔仲尼《こうちゅうじ》と申します。祭祀官の下で本日より勤務します。魯頌を暗誦するように命じられました」

と、少々かすれた声でいった。孔丘の長身におどろいた老司書だが、涙で腫《は》れた目をみのがさず、

「そなたはからだが巨《おお》きいくせに、気が弱いとみえる。初日から辛い目に遭《あ》って泣いていては、この先、幾度《いくたび》も泣かなければならぬ。まあ、泣きたかったら、ここにきなさい」

と、憐憫《れんびん》をこめていった。親切な老司書であった。この人がいてくれたおかげで、孔丘は気がねなく書写ができ、多くの書物を読むことができた。

——三百の詩を、すべて書き写し、暗誦してやる。

そんな気概《きがい》をもった孔丘は、学ぶということに、へこたれたことはない。

ただし知ることが増えれば、知らないことはさらに増える。知るためには、知らないことを知らないとはっきりいうところからはじまる。そういう信条をもっている孔丘は、同僚と先輩の官人を質問攻めにするようになった。

「うるさいやつだ」

多くの官人が孔丘の問いの多さに辟易《へきえき》した。孔丘の顔をみただけで、眉《まゆ》をひそめ、目をそらす者さえいた。ただし孔丘はその程度の冷淡さに遭って傷つくような心の脆《もろ》さをもっていなかった。

——儒《じゆ》の集団は世間の冷ややかなまなざしにさらされてきたのだ。

そのなかにあっても、卑屈にならず、畏縮《いしゆく》せずに生きてゆくには、どうしたらよいのか。孔丘が十代のころから考えてきたことである。

一言でいえば、環境に左右されない精神の自立である。それを成《な》すためには、飽《あ》くことなく、礼法でも、故事でも、知ろうとしつづけなければならない。いまや孔丘は詩の世界にどっぷりと浸《つ》かっている。その美しさに魅了されている。

——これは貴族の言語でもある。

新鮮な認識であった。貴族が詩をおぼえるのは、美を観照する力を養うためではなく、詩句を諷意《ふうい》としてつかうためである。あからさまな表現を嫌うところが、いかにも貴族らしい。それを貴族のもったいぶった気取りとみなせば、詩のすべてをおぼえる必要はなくなるが、孔丘はそうはおもわなかった。詩はまぎれもなく美しい世界なのである。そのなかに人の勇気も、悲哀も、こめられている。いわば千変万化の情のありかたがある。それを詩の形で遺《のこ》してくれたのは、先人の智慧《ちえ》である。それを受け継がないのは、人として、いや国の文化として、大損失であろう。

——これは、貴族が独占する世界で終始させたくない。

かりに貴族の世界が消滅すれば、詩の世界も滅んでしまう。そうなってはならない、と孔丘は強い意思をもった。

やがて上司に従って大廟《たいびょう》を見学することがあった。

大廟は見晴らしのよい高台の上に建てられていて、大祖《たいそ》である周《しゅう》公旦《たん》が祀《まつ》られている。なかに周公旦の絵も掲《かか》げられている。

——この人が、周公旦か。

孔丘はまさしく敬仰《けいぎょう》した。

殷《いん》王朝を倒した周の武《ぶ》王は、幼い太子（のちの成《せい》王）を遺して病歿したため、在位は短い。動揺する王朝をしっかりと支え、周の理念を天下に示して、経営にあたったのが周公旦である。

孔丘の晩年の弟子である曾参《そうしん》（曾子《そうし》）は、

——以《もっ》て六尺《りくせき》の孤《こ》を託《たく》すべく、以て百里の命《めい》を寄《よ》すべし。

と、述べた。六尺の孤とは、幼君を指し、その原型は周の成王であろう。武王から遺児を託されて、百里の命、すなわち国家の運営にあたったのが周公旦である。おそらく曾参は孔丘を通して周公旦の俠気《きょうき》を視たのであろう。その種の情熱を孔丘がもち、また曾参ももっていなければ、憧憬《しょうけい》はつたわらない。

孔丘は大廟を見学しながら、儀礼についてこまかく問うた。

——いいかげんにせよ。

と、小腹を立てた者がいて、

「陬人《すうひと》の子はよく礼を知っている、とたれがいったのか。大廟にはいって、なにも知らず、ことごとに問うているではないか」

と、あからさまに皮肉った。

その声をきいても、孔丘は恥じ入らなかった。

「礼とは、そういうことだ」

と、平然といった。ここには多分に諧謔《かいぎやく》がふくまれているようであるが、人に反感をおぼえさせる発言であったかもしれない。だが、孔丘の考えには、知っている者は知らない者に教え、知らない者は知っている者に教えを乞うのが礼の基本だと信ずる強さがあったであろう。実際に教師としての孔丘は、

「どれほどつまらない男がわれのもとにきても、まじめな態度で問うなら、納得《なつとく》するまで充分に答えてやる」

という教育の姿勢を晩年までくずさなかった。そういう未来像を秘めている孔丘という卑《ひ》官《かん》は、同僚の目には、

「変人《へんじん》」

と、映《うつ》ったであろう。

この年の六月一日に、日食があった。日が欠けはじめたのを瞻《み》た祝《しゆく》と史《し》が、卿《けい》のもとへ趨《はし》った。祝は祭祀官のことで、史は記録官である。まずかれらは卿のひとりである叔孫婼《しゆくそんしやく》（諡号は昭子《しようし》）に報告した。礼についてうるさい叔孫婼は、

「日食があれば、天子は食膳の数をへらし、鼓《こ》を社で打ち、諸侯は幣帛《へいはく》（礼物のきぬ）を社に供え、鼓を朝廷で打つ。これが礼である」

と、即座にいい、かれらに幣帛を与えようとした。社は土地の神をいうが、この場合、その神を祀るやしろのことである。また鼓を打つことは、衰えてゆくものを励ます行為である。

その音は、トウトウときこえるので、唐の文字をあてることがある。

ところが、叔孫婼の言動に、待ったをかけた者がいた。正卿の季孫意如《きそんいじょ》である。

「無用の礼である。正月の一日に日食があれば、そうしてもよいが、ほかの月では、そうせぬ」

と、かれは祝と史のあわただしさをたしなめた。史の長官を大史《たいし》といい、かれは多少憤然《ふんぜん》として正卿の謬見《びゅうけん》を匡《ただ》そうとした。が、季孫意如は耳を貸さず、

「なにもしてはならぬ」

と、強くいい、祝と史に幣帛をさずけなかった。

孔丘はその場を目撃したわけではないが、朝廷の外でもかなりの話題となったので、あとで祝のもとへゆき、

「叔孫氏と季孫氏とでは、どちらが正しいのでしょうか」

と、問うた。大胆な問いである。同僚の意見などは無視して、直接に祝に問うのは不遜《ふそん》のふるまいといってもよい。

だが、祝は表情を変えず、この最下級の祭祀官をしばらくみつめてから、

「どちらも正しい」

と、いった。孔丘は困惑した。上級の祭祀官ともなれば、季孫氏に折衝《せっしょう》する機会がすくなくないので、季孫氏に嫌われたり憎まれたりしないような配慮をおこたらないということがあろう。これもそのひとつであるとすれば、遁辞《とんじ》にすぎないではないか。そうおもった孔丘

は、

「意味がよくわかりませんが……」

と、あえていってみた。

祝は目をそらさず、

「意味は、自分で考えよ」

と、いい、孔丘をしりぞかせた。

――どういうことか。

祝の態度と教諭《きようゆ》は、孔丘を愚弄《ぐろう》したものではなかった。まっすぐな問いに、まっすぐに答えてくれた、と意《おも》ってよい。むしろ問うた者が、問われたのである。

孔丘は考えつづけた。

やがて礼に対する法というものに想到《そうとう》した。叔孫氏が礼について述べたのに対して季孫氏は法によってそれを否定した。最高権力者の発言は法にかわりうる。それが礼にそむいても、不正であると指弾《しだん》できない。実際に、日食があっても、朝廷で鼓は打たれず、社に幣帛は供えられなかった。法によってひとつの礼が失われたのである。礼の喪失が続出すると、恣意《しい》的な法の発生を阻止するものがなくなってしまう。そのため、おのずとある秩序が紊《みだ》れて収拾がつかなくなる。そうなると為政者は法を乱発せざるをえない。それなら、最初から礼を守り、従えばよいではないか。

要するに、礼を守ることは、貴族の不当な法から官民を護《まも》ることになる。祝が教えてくれたことは、そういうことではないか。
孔丘が礼の意義を最大限に知ったのは、このときであったといってよい。
秋に、郯《たん》の君主が朝見《ちょうけん》にきた。
孔丘はこの君主にかかわりをもつことになる。

郯《たん》君の来朝

秋になって顔無繇《がんむよう》が新しい木簡《ぼっかん》をとどけるために官舎にきた。かれと秦商《しんしょう》が、孔丘《こうきゅう》が書写《しょしゃ》と暗記を終えた木簡をうけとり、かわりに新しい木簡を置いてゆく。びっしりと文字が書かれた木簡は綴連《ていれん》されて巻かれている。それらの巻は孔家へはこばれ、蓄積《ちくせき》されつつある。

数巻をうけとって腰をあげた顔無繇は、すこし眉《まゆ》をひそめて、

「閔損《びんそん》が父親にひきとられました」

と、告げた。

「そうか……、あの子は、実家へもどったのか……」

孔丘の胸に涼風《りょうふう》が通った。ともすれば暗くなりがちな孔家を、ひとりで明るくしてくれたのが閔損であった。孔家は灯《ひ》を失ったといってよい。

「閔損の父は優柔不断《ゆうじゅうふだん》の男のようで、継妻《けいさい》のいいなりである、ときこえてきます。実家にもどった閔損をかばう人はおらず、かならず除《の》け者にされます。それがわかっていながら、孔

家では、たれもどうすることもできなかったようです」

と、顔無繇はため息まじりにいった。

孔丘は涙ぐみそうになった。今年、自分の子の鯉《り》は八歳であり、長いあいだ話し相手、遊び相手になってくれた閔損が孔家を去るとき、ひとことでも感謝のことばをかけたであろうか。鯉が気の弱さのために、それができなかったのであれば、妻がかわって声をかけたであろうか。礼を教える家が、相手が童子《どうし》であっても、礼を失ってはならない。

――妻は自分の子に礼を教えるという人ではない。

それが孔丘にとってむしょうにさびしい。

「閔損は十二歳か。成年まで、あと八年……。八年の辛抱《しんぼう》だな。八年経《た》てば、かれはわが家にもどってくるであろう」

孔丘はそう予感した。

「そうなればよい、とわたしもおもいます。ただし、あの子にとって、これからの八年は長いでしょう」

情味のある顔無繇はまたため息をついた。かれが去ったあと、孔丘はおのれの八年後を想《おも》った。このまま下級祭祀《さいし》官でいるのか。いまは独《ひと》りで学びつづけているが、もっと広く深く学ぶにはどうしたらよいのか。孔丘もため息をついた。

この日から数日後に、上司に呼びだされた孔丘は、

「郯《たん》君が朝見《ちょうけん》にくる。滞在のための宿舎は外宮であるので、なんじは外宮に詰めて、応接と

連絡にあたれ」

と、命じられた。外宮は公室にとって来客用の宿舎で、公宮からすこしはなれた位置にある。そこに三人の祭祀官とふたりの記録官が泊まり込んで、魯《ろ》の昭《しょう》公に面謁《めんえつ》にきた郯の君主を介輔《かいほ》するのである。この面謁は、魯の盟下にある国の君主がおこなわねばならぬ礼のひとつであり、それを朝見とよべなくはないが、朝見のもとの意味は臣下が天子に拝謁《はいえつ》することであるから、すこしことばがくずれてきたといわざるをえない。

――郯君といえば……。

孔丘はむくむくと尚古《しょうこ》の感情が湧いてきた。

郯の君主は、少皞金天《しょうこうきんてん》氏の裔孫《えいそん》で、姓は己《き》であるといわれている。諸侯のなかで、その家系の長さは特別であるといってよい。郯の公室には、わくわくするような伝承が保持されているにちがいない。だが、そう想ったところで、下級祭祀官にすぎない孔丘が、他国の君主に質問をぶつけるわけにはいかない。学びたくても学ぶことができない現実が、ここにもある。

郯君が外宮にはいった。

その時点から、孔丘は多忙になった。

ぶなんに朝見を終えて外宮にもどってきた郯君は、宮室にはいるまえに、庭に目をやって、

「あれはなんという名であろうか」

と、こまごまと草木の名を祭祀官たちに問うた。祭祀官たちを困らせてやろうという悪意

をもっているとはおもわれない温厚な君主である。郯という国の位置は、曲阜《きょくふ》からみると、東南にあたり、生えている草木が魯のそれらとはちがうのであろう。そのちがいをたしかめたいのは、この君主が学究《がくきゅう》の気風をもっているからにちがいない。

ふたりの祭祀官は口ごもった。が、仰首した孔丘がすらすらと答えた。

——いやなやつだ。

と、ふたりの祭祀官は顔をしかめた。しかしながら孔丘はその種の反感は意《い》に介《かい》さない。かれの目は郯君しか視《み》ていない。幽《ほの》かではあるが両者になにかが通いあいそうであった。

——詩のありがたさよ。

詩の世界にいるのは動物だけではない。おびただしい植物がある。人とともに生きているそれらの名を知るだけでも、人は豊かさを得ることができる。郯の君主はそういうことを知っている、と孔丘は感じた。

孔丘はきわだつ長身であり、武人にしてもよい体軀《たいく》をもっていながら、郯の主従にこまやかな気づかいをみせた。郯君にはそれがわかっており、いままたその者の知識の豊かさに感心したので、

「そなたの氏名は——」

と、問うた。

「孔丘と申します」

つねには声の大きい孔丘も、このときばかりは声音《せいおん》をおさえた。

「魯に、孔を氏とする者がいるのは、めずらしい。衛《えい》と陳《ちん》に多い氏である。明日、魯君が宴を催してくれる。そなたはわれを宴席まで僨《みちび》け」

「うけたまわりました」

同僚の嫉《そね》みのまなざしを浴びつつ、孔丘は拝手した。

ひとつ気になったことがある。孔という氏について、郯君は衛と陳に多いといったが、宋《そう》という国名を挙《あ》げなかった。孔氏の族はかなり昔に、宋国から払底《ふってい》したらしい。

——衛と陳にいる孔氏は、わが遠祖と、血のつながりがあるのか、ないのか。

孔丘にあらたな関心事がひとつくわわった。

翌日、宴会場となった宮殿まで郯君を先導してきたのが孔丘であると知った上司はおどろき、

「これ、これ、これより先にはいってはならぬ」

と、孔丘を叱呵《しつか》して、しりぞけようとした。するとつねに郯君の左右にいる郯の大臣が、こういう事態が生ずることを予想していたのか、すばやく歩をすすめ、

「祝《しゆく》どの、その者を宴席にくわえたいというのは、わが君のご意向である。おことわりにならぬであろうな」

と、ささやくようにいった。

「えっ、郯君のご意向——」

上司は孔丘を睨《にら》んだ。この者は郯君にぬけめなくとりいったのか、とにがにがしくおもっ

たらしい。ここは両国の君主と重臣がつどう場であり、両国の親睦《しんぼく》に無関係な下級祭祀官の出席がゆるされるはずもない。困惑した上司はあわてて季孫意如《きそんいじょ》のもとへ趨《はし》り、郯君の意向をつたえた。かれが君主のもとへ趨らなかったことだけでも、この会の陰《かげ》の主催者が季孫意如であることがわかる。

「そこもとの属官が郯君に気に入られたのなら、かまわぬ、末席を与えよ」

季孫意如があっさりと許可して、その者の氏名は——、と問わなかったのは、ほかのことに気をとられていたからであろう。ほかのことというのは、君主である昭公がこういう席で礼をはずさないか、気にしていたことである。

とにかくその許可によって孔丘ははじめて君主と重臣の宴会を自分の目でみることができた。相手の威《い》に屈せずさからい視ることを忤視《ごし》というが、このときの孔丘の目つきは忤視に比《ちか》い。

——あれが季孫氏か。

そうおもっただけでも、含怒《がんど》の感情がよみがえってくる。むろん季孫氏に侮辱《ぶじょく》されたわけではないが、いきなり人の胸倉《むなぐら》を突くような冷気に満ちたことばを吐く者を家臣としている季孫氏を尊崇《そんすう》する気にはなれない。

ついで孔丘は昭公をみた。

とたんに、昔、秦商がみせたしぐさを憶《おも》いだした。そのとき秦商は、

「わが国の君主は、ここがだいぶ足りぬ」

と、いい、自分の頭を指で軽くついてみせた。おつむが弱いということであろう。なるほど、いまだに昭公をたたえる声をいちどもきいたことがない。それどころか、声をひそめて嗤《わら》う者が多い。

十七年まえのことになるが、昭公は即位のまえからその容態は奇妙であった。

魯の先代の君主を襄《じょう》公といい、昭公は襄公の子である。ただし襄公の生前に太子として認定されていたわけではない。それどころか、昭公の腹ちがいの兄である子野《しや》が襄公の嗣子《しし》として、季孫宿《きそんしゅく》（諡号《しごう》は武子《ぶし》といい、季孫意如の祖父）に擁立《ようりつ》されようとしていた。

襄公の死後、殯葬《ひんそう》のあいだ、喪《も》に服すために季孫邸にはいった子野は、父を悼痛《とうつう》するあまり極端な粗食をつづけたため、瘦《や》せ衰えて、ついに病歿してしまった。

――しまった。

と、季孫宿は舌打ちをしたであろう。

天子を擁立する功を、定策《ていさく》の功、というが、君主を擁立することは、それに亜《つ》ぐものである。当然、その功には多大な権力がともなう。子野の死をみつめて、掌中《しょうちゅう》の珠《たま》を失ったおもいの季孫宿であったが、

――待てよ、まだ、手はある。

と、おもいなおした。

君主の家の婚儀に際しては、嫁《とつ》ぐ女《むすめ》を送りだす家は、その公室との姻戚《いんせき》関係が切断されないように、ふたりの女を送り込む場合が多い。姉と妹がふつうの組み合わせであるが、妹が

いないときには父の兄弟の女、すなわち姪《めい》がえらばれる。その二女は主従の関係で、主である女は妃《ひ》となり、従である女は妾《しょう》となる。妃が子を産まないと妾がかわって子を産み、妃がその子を育てるという図式になる。

亡《な》くなった子野の生母を敬帰《けいき》というが、敬帰には斉帰《せいき》という妹がいて、襄公の子を産んだ。その子は、公子裯《ちゅう》、といい、十九歳になっている。

ちなみに敬帰と斉帰というふたりは、胡《こ》という小国の公女である。胡の位置は魯のはるか南で、淮水《わいすい》の支流の潁水《えいすい》に臨《のぞ》んでいる。帰という姓はほかにみあたらないので、きわめてめずらしい。

——公子裯を立てればよい。

季孫宿はその決定を諸大夫《たいふ》に知らせた。それをきいて、

「もってのほか」

と、抗言《こうげん》したのは、三桓《かん》のひとりの叔孫豹《しゅくそんひょう》（諡号は穆子《ぼくし》）である。この人は、日食の際に正論を吐いた叔孫婼《しゅくそんしゃく》の父である。叔孫家は理屈をこねる人が多い。

「太子が亡くなったときは、同母の弟を立てるべきであり、それがいないときは、庶子《しょし》のなかの年長者を立てる、というのが昔からのきまりです」

そう切りだした叔孫豹は、この時点で、子野の弟の公子裯に悪印象をもっていた。なぜなら、公子裯は父が亡くなったというのに、すこしも哀しまず、喪中にもかかわらずにこにこ笑っている。喪服に着替えるべきなのにそうしない。

——阿呆《あほう》か、この公子は。

内心、公子裯を睨みつけている叔孫豹は、

「礼に従うことのできない人は、かならず禍《わざわ》いを起こします。それでも、あなたがその公子を立てるというのであれば、あなたの家に禍いがおよぶでしょう」

と、強くいい、その決定を取り消させようとした。

季孫宿に絶大な権力をにぎらせたくないというおもわくもあったであろうが、凡愚《ぼんぐ》な君主はかならず群臣と国民に迷惑をかけるという他国の例もあることから、自国の未来にそういう紊乱《ぶんらん》があってはならないと真剣に考える叔孫豹の配慮がここにはあろう。

が、季孫宿はうなずかなかった。阿呆の君主なら、さらにあつかいやすい、と考えたのであろう。かれがくだした決定は不動のものとなった。

ただし喪中の公子裯のふるまいはひどかった。襄公が埋葬されるまで、かれは遊びまわり、喪服がすりきれて、三度もとりかえた。

——十九歳になっても、童心から脱《ぬ》けられないのか。

さすがに季孫宿もあきれたが、死なないでいてくれたら、それでよい、とその悖戾《はいれい》ぶりに目をつむった。

そういういきさつがあって、公子裯は即位した。それが昭公である。

孔丘が昭公をみるのはこの席が最初ではない。宮中で祭祀があり、そのとき昭公をみた。三十代の昭公はまさに壮年であり、その容姿にだらしなさはなかった。いままた遠目ではあ

るが、

――あれが凡愚の容貌か。

と、孔丘は首をかしげた。昭公についてたれも賢主《けんしゅ》であるといわないが、孔丘が遠くから観察したかぎり、昭公のどこが愚浅《ぐせん》であるのかわからなかった。ふと孔丘は、

――胡という国は、楚《そ》に近い。

と、想った。楚といえば、過去に荘《そう》王という比類ない英主がでた国である。孔丘は十代のころに鄙《むら》の長老から、

「なんじは、蜚《と》ばず鳴かず、ということばを知っているか」

と、いわれた。知りません、と答えると、長老は楚の荘王の荒湎《こうめん》ぶりについて語ってくれた。荘王は父の穆《ぼく》王の死後、喪中にもかかわらず左右に美女を抱き、飲めや歌えの遊蕩《ゆうとう》をつづけた。諫《いさ》める者は死刑に処すと命じたので、たれも荘王に近づかなかった。これでは国が滅んでしまうと愁えた臣下のなかに、伍挙《ごきょ》という賢臣がいて、あからさまに諫言《かんげん》を呈することはせず、ひとつ謎かけをいたします、といって荘王に近づいた。その謎かけというのが、

「鳥が阜《おか》にいます。その鳥は三年もの間、蜚びませんし、鳴きもしません。いったいこの鳥はなんでしょうか」

というものであった。

――この者はわが深意を察しているのか。

そう感じた荘王は、うなずいて、

「三年蜚ばなくても、蜚べば天に至るであろう。三年鳴かなくても、鳴けば天下の人を驚かすであろう」

と、いって、伍挙を安心させた。その三年というのは、喪に服している期間を暗示している。すなわち荘王は、国政を専有している王族や大臣の目をあざむくためにあえて悖礼《はいれい》の容態をみせ、かれらを倒すために、信用できる臣下をさぐっていた。

——楚に近い胡の君臣がその話を知らないはずがない。

胡の公女である斉帰は、自分が産んだ男子が、正邪是非《せいじゃぜひ》を識別できる知能をそなえはじめたとみたころ、楚の荘王の智慧《ちえ》のつかいかたを教えたであろう。昭公はおもいがけず自分が魯の君主になるとわかって、母から教えられたことを憶いだしたのであれば、阿呆どころかそうとうに賢いといわねばならない。昭公をそうみれば、いつか昭公が倒さねばならぬ相手とは、自分を擁立してくれた季孫氏ということになる。

——そんなときがくるのだろうか。

国政にまったくかかわりのないところにいる孔丘にとって、国権をめぐる争いは、いわば遠雷《えんらい》にすぎない。とはいえ礼を尊ぶ心情としては、昭公が三桓をおさえて親政をおこなうのがよく、そうなることによって魯は健全な国体にもどる。つまり礼は、正義の道をゆくための道標《どうひょう》になりうる。この認識は孔丘の思想にとって重要であった。なぜなら、ほとんどの国で政治をおこなう威権が君主からはなれ、大臣に掌握《しょうあく》されている。それを正義の遂行《すいこう》の名によって君主にもどすというのは、逆説的な意味で改革である。孔丘が大臣にとって不都合な改革者であるとすれば、その謂《いい》である。

「おや……」

孔丘は耳をそばだてた。昭公が郯君になにか問うているらしい。よくきこえないが、話題は郯の官職名に移っているようである。

——ああ、自分もそれを知りたい。

孔丘はもどかしくなり、しきりに膝《ひざ》を動かした。隣席の者は、それをみて、

——行儀の悪い男だ。

と、目で叱《しか》った。

実際、このとき、昭公は郯君にこういう質問をしていた。

「少皞氏が鳥の名を官職につけたのは、なぜでしょうか」

おそらくこの問いは、史《し》か祝が用意したもので、昭公の知力の弱さを危ぶんで、郯君にあなどられないように配慮したにちがいない。

郯君はこの問いを待っていたかのように笑《え》み、

「わたしの祖先のことですから、よく知っていますよ」

と、いい、ゆっくりと説《と》きはじめた。

どうやら郯君は遠祖の少皞氏だけではなく、それより古い黄帝《こうてい》氏、炎帝《えんてい》氏、共工《きょうこう》氏、大皞《たいこう》氏のころの官職名についても語りはじめたようであるが、くやしいことに孔丘の耳にははっきりときこえない。耳を澄ませているのは、昭公と孔丘だけのようで、魯の重臣たちは郯君

のほうをみないで談笑している。それをみた孔丘は、

「みな黙って、郯君の説明をきけ」

と、いきりたちたくなった。

宴は終わった。

郯君が乗った馬車を先導するかたちで、外宮まで歩いた孔丘は、どうにもやるせなかった。

馬車をおりた郯君は、宮室にはいるまえに、孔丘を呼び、

「われの長い説述《せつじゅつ》を全身できいていたのは、魯君とそなただけであった。が、末席まで、われの声はとどかなかったであろう。少皞氏が定めた官職名について知りたければ、教えよう。ただし、われは疲れた。この者に問うがよい」

と、いって、随従《ずいじゅう》の史官を名指した。

このあと、外宮の別室にはいった史官と孔丘は、しだいにうちとけて、ながながと対話した。孔丘にとってこれほど貴重な時間はなかった。

太古、もっとも古い帝王は黄帝であるといわれ、その黄帝が天下を総《す》べる際に、瑞雲《ずいうん》が出現したことから、百官の官職名を雲の名にした。史官の解説はそこからはじまった。孔丘は一言隻句《いちごんせきく》もききのがさないという気魄《きはく》をみせた。

ついで炎帝は火の名、共工は水の名、大皞は龍の名を用い、少皞が立ったときに、鳳鳥《ほうちょう》が飛んできたので、鳥の名を官職名につかうことにしたという。

「鳥の名には、鳳鳥、玄鳥《げんちょう》、伯趙《はくちょう》、青鳥《せいちょう》、丹鳥《たんちょう》、祝鳩《しゅくきゅう》、鴡鳩《しょきゅう》など、まだまだたくさんありま

す。たとえば鳳鳥の官の人は、歴正《れきせい》として、暦《こよみ》を正すのです」

「玄鳥は、つばめですね」

と、孔丘はいった。

「そうです。つばめは春にきて秋に去ります。ゆえに玄鳥の官の者は、鳳鳥に属して春分と秋分をつかさどります」

「伯趙とは、なんですか」

「もず、です。もずは夏至《げし》から鳴き冬至《とうじ》に鳴きやむといわれています。ゆえに伯趙の官人は夏至と冬至をつかさどります」

こういう問答が深夜までつづいた。ついに史官は燭台《しょくだい》の膏《あぶら》が罄《つ》きそうであることに気づき、

「昼夜という時間を五つつらねても、語りつくせません。残念ですが、ここまでで――」

と、灯を消して別室をでた。

房中《ぼうちゅう》にはいった孔丘は昂奮して寝つかれなかった。もともと曲阜のあたりに少皞氏の本拠があったのに、魯の国には少皞氏の伝説はまったくといってよいほどない。周《しゅう》の王朝が成立したころには古代の官制が残っていたであろうに、時代が下《くだ》ると、それらは中央では失われ、地方の小国にかろうじて残存する。たとえば郯が滅亡すれば、それにともなって、貴重な伝承も滅んでしまう。

――それでよいのか。

と、問うまでもない。たれもその重大さに気づかず、文物の遺産が喪失しても痛痒《つうよう》を感じ

ないのであれば、その保存をおこなうのは自分しかいない。そういう使命感を孔丘はおぼえた。

翌朝、寝不足の目をこすりながら、郯君と従者を見送ることになった孔丘に、

「一夜では、不足であったであろう。郯にくれば、いつでも史官に相手をさせよう」

と、郯君がみずから声をかけた。

「あっ、まことに――」

孔丘は喜びでねむ気が飛び去った。が、祭祀官の身で、どうして郯にゆけようか。郯の君臣の影が消えたあと、孔丘は鬱然《うつぜん》と足もとをみつめた。

詩と書

孔丘《こうきゅう》は詩の全篇を書き写すのに一年半を要した。

文書保管室に出入りすることができるといっても、親切な老司書がいなければ、ほかの司書に睨《にら》まれて、その室内は居ごこちの悪い場所になった。詩は三百余篇あるといっても、一篇は長文《ちょうぶん》ではないので、書写《しょしゃ》におびただしい時間がかかるわけではない。それでもその室内にいりびたることはゆるされないので、そういう歳月を要した。

職場も冷え冷えとしていた。

孔丘だけが郯《たん》君から親愛の目をかけられたという事実があってから、同僚の目はさらに冷えた。

なぜ孔丘にだけ郯君は声をかけ、招き寄せたのか。それを深く考えることはせず、ただいまいましいと小腹《こばら》を立てただけの同僚である。

——友とする者は、ひとりもいない。

向上心のかたまりといってよい孔丘にとって、この認識はさびしかった。一国の実力は君主、大臣、上級官吏の見識の高さだけで知られるものではない。むしろ、よく働き、庶民と接する下級官吏の顔が、国の顔とみなされると想《おも》ったほうがよい。そういう角度で魯《ろ》をみれば、

——残念ながら、自慢できる国ではない。

と、孔丘はおもわざるをえない。

昔、魯の君主が荘公《そう》（桓《かん》公の子）のころ、血胤《けついん》の尊卑を問わず、有能な者を擢用《てきよう》するという英気がみなぎっていた。が、それ以後は、門閥《もんばつ》が重視され、政治が硬直《こうちょく》した。周《しゅう》王室の分家として文化程度がもっとも高かったはずの魯は、いまや晋《しん》にならって、侵略主義をとっている。国を富ませる方法を、隣国の斉《せい》のような国制改革によらず、他国を侵害するという力《ちから》わざにたよっている。

——他から奪って、おのれを富ませる。

下劣といえば下劣だが、それが天下の風潮である。大国によって小国が滅ぼされるたびに、文化遺産が消えてゆく。ただし、そういう事態をくやしがる者は、孔丘を措《お》いて、ひとりもいないであろう。

富というのは、遠くにあるというより、ぞんがい足もとにあるものではないか。それに気づいて、国法を改め、商工業を盛んにして国民を裕寛《ゆうかん》のなかにおき、富国強兵をなしとげたのが、斉の管仲《かんちゅう》という不世出《ふせいしゅつ》の大臣である。かれは名宰相《さいしょう》とたたえられたが、じつは斉には国《こく》氏と高《こう》氏という二卿《けい》がいて、かれらが宰相というべきで、次席の卿である管仲は、生涯、

宰相にはなれなかった。それはさておき、管仲の思想は、
倉廩《そうりんみ》実つれば礼節を知り、衣食足《た》れば栄辱《えいじょく》を知る。

ということばで端的《たんてき》に表される。倉廩は米ぐらをいうが、この場合、国庫《こっこ》と想ったほうがよい。衣食は官民の暮らしのことで、そこに不足が生じないようにさせて、はじめて人は名誉と恥辱《ちじょく》を知る。物質的豊かさがなければ、人は精神の豊かさを感じない、という思想である。たしかに斉は管仲の政策が実施されたことによって豊かになった。

斉にくらべて魯は貧しい。それはまぎれもない事実である。しかも執政者《しっせい》である三卿は、私腹を肥やして昭《しょう》公をないがしろにしているとあっては、

——魯に第二の管仲は出現しようもない。

と、断定せざるをえない。

だが、魯に富はないのだろうか、と考える孔丘は、上からの改革がむりなら、下をもちあげるしかない、とおもった。富はないことはない。人材である。教育の力によって、人を磨《みが》けば、光を放つようになる。家を継げず、なんの希望ももたないような若者に礼法を教えたことがある孔丘は、多少の手応えをもっていた。

盛夏のある日、文書保管室へゆくと、ひさしぶりに老司書の顔をみた。ほっとした孔丘の口もとにおのずと笑みが生じた。

「致仕《ちし》なさったのか、とおもっていました」

孔丘がそういうと、老司書は軽く手をふって苦笑した。

「官を去るには、あと三年ある。われもいそがしいのじゃ。それよりも、なんじは詩をおぼえたか」

「すべて、おぼえました」

「ふん、ふん」

と、うれしそうに鼻を鳴らした老司書は、

「昨年、学ぶことについて、大夫《たいふ》の閔子馬《びんしば》がうまいことをいった。知っているか」

と、いった。閔子馬は閔損《びんそん》の父ではない。閔氏一門の族父というべき人が、閔子馬であるとおもえばよい。むろん孔丘は閔という氏をきいて閔損の容姿を脳裡《のうり》に浮かべた。ただし閔子馬についてはまったくといってよいほど知らない。それゆえ、

「存じません」

と、ためらうことなく答えた。話の内容は悪いものではなさそうだ。

「昨年の三月に曹《そう》の君主（平《へい》公）が亡《な》くなり、秋に埋葬がおこなわれた」

「あ、さようでしたか」

他国の公室の冠婚葬祭について語《つ》げてくれる者は孔丘の近くにはいない。

曹の公室の始祖は曹叔振鐸《そうしゅくしんたく》といい、周の武《ぶ》王の弟である。それゆえ曹は、周、魯、衛《えい》などとおなじ姫《き》姓の国で、首都の陶丘《とうきゅう》の位置は、曲阜《きょくふ》からみて西南にあたる。魯にとって、隣国

のひとつであるといってよいであろう。また、晩春に薨去《こうきょ》した曹君が秋に葬られるのは、葬礼における通典《つうてん》であり、君主の殯葬《ひんそう》はそれほど長い。

「わが国の大臣も、その会葬に参加した。ところが、そこにいた周の大夫が、学ばなくても、なんら害はない、と語ったので、不快をおぼえた大臣は、帰国してから閔子馬に、これをどうおもうか、と問うた」

「まことですか。周の大夫といえば、周王にお仕えしているのでしょう」

いまや軍事の中心は晋にあるが、文化の中心は、なんといっても周にある。そこの貴族が、学問を軽蔑するところまできたということは、いまという時代のすさみがそうとうにひどいということにほかならない。

「そうよ。あきれたものだな。閔子馬もあきれたらしい。上の者が学ばなければ、下の者が上をしのぐようになる。すると国も家も、乱れることになる。閔子馬はそういい、さらに、学は殖《しょく》であり、草木を植え育てるようなもので、学ばなければ、草木が枯れてゆくように、零落《れいらく》する、といった。どうだ、学は殖なり、とは、うまいことをいったとはおもわぬか」

「はあ……」

孔丘はあいまいな返辞をした。なるほど学は殖なりとはすぐれた表現であるが、気にかかったのはそのことではなく、下の者が上をしのぐと乱になる、という考えかたである。

孔丘は、人も家も国も、底力をそなえたいとおもっている。斉のような生産力、晋のような軍事力を魯に望むことができないとすれば、魯に必要なのは精神力である。その力を倍加《ばいか》するためには、貴族の下にいる者たちが知識をたくわえ、礼法を理解して実行するのがよい。ただしそのことが乱の遠因になりかねないとしたら、どうであろう。孔丘は越権とか僭越《せんえつ》を嫌っていても、その思想を誤解されれば、叛逆者とみなされるかもしれない。

——上も下も学べば、なんら問題はなく、理想的な国家になる。

孔丘はそれを想った。ただし庶民の教育を考えていたのは、中華のなかで、孔丘ただひとりであったろう。

気分が翳《かげ》ってきた孔丘は、暗い想念を払うように、

「あの書物の内容は、どういうものでしょうか」

と、あえて明るい声で問い、棚にならべられた巻のひとつをゆびさした。

「これか——」

巻の上に手を置いた老司書は、またしても小さく鼻を鳴らした。

「これは、書《しょ》、といい、古代の帝王の言行録だ。いや、帝王と賢臣たちの問答集といったほうがよいかもしれぬ。よく読めば、内容はむずかしくはない。が、文体が凝《こ》っており、わざとむずかしく書いて、史官の特権を誇示したのではないか、といわれている」

「すこし読ませてもらってよろしいですか」

以前から孔丘の気になっている書物である。

「おう、よいとも」

老司書は気軽に書物を披《ひら》いた。

孔丘が読みはじめた書は、はるかのちに『尚書《しょうしょ》』とよばれ、さらにのちに『書経《しょきょう》』とよばれることになる。歴史書にはちがいないが、そのなかに政治学、経営学、倫理学、軍学などがふくまれている。一読してそれがわかった孔丘は、この書も学問する者にとって宝の山ではないか、と想い、感動して指をふるわせながら、

「これを書き写してよろしいですか」

と、老司書に問うた。

「いや、それは、ちとまずい」

この書物は公室秘蔵の図書というわけではないが、孔丘が記録官ではなく祭祀《さいし》官であるので、この書写はよけいなことをしているとみなされやすい。それがわかるだけに、老司書は用心して許可をだすのをやめた。

「そうですか……」

孔丘は落胆の色をあらわにした。

だが老司書の目は笑っている。

「がっかりすることはない。書き写した全巻は、われがもっている。いま官舎にはないが、わが家にあるので、もってこさせよう」

ここでも孔丘は老司書の厚意にふれた。学ぼうとする者の熱意がそういう厚意を抽《ひ》きだしたともいえる。のちに孔丘は、

——徳は孤《こ》ならず、必ず鄰《となり》あり。

と、実感をこめていうことになるが、孤立した自己を痛感して苦しんだときがあったからこそ、そういえるのであろう。

　数日後、老司書から数巻の書を借りた孔丘は、書写をはじめた。したたり落ちる汗をぬぐうのも忘れて、書写に没頭した。詩にくらべて、文字数はけたちがいに多いが、この私的な作業に苦痛はまったくなかった。手もとに古代の世界があり、書き写せば、より鮮明に古代の人々の言動がよみがえった。

　――誨《おし》えられることばかりではないか。

　詩を知ったときとはちがう喜びに孔丘は盈《み》たされた。読めば読むほど、精神が屹立《きつりつ》してゆく感じになる。

　人として立つ、とは、こういうことではないか。書にめぐりあうまで、こういう感じになったことがない。視界が急にひらけた感じなのである。そのことによって、おのれという個の小ささが客観的にわかった。ただしその個は、天地の広さを知った個であり、妄想や幻想をぬけている。

　孔丘の集中力は尋常ではない。文を書き写す速さも尋常ではなく、最初に借りた数巻を秋風が吹くころには返しにいった。

「もう書き写したのか」

と、老司書は怪しみつつも、孔丘との問答を楽しんだ。

――問いをきけば、その者の理解の浅深《せんしん》がわかる。

この男は、古代の世界を知ることが、うれしくてたまらないのだ。老司書は孔丘をそう観《み》た。しかしながら、孔丘の欠点もすぐにわかった。現代への関心が稀薄であるということである。

「そなたは他国のことに疎《うと》そうだが、鄭《てい》に子産《しさん》という卿がいる。知っているか」

「存じません」

鄭も姫姓の国で、その国の位置は中華のなかの中心にあり、周にも近いので、周都が洛陽《らくよう》の地に東遷《とうせん》してきたあと、諸国のなかで最初に栄えに栄えた。先進国とは、鄭を指す、といっても過言ではない。

「やはりな……。知らなければ、誨えよう。去年の五月に、鄭に大火災があって、首都が焼け落ちそうになった」

火災を生じさせる風を、融風《ゆうふう》という。夏の神で火をつかさどる神を祝融《しゆくゆう》というので、融風の融はそこからとられたのであろう。この融風が吹き荒れたため、火災が起こったのは鄭だけではなかった。宋《そう》、衛、陳《ちん》などにも火災があった。ということは、猛烈に乾燥した熱風が南から吹いて中原《ちゆうげん》を通り、河水《かすい》近くの平坦地を北上して衛まで達したことになる。

「だが、子産は人と物を的確に移動させ、手際よく消火をおこない、ほとんど死者をださず、七月には都内の焼失した建物を再建してしまった。上と下とを同時におもいやる稀代《きたい》の執政よ。その名くらいは、おぼえておくがよい」

魯におなじような大火災があったら、どうであろうか、とこの老司書は暗に三桓《かん》を批判しているようであり、魯に名宰相がでないことを嘆いているようでもある。

「おぼえました」

書を読んだおかげでようやく政治に関心をもった孔丘が、敬慕することになる卿のひとりが子産である。子産がもっている知識量は、この時代では、最大であり、政治もすじを通しながら臨機応変であった。君主の孫という権門に生まれながら、驕《おご》ることなく、人民をいたわる政治をおこなった点で、子産は歴史的に卓出《たくしゅつ》していた。

秋の終わりに、また数巻を返しにいった孔丘は、ひとつの巻を披いて、語句をゆびさし、

「これは、どういう意味でしょうか」

と、老司書に問うた。その語句とは、

惟《い》斆学半《こうがくはん》

というものである。これを一瞥《いちべつ》した老司書は、こんなことがわからぬのかという目を孔丘にむけた。

「惟《こ》れ斆《おし》うるは学ぶの半《なか》ば――、つまり、人を教えることは、半分は自分が学ぶことだ、そういっている」

「やはり、そうでしたか」

と、つぶやくようにいった孔丘は、涙をながしはじめた。それをみた老司書は、

——よく泣く男じゃな。

と、眉《まゆ》をひそめた。孔丘は涙をぬぐわず、すこし頭を低くして、老司書に礼容を示した。

「わたしはもっと学びたいのです。そのためにはどうすればよいか、考えつづけてきましたが、この語句に出会って、道が啓《ひら》けました。年内に書の全巻を書き写し、明年、官を罷《や》める所存です」

来年、孔丘は三十歳になる。三十代を、冷えてうす暗い官途にとどめておくことに、人生の意義をみつけにくい、と深刻に考えた孔丘は、人を教えておのれも学ぶという道を択《えら》んだ。

老司書は小さく嘆息《たんそく》した。

「人は学びつづけると、どうなるか、とそなたをみていると問う気にもならぬ。そなたは、学ぶことは生きることであり、生きることは学ぶことであるから、死ぬまで学びつづける稀《け》有《う》なひとりになろう。しかも、人を教えることを天職であると感得したようじゃな」

「さあ、それは……」

人を教育することが天職であると、孔丘ははっきり自覚したわけではない。

「いや、それは、斃《たお》れて后《のち》已《や》む道というものだ」

老司書はそう断言した。それには危惧《きぐ》と羨望《せんぼう》がまじっていた。官職を嫌って野《や》に下《くだ》った者たちの大半は、世間とのつきあいをこばんで、隠棲《いんせい》する。だが、この孔丘という男は、逃げも隠れもせず、羈《き》縛《ばく》されない野を学問の場とし、利害関係のない庶人《しょじん》とともに学ぼうとしている。

――そんなことができるのか。

できなければ、斃れて、已む、それだけである。たぶん、多くの人々は孔丘の生きかたを愚行とみて、さげすむであろうが、この老司書には、その壮烈さをほめてやりたい気持ちがある。

「われは、二十年後、三十年後のそなたがどうなっているか、みとどけることはできまいが、多少の助けはできる。書き写した書物はほかにもある。わが家にくれば、惜しみなく貸そう」

と、老司書はその住所をおしえた。

冬のあいだに官舎を訪ねてきた秦商《しんしょう》に、書写を終えた巻を渡した孔丘は、来年の計画をうちあけた。

「あっ、それを知れば、みなが喜びます」

じつのところ、かつて孔丘から葬礼について学んだ者たちは、葬式の際に、ちょっとした助言者あるいは指導者になっている。孔丘に就《つ》いて学ぶことは、寒陋《かんろう》の道をあてもなく歩く者たちにとって、心の憩《いこ》いになるだけではなく、利益につながるのである。孔丘の教育思想における本意はそこにはないが、現実にはそうなのである。

計画をきいた顔無繇《がんむよう》が、晩冬にきて、

「子丕《しひ》（秦商）と話し合ったのですが、広く礼法をお教えになるのでしたら、ご実家の位置では不都合でしょう。人も集まりにくい。教場《きょうじょう》を曲阜内に設けられてはいかがですか」

と、孔丘に打診した。

「都内に空《あ》いている土地などあるまい」

「たしかにそうですが、利用されていない土地をお借りになればよい。都内の西南部には荒《こう》蕪《ぶ》の地があります。土地の所有者を調べて、かけあってみましょうか」

「やってくれ」

孔丘はおのれを励ますつもりで即答した。

高弟である秦商と顔無繇が孔丘の計画の強力な推進者になってくれるのであれば、年末まで動きのとれない孔丘としては、ふたりにまかせるしかない。が、都内に教場を設けるとなれば、風あたりも強くなる。教師として孔丘はあらゆる面をためされるであろう。葬礼だけではなく、貴族が習熟している礼法のすべてを習得するだけではすまず、それ以上の知識を頭とからだでおぼえなければ、世間を納得させる顕道《けんどう》を示すことはできまい。そう想えば、詩と書をのこらず暗誦することなどは、基礎のなかの基礎にすぎない。宮中の祭祀についても、魯の公室が伝承してきたことが、正しいとはかぎらない。伝承途中で省略されたり、枉《ま》げられたりしたかもしれない。なにごとも根源を知らなければ、伝統の正否とその変容の良否を判断できない。そう孔丘は考えた。

「吁々《ああ》――」

と、孔丘は深々と嘆息した。

礼法を学びたいと思い詰めてから、十五年が経《た》とうとしているのに、未知のことが減るどころか、数十倍も増えたというおもいである。より多く知ろう、より深く学ぼうとする者にとって、与えられる歳月のなんと短いことか。寿命が七十年でも八十年でも、まだ足りぬであろう。

年末に上司のもとへいった孔丘は、官から辞去する旨を告げた。

「さようか……」

冷淡な声と冷眼をむけられるとおもっていた孔丘は、上司の表情に微妙な感情があることに気づいた。

「官を罷めて、どうするのか」

「曲阜に教場をひらきます」

孔丘は正直に答えた。

「ふむ、庶人に礼を教えるのか」

「さようです」

孔丘はすこし頭をさげた。おのれの不安をみつめたといえる。

「そうか……。正しい礼は、正しい人をつくる。だが、中華にあっては、正しい礼は中央を去り、上から崩れてゆく。なんじがそれを受け、保存する。正義を冀求《ききゅう》する天下の人々がこぞってなんじに礼を問わねばならぬときがくるかもしれぬ。なんじは、よく勤めた」

職務以外のことに熱中している、と同僚から陰口をたたかれ、いやみをいわれてきた孔丘にとって、意外な褒詞《ほうし》である。

「かたじけないおことばです」

この上司に深密《しんみつ》な観察眼があることを、はじめて知ったおもいの孔丘は、人とは奥深いものだ、とつくづくおもった。

翌日、孔丘は官舎をでた。馬車で迎えにきた秦商は、衣類と書物を車中に運び込んでから、孔丘を乗せた。馬を動かすまえに、

「よく我慢なさいましたね」

と、秦商は師をねぎらうようにいった。秦商がみたかぎり、官吏としての孔丘は、畏縮《いしゅく》し、つらさに耐えていたようである。

孔丘は苦笑した。

「我慢……、そうみえたか。われはここで多くのことを学ばせてもらった。ここには、それなりの道があったということだ。だが、世間を相手にすることは、茨棘《しきょく》の野《や》に立って道を拓《ひら》いてゆくようなものだ」

曇天《どんてん》の晦日《かいじつ》である。

風はなかった。しかし馬車が動きはじめると、風が生じた。馬車の速度が増すと、風あたりが強くなった。

――人もおなじか……。

とくに先駆者にあたる風は強い、と孔丘は想った。

早朝に曲阜をでた馬車は正午まえに孔家に着いた。人がいないのではないかとおもわれる

ほど、しずまりかえった家である。馬車の音をききつけて、家のなかから飛びでてくるけなげな閔損はすでにいない。

「帰ったぞ」

孔丘はあえて声を張ってみた。反応はない。戸をひらいて一歩足を踏みいれた孔丘の眼前に、無言の妻が立っていた。その目に、感情の色がなかった。その目を視《み》た孔丘は、わが家にとって、ひとつの大事がはじまろうとしているのに、いまひとつの大事が竟《お》わろうとしている、と深刻に予感した。

儒冠と儒服

烈しい痛みをともなう三十歳となった。

曲阜《きょくふ》に住家《じゅうか》と教場《きょうじょう》が粗々《あらあら》と建った夏に、孔丘《こうきゅう》の妻は、

「わたしは曲阜には往きません」

と、固い表情でいった。ここ孔《こう》家にも残らないという。それはすなわち、宋《そう》の実家へ帰るということである。孔丘はうろたえなかった。

——ついに、この日がきたのか。

すでに妻をひきとめることばを失っている孔丘は、

「そうか……、帰るか……」

と、つぶやくようにいった。とりあえず離婚を告げに媒人《ばいにん》のもとへ行った。宋まで妻につきそってもらうためである。

媒人は不快をあらわにした。

「あなたは多くの人に礼を教えようとしているようだが、子から母をひきはなすのが礼なの

かね。自分よがりの礼をかかげて、教師面《づら》をしている。あきれた人だ。家庭内を治められなかったあなたに、人を導く資格があるのか」

そう痛烈になじられても、孔丘はひとことも抗弁《こうべん》せず、ひたすらたのみこんだ。夫婦間の機微に理屈をもちこんだところで、他人を納得《なっとく》させる説明ができるはずもない。

妻が発《た》つ日になった。

媒人が手配した馬車があらわれると、十一歳の鯉《り》は泣きじゃくった。この日をかぎりに死ぬまで母に会えない、と鯉にはわかっており、その悲しみを全身で表現するには、地にのたうちまわって泣くしかないであろう。

妻はしゃがんでしばらく鯉の背中をなでていた。それからおもむろに起《た》ち、孔丘に強いまなざしをむけると、

「あなたには、弱い者の悲しみが、わからないのです」

と、するどくいって、馬車に乗った。

――われは弱者ではないのか。

たしかに礼は、もともと強者が定めた秩序である。が、いまや、弱者を護《まも》るものになりつつある。去りゆく妻にそういったところで、せんないことである。気がつくと、鯉の姿が消えていた。鯉は母が乗った馬車を追いかけていったのであろう。遠ざかってゆく馬車にむかって、のどが破れるほど叫んでいるにちがいない。

いまの鯉は、かつての孔丘そのものである。

——われはたれに詫《わ》びればよいのか。

孔丘は天を仰いだ。妻の悲しみも、鯉の悲しみもわからぬはずがない孔丘の悲しみを、たれがわかってくれるのか。

背後に声があった。嫂《あによめ》が立っていた。

「ふたりの子を、あずかりますよ」

「たすかります」

鯉を膝《ひざ》もとに置いて教育したい気持ちは充分にある。だがいまの段階で、鯉を曲阜につれてゆくことは、戦場に幼児の手をひいて踏み込むようなもので、不都合が増大する。また、母を失ったばかりの鯉は妹とはなれることを極端にいやがるであろう。今日、鯉の妹は嫂のもとにいて、母との離別を知らずにいる。十歳に達していない女児を、離愁《りしゅう》のなかに置かないように配慮してくれたのは嫂である。

——この人には、無限のやさしさがある。

孔丘がなにをめざし、なにをやろうとしているか、たぶん嫂にはわかるのであろう。さしでがましい好意を避けるところに、嫂の賢さがある。妻と嫂とでは、本質的に人としてのわきまえと心のぬくもりがちがう。嫂には、学ぶべきところがすくなくない。

夏が終わると同時に、孔丘は曲阜へ移った。

旧《もと》の弟子たちが、民間の工人を集め、かれらといっしょに家と教場を建ててくれたのである。この工事にかかわった者たちとともに孔丘は完成賀《いわ》いをしたが、

かえた。

「これからが難儀です」

と、秦商《しんしょう》にいわれるまでもなく、家と教場を維持してゆく困難を想《おも》った孔丘は、喜びをひかえた。

数日後、孔丘は官舎に老司書を訪ねて転居を報《しら》せた。

「ほう、ついに教場をひらいたか。入門者はいたか」

老司書は微笑する目を孔丘にむけた。

「旧の弟子のほかに、あらたに入門した者はひとりです」

「はは、ひとりか……、それでやっていけるのか」

「家に付属した耕地も借りましたので、なんとか、食べてゆけるでしょう」

「ふむ……」

しばらく考えていた老司書は、

「庶人に礼を教える者など、前代未聞だ。そなたはいまは無名だが、歴史上最初の教師となり、天下で唯一無二の存在となろう。その特異さを広く知らしめる気概《きがい》を、心だけではなく、形で表す必要がある。よいか、在るとは、おのずと在ることを質《しつ》といい、在ることを他者に知らせることを文《ぶん》という。その両者があって、はじめて在ることになる。そなたが教えようとしている礼も、質から発した文だ。われのいっていることが、わかるか」

と、からだをかたむけていった。

「よく、わかります」

「わかったなら、わかったというところにとどまらず、わかったということを表現してみよ」

「かならず、そうします」

自分より老司書のほうが若々しい発想をもっている、と感じた孔丘は、教場にもどると、数人の高弟を集めた。

「われらがかつてない特別な集団であることを、世間に示す工夫をしなければならない」

孔丘はそう説《と》いた。

多くの人に魅力を感じてもらえれば、おのずと入門者は増える。その魅力とは、視覚や聴覚に訴えるところにあろう。

「教場を壮麗《そうれい》にするのは、むりです」

と、秦商はいった。家が美しければ、人はのぞいてみたくなるものだが、改築するには費用がかかりすぎる。

「いや、教場をどれほど高大にしても、いやみになるだけだ。それよりも――」

と、孔丘は一案をだした。以前から考えてきたことである。それは衣服に関することで、人はきゅうくつな衣服を着ていると、思考が縛られて、柔軟性を失うので、ゆったりとした衣服を作って着用してはどうか、ということであった。

「深衣《しんい》、ということですか」

顔無繇《がんむよう》が眉《まゆ》をひそめつつ問うた。深衣とは、貴族の普段着《ふだんぎ》で、もとは衣と裳《しょう》（もすそ）がわかれているのが正式だが、上と下をつないだのが深衣である。庶人がそのような衣服を着て外出することはない。

目で笑った孔丘は、

「深衣といえば深衣だが、われが考えている衣服は、もうすこし袂《たもと》が大きく、掖《わき》が広いものだ」

と、いい、板の上に簡単な形を画《か》いてみせた。短衣《たんい》に慣《な》れた庶人にとって、着るのが照《て》れ臭《くさ》いような大振《おおぶ》りな衣服である。孔丘の案にすぐに賛同しかねた高弟たちは、とまどい、顔を見合わせた。そういう心情を察した孔丘は、

「これを、すべての門弟におしつけるわけでない。われと、二、三の者が、まず着てみよう」

と、いった。

仕立て直しをくりかえしてできた衣服が、

「逢掖《ほうえき》の衣《い》」

と、よばれるもので、儒服《じゆふく》の原型である。逢掖とは、大きなわき、をいう。これを着てみた孔丘は、

「よい仕立てである」

と、満足して、起居《ききよ》をくりかえしているうちに、冠のさびしさに気づいた。小領主の子として生まれた孔丘は冠をつけるが、庶人は幘《さく》とよばれるずきんをかぶる。それは巾幘《きんさく》とも巾《きん》

帽《ぼう》ともよばれる。

「目立つ冠にしたい」

と、いって、高弟たちをおどろかせた孔丘は、みずから工夫して、鳥の羽をつかうことにした。できたのは、はでな装飾の冠である。じつはこれも儒冠《じゆかん》の原型となった。それをかぶり、逢掖の衣を着た孔丘をみた弟子たちは、

「わあ——」

と、歓笑《かんしよう》した。失笑がなかばまじっていたかもしれない。じみな生活に慣れてきた顔無繇は、

——これではかえって世間のあざけりを買うのではないか。

と、心配した。後世、孔丘の批判者となった荘子《そうし》は、その冠のことを、

「枝木《しぼく》の冠」

と、形容して嘲笑《ちようしよう》した。木の枝のようにごてごてと飾りたてた冠ということである。

弟子たちのとまどいを意に介さず、

「ちょっとでかけてくる」

と、いった孔丘は、馬車に乗って官舎へ行き、老司書にこの衣冠をみせた。老司書は笑わなかった。ぎょっとしたようであった。かれの目には、この衣冠は異様な宗教団体のさきがけのようにみえた。

「そなたは故事にくわしいので、知っているかもしれぬが、昔、鳥の羽を集めて美しい冠を

作ってかぶった者が、災難に襲われて死んだ。美しいということは、同時に、妖《あや》しいことなのだ。それを承知で為《な》したのであろうな」

孔丘は平然と、

「正しく健《すこ》やかな美しさもあることを、多くの人に知ってもらうつもりです」

と、述べた。このいいかたは、老司書の耳にはやや傲慢《ごうまん》にきこえた。

天地の大きさがわからなければ、人の小ささもわからない。人ばかりを視《み》ている者は尊大にならざるをえないが、孔丘の傲慢さは、無知のあつかましさとはちがって、人の数倍も研《けん》考《こう》する場合に生ずる孤独の匂《にお》いがする。

「ひとつ、そなたに伝えておこう。鄭《てい》の子産《しさん》が亡《な》くなった」

「えっ――」

と、小さく叫んだ孔丘は、老司書をみつめたまま、しずかに涙をながした。この時点で、孔丘が心から私淑《ししゅく》していたのは、子産ただひとりであったといってよい。子産という鄭国の正卿《せいけい》は、人として、為政者《いせい》として、理想像に比《ちか》かった。のちに孔丘は子産を追慕《ついぼ》して、

「恵人《けいじん》」

と、よんだ。民をいつくしんだ人、ということである。そういう政治的な面とは別に、子産がもっていた知識量は超軼《ちょういつ》しており、もしもかれが著作物を遺《のこ》していれば、中国の古代史にとって、かけがえのない史料となったであろう。しかしながら、それは子産の死とともに消え去った。

それはさておき、老司書にぶきみさをおぼえさせた孔丘の衣冠は、翌年、都下で評判になった。

「なんぞや、あれは――」

と、ゆびさして嗤《わら》う者が多かったが、孔丘とその弟子を観《み》て、えたいが知れぬと感じ、そこに関心をいだいた者もすくなくなかった。いちおう孔丘の狙いはあたったといえる。よかれあしかれ、孔丘はおのれの存在を世間に知らしめた。

――孔仲尼《こうちゆうじ》とは何者なのか。

関心をいだいた者の多くは、いわゆる不逞《ふてい》の輩《やから》であり、かれらは孔丘の教場をうかがい、後日、束脩《そくしゆう》をたずさえて入門した。束脩は、干した肉を束《たば》ねたものをいい、入門料といいかえることができる。孔丘はひとめみて粗《そ》暴《ぼう》な感じの者でも、入門をことわらず、

――束脩を納めたかぎり、われはいかなる者でも教える。

という態度を変えなかった。そういう教師としてのありかたは、生涯、一貫した。

かれらは世に冷遇されて自《じ》暴《ぼう》自《じ》棄《き》になりかけていたが、

――ここで飯《めし》の種が拾える。

と、ふんだ。そういう不純な欲望をもつ者でも孔丘はうけいれて真摯《しんし》に教えた。

詩と書が教科書である。

詩はもともと歌うものであるから、孔丘はそれを弟子に暗記させると同時に合唱させた。

この時代の打楽器には、鼓《こ》、磬《けい》、鐘《しよう》などがあり、そのなかの磬はつるした石を打って鳴らす

ものである。ぞんがいいい音がする。弦楽器には、小型で七弦の琴《きん》と大型で十五弦以上の瑟《しつ》がある。おもに孔丘は磬と琴を用いた。その奏法は祭祀《さいし》官であるときに身につけたが、さらに独習した。

詩を歌わされると知った弟子のなかには、

「阿呆《あほ》らしい。やっていられるか」

と、つばを吐くようにいい、荒々しく教場から去った者もいたが、入門者の大半は、この貴族的なふんいきをめずらしがった。貴族の世界を一生のぞくことはないとおもっていた者たちばかりである。詩が貴族にとって婉曲《えんきょく》な公用語になっていると知って、おどろき、外国語を学ぶような興味のもちかたをする者もいた。

書はたいそうむずかしいので、孔丘は弟子とともに解読する姿勢を保った。書にあるのは、貴族より上の帝王の世界である。それを徐々に解明してゆく喜びを師と共有する弟子たちの心情は熱気を帯びた。学ぶ者は、学ばない者を越えてゆく。弟子たちは半年間も孔丘の下にいれば、そういう優越感をおぼえざるをえない。

ときどきこの教場から合唱の声が溢《あふ》れた。近くを通る者は、その声をきいて足をとめ、首をかしげた。葬儀にかかわる賤《いや》しい儒者が集《つど》っているときいたが、なぜかれらがあのような優雅な詩を歌っているのか。

――いったい、あの孔仲尼という先生は、なにを教えているのか。

庶民にとって孔門は謎の集団におもわれた。教場に出入りする者たちは、おおむね柄《がら》がよくない。この悪い印象と、きこえてくる歌声がいかにもそぐわない。

「あそこには、近寄ってはなりません」

と、子どもにいいきかせる親もいた。教場を建て、弟子をもった孔丘の存在は、当分の間、うすきみ悪いものであった。

その教場を睨《にら》むように眺めていたのは陽虎《ようこ》である。かれは遠い歌声を耳にすると、顔をしかめ、遠ざかった。それから馬車に乗って東へむかい、小路にはいった。豪農の家のまえに馬車を停《と》めた。

「丙《へい》さんは、いるか」

この陽虎の声に、汗まみれになって門内の雑草を艾《か》っていた童僕《どうぼく》が首をあげ、門外の馬車の蓋《かさ》に気づくと、あわてて趨《はし》った。ほどなく家のなかからでてきたのは小太りの男で、年齢は四十代にみえる。丙という名が生まれ年をあらわしているのであれば、この者の年齢は推断できる。今年を十干《かん》十二支《し》でいえば庚辰《こうしん》であり、四十数年まえに丙がつく年は丙申《へいしん》しかない。その年は魯《ろ》の先代君主の襄《じょう》公八年にあたり、その年を一歳とすれば今年は四十五歳である。

丙は陽虎の顔をみると、どうぞ奥へ、と目でいざない、

「今年の残暑はこたえます」

と、いい、ひたいの汗をふいた。

——七月朔《さく》（一日）に日食があったが……。

陽虎はふと憶《おも》いだした。その日食と残暑は関係があるのか。陽虎は知識欲の旺盛な男であるが、天文《てんもん》に精通しているわけではない。かれは季孫意如《きそんいじょ》の家臣団のなかで頭角《とうかく》をあらわしはじめた。

丙は陽虎を介して季孫氏につながっている。当然、丙は権門からこぼれ落ちてくる利をうけとめている。その返礼として、季孫意如が兵をだす際に、輜重《しちょう》の一部をうけもつ。また敷地内の離れに渡世人や無頼《ぶらい》の徒を泊めて、他国と自国の情報を蒐《あつ》め、陽虎に伝えている。

風通しのよい一室をえらんで陽虎と対座した丙は、

「宋で内紛がありましたが、それはご存じでしょう。ほかにお報せすることはありません」

と、いった。

「いや、今日は、ひとつ、たのみがあって、きた」

陽虎はすこし膝をすすめた。

「これは、また、どのような——」

難題をもちこまれそうなけはいを察して、丙は目をそらした。

「孔仲尼という男を知っているか」

「ああ、去年、礼法を教授するための教場をひらいた男ですな」

情報通の丙が風変わりな孔丘を知らぬはずがない。

「礼を知らなければ人として立てぬ、と豪語しているようで……」

「ほう、よく知っているではないか」

陽虎はうなずいてみせた。孔丘を知っているのなら、話ははやい、という顔である。

「いちど入門したものの嫌気《いやけ》がさして、やめた男からきいたのですよ」

「あの男は、季孫氏にとってかならず害になる」

「おや、そうですか」

丙は陽虎をみつめなおした。

「門弟が増えれば、それだけで集団の力を発揮するようになり、その力を利用しようとする大夫《たいふ》があらわれかねない」

「それなら、季孫さまが、さきに、その力を利用なさればよい」

道理であった。陽虎は苦笑した。

「仲尼は独善の男だ。おのれの礼を至上とし、わが主《しゅ》のご政道を批判し、けっしてわが主には属《つ》かぬ。いや、その批判は魯の制度にもおよび、それを否定して、独自の制度の国家を夢想しているかもしれぬ。魯全体にとって、もっとも危険な男になりうる」

陽虎は孔丘の未来像を恐れるようにいったが、なかば本心であったかもしれない。もしも孔丘が民衆を心酔させる教祖的な存在になれば、その集団は新興宗教化し、治法の外で威力を増し、政府が手を焼くようになる。

「ははあ、そうなるまえに、なんとかしろ、とおっしゃる」

丙は笑いを哺《ふく》んでいった。

「まあ、そういうことだ。二度と起き上がれぬほど仲尼をたたきのめしてもらえばよい。ここの離れには、血の気が多く、うでっぷしの勁《つよ》い男がごろごろしているだろう」

「そうですなあ」

と、一考した丙は、

「これは、あなたさまが想っておられるほど、たやすいことではありません。おわかりでしょうな」

と、語気を強めていった。陽虎の頼みは、季孫氏の内命を承《う》けてのものではなく、陽虎個人の発想による。そうなると、孔丘を打擲《ちょうちゃく》することは私闘とみなされ、実行者は罪に問われかねない。たとえ事が終わっても、師を斃《たお》された門弟の復讎《ふくしゅう》も予想しなければならない。孔丘の門弟には気の荒い者が多数いるときく。

「わかっている。うまく事を為した者を、われはかならず庇《かば》い、機をみて主に推挙しよう」

「そこまでおっしゃるなら、いちおう、おひきうけします」

丙は気乗りがしないふうによそおいながら、じつは心中で人選を終えていた。陽虎がかえったあと、離れにいる少壮《しょうそう》の男を呼んだ。

丙のまえで両膝をそろえた男は、成人になったばかりで、

「漆雕啓《しっちょうけい》」

と、いう。あざなは子開《しかい》である。かれが属している漆雕氏は臧孫《ぞうそん》氏三代に仕えた族である。臧孫氏の棟梁《とうりょう》というべき臧孫紇《ぞうそんこつ》が、政争に敗れて斉《せい》へ亡命したことは、すでに述べた。ただ

しそのことによって臧孫氏が魯で廃絶《はいぜつ》したわけではなく、かれの兄の臧孫為《ぞうそんい》は弟と行動をともにしなかったため家督を継いだ。とはいえ、その家は往年の威勢はなく、漆雕氏は臧孫為には仕えなかった。とにかく、ここにも臧孫氏にかかわりをもった家と族があったということである。

漆雕啓は正義感が人一倍強く、気が短いという性癖をもつがゆえに、十代のなかばをすぎたころから、家のなかでも、族のなかでも、悶着《もんちゃく》を起こし、よく家を飛びだしては、丙の家に出入りしていた。二十歳になるまえに、友人をだました男に傷害を加えたため、ゆくえをくらました。が、その詐欺《さぎ》の男のもろもろの悪事が露顕して処罰されるにおよんで、漆雕啓は曲阜に帰ってきた。しかしながら実家にもどることをためらい、丙の家にとどまっていた。漆雕啓にとっては、一年間ほどの暗い旅だが、その旅がかれを成長させた、と丙はみた。眼前にかしこまった漆雕啓に、

「ひとりの男の本性を観てきてくれまいか」

と、丙はいった。

「観る……、たれをですか」

「おまえさんは曲阜に帰ってきたばかりなので、知るまいが、礼を教えると高言して教場をひらいた孔仲尼という男がいる。その男が若者をたぶらかして邪教をふきこんでいる、と危《き》惧《ぐ》している人がいる。ほんとうにそうであれば、仲尼をたたきのめすどころか、斬ってもかまわない。その際、おまえさんひとりでは手に余るとなれば、わたしの家人もだそう。ひそ

かに仲尼を始末したあと、おまえさんはしっかりと庇護《ひご》される。逃げ隠れをしなくてもよいということだ」

「へえ……」

漆離啓は丙の本意をさぐるような目つきをした。

水と舟

丙《へい》という富人《ふじん》は、魯《ろ》の最高権力者である季孫《きそん》氏とむすびついたことで、豪農に成り上がった。

たしかにかれは、機をみるに敏《びん》で、利にも聡《さと》いが、奸悪《かんあく》というわけではない。まして孔《こう》丘《きゅう》という新興の教師とその門下生になんの怨《うら》みもない。それどころか、

――孔仲尼《こうちゅうじ》の遠祖は、殷《いん》民族であろう。

と、おもい、淡い親近感さえもっていた。

丙の遠祖も殷民族である。

古昔《こせき》、天下王朝を樹《た》てた周《しゅう》におとなしく帰順した殷の族もあり、魯の建国のために東征した周公旦《たん》の子の伯禽《はくきん》は、そういう殷の六族《りくぞく》をも従者に加えた。そのため、魯の国が建立《けんりつ》されたあと、殷の族人も曲阜《きょくふ》に定着した。ただしかれらは周民族とは信仰の対象がちがう。周の人々は、

「稷《しょく》」

という穀物神を崇《あが》めている。かれらは聖地として稷社（周社ともいう）をもっている。それにたいして殷の遺民は、隷属民族と蔑視《べっし》されつづけてきたがゆえに、まとまりをくずさず、「亳《はく》」を追慕して、亳社をもった。亳は、殷王朝を創立した湯《とう》王が、最初に首都を置いた地の名である。殷の遺民にとって、その名に、湯王への敬慕と誇りがこめられている。

さて、丙の家をでた漆雕啓《しっちょうけい》は、孔丘の教場《きょうじょう》をさがしあてると、そこに出入りする者をひそかに観察した。小耳にはさんだところでは、孔丘の弟子にはまともな者が寡《すく》ないらしい。

——おや。

知った顔をみつけた。丙家の離れにいた若者である。漆雕啓がかつてみたその若者は、暗い性質で、荒《すさ》んでいた。が、いまみたその若者は別人のように明るい。

——あいつ、笑いながら、なかにはいっていった。

ほかの門弟と連れ立って門内に消えた若者の笑顔が、濃厚に漆雕啓の胸中に残った。あいつにきけば、孔仲尼のことが早くわかる、とおもったが、近づくのをやめた。後難《こうなん》を想《おも》って用心したのである。それに、他人にきくよりも、自分の目で孔仲尼という男をみきわめたい。

やがて外出する孔丘をみた。

——あれが仲尼か。

だぶだぶの服を着て、はでな冠をつけた、いやみな男だ、という悪印象をもった。しかも仲尼は予想以上に大きかった。その男が馬車に乗ってしまったので、漆雕啓はあとを蹤《つ》けられなかった。

——ぬかったな。

歩いて丙の家にもどると、翌日から馬車を借りることにした。

それから数日がすぎて、孔丘の弟子のひとりが、漆雕啓の不審な動静に気づいた。それを

まず高弟の秦商《しんしょう》に告げた。それをうけて教場の外にでて、さりげなく漆雕啓のありようを観《み》

てから、秦商は、

「ひそかにここを監視している者がいます。質《たち》のよくない者です。おひとりでは外出なさら

ぬように」

と、孔丘にいった。

「その者はひとりか。それともほかの者と交替しているのか」

「ひとりのようです」

孔丘は目で笑った。

「毎日、早朝から夕方までそこにいるとなれば、余人にはまねのできぬ鍛練であるといえる。

われが外出するのを辛抱《しんぼう》づよく待っているのであれば、その願望をかなえてやろうか」

「えっ、まさか——」

「なんじに御《ぎょ》をしてもらう。それなら、よかろう」

孔丘は馬車の用意をいいつけ、秦商に手綱《たづな》を執《と》らせた。教場をでた馬車は北へむかい、そ

れから左折して西門をでた。曲阜の城門は東、西、北にそれぞれ三門あり、南には二門しかない。孔丘が乗った馬車は西壁の最北にある門をでた。いちどだけふりかえった秦商は、

「やはり、つけてきました」

と、いった。

「あいかわらず、ひとりか」

「そうです」

「では、どこでもよいから、川の近くで停めてくれ」

曲阜は水にかこまれた城であるが、北と西には洙水《しゆすい》という川がながれ、南と東にあるのは人工的な濠《ほり》である。停止した馬車をおりた孔丘は、川のほとりに腰をおろして、半時《はんとき》ほどながれをながめていた。

水の好きな男である。のちに孔丘は、知者《ちしや》は水を楽しむ、といったが、そういう定義とは別に、水のながれをみていると心が落ち着く。感情がしずまるがゆえに知能が活発になるといえなくはないが、なにも考えないという脳裡《のうり》の状態になるときもある。無心になれる、といいかえてもよい。実際、このときも、えたいの知れない男につけられていることを、しばらく忘れた。

馬車にもどった孔丘は、目くばりをつづけていた秦商に、

「どうだ」

と、問うた。秦商はまなざしをすこし揚《あ》げて、

「いますよ、あそこに」

と、あごもすこしあげた。遠くないところに馬車の影がある。つけてきた男は、川のほとりの孔丘を瞰《み》てから、馬車にもどったものの、引き返さず、自身は道傍《どうぼう》に坐って、両足をなげだし、背を車輪にあずけている。

「ふてぶてしい男です。先生に危害を加えるために、待ち構えているのではありますまいか」

秦商は前方を睨《にら》むような目つきをして馬車に上がった。

「そうかな。われを襲うのなら、われが独《ひと》りのときに水辺に駆けおりてきたはずだ。こうしてふたりになるのを待つはずがない」

そういいながら孔丘は馬車に乗った。

「たしかに、そうですが……」

用心のためか、からだ全体にりきみをみせている秦商の心の高ぶりを鎮《しず》めるつもりもあって、孔丘は、

「ゆっくり、やってくれ」

と、いった。馬車はゆるゆるとすすんで、追跡者のまえで駐《と》まった。車中の孔丘は、眼下の若い男に、

「道は、臥《ね》るところではない。そのかっこうでは、車輪に轢《ひ》かれて、両足を失うぞ」

と、声をかけた。

――こやつが、孔仲尼か。

漆雕啓は上目《うわめ》づかいに孔丘を視《み》た。はじめて孔丘の声をきき、面貌《めんぼう》をたしかめた。声は想っていたより高い。面貌は昔の武人のようである。この男が、典雅な礼を教え、情をたたえた詩を歌うのか。

「ふん」

あえて鼻哂《びしん》した漆雕啓は、横をむいた。それをみた孔丘は、

「やってくれ」

と、いい、秦商の肩を軽くたたいた。馬車の速度が上がったところで、

「われは、あの者を、きちんと起坐《きざ》させたくなったよ」

と、孔丘ははっきりといった。本心であろう。有為《ゆうい》の若者が活躍するすべをみつけられないでいる、その象徴的な光景をまのあたりにしたおもいであった。教場で学んだ者が、礼と詩の知識をたくわえて職に就《つ》く、つまり教場が就職活動の予備的な場になってもかまわない、と孔丘はおもっている。孔丘は目的主義を好んではいないが、目的というものが人を活《い》かす糧《かて》になるのであれば、そういう短絡《たんらく》的な志向を否定するつもりはない。要するに、放っておけば朽ちてゆきそうな若者を、起《た》たせ、道を示し、歩かせたいのである。

翌日、孔丘は午前の講義を終えたあと、秦商に、

「あの者は、まだ、いるか」

と、問うた。

「いますよ。しつこい男です。官憲の手先とはおもわれませんが、なにを知りたがっているのか」

「たぶん、あの者は、知りたいことがわからなくなったのだ。それで、悶《もだ》えているのかもしれぬ。あの者の良さは、おのれの耳目《じもく》しか信じないことだ」

「それを頑冥《がんめい》というのではありませんか」

　秦商は皮肉をこめていった。

「いや、小利口になりたくない、とみた。おのれが信ずるものしか、信じない。ちかごろめずらしい男ではあるまいか」

「高慢な独善家でしょう」

　秦商がそういうと、孔丘は笑った。

「われも世間ではそう誹《そし》られている。あの者とふたりだけで話してみるか……。おそらく、招いても、けっして教場にははいってこないだろう。よし、馬車を用意してくれ、独りで外出する」

「わかりました」

　秦商はあえて諫止《かんし》しなかった。昨日、道傍でみた男に危険な妖気《ようき》はなかった。が、なにかに苛立《いらだ》っているような鋭気があったことはたしかで、その暗い鋭気は、おそらく孔丘にぶつかってみて消えるというものではないか。そう秦商なりに予感した。門人のなかに、毎日こちらをうかがっている者は漆雕氏の子開《しかい》ではありますまいか、という者がいた。秦商は漆雕氏についてはくわしくない。臧孫《ぞうそん》氏の家臣であった、ということしか知らない。ただし、臧孫氏に仕えていた者たちの家は、大半が衰運にみまわれたであろう、という想像はつく。あの少壮の者の苛立ちには、さまざまな理由があるにせよ、家運のかたむきが濃い影を落としているにちがいない。

秦商によってひきだされた馬車に乗った孔丘は、みずから手綱を執り、

「川をみてくるよ」

と、告げて、かろやかに馬車を発進させた。じつは孔丘は馬を御することが巧《うま》い。家畜への接しかた、飼育のしかたを徹底的に学んだことを誇らない。それが、人格の奥ゆきにちょっとした神秘を生じさせる。

教場からでた馬車に孔丘ひとりしか乗っていないことに、漆雕啓は怪しんだものの、後続の馬車がないことを確認して、孔丘の馬車を追った。

——また、あの川か……。

孔丘は川のほとりに坐っていた。道傍の低木に馬をつないだ漆雕啓は、草を踏みつけ、わざと足音をたてて、孔丘に近づいた。が、孔丘はふりむかない。

——巨《おお》きな背中だな。

その背中に威圧されそうになった漆雕啓は、もちまえの負けん気を奮《ふる》い起こして、孔丘のまうしろまできて腰をおろした。

「不用心な人だ。いま斬ろうとすれば、斬れる」

漆雕啓はそういってみた。孔丘は微笑したらしい。すこし冠が揺れた。

「われを殺しにきた者が、大きな足音をたてるであろうか。剣把《けんぱ》から手をはなして、川をみよ。ながれる水は、さまざまなことを教えてくれる」

「ふん、川がなにを教えてくれるというのか」

「時のながれをみさせてくれる。時は、目にみえぬものだが、川をみていると、それがみえる」

「人生のはかなさをみるのなら、わざわざ川をみなくても、朝露《ちょうろ》をみればよい」

人生のはかなさは朝露のごとし、とは、すでに亡《な》い父のくちぐせであった。

「ほう……」

孔丘は膝《ひざ》をまわして漆雕啓をみた。人生のはかなさ、ということばは、この粗暴《そぼう》さを秘めた若い男の意態《いたい》にはまったくそぐわない。しかしみかけとはちがい、じつは繊細な感覚をもっているのかもしれない。

「葉の上の朝露は、たしかに朝日が昇れば消える。だがそれをはかないとみるのは、常識の目だ。翌日も、その翌日も、朝露はあらわれ、消える。そこには、くりかえしがある。くりかえすことに、潜在の力があるとはおもわぬか」

孔丘は学問においても予習よりも復習を重視している。当然、自然界のくりかえしに整然たる運動を感じざるをえない。それに則《のり》の正しさをみる、といってもよい。

漆雕啓は口をつぐんだ。

——うまいことをいいやがる。

だが、たやすく納得《なっとく》してたまるか、と反発するように、気を張って、孔丘を視た。

孔丘も黙ってしまった。が、まなざしはおだやかである。眼前の男の心中の動揺がおさまるのを待っているようである。

この沈黙の長さにいたたまれなくなった漆雕啓は、

「では、川のながれはなにを教えてくれるのか。それが時のながれであるとすれば、それをみることに、どのような意義があるのか」

と、つっかかるように問うた。

すると孔丘は小さく手招きをした。われに近づいて、川をみよ、ということらしい。漆雕啓は荒々しく膝をすすめて、孔丘にならんだ。

「水がながれている。みえるか」

「むろん——」

からかわれているような気分になった漆雕啓は、唇をとがらせた。

「それは、そなたが圻《きし》にとどまっているからだ」

それがどうした、と漆雕啓は心中で孔丘のことばにさからいつづけている。心の深いところまで孔丘の教喩《きょうゆ》をいれてしまうと、この勝負は自分の負けになる。

「もしも、そなたが舟に乗れば、下流にむかってゆくそなたは、ながれとおなじ速度となり、ながれはみえにくくなる。そうではないか」

そんなことはない、といいかえしたいところだが、そうはいえない自分がくやしい。漆雕啓の口はひらかない。

「この世のほとんどの人は舟に乗ってしまう。が、舟に乗り遅れることを恐れずに、圩にとどまって、川をみつめ、川の源流に想いを馳《は》せ、そこから日々新しい水が湧きでて川をつくることを想う者がいてもよいではないか」

この儒者は、むずかしいことをいう。漆雕啓は頭をかかえたくなった。のちのちまで漆雕啓はこのときの孔丘のことばを忘れず、考えつづけた。やがて想到《そうとう》したことは、伝統、ということであった。時流《じりゅう》に乗った人には、伝統の真義がわからない。伝統にはかならず源《みなもと》があるが、その源から、腐臭《ふしゅう》にみちた古い水がながれでているわけではない。湧水《ゆうすい》はくりかえされているものの、水は新しいのである。ただしこれは歳月を経てからの思考のめぐらしかたであって、若い頭脳の漆雕啓は独自の理解力とことばをもっておらず、困惑しただけであった。

それを察したのか、孔丘は話題をすこしずらした。

「水と舟について考えてみよう」

漆雕啓は耳をふさぎたくなった。困惑したままでは、あらたな話題についてゆきたくない。が、孔丘はもはや漆雕啓の表情をみずに、

「舟は水がなければ浮かばない。舟にとってそれほど水は大切である。しかし舟が、外にある水を内にいれたら、どうであろう。沈んでしまう。わかりきったことのなかにも、じつは、

わかっていないことがある。学ぶとは、そういうことだ」

と、いった。それから、川はいろいろ教えてくれるではないか、とつぶやくようにいって、腰をあげた。

漆雕啓は立ち去った孔丘を追わなかった。追わなければならないという気力が生じなかった。しばらく、ぼんやりと川をながめていた。半時後に、川面《かわも》から光が消えると、われにかえったように漆雕啓は起ち、馬車にもどった。

——おや……。

馬車のむきがかわっていた。

丙家に帰った漆雕啓はずいぶん不機嫌な顔つきをしていた。それに気づいた丙は、

「いやな目に遭《あ》ったのなら、かくさず、われにいえ」

と、声をかけたが、漆雕啓は応《こた》えなかった。翌日から三日間、漆雕啓は外出しなかった。

「馬車はもう要《い》らぬ」

丙にそういった漆雕啓は、人と接することを嫌うようで、広い庭園を歩きまわることもあれば、樹下に坐って考え込むこともあった。やがて、意を決したように表情をあらため、丙のまえに端坐《たんざ》して、

「干し肉をもらいたい」

と、いい、頭をさげた。

この男がこれほど厳毅《げんかく》な容態をみせたことはないので、よほどのことがあったにちがいな

い、と丙は推量した。

「入門のための束脩《そくしゅう》か」

「そうです」

「仲尼についての報告が、まだだな」

「余人はいざ知らず、わたしの目には、仲尼は邪教を振り散らして人を惑わす者ではない、とみえました。魯にとって、益さえあれ、害にはならない人物です」

「そうか……、なんじがそういうのなら、われは信ずるよ。ところで、なんじは仲尼のどこに感心して、入門するのか」

「人を差別しないところ、異常なほどの熱意をもって人を教えるところ、それによって人に喜びを与えるところ、おのれの厚意を誇らないところ、いや……、本当のことをいえば、わたしは仲尼の背中が好きになったのです」

漆雕啓は含羞《がんしゅう》をちらつかせた。

「はは、それはよい。みこんだ通り、なんじには洞察力がある。人はおのれのまえをつくろっても、うしろはつくろえない。なんじの話をきいて、われも仲尼という男がわかったような気がする」

丙は会ったこともない孔丘に好意をもち、こころよく漆雕啓に干し肉を与えた。

この日のうちに、漆雕啓は教場へゆき、孔丘の門弟となった。おどろくべきことに、このち、漆雕啓は孔丘を心から崇信《すうしん》し、生涯の弟子となる。

ところで、漆雕啓が実家に帰っていない事情をきいた孔丘は、すぐさま漆雕氏の族父を訪ねて、漆雕啓の行為について誤解があればそれを匡《ただ》し、漆雕啓の兄を呼んでもらい、弟が無断で家を飛びだしたわけを知ってもらった。この兄弟は折り合いが悪いわけではない。兄は弟の素行の悪さを気にし、族父をはばかっていたにすぎない。だが、漆雕啓は素行が悪かったのではなく、不正を憎む心が強く、それがしばしば小さな争いを生じさせ、狡猾《こうかつ》な男に詐《さ》取《しゅ》されそうになった友人を少々手荒くかばったあとで出奔《しゅっぽん》した。そういう実情をはじめて知らされた兄は、ほっとしたようであった。要するに、漆雕啓は族と兄に迷惑をかけたくないがゆえに、姿をくらましていたのである。

漆雕氏の族父は、孔丘の父のことをよく知っており、最初から孔丘に悪感情をもっておらず、すぐにうちとけて語りあい、孔丘がかえってから、

「仲尼は、文をもって武をしのぐ、師表となるであろう」

と、感嘆をかくさずにいった。孔丘のことばから非凡な信念と良質な知識を感じたからであろう。

晩秋の風が吹くころに、丙の家にせわしくやってきた陽虎《ようこ》は、

「孔仲尼はぴんぴんしているではないか。あれはどういうことか」

と、いきなりなじった。が、丙は平身するそぶりをみせなかった。

「仲尼が邪悪な教祖であるか、どうか、信用できる者にさぐらせましたが、その者は孔門にはいってしまいました。どういうことか、おわかりでしょう」

「なんだと――」

陽虎は慍然《うんぜん》とした。

さらに丙は平然と説《と》いた。

「仲尼はご政道を批判しておりませんよ。公室にとっても、季孫《きそん》氏にとっても、なんら害のない存在です。むしろ、あなたさまが仲尼を季孫氏に推挙なされるがよい」

「われを愚弄《ぐろう》するか」

陽虎の強いまなざしにわずかながら妖気が生じた。

「われは仲尼をたたきのめせと頼んだはずだ。ほかの者をつかえ」

「おことわりします。それほど仲尼をいためつけたいのなら、あなたさまのご配下をおつかいください。ただし仲尼を護《まも》る者のなかには、剣技に長じた者が数人おります。それをお忘れなく」

「なんぞや、その不遜《ふそん》さは。上に告げるぞ」

「どうぞ、ご随意に。季孫氏のまえにでて、あなたさまのご依頼が、季孫氏のご意向にそっていたのか、おたずねいたします」

丙はひらきなおった。かれは曲阜のなかに住む殷人《いんひと》の頭《かしら》というわけではないが、その富力《ふりょく》をもって、隠然たる宰領《さいりょう》のひとりになっている。季孫氏はその自治力を暗に認め、また利用している。この関係をこじれさせるような愚《ぐ》を季孫氏がおかすはずがない。

しばらく丙をみすえていた陽虎は、ふと、表情をゆるめ、

「仲尼がそれほどの男なら、いつか、わが家臣にしてやろうか」

と、冗談ともつかぬ口調でいった。

上卿の憂愁

春風にかすかに揺れる花木《かぼく》の蕾《つぼみ》がふくらみはじめた。

地に映《うつ》る花木の影が淡いのは、春の浅さをあらわしている。

孔丘《こうきゆう》の教場《きようじよう》から遠くない道をすすむ馬車があった。あきらかに貴人の馬車である。

貴人の馬車が、華軒《かけん》、とよばれるように、この馬車も、毛並《けな》みのよい龍馬《りようば》をそろえ、車体はうるし塗りで陽光に耀《かがや》き、車中に樹《た》てた蓋《かさ》もはなやかである。

この貴人は、

「仲孫貜《ちゆうそんかく》（諡号《しごう》は僖子《きし》）」

と、いい、魯《ろ》の政柄《せいへい》をにぎっている三桓《かん》のひとりである。

まえに述べたように、仲孫氏の始祖は魯の桓公の次男であったので、仲とよばれたが、三桓が連携して威勢を築くと、三桓のなかでこの家が長男格となった。それゆえ、孟《もう》ともよばれるようになった。くどいようだが、嫡流の長兄が伯《はく》とよばれるのにたいして、庶流の長兄は孟という。魯において、孟氏（孟子）あるいは孟孫《もうそん》氏という呼称は、仲孫氏を指している。

三桓のなかの叔孫《しゅくそん》氏は理非《りひ》にこだわるうるさ型であり、最大勢力の季孫《きそん》氏は野心家である。二氏にたいして仲孫氏はきまじめな家風を襲《つ》いでいる。

仲孫貜の曾祖父にあたる仲孫蔑《ちゅうそんべつ》（諡号は献子《けんし》）が、禫《たん》祭といって喪明《もあ》けの祭りをおこなった際、あいかわらず鐘鼓《しょうこ》を鳴らさず、婦人にも近づかなかった。喪中の礼について敏感になっている孔丘の門弟が、仲孫蔑の喪明けのありかたに疑問をもち、

「あのような礼は、過度というべきではありませんか」

と、孔丘の意見を求めた。

孔丘はつねに、

過《す》ぎたるは猶《なお》及《およ》ばざるがごとし。


と、いっている。過度であることは不足であることとおなじで、どちらも正しくない。礼も過不足がない容《かたち》でなければ、正しい礼といえない。そう孔丘から教えられている門弟は、暗に仲孫蔑の礼容のゆがみを批判したのである。

だが、孔丘はうなずかず、

「たとえてみれば、一等か」

と、いった。等は、ひとしい、と訓《よ》むより、くらべる、と訓むほうが、原義に近いといえる。とはいえこの一等の解釈はむずかしく、おそらく、他人にくらべてまじめすぎることは

悪いことではない、といったのであろう。たしかに礼は形式を重んずるが、それが形骸《けいがい》化することを孔丘は嫌った。まごころをもってそれをおこなえば、多少形式からはみだしてもよしとする、というのが孔丘の考えかたである。

とにかく仲孫玃はそういう家風をうけついでいる。

「はて……、歌がきこえる」

仲孫玃は馬車を駐《と》めさせた。目を細めたかれは孔丘の教場をゆびさし、

「あのなかで詩が歌われているようだが、あそこは、なんであるのか」

と、御者《ぎょしゃ》に問うた。御者はいうまでもなく馬を御《ぎょ》する者にはちがいないが、貴門においては、馬術の専門家というよりも、諸事に精通して主人に近侍する者である。それゆえ御者の地位から高位に昇ってゆく者はすくなくない。この仲孫家の御者も、孔丘についてはうわさ以上のことを知っていた。

「もとは卑官《ひかん》であった孔仲尼《こうちゅうじ》という教師が、若者に礼法を教えているのです」

仲孫玃は眉《まゆ》をひそめた。

「礼法……、あれは、詩である」

「詩を歌うのは、余技でしょう」

御者は冷笑した。

「そうかな……」

しばらく斉々《せいせい》たる歌をきいていた仲孫玃は、やがて、

「孔仲尼に会ってみたいものだ」

と、いった。とたんに顔をしかめた御者は、

「仲尼は儒者です。あなたさまがお会いになってよい者ではありません」

と、あわてて主人の興味を冷《さ》まさせようとした。この儒者ということばには侮蔑《ぶべつ》のにがみがこめられている。一介の葬儀屋に宮中をふくめた貴族社会の礼がわかろうか、とでも、いいたかったにちがいない。

「そうか……、儒者か……」

と、つぶやいた仲孫貜は、おもむろに馬車を動かすように命じ、ゆるゆると帰宅した。それから独《ひと》りで黙考していたが、目をあげると、側近のひとりである亢竽《こうう》を呼んだ。亢竽は側近のなかではもっとも若い。眉宇《びう》にすずやかさをもった亢竽を近くに坐らせた仲孫貜は、いきなり、

「孔仲尼という名を、きいたことがあるか」

と、問うた。

「名だけは知っています。評判のよくない人です」

「評判が悪い……。どのように悪い」

「実現しそうもない幻想を門弟に吹き込み、貴族のまねごとをさせ、実業をないがしろにしている、とききました。門弟の多くは諸家の三男や四男で、父兄を助けるべきであるのに、孔仲尼の教場に連日たむろして、実家をかえりみないようです」

怠惰《たいだ》な者たちがあのような清澄な歌声を発するはずがない、とおもった仲孫貜は、つい口もとをゆるめた。

「名だけを知っているとは申したのに、多くを知っているではないか」

「すべて、うわさです」

亢竿は正直に答えた。この若い側近がもっている美質は単純なものではないが、性質のなかにある澄みを仲孫貜は愛している。

「うわさも積み重なれば、真実を圧《お》し潰《つぶ》す。なんじはこれから孔仲尼の実像をしらべよ。うわさにまどわされず、好悪の感情を捨て、自分の目と耳と足で、孔仲尼を正視するのだ。知ったことは、どんなこまかなことも、自分の判断で放擲《ほうてき》せず、われに報《しら》せよ。まわりからながめていてはわからないとおもえば、入門してもよい。報告は、いそぐ必要はない。明年になっても、かまわぬ。この任務については、他言無用である。よいか、しかといいつけたぞ」

そう儼乎《げんこ》と命じられた亢竿は、

——これがそれほど重要な任務なのか。

と、わずかに疑ったものの、その疑念をいささかも面にださず、

「うけたまわりました」

と、粛然《しゆくぜん》といい、一礼して、退室した。

しずまりかえった室《へや》のなかで独り坐りつづけている仲孫貜は、強まった春風の音をきいた。

――あのときも、春風が吹いていたな……。

十五年まえの春は、にがい記憶である。

君主の昭公《しょう》が二十六歳になったその年、仲孫貜は昭公を輔佐《ほさ》して楚《そ》へ往《ゆ》くことになった。

じつのところ、

――往きたくない。

と、おもったが、そうはいかない事情が二、三あった。

まず、楚王がもつ威圧的な空気に触れたくなかったが、のがれるすべがなかった。

当時の楚王は、霊王《れい》（名は囲《い》）である。まれにみる暴君である。

楚の共王《きょう》（名は審《しん》）の次子《じし》として生まれた霊王は、欲望の大きな人で、兄の康王《こう》（名は昭《しょう》）が崩じたあと、首相というべき令尹《れいいん》の位に昇っても満足しなかった。康王の子が王位に即《つ》いたことが最大の不満で、自身が王位に即く機会をうかがっていた。

血胤《けついん》のありかたに着目し、嫡庶《てきしょ》を峻別《しゅんべつ》するという思想を、王朝の独自性のひとつとして表現したのは周《しゅう》であり、周王朝の威光がとどかない南方諸国では、兄弟相続もおこなわれた。

霊王も、

――周に倣《なら》う必要はない。

と、おもっていたひとりであろう。ここに有能な弟がいたのに、なにゆえ無能な子に王位をつがせたのか。こういう鬱憤《うっぷん》を晴らす機会が、ほどなくやってきた。

かれが鄭《てい》の国へ使節としておもむく際、まだ北の国境をでないうちに、王が罹病《りびょう》したことを知るや、これぞ好機とひきかえした。見舞いと称して王宮にのぼり、病室にはいると、ためらいもなく冠の紐《ひも》で王を絞殺《こうさつ》した。王位に即いたあとも、かれの欲望はとどまるところを知らず、天下の盟主になることを夢想した。実際に、中原《ちゆうげん》諸国の君主に、

「朝見《ちようけん》にこい」

と、恫喝《どうかつ》めいた使いを送った。そういう威脅《いきよう》外交によって諸侯会同を主催するまでになった。天下が霊王を恐れたことはたしかである。

霊王は王位に即くとすぐに章華宮《しようかきゆう》という離宮を造ったが、そのなかに壮麗な章華台という楼台《ろうだい》を建てることにした。それが完成すると、

「諸侯とともに落成を賀《いわ》いたい」

と、いいはじめた。この放言を実現すべく、楚の使者が魯にきて、昭公を招待した。昭公をはじめ群臣まで顔をしかめたくなるほど、大迷惑の招待である。当然、群臣のあいだで、

「往くにはおよびません」

という声が揚《あ》がった。が、霊王の招待をことわった場合、後難が怖《こわ》いので、けっきょくその招待をうけて昭公は楚へ往くことにした。

君主の外遊には、大臣の介添《かいぞ》えが要《い》る。三桓のたれかが付いてゆかねばならない。

——まずいことになった。

昭公が楚へ往くと決まった時点で、仲孫貜はひそかに嘆息した。大老というべき季孫宿《きそんしゆく》は体調がすぐれず、家督《かとく》を継いだ叔孫婼《しゆくそんしやく》は喪が明けてさほど経《た》っていない。そういう事情があ

ったため、往きたくないと心のなかでつぶやきつづけている仲孫貜が、昭公に伴随《ばんずい》するしかなかった。

仲孫貜がもっとも恐れたのは、なにをいいだすかわからぬ楚王に、会うことではない。

――われは礼の知識が浅い。

そういう自信のなさを大いに恐れた。

軍事にかかわりなく君主が他国へ往く場合は、かならず外交のふくみをもち、そこに駆け引きが生ずると、たいそうわずらわしい。さらに、訪問国の君主との会見の場は、礼儀作法の応酬となる。相手に悪意があれば、こちらの教養の程度をためすためのしかけをほどこすであろう。たとえ悪意がなくても、相手に的確な礼容を示しつづけるのは、気骨が折れる。

そういう難儀を予想して、憂鬱な気分になったまま、仲孫貜は出発した。まっすぐに楚にむかわず、西行して、鄭を経由して南下するという道順をえらんだ。そのほうが整備された道をすすんでゆけるという安心感がある。ほかにも理由がある。

中原の諸国の大半は、北の晋《しん》を盟主の国として仰いでいる。晋に対抗意識のある南の楚が主催する会同には参加しない。それにもかかわらず、先年に楚がおこなった諸侯会同に、中原からは鄭だけが参加した。鄭は晋ばかりではなく楚にも仕えるという両面外交を忌憚《きたん》なく敢行《かんこう》したのである。今年、楚王の招待をうけた魯の昭公も、それに比《ちか》いことをおこなおうとしているわけなので、予備知識を得るために鄭君に会っておく必要があると判断したのである。

鄭の首都である新鄭《しんてい》に到着した昭公は、なんと、師之梁《ししりょう》門のほとりまででてきた鄭の簡《かん》公（名は嘉《か》）のねぎらいをうけた。君主がみずから城門にでて、他国の君主に賓礼《ひんれい》を示した場合、どのように答礼すべきか。昭公の礼をたすけなければならない仲孫貜は、まごつき、冷や汗をかいた。

——これでよかったのか。

仲孫貜は不安のかたまりとなった。ほどなく、その不安はさらに大きくなった。簡公は楚に往かない、とわかったからである。霊王の招待をうけなかったのか、それとも、うけたもののことわったのか。おそらく後者であろう。それゆえ簡公は、独りで楚へ往く昭公をことさらねんごろにねぎらったのである。

鄭をあとにして南下したこの集団は、強い南風にさからいながらすすんだ。

——いやな風だ。

仲孫貜だけがそう感じたのかもしれない。

国境では、霊王の使者が待っていた。この手厚い出迎えも意外で、またしても仲孫貜は昭公の礼をうまく助けることができなかった。

その後、むずかしそうな霊王との会見をぶじに終え、台の落成を祝賀し、饗応《きょうおう》にあずかった。終始、霊王が上機嫌であったことが、仲孫貜にとって救いとなった。

しかし帰国の途につくと、仲孫貜の胸は暗くなった。

鄭と楚では、昭公の礼容があからさまに嗤笑《ししょう》されることはなかったものの、じつは礼に精

通している者が、あとで、

——魯の卿《けい》は、あれでも君主の礼を助けた気でいるのか。

と、軽蔑の言を吐いているのではないか。そう想《おも》うと、仲孫貜はつくづく自分がなさけなかった。どれほど自分を責めたところで、礼に関する知識不足が改善されるわけではない。

そこで、帰国するとすぐに、

「礼にくわしい者を捜すように」

と、近臣にいい、やがてかれらの推薦を容《い》れて、その者に師事した。一国の上卿《じょうけい》が体面にこだわることなくおこなった勇気のある就学《しゅうがく》というべきであろう。だが、礼の根元と枝葉《しよう》にわけいってゆくと、その者の教えはあいまいになった。それゆえ、師をかえた。が、似たようなものであった。真にわかったという到達点にとどかないまま、この年になったのである。

——礼はどのように起こり、どのような変容をとげたのか。

礼にかぎらず、ものごとを知るとは、その起源と変化を知ることであろう。そういう研精《けんせい》をおこなっている者は、わが国にいないのか。仲孫貜はそう左右にこぼした。それをきいた側近のひとりが、

「主《しゅ》がお求めになっている人は、万能の人物で、聖人というべき者です。この世に、いるとはおもわれません」

と、いった。

——そうであろうか。

この側近は、本気になってそういう人物を求めたことはなく、国内をくまなく捜したこともあるまい。かねがね目をかけている側近の意見が、このように常識的であることに、仲孫貜はひそかに落胆した。草莽《そうもう》から首をもたげたような孔仲尼という教師についてしらべつづけている亢竿の報告が、精密さを欠き、平凡であれば、これからのわが家は暗くなるいっぽうだ、とおもわざるをえない。

仲夏になって、ようやく亢竿が報告にきた。

白面《はくめん》というほどではないが面貌が若さに満ちていたのに、すっかり日焼けをして、すこし精悍《せいかん》さがくわわったようである。

「孔仲尼は陬《すう》の生まれで、名を丘といいます」

と、説《と》きはじめた亢竿は、孔丘の先祖、父母、兄、妻子、友人と古参の弟子について、くわしく述べた。おどろいたことに、

「宋《そう》へ往き、孔氏の遠祖について、しらべてまいりました」

と、亢竿はいった。

魯における孔丘の先祖が、宋からの亡命貴族であることはまちがいないが、宋における遠祖は、弗父何《ふつほか》といい、宋の君主となるべき人であったのに、弟の厲《れい》公に位を譲ったという。

「あくまで、これは伝説です」

「いや、伝説でもかまわぬ。そうか、孔仲尼の遠祖は宋の君主になってもよかった人か……。しかし、宋の厲公とはいつごろの人か、わかるか」

「史官に問うてまいりました」

亢竿の答えをきいて、仲孫貜はうれしげに膝《ひざ》をうち、うなずいた。

「おう。それで――」

「周の平王《へい》が都を東遷《とうせん》するより、はるかまえ、とのことです」

いいかえれば、西周時代の君主ということである。

「それは古い」

ちょっとしたおどろきをこめた声を放った仲孫貜は、これで孔丘の血胤が卑しくないと知って、なぜかほっとした。

亢竿はすこしまなざしをさげた。

「よけいなことかもしれませんが、都内の豪農のひとりである丙《へい》という者が、孔仲尼を陰助《いんじょ》しているふしがあります。丙には、季孫氏の息がかかっているかもしれません。また、丙の先祖は殷人《いんひと》です」

「なんじが見聞したことに、よけいなことなどあろうか。なるほどな。宋の国の前身は殷だ。孔仲尼と丙がつながっても、ふしぎではない」

たとえ孔丘が丙を介して季孫氏に繫属《けいぞく》していても、仲孫貜は孔丘への関心を冷却《れいきゃく》するつもりはない。

亢竿はさらにまなざしをさげた。

「以上、知りえたことを、すべて申し上げました。が、孔仲尼その人については、わかったわけではありませんので、今月、入門します。よろしいでしょうか」

「よいとも」

「あなたさまの臣下であることを、孔仲尼に告げますが、かまいませぬか」

「かまわぬ」

それによって悪評が立てば、仲孫玃は亢笄をかばうつもりでいるし、その悪評が自家におよんでも、いささかも痛痒《つうよう》をおぼえないであろう。そういう気構えの仲孫玃である。

「では――」

主の許可を得た亢笄は、数日後、束脩《そくしゅう》をもって孔丘の教場へ行った。ちなみに、この年に孔丘は三十二歳である。はじめて孔丘をまぢかに視《み》た亢笄は、

――うわさ通り、異相《いそう》の教師だ。

と、おもったので、孔丘の外貌《がいぼう》についてはおどろかなかった。が、その居ずまいにふしぎな優美さがあることにおどろいた。人格の高さが薫《かお》ってきたといってよい。

亢笄は内弟子になったわけではないので、ひと月に十日ほど教場に通うことにした。そのように秋と冬をすごした亢笄は、けっきょく年末までなんら報告をしなかった。仲孫玃も、

「なにか、わかったか」

などとは、いちども問わなかった。

年があらたまったあと、亢笄は仲孫玃の閑日《かんじつ》をみはからって、

「もうしばらく、お待ちください」

とのみいい、孔丘に関する感想や評言を避けた。人を知ろうとするとき、初対面で得た直感はほとんどはずれないといわれる。が、その直感をことばに換《か》えただけでは、主を説得できないと意《おも》った亢竽は、孔丘への関心が尋常ではない主の胸裡《きょうり》に達することばを、時間をかけて捜しつづけたといえる。そのせいであろう、もうしばらく、といったものの、春どころか夏もすぎた。

その間、仲孫貜は亢竽に生じた変化をみつけた。一言でいえば、亢竽に人としての輪郭が生じた。言辞《げんじ》にあいまいさが消え、挙止《きょし》に適度な重みがでた、といいかえてもよい。

晩秋になって、ようやく亢竽は仲孫貜にむかって端座《たんざ》し、

「孔仲尼について申し上げます」

と、いった。が、仲孫貜は長い説述《せつじゅつ》を嫌うように、

「こまかなことは、あとで聴こう。なんじの報告が延びたのは、孔仲尼がむずかしい人物であるというのではなく、かれの思想と人格にはかりがたい邃淵《すいえん》があるせいであろう。そこで、まず、問う。孔仲尼は、われが師事してよい人物か」

と、この側近の存念を質《ただ》した。この問いにたいする答えを、亢竽はすでに用意している。

「孔仲尼は、未完の巨人と申すべきで、礼にかぎらず、未知のことが多すぎて、日々、精一《せいいつ》に学びつづけています。ただし、未完成であることを恥じず、むしろそれを研考の糧《かて》としています。わたしも知らぬということを恐れなくなりました。孔仲尼の思想と人格が完成の域に近づくのは、十年後でしょう。主は礼儀における十全をお求めになっている。であれば、

主が孔仲尼に師事してよいのは、十年後となります」

しばらく亢竿をみつめていた仲孫貜は、やがて小さく笑った。

「十年も待てようか。だが、十年待て、というなんじのことばも尊重したい。なんじが考えぬいた末にここにいることもわかる。十年も待てぬというわれの意いと、十年待てというなんじの意いを同時に叶《かな》える方法がある。孔仲尼をわが家に招き、われにではなく、家臣に教諭《きょうゆ》してもらう。どうだ、妙案であろう」

たしかに妙案だ、と亢竿はおもったが、仲孫貜の決意は実行されなかった。家宰《かさい》をはじめ多くの重臣に猛反対されたからである。

「儒者をお招きになれば、家名が汚《けが》れます。儒者は葬礼にくわしいだけで、典礼《てんれい》のなにを知っているというのですか」

この声を、仲孫貜は押し切れなかった。

——さて、どうしたものか。

と、考えあぐねた仲孫貜は、冬に体調をくずし、翌年の二月に、危篤《きとく》におちいった。かれの孔丘への関心は死のまぎわまでうすれず、遺言となって濃厚にあらわれた。めずらしい遺言といってよい。

卞《べん》の剣士

仲孫貜《ちゅうそんかく》は老齢というわけではない。

なんの病かわからぬまま病牀《びょうしょう》に臥《ふ》した。

やがてかれは死期をさとると、家宰《かさい》だけではなく親しい大夫《たいふ》を招いて、こう語った。

「人を樹木にたとえてみれば、礼は幹である。幹がなければ、樹木が立たぬように、礼がなければ、人は立てぬ。わが国に礼の達者があらわれようとしている、ときいた。その者は、孔丘《こうきゅう》という。古昔《こせき》、宋《そう》にいた聖人の後裔《こうえい》である。かつて斉《せい》へ亡命した臧孫紇《ぞうそんこつ》は、聖人でありながら君主の席に即《つ》かなければ、その子孫にかならず達人がでる、といった。孔丘がそれにあてはまるのではあるまいか。われにはふたりの子がいるが、かれらを孔丘に託して、師事させ、礼を学ばせて、その地位をゆらがぬものにしてもらいたい」

これが仲孫貜の遺言となった。

死ぬまで礼の重要さを考えていたあかしがこれである。また孔丘の卓絶《たくぜつ》さを最初に予見したのが仲孫貜であるといってよい。

人の生涯の発言のなかで、遺言がもっとも重いといえるであろう。この遺言が仲孫家にとってきわめて不都合なものになる危険があれば、無視されることも考えられるが、そうはならないと判断されれば、遺言をきいた者は逝《ゆ》く人の遺志を誠実にはたさなければならない。

家宰と大夫は退室したあと、深く嘆息し、目を合わせて、しばらく目で語りあった。それから家宰は大夫にむかって、

「主《しゅ》のおことばを、おふたりにはわたしが語《つ》げます。また、わが家にはすでに孔丘の門弟になっている者がいますので、その者を用いて、おふたりの就学をとりはからいます」

と、いった。

ここで、おふたりといったのは、仲孫玃のふたりの子を指している。ひとりは、

「何忌《かき》」

と、いい、かれが家督継承者である。

いまひとりは、何忌の弟で、名を、

「説《えつ》（閲《えつ》）」

と、いう。ところがこの弟に関しては、ふしぎなことに、适《かつ》、括《かつ》、縚《とう》などという名もあり、とてもひとりの名とはおもわれない。それなら、仲孫玃に三人あるいは四人の子がいたのではないか、と考えたくなる。ところが、それを証拠だてるほうがかえってむずかしい。

推定であるが、兄の何忌はこのとき十三歳である。弟の説は、双子《ふたご》でないかぎり、十一歳であろう。十代のうちにすぐれた教師に就《つ》いてしっかり礼を学んでおけば、自分のように苦

しまずにすむ、という親心が、仲孫貜のことばにふくまれていた。

家宰とはちがう立場にいる大夫は、

「孔丘は、まことに礼の達者であろうか。たしかにほめる者はいるが、けなす者もすくなくない」

と、疑念を口にした。

孔丘とまったくかかわりをもたない魯《ろ》の大夫は、なべてそういうみかたをしていたにちがいない。ただしこの大夫が孔丘の名を知っていただけでも、孔丘の存在価値があがりつつある証左であろう。

家宰と大夫が遺言をきいた数日後に、仲孫貜は逝去《せいきょ》した。ふたりの遺子《いし》の就学は、三年の服忌《ふくき》を終えてからということになる。

仲孫家で殯葬《ひんそう》がおこなわれているころ、豪農の丙《へい》の家を訪ねた剣士がいる。かれは丙と対面すると、いきなり漆雕啓《しっちょうけい》の名をだした。

「子開《しかい》からここをきいた。しばらく宿泊させてもらえようか」

丙は眼前の男の貎《かお》をみるよりも冠をみた。冠が異様であった。雄鶏《ゆうけい》の冠である。おすのにわとりの羽根で作った冠は、たしかに目立つが、どこかこっけい味《み》がある。笑いを嚙み殺した丙は、

「どちらさまですか」

と、問うた。男の年齢は二十五、六歳であろう。陰気さのない素朴を感じさせる人物で、

どこからどうみても、善人である。

「卞《べん》からきた、仲季路《ちゆうきろ》という」

仲は次男のあざなとして用いられることが圧倒的に多い。が、かれの場合、仲は氏である。なお、このころすでに姓と氏とは混同され、正確につかいわけをする必要がないほどになった。たとえば、孔丘の氏姓について正確にいえば、かれの遠祖が宋の公室のひとりであるなら、姓は子《し》（殷《いん》王とその子孫の姓）であり、氏が孔ということになる。仲季路は、子路《しろ》、というあざなももち、名は、

「由《ゆう》」

である。

「ははあ……」

丙は記憶をさぐった。以前、漆雕啓が曲阜《きよくふ》にまいもどってきたとき、仲季路について、わずかに語ったことがある。ちなみに卞は曲阜の東にあって、その邑《まち》の西に洙水《しゆすい》がながれている。洙水が曲阜と卞とをつないでいるともいえる。

——卞で、子開をかくまったのは、この人か。

そういう目で仲季路を見直せば、なるほど男らしい俠気《きようき》を秘めているようにもみえる。

「客室は空《あ》いていますので、お泊めすることは厭《いと》いませんが、どのようなご用件で、曲阜に上っていらっしゃったのですか」

丙のこの口調にはすでに好意がふくまれている。

「季孫《きそん》氏が剣士を集めている」

　仲季路すなわち仲由は胸をそらした。

「さようでしたか。採用されるとよろしゅうございます」

「ふむ、まあ、われの剣術の腕なら、採《と》られぬということはない。それに邑宰《ゆうさい》の推薦状もある」

　季孫氏に仕えることは決まったも同然だという仲由の顔つきである。

　――たいそうな自信家だ。

　丙は内心笑ったが、仲由の性質に陰湿《いんしつ》さがないせいか、その自信からいやみを感じない。

「ところで子開はどうしている。実家にいるのなら、いまから会いにゆく」

「季孫家へゆかれるのが、先では――」

「季孫家の家宰に会うのは、明後日だ。今日は空いている」

「子開さんは、実家にはいないでしょう。いるとしたら、孔先生の教場《きようじよう》です」

「孔先生……、剣術の師か」

　漆雕啓は剣術を独習し、かなりの使い手であることを仲由は知っている。武を好む漆雕啓が師事するとしたら、剣術の達人しかない。

　微笑した丙は、

「いえ、孔先生は、礼を教える人です。子開さんは孔先生を敬仰《けいぎよう》して、礼を習っているのです」

と、いい、仲由の反応を観察した。民間にあって礼を教えるための家屋を設けた人は、他国にはおらず、また、過去にもいない。その教場は、中華で最初に設立された私塾といってよい。そう知らされた者がどのような反応をするか、それを観《み》るのが丙のちょっとした楽しみであった。

はたして仲由はすこしおどろき、すぐにむずかしい顔をした。

「子開が礼を習っている……、ありえぬ。利《き》かぬ気の男が、礼儀作法をおとなしく学ぶはずがない」

仲由の表情に翳《かげ》りが生じた。不可解さに衝撃をうけた翳りである。

「嘘だとお思いでしたら、教場へゆかれたらどうですか。馬車をお貸ししますよ」

そう丙にいわれた仲由は一考し、

「よし、子開に会ってみる。ついでに、孔という教師の面もみてきてやる」

と、高らかにいい、いちど客室にはいって旅装を解《と》くと、馬車を借りてでかけた。丙におしえられた通りの路をすすむうちに、人家がすくなくなり、やがて教場らしい建物をみつけた。

――あれだな。

建物を囲む生け籬《がき》の緑が若々しい。その生《い》け籬に馬をつないだ仲由は、いささかも気おくれをみせず、開け放たれた門を通り、入り口に立った。

仲由が声を発するまえに、門弟があらわれた。が、この門弟は成人ではない。冠も幘《さく》もつけていない。

——なんだ、孺子《じゅし》か。

仲由に傲然《ごうぜん》とみくだされたこの青年こそ、ふたたび孔丘に仕えることになった十九歳の閔《びん》損《そん》である。なお閔損は成人になると、

「子騫《しけん》」

というあざなをもつ。かれは仲由の驕《おご》った目つきに気づいても、表情を変えず、澄んだ声で、

「どちらさまですか」

と、問うた。

「われは卞の仲季路という。子開の親友だ。子開に会いにきた。とりついでもらおう」

「たしかに子開どのは教場にいますが、いま受講中です。先生の講義はまもなく終わりますので、しばらくこちらでお待ちください」

閔損は手際よく仲由を入り口脇の小さな房室へみちびいた。そのきびきびした挙措《きょそ》をみた仲由は、ひそかに感心した。

牖《まど》から薫風《くんぷう》がはいってきた。その風のここちよさに瞼《まぶた》を閉じた仲由だが、耳は閉じていない。教場の声をききとろうとした。ほどなくその声が急に大きくなった。門弟が受講を終えたのであろう。直後に、漆雕啓がおどろきの声を放ちつつ房室にはいってきた。

「どうしたのですか」

仲由がここにいることが信じられないという漆雕啓の目つきである。

仲由はわずかに膝《ひざ》を動かした。漆雕啓のはつらつさに気圧されたためであるが、その顔つきをみるまでもなく、

——こやつ、変わったな。

と、痛感した。かつての漆雕啓は暗さがまとわりついた棘《とげ》のようなものをちらつかせていたが、いまのこのやわらかさのある明るさはどうであろう。

仲由はわざと不機嫌に、

「どうした、とは、こちらがききたい。なんじは貴族でもないのに、礼を習って、なんになるつもりか。剣をはなすな。剣術をもって大夫に仕えよ。われは季孫氏に仕える、これでな——」

と、膝もとの剣を軽くたたいた。すでに仲由は卞においては名を知られた剣士である。

「ああ、そういうことですか」

漆雕啓は屈託《くったく》のない笑貌《しょうぼう》をみせた。あいかわらずかれは仲由に敬意を払っているつもりであるが、剣術への関心はほとんどなくなった。そういう意欲と関心の推移が、かれの笑貌を冷えたものにみせたかもしれない。慍《むっ》とした仲由は、

「剣を忘れさせるほど、礼はおもしろいか」

と、なじるようにいった。漆雕啓は表情をあらためた。

「礼は、おもしろい、おもしろくない、というものではありません」

「では、問う、礼とはなんであるか、端的にいってみよ」

「礼は……」

いちどまなざしをさげて、わずかに考えた漆雕啓は、目をあげて仲由をおだやかに視《み》た。

「礼は、おもいやりの形だと思います。多くの人々がそれぞれの考えのもとで、自分かってに行動すれば、摩擦や衝突が多発します。たがいにおもいやるさまざまな形を集約して、よりよい形に定めたものが礼でしょう」

「ふん」

あえて鼻哂《びしん》した仲由は、内心、たじろいだ。

ここにいる子開は、自分が知っている子開ではない、とおもわれるほど上等に変わった。みじかい歳月で、そこまで子開を変えた孔という教師には、奇異《きい》というべき力がそなわっているにちがいないが、それがなんであるのか、この目と耳でたしかめたい。そこで仲由は、

「なんじに会うためだけであれば、ここまでくる必要はない。礼がおもいやりの形であるとすれば、われがここにいることが、すでに礼ではないか」

と、いい、眼光を強めた。

「えっ――」

漆雕啓は表情に困惑の色をだした。

「孔先生に会わせよ。今日、会えぬというのであれば、明日、またくる」

仲由はあごをしゃくってみせた。早くとりつげ、と無言でうながした。

「わかりました」

関心事があれば、それに意識を集中させて、けっしてあきらめない仲由の気骨を知っている漆雕啓は、いちど首をふってから、起《た》ち、房室の外にでた。それから兄弟子の秦商《しんしょう》のもとへゆき、事情を説《と》いた。

「ははあ、なんじにとって恩義のある男か。わかった。先生に話してみる」

秦商は漆雕啓をともなって奥にはいった。

琴の弦の調律をおこなっていた孔丘は、手をやすめて話をきき、うなずいた。会ってもよい、ということである。

房室にもどった漆雕啓は、どうぞ、と仲由に声をかけて、いざなうような手つきをした。仲由が剣をつかんだので、

「剣をおあずかりします」

と、漆雕啓がいうと、ひと睨《にら》みした仲由は、

「われの剣にさわるな」

と、一喝《いっかつ》した。冠と同様にその剣も人目を惹《ひ》く。剣の飾りが、

「猳豚《かとん》」

ということで、おす豚の皮がはりつけられていた。ただし、その豚は家畜の豚ではなく、野生の猪《いのしし》であろう、と想像したくなる。また、皮といっても皮膚ではなく、毛皮ではあるまいか。さらに仲由は、

「教場のなかを通りたい」

　と、いった。教場には、まだ帰らない門弟がたむろして話しあっていたが、突然あらわれた珍客に唖然《あぜん》とした。仲由はいかにも風変わりであった。珍獣を見守るような門弟のまなざしにさらされつつ、仲由は悠然と歩いた。仲由はおのれをみせびらかすために教場を歩いたわけではない。ここの空気を知りたかった。

——生気がある。

いや、その余韻がある、といったほうが正確であろう。

ところで、貴族の屋敷には、高床《たかゆか》の表座敷というべき堂があり、その両脇に、廂《しょう》とよばれる小部屋がある。孔丘の家にもそれに似た一室があり、仲由はそこに案内された。

どこにいても仲由はものおじしない男ではあるが、あらわれた孔丘が予想以上に大きな体《たい》軀《く》をもち、しかも異相であったので、

——礼を教える者が、これか。

と、心のなかで身構えた。だが、孔丘の坐りかたはやわらかく、しかもまなざしはやさしかった。とはいえ、孔丘の冠もはなやかで異様であり、ふたりの対面の光景も、やはり異様というべきであろう。

いきなり孔丘は、

「卞は、もとは公領であったが、季孫氏が横領《おうりょう》した。ご存じか」

と、いった。その声は、すこし高かった。

「知っている。それをもって、あなたは季孫氏を非難するのか」

公領が私領にかわったことで、むしろ仲由の家は日当たりがよくなったといえる。

「いや、非難はしていない。そこもとの認識の程度を知ろうとしている」

「ほう、奇妙な問いかたよ。そのことにかぎらず、われが知っていることを、あえて知らぬと答えれば、なにがちがう」

「大いにちがう。天と壌《じょう》（地）ほどちがう」

「それは戯言《ぎげん》か」

「わたしは戯言を弄《ろう》したことはない。また、知っていることを、知らない、と人にいったことはいちどもない。ただし、知っていることが深度と明度をもたない場合、知っていることにならないゆえ、知らない、という」

孔丘の口調にはりきみがない。

「あなたは、そういうことも、門弟に教えるのか」

「そうです」

この孔という教師は、奇人といってよい、と仲由は感じた。礼は、貴族社会のむなしい形式にすぎない。が、剣術はちがう。基本の形はあるが、その形にとらわれ、その形を超《こ》えたところに達しないと、いのちを隕《お》としてしまう。そういう奥義《おうぎ》と体魄《たいはく》で表現しようとしてきた仲由は、孔丘の尋常ではない人格にふれたおもいがして、礼の概念をすこし変えた。

孔丘は仲由の剣をさりげなく視て、

「そこもとが好むことは、なにか」

と、問うた。わずかに表情をゆるめた仲由は、

「長剣を好む」

と、みじかく答えた。剣術の奥深さについて語ったところで、この礼の教師にはわかってもらえそうにない。

「わたしはそういうことを問うたのではない。そこもとのすぐれたところに、学問を添えれば、たれもそこもとに及《およ》ばなくなる。それがわかるだけに、そう問うたのだ」

「学問か……」

仲由はすこし目をそらした。この教師は、礼とはいわなかった。そのことを考えつつ、

「学べば、どのような益《えき》があるのか」

と、問うた。

「学ぶことは、教えられることであり、知らぬことを、知ることになる。君主は諫《いさ》める臣下がいなければ、正しさをつらぬいてゆけない。そこもとのような士は教えてくれる友がいなければ、かたくなになってゆくばかりだ。暴れ馬を御《ぎょ》するには策《むち》が必要であろうし、弓をつかおうとするのなら、弓のくるいを檠《ゆだめ》で直してからだ。教えをうけて問う、それをくりかえしてゆけば、道理に従ってさからわなくなる。すぐれた人格は、学問によってできあがるということです」

人はまっすぐであることが至上である、とこの教師はいっているのか。そう解した仲由は、

要があろうか」

「南山《なん》とよばれている山に竹が生えている。その竹は矯《た》めるまでもなくまっすぐなので、それを切って矢とすれば、犀《さい》の革《かわ》をもつらぬく。それだけでもわかるように、どうして学ぶ必要があろうか」

と、遠慮なくいった。すかさず孔丘は、

「矢筈《やはず》と羽《はね》をつけ、鏃《やじり》もつけてそれを礪《みが》けば、その矢はさらなる深みに達する」

と、いった。鈍感ではない仲由は、この孔丘の比喩《ひゆ》に、あざやかな衝撃をうけた。

孔丘との対話を終えた仲由は、教場に残って秦商と喋っていた漆雕啓に、

「馬車できている。家まで送ろう」

と、いい、外にでて、馬車を動かしてからは、寡黙《かもく》になった。漆雕啓はよけいな問いを発しなかった。なんとなく仲由の心事がわかった。孔丘と最初にことばを交わしたあとの、かつての自分がそうであったからである。

里門のまえで漆雕啓をおろして、丙に馬車を返すまで、仲由の目にはなにも映《うつ》らなかったといってよい。思考しつづけるとそうなる。そういう仲由を観察した丙は、

——まるで暗い湖をただよっている小舟のようだ。

と、想《おも》い、以前の子開と似ている、と感じた。つまり、

——この人は、早晩、孔先生の門人となる。

と、このとき予断した。

二日後に、季孫家の家宰に面会した仲由は、卞の邑宰からもたされた推薦状をさしだした。

それを一読した家宰は、

「剣士を採用する可否《かひ》は、われに一任されている。季孫家が有する食邑《しょくゆう》を治めている者にそれぞれ優秀な剣士をひとり推挙するように通達した。なんじがその優秀な剣士であることは、われがためすまでもない、とみた。明日から、季孫氏に仕えよ。主にはなんじのことを報告しておく」

と、登用《とうよう》を即決した。拝礼した仲由は、

「ひとつ、おたずねしておきます。わたしは巷間《こうかん》で礼を教えている孔仲尼《こうちゅうじ》の門下生になるつもりですが、それについて、ご異存はありませんか」

と、訊《き》いた。家宰は幽《ほの》かに嗤《わら》った。

「異存はない。ただし、あそこは葬儀にかかわる儒者《じゅしゃ》どもの集まりで、なんじのような士はほとんどいない、ときいた。葬礼にくわしくなったところで、なんの役にも立たぬであろう」

「ははあ……」

この人には、孔仲尼のすごみはわかるまい。自分は孔仲尼に会っておいてよかった、と仲由は実感した。ただし眼前にいる家宰を軽蔑したわけではない。仲由の採用を即断した見識はなみなみならぬものであり、さすがに、魯で突出している大家《たいか》を切り盛りしている器才をそなえているといえる。

「礼といえば、わが家中に、上等な礼に精通している陽虎《ようこ》という者がいる。その者に就いて学んだらどうか」

と、家宰はいった。

「いえ、けっこうです。民情を知っておくのも、主のためになるでしょう」

この選択も、仲由にとっては運命の岐路であったかもしれない。

季孫氏の家臣のために建てられた長屋の一室に落ち着いた仲由は、さっそく束脩《そくしゅう》をたずさえて孔丘の教場へむかった。

門前に立った仲由の手に束脩があることに気づいた漆雕啓は、喜笑《きしょう》し、教場から躍《おど》りでた。

王子朝の乱

矢は邪気を祓《はら》う。

矢を放つことによって、その地を清める。

ゆえに主要な儀礼《ぎれい》にさきだって、射儀《しゃぎ》がおこなわれる。

また、大夫《たいふ》とよばれる貴族が兵車に乗って戦場におもむいた際、かれがおもにつかう武器は、弓矢であって、剣や矛《ほこ》などではない。武器にも尊卑《そんぴ》があるといってよい。さらに、戦闘がたけなわになると、大夫は車中で立つ位置をかえ、みずから手綱《たづな》を執《と》る。

それらのことを想《おも》えば、射と御《ぎょ》、は礼に準ずるもので、孔丘《こうきゅう》が自身で模範を示して門弟を指導しなければならない実技科目であった。門弟がそのつど感心するのは、孔丘は射と御がきわめて巧《うま》いということである。

武技を好む仲由《ちゅうゆう》が、孔丘からはじめて射術の指導をうけたとき、孔丘の弓から放たれた矢の揺れのすくなさに驚嘆した。孔丘は体格が強靭《きょうじん》なだけに、勁弓《けいきゅう》を引くことができる。また馬を御することに関しては、孔丘は名人といってよかった。

それらを実見して舌を巻いた仲由は、

「先生はどこで射と御を習得なさったのか」

と、漆雕啓《しっちょうけい》に訊《き》いた。

「先生は、かつて、司職《ししょく》の吏《り》であったときときました」

高弟の秦商《しんしょう》からおしえられたことである。

「司職……、なんだ、それは」

司という文字をふくむ官名は、司徒《しと》、司馬《しば》、司寇《しこう》、司空《しくう》などがあるが、司職という官吏名はきいたことがない。

「職は、牛をつなぐくいである樴《しょく》のことらしいのです。要するに、六畜《りっきゅう》の飼育係りです」

「六畜のなかに、馬がいたかな」

仲由は首をかしげた。

「いますよ。牛、馬、羊、鶏、犬、豕《ぶた》が六畜です。それらは、六牲《りくせい》ともよばれています」

ついでながら、六と陸《りく》とはおなじ音で、陸のなかに六という文字がふくまれている。文字の発生源がおなじであるということである。

「なんじは賢くなったな。だが、先生の弓術は司職としての勤めの内容にはなかったはずだ」

たれが考えても、そうである。

「宮廷の祭祀官《さいし》であったころに、習得なさったのでしょう」

「宮中儀式のひとつに、射礼があるということか」

仲由はなかば納得《なっとく》したが、形だけがととのっていればよい儀式で矢を飛ばすのに、人が感心するほど射術を上達させる必要はあるまいと考えれば、孔丘という人格にひそむあくなき向上心におどろかざるをえない。あるいは、父からうけついだ武人の血がそうさせるのか。仲由はおのれが剣を持ち、孔丘が弓矢を持つという闘いの場を想像してみると、その想像のなかでは、おのれは孔丘が放つ一矢で殪《たお》されてしまう。孔丘の矢はそれほどすごみがある。

「あれほどの射と御の腕があれば、明日にでも、三桓《かん》のどなたかに召しかかえられよう。官途に就《つ》いても、学問を忘れず、若い家臣を教導しつづければ、いずれ大家を経営する家宰《かさい》となって、主君を輔成《ほせい》し、魯《ろ》に善政を施為《しい》できよう。先生はそういう道を好まれないのか」

孔丘が魯の大臣に自分を売り込みにゆきたくない気性をもっていることはわかるが、孔丘の異才をたしかめようともしない大夫たちの魯鈍《ろどん》さにもあきれる。もっとも季孫《きそん》氏の家宰が、孔丘とその門下生を、侮蔑ぎみに、

「儒者《じゅしゃ》」

という一言でかたづけてしまう現状があるのだから、他家の無関心さは推《お》して知るべしである。ただしこの時点で仲由にかぎらず孔丘の門弟のすべてが、春に亡《な》くなった仲孫貜《ちゅうそんかく》の遺言の内容を知らない。仲孫貜の側近のひとりで、孔丘の弟子となった亢竿《こうう》でさえ、家宰からなにも伝えられていない。それはさておき、仲由は自問自答したような気分になり、苦《にが》く笑った。

が、漆雕啓は仲由の問いを真摯《しんし》にうけとめた。

「先生は、庶人《しょじん》のための教師になろうが、君主のための教師になろうが、否《いな》とは、おっしゃらない人です。庶民が礼を知り、君主が学問をすれば、国力が上がる、とお考えになっていることはたしかです」

漆雕啓の孔丘への心酔《しんすい》ぶりは尋常ではない。暗い青春の時を経てきた漆雕啓にとって、孔丘は炫々《げんげん》たる太陽であるかもしれない。

「それは、魯のためか……。だが、先生の名が他国に知られ、他国からの学生が入門するようになったら、先生の教えは、他国のためにもなる。他国の力が上がれば、魯のためにはならない。そうではないか」

仲由は漆雕啓をゆすぶるように、ちょっと理屈をこねた。

「それは……」

いちどくちごもった漆雕啓は、脳裡《のうり》で考えを組み立てなおした。往時、寡黙《かもく》で、地を睨《にら》みつけて生きていた漆雕啓が、いまや首を揚《あ》げ、弁《べん》も立つようになった。

「礼がそもそも相手へのおもいやりであるとすれば、他国の庶民が礼を知ると、魯へおもいやりを示してくれる。すると、魯はその国と争わなくなる。諸国の民間に礼が育てば、全土に平和という花が咲くのです。また、学問とは、平等であり、知ることをさまたげてはならないものです。すなわち、先生は、魯という一国のために教えているわけではなく、中華全体の文化の向上のために教えている。これでは、答えになりませんか」

「ははあ、なんじは本気になって学んだな。頭がさがるよ」

仲由は漆雕啓をほめた。仲由に敬意をもっている漆雕啓はうれしそうな顔をした。

「なあ、子開《しかい》よ、孔先生はなんじに悦《よろこ》びを与え、人を変えるほどふしぎな力をもっている。それは認める。われは入門してからまだ半年しか経《た》っていないので、先生の全容を知っているとはいえないが、ひとつ奇妙におもわれるのは、先生には苦悩がないのではないか、ということだ」

「えっ、苦悩がない……」

漆雕啓は軽くおどろき、あきれたように仲由を視《み》た。

「あなたは、先生の生《お》い立《た》ちを、知らないのですか」

孔丘の過去は苦悩のかたまりであった、と漆雕啓は理解している。

「いや、だいたいは子丕《しひ》（秦商）どのから聞いた。離婚のことも知っている。だが、幼いころに父を喪《うしな》い、母と離れて暮らしたことが、先生をいまだに苦悩させているとおもうか。先生は、葬儀を手伝うしか能がない儒者の指導者であるとみなされても、平然としている。すなわち先生は、いかなる境遇にあっても、悦んで生きようとし、それを門弟だけではなく世間にもみせ、人もそのように生きてもらいたいと意《おも》って教えている。それこそ非凡だ、といいたいところだが、われはそうはおもわない」

仲由がそういうと、漆雕啓は慍《むっ》とした。

「あなたは苦悩する者が非凡だといいたいのですか。苦しみ悩むことは、おのれを傷つけ、他人をも傷つけるのです。失礼ながら、あなたにはそれがわかっていない」

この声には怒りがこめられている。仲由は素足で荊棘《いばら》の道を歩いたことがないから、そういう高踏《こうとう》的な批評をおこなえるのだ、と漆雕啓は反発した。

「いや、われは、先生をけなしたわけではない」

技芸の真髄《しんずい》に達すれば、からりと晴れた天空を仰ぎみるような心境を得られるような気もしないではないが、そのまえに底なしといってよい深い苦悩があるものではないか。剣術とは、つねに心身を生死の境に置かなければ上達しないものだ、と自覚してきた仲由にとって、孔丘という教師はほがらかすぎる、と感じた。このほがらかすぎるところに、思想家としての未完あるいは不足があるのではないか、と仲由はおもっただけで、それ以上邃密《すいみつ》な表現を駆使《くし》できないので、この微妙な感覚をうまく漆雕啓につたえることができない。

ふたりのあいだに気まずさが生じたので、仲由はそれを払うように、

「明後日は、先生に付いて、狩猟《しゅりょう》にゆくそうだな。われは勤めがあってゆけぬ。帰ったら、話をきかせてくれ」

と、あえて明るくいい、腰をあげた。

狩猟は、貴族にとって娯楽をかねた軍事訓練である。その規模には大小があり、大規模なものになると、諸侯会同のついでにおこなわれ、盟主のために、盟下にいる君主とその家臣が禽獣《きんじゅう》を追いたてるという任務をはたすことになる。孔丘は貴族ではなく、兵術を嫌っているので、狩猟の地を戦場にみたてず、御と射の講習会の地とした。

門弟とともに曲阜《きよくふ》をでた孔丘は、一夜露宿《ろしゆく》しなければならないほど遠くの林野まで行った。山沢《さんたく》を管理する吏人《りじん》にみとがめられないようにするためである。ちなみに孔丘は釣りも好きだが、延縄《はえなわ》のようにいちどに多くの魚を釣る漁具《ぎよぐ》はつかわず、素朴な釣りかたを愛した。狩猟の腕もたしかで、弋《よく》といって、矢に糸をつけて射《い》るやりかたで、鳥を落とした。それを見た門弟は驚嘆した。

門弟のなかには、かつて俠気《きようき》をむきだしにして巷間《こうかん》をさまよっていた者もすくなくないので、林野を駆けめぐる狩猟は、かれらに快感を与え、開放感にひたらせた。

孔丘がねぐらにいる鳥をけっして狙わないので、

「狩りにも礼がある」

と、門弟は感心した。

孔丘が狩猟の会を催したのには、わけがあり、

「明年、周《しゆう》都へゆき、留学したい」

と、おもいはじめたためである。曲阜で教鞭《きようべん》を執ることをしばらく休む。それを暗に予告するための会であった。

門弟とともに楽しく狩猟を終えた孔丘は、曲阜にもどるとすぐに、引退した老司書の家へ往った。

孔丘の顔をみたこの老人は、

「今日は、書物を借りにきたわけではなさそうだ」

と、いきなり推断した。老人のまえで膝《ひざ》をそろえた孔丘は、

「ご推察の通りです。周の文化をもっと知りたくなったので、周都へゆくつもりです。ご存じの教師があれば、教えていただきたい」

と、いい、頭をさげた。

老人はあごひげをひと撫《な》でした。

「老子《ろうし》とよばれている人がいる。周都の老子といえば、その人しかいない。ただし、その人は、そなたのように、むやみに弟子をとらない。いきなり入門を乞《こ》うても、門前払いをくわされるであろうよ」

老子とは、老先生といいかえてよく、老は姓でも氏でもない。またこの人は、のちに出現する『老子』の著者ではない。その書物の著者は、李耳《りじ》（老耼《ろうたん》）であるかもしれないといわれている。おそらく李耳は戦国時代（東周《とうしゆう》後期）の人で、孔丘とは時代がちがいすぎる。

「豊かな知識をもつ者が、貧しい知識しかもたない者に、その知識をさずけないのは、吝嗇《りんしょく》で、しかも傲慢ではありませんか」

孔丘がそういうと、老人は、おい、おい、といいながら嗤《わら》った。

「ものわかりの悪い童子《どうし》のようなことを、いうな」

「そうですか……」

孔丘は老人の口の悪さには慣《な》れている。

「あきれたな。富む者が、貧しい者に財を乞われても、やすやすと与えるはずがないではな

いか」

「それとこれとはちがいます」

「知識も財産のひとつだとおもっている者もいるということよ。ただし、老子は評判の悪い人ではない。なんらかの理由があって、多くの門人をとらないのだろう」

「その理由とは——」

「はっきりとは知らぬ」

そうつっぱねたあと、孔丘の表情をみつめなおした老人は、

「周都へゆくと決めたかぎり、どんなことがあってもゆく、と顔に書いてある。はは、あいかわらず、そなたは国外の事情にうとい。いま周都へゆくのは、よほどの阿呆《あほう》だ」

と、強くいった。

「どういうことですか」

ほんとうに孔丘は周都の擾乱《じょうらん》については知らなかった。

「知っていることを、だし吝《お》しみすると、そなたに、吝嗇、傲慢とののしられるから、教えてやろう。いま周王室に内訌《ないこう》があり、その戦火が周都を焼きつくすほど烈しく大きくなっている」

周王室の後継争いが、大臣や重臣だけでなく、王室直属であった官人、工匠《こうしょう》などをまきこんで拡大しつづけ、ついに大乱となった。それを、

「王子朝《ちょう》の乱」

という。これは周王室を自壊させるほど熾烈《しれつ》な争いであり、災難を避けるために芸術家や文化人が地方へ避難するほどであったと想えばよい。

乱の遠因は、周の景王《けい》が、正統な嗣子《しし》である太子寿《じゅ》を喪ったことにある。しかもその二か月後に、后《きさき》である穆后《ぼくこう》も亡くなったことで、景王にとって自身の理性と感情を支えていた柱を失った。この不安定さにつけこんだ者がいる。景王の庶長子《しょちょうし》の王子朝を傅佐《ふさ》していた賓起《ひんき》である。

「王のご長子は、王子朝なのですから、王子朝を太子にお立てになるのが、当然ではありませんか」

そのように景王を説《と》いた賓起は、まんまと内諾《ないだく》を得た。

しかしながら、景王はすぐに立太子を宣明《せんめい》することができなかった。まず、喪《も》に服さなければならない。その間は、大臣の合議によって王朝は運営され、景王は沈黙しつづけなければならない。ほかに障害があった。大臣の単旗《ぜんき》（穆《ぼく》公）とかれに仕える劉摯《りゅうし》（献《けん》公）は、賓起に反目《はんもく》しており、景王が王子朝を太子に立てたいともらそうものなら、

「王には多くの御子がおられるのに、なにゆえ、よりによって庶子をお立てになるのですか」

と、猛反対するにきまっていた。

それゆえ景王は服忌《ふくき》を終えて聴政《ちょうせい》の席にもどっても、立太子について自分の意望を宣《の》べず、

――どうしたものか。

と、悩んでいた。

その悩みを解消すべく、賓起がひそかに謀計を献じた。

「北山《ほく》（洛北の邙山《ぼう》）で、公卿《こうけい》をお集めになって、狩りをなさいませ。そのさなかに、単子と劉子を誅殺《ちゆうさつ》なされればよろしい」

暗殺計画である。

「よかろう」

景王がうなずいた直後に、その陰険な計画は起動した。

初夏にその狩りは催された。罠《わな》がしかけられているとは知らぬ単旗と劉摯もその会に参加した。山中に伏せている兵にふたりは射殺されるはずであった。

が、運命とは皮肉なものである。

狩りの主催者である景王が、心臓の発作で斃《たお》れ、山からおろされて、大夫の栄錡《えいき》の邸宅で崩御《ほうぎよ》した。どういうわけか、それから三日後に、劉摯も亡くなった。

劉家のあとを継いだ劉蚠《りゆうふん》（伯蚠《はくふん》）は、賓起が立てた陰謀を漏《も》れ聞いて、激怒し、賓起家に兵をむけ、かれを攻めて殺した。その事実を知った王子朝は、赫怒《かくど》し、

「わが傅佐をよくも殺してくれたな。先王のご内意は、われにむけられていたのを知らぬのか。われこそ先王のご遺志を継ぐ者である」

と、高らかに宣べて、単旗と劉蚠が擁立した王を認めず、蹶然《けつぜん》と挙兵した。

これが大乱のはじまりであった。

「それが二年まえだ。乱はまだつづいているよ。いま周の王城には王子朝がいる」

と、老人はいった。

「すると、いまの周王は王子朝ですか」

「そうではあるが、まだ決着したわけではない。晋《しん》のでかたしだいで形勢が決まる」

中華諸国が盟主と仰いでいる国は、周ではなく、晋である。中華で最大の軍事力を保有している晋が、王室の内紛に武力で介入するようになれば、乱は鎮静するであろう。が、いまのところ、晋はそういう動きをみせていない。

「晋しだいですか……」

武力は伝統と文化を破壊するとおもっている孔丘は、晋という国を好んでいない。

「周都が兵戈《へいか》によって荒れに荒れたため、そこから逃げだす者があとをたたない。老子がまだ周都にとどまっているか、たしかめようもない。われが知っていることは、以上だ」

「よくわかりました」

孔丘は落胆の色をかくさなかった。

じつは、老人にはうちあけなかったが、孔丘は夢をみた。夢のなかにあらわれた貴人に、

「成周《せいしゅう》にきなさい」

と、いわれた。その貴人が、周公旦《たん》であると気づいて驚愕したとたんに、夢からころがりでるように目が寤《さ》めた。

――われは周公に招かれたのだ。

はね起きた孔丘は感動そのものになってしばらく呆然《ぼうぜん》とした。だが、周都にすぐにゆけない現実をどう解したらよいのか。もっとも夢のなかの周公旦は、

「すぐにきなさい」

とは、いわなかった。また、周都で学びなさい、ともいわなかった。が、せっかく上京するのであれば、周文化を熟知している人物に就《つ》いて学びたい、と孔丘は希求《ききゅう》した。

――世は、自分に都合よく動いているわけではない。

そうおもいしらされた孔丘は帰宅すると、閔損《びんそん》に、

「諸国の情勢にくわしい者を知らないか」

と、問うた。目をあげた閔損は、

「丙《へい》さんがくわしいらしいです」

と、速答した。

豪農の丙は、いちどだけ孔丘に会いにきた。殷人《いんひと》を先祖にもつ者はたがいに助けあわなければなりません、とかれはいい、孔家に食料の不足が生ずれば、いつでも禾穀《かこく》をお饋《おく》りします、といって帰った。その後、実際に禾穀が送られてきた。孔丘はそれを極貧《ごくひん》にある門弟にくばった。

周都での留学が決定すれば、

――丙さんに、食料をたのまねばならない。

と、孔丘はおもっている。食料持参で留学するものであり、食料が尽きた時点で留学は終

わる。数人の門弟を伴《ともな》うつもりなので、かなりの食料が要《い》る。それについては、丙の厚意に凭《もた》れるしかない、というのが孔家の実情である。

丙が富人《ふじん》であることくらい孔丘は知っているが、商人ではないという認識なので、諸国の動静について精通しているとはおもわなかった。

「丙さんは、農人だろう」

と、孔丘は念を押すようにいった。

「ただの農人ではない、と子開さんがいっていました」

面会にきた丙につきそってきたのは、子開すなわち漆雕啓である。

「そうか……」

孔丘は首をかしげた。丙がただの農人ではない、ということは、農業以外のことにかかわっているということになろう。ただしその陰《かげ》の活動には奸悪《かんあく》さはないであろう。精神に潔癖《けっぺき》さをもっている漆雕啓は人の悪をみぬく目をそなえているし、丙と対談した孔丘も、丙から詐佯《さよう》のなまぐささを感じなかった。別の角度から丙をみれば、孔丘をひそかに支援していることも、陰の活動ということになり、そこにやましさはあるまい。

周都の大乱が終熄《しゅうそく》したときには、そのことを丙に告げてもらおう、と決めた孔丘は、急におもいついたように、

「郯《たん》へゆく」

と、いって、閔損をおどろかせた。かつて魯に来朝した郯君は、学びたければ郯にくるが

よい、史官に相手をさせよう、といってくれた。それを憶《おも》いだした孔丘は、五日後に出発した。郯は魯の東南に位置して、両国の距離はおよそ四百里であるから、一日に四十里すすむとすれば、往路に十日かかる。

郯で史官と再会した孔丘は、古制《こせい》について学び、十日ほど滞在してから帰途についた。そこで得た最良のものは、

「夏暦《かれき》」

である。すなわち夏王朝の暦《こよみ》を知ったことである。歳首《さいしゅ》を春に置くその暦は農事に適しており、人も季節に順応《じゅんのう》しやすい。暦は、殷暦《いんれき》、周暦《しゅうれき》もあるが、夏暦がもっともすぐれているとおもった孔丘は、

「暦は、夏の時を用いるのがよい」

と、のちのちまで語ることになる。

――周都の乱はいつ熄《や》むのか。

待つしかない孔丘は、周公旦のことばを念《おも》い、かなりのつらさをおぼえた。

ところが大乱は、周だけではなく、自国の魯にも勃《お》こったのである。

季《き》孫《そん》氏の驕《おご》り

春になっても、周《しゅう》都に静謐《せいひつ》がもどらなかった。

――なにはともあれ、周都だけは観《み》ておきたい。

そう意《おも》っている孔丘《こうきゅう》は、王子朝《ちょう》の乱の情況を知るために、昨年の冬から、ひと月に一回、弟子の漆雕啓《しっちょうけい》を情報通の丙《へい》のもとへ遣《や》った。

二月になって、丙家からもどってきた漆雕啓は、ゆるやかに首をふり、

「晋《しん》は、王子朝の政権を認めていないようですが、なんら鎮定のために手を打っていません。猛火のなかに手を入れれば、やけどをするので、火勢《かせい》が衰えるのを待っているのでしょうか」

と、いった。

「なるほど、そういうみかたもできる。周にかわって中華諸国を総攬《そうらん》している晋が、鎮討《ちんとう》のための師旅《しりょ》を催すときには、かならずどこかで諸侯会同をおこなう。そのときまで待つしかあるまい」

たしかに晋は盟主の国ではあるが、諸国が王子朝を正統な周王として認めてもよいという意向を示せば、王子朝に兵をむけるわけにいかなくなる。王室の内紛をながながと傍観している理由にはかならず政治的色合いがあろう。

「乱が熄《や》めば、先生は周都へ往かれて、留学なさるのですか」

と、漆雕啓は不安げに問うた。

周都での留学については、孔丘は三、四人の弟子にしかほのめかしていない。

「かならず、そうする。その際は、食料のことを丙さんに頼むしかない。なんじも周都へ往ってくれるか」

「喜んで――」

にわかに漆雕啓の表情が明るくなった。おそらく孔丘に随従《ずいじゅう》して周都へ往く弟子は十人未満であろう。そのなかに自分がはいっていることを確認した漆雕啓は素直に喜悦《きえつ》した。

「ところで、周都のことではありませんが、丙さんは、こんなことをおしえてくれました」

「それは……」

「叔孫《しゅくそん》氏が、宋《そう》の公女を迎えに行った、ということです」

「はて……」

孔丘は眉《まゆ》をひそめた。

叔孫氏とは、いうまでもなく三桓《かん》のひとり、叔孫婼《しゅくそんしゃく》のことで、礼に関してうるさい人であることは、孔丘も知っている。かれはいま、正卿《せいけい》である季孫意如《きそんいじょ》に次《つ》ぐ席にいる。残る三桓のひとりである仲孫何忌《ちゅうそんかき》は喪《も》に服していて、朝廷にはでていないので、魯《ろ》の政治は季孫意如と叔孫婼のふたりでおこなっていると想《おも》ってよい。

その次卿が宋の国へ行って、君主の女《むすめ》を迎候《げいこう》するということは、

「娶嫁《しゅか》」

をおこなうことにほかならない。

――だが、宋の公女は、たれに嫁《とつ》ぐのか。

孔丘は多少の困惑をおぼえた。漆雕啓は孔丘の意見を求めるような目つきと口ぶりで、

「君が新婦をお迎えになるのでしょうか」

と、すこし声を低くしていった。

「いや……」

魯の君主である昭公《しょう》は、今年、四十四歳である。婚姻の礼法と禁忌《きんき》に関していえば、

「同姓の婚姻を禁ずる」

というものがある。それに遵《じゅん》ずると、姫《き》姓の国である魯は、おなじ姫姓の国である周、晋、衛《えい》、曹《そう》、鄭《てい》、蔡《さい》、呉《ご》などとは姻戚《いんせき》になってはならない。それらの国々を避けて、君主の夫人を求めるとなれば、斉《せい》（姜《きょう》姓）、秦《しん》（嬴《えい》姓）、楚《そ》（羋《び》姓）、宋（子《し》姓）などが相手国となる。魯はとなりの国の斉と善隣《ぜんりん》外交をつづけてきたわけではなく、むしろ仇敵《きゅうてき》視して戦ってきたという歴史のほうが印象的である。それでも婚姻となると、斉の公女を迎えることが多かった。とはいえ、なにぶん昭公の娶嫁については不透明であるが、かれにはすでに、公衍《こうえん》、公為《こうい》、

公果《こうか》、公賁《こうほん》という四人の男子がいて、その四人を産んだ母がおなじというわけではないので、複数の夫人がいることはあきらかである。その上昭公は宋の公女を娶《めと》ろうとしているのか。

――いや、そうではあるまい。

と、おもった孔丘は、念のために、

「丙さんは、それについて、ほかになにかいっていたか」

と訊《き》いた。

「ほかに、ですか。それだけで孔先生はおわかりになろう、と丙さんは笑っていましたが……」

孔丘はうなずいた。

「そういうことであれば、わかった。叔孫氏は季孫氏のために宋へ行ったのだ。宋の公女を娶るのは、君ではない、季孫氏だ」

「えっ」

漆雕啓はわずかに不快の色を表にだした。むろん季孫家の当主である意如は独身ではない。正室がいるが、宋の公女が季孫家にはいれば、新婦が正室となり、その人は側室へ遷《うつ》される。

――季孫氏は、君主きどりではないか。

師である孔丘は弟子たちに、僭越《せんえつ》、をいましめている。が、国民の範となるべき季孫意如が、平然と僭越をおこなっていては、この国に正しい礼がなくなってしまう。漆雕啓は心中がむかむかしてきた。

「一国の君主が他国の公女を娶る場合、使いをするのは正卿である。まして宋は公爵国《こうしゃく》で、魯はひとつ下の侯爵国《こうしゃく》だ。君主のために次卿が公女を迎えに行ったら無礼になることくらい知らぬ叔孫氏ではない。となれば、考えられることは、ひとつだ」

孔丘はじつは激情家であるが、門弟のまえでは、感情の起伏をみせないようにしている。また、あからさまに季孫氏を批判したこともない。たしかに季孫氏は驕《おご》ってはいるが、それにたいする嫌悪感が、そのままかれの執政《しっせい》ぶりの批判になってはならない、と孔丘はおのれをいましめている。冷静に観れば、季孫氏の政治に重大な過誤《かご》があったわけではない。その驕りをたしなめるべく季孫氏を批判するのであれば、政道にかかわる地位に昇ってからでなければ、意義が生じない。陰口《かげぐち》のたぐいは論外である。孔丘の考えかたは、その点において、一貫している。

ついでながら、孔丘は周王朝が定めた爵位についていった。爵号は五つあり、上から、公、侯、伯《はく》、子《し》、男《だん》、となっている。最高位の公爵をさずけられた君主の国は、往時《おうじ》には、四つほどあったが、衰亡したため、いまや宋のみである。周王が旧主であった殷《いん》王とその子孫をかたちとして尊んだということであろう。

夏になった。

漆雕啓がいそぎ足で孔丘に報告にきた。

「黄父《こうほ》で会同がおこなわれます。ただしその主催者は晋君ではなく、卿の趙《ちょう》氏で、集まるのは、諸国の大夫《たいふ》ばかりです」

黄父は晋の旧都である絳《こう》の東に位置する邑《まち》である。諸国の大夫はその地に呼びつけられたというかっこうである。会同を主催する趙氏とは、趙鞅《ちょうおう》のことで、参政の末席にすわったばかりではあるが、晋の卿のなかでも台頭《たいとう》がめざましい。ちなみにかれのあざなは、孟《もう》、であり、諡号《しごう》は簡子《かんし》となるので、史書には趙簡子と書かれることが多い。

「わかった。晋が、王子朝を駆逐《くちく》するために出師《すいし》をおこなうのは、明年だ。明年で、乱は熄む」

孔丘の眉宇《びう》が明るくなった。

晋君の代理として兵を動かす趙鞅は、自身の実力がためされることになるので、けっして失敗しない軍事をこころがけるであろう。

「先生が周都へ往かれるのは、再来年ですね」

「そうなろう」

老子《ろうし》のことはさておき、孔丘はどうしても周都を観ておきたい。

「ところで、長府《ちょうふ》の増改築がはじまりました。大がかりなものです」

これは、丙におしえられたことではなく、漆雕啓が自分の目でみてきたことである。長府は、公室の倉庫である。農閑期にさしかかったので、昭公は人民に夫役《ぶやく》を命じたことになる。

大がかり、という漆雕啓の表現が気になった孔丘は、閔損《びんそん》を従えて観に行った。閔損は成人となったので、子騫《しけん》というあざなをもった。ただし師である孔丘はすべての弟子をあざなでは呼ばず、本名で呼ぶ。

はたして長府では大規模な工事がおこなわれていた。すぐに閔損が、

「旧《もと》のままでは、いけないのでしょうか。どうしていま、改築をするのでしょうか」

と、いった。ひごろ口数の多くない閔損であるが、ものをいえば、的確なことをいう、とあとで孔丘はほめた。

閔損はその工事に奇怪さをおぼえ、疑惑をいだいたということである。公室の収入についていえば、減ることはあっても増えることはない、というのが現状である。となれば、倉庫を巨大化する理由がみあたらない。孔丘も不審《ふしん》をおぼえたので、

――わからないことは、あの老人にきくしかない。

と、おもい、旧の司書を訪ねた。

門前に馬車が停《と》まっていた。

手綱《たづな》を執《と》っていた閔損は、すこしはなれた位置に馬車を駐《と》めると、すばやく門内にはいり、すぐにでてきた。

「来客中なので、のちほど、ということでした」

のちほど、というのは、他日でなおせ、ということではなさそうなので、

「よし、待とう」

と、孔丘は車中で客が帰るのを待った。

半時後、その客が簡牘《かんとく》を手にしてせかせかと門外にでてきた。簡牘は竹や木の札をいい、

ここでは覚《おぼ》え書きを想えばよい。

——宮中でみかけた顔だ。

孔丘の記憶では、かれは祭祀《さいし》官ではなく記録官のひとりである。いそいでいるらしいかれは、馬車に乗ると、孔丘の馬車を一瞥《いちべつ》もせずに去った。私事ではなく公務でこの家にきたという感じである。

家のなかで孔丘を迎えた老人は、待たせたな、ともいわず、みじかく綴連《ていれん》された木簡《ぼっかん》をいきなり孔丘の膝《ひざ》もとへすすめて、

「こんなものでも、役に立つことがある」

と、ぶっきらぼうにいった。読んでみよ、ということであろう。孔丘はその木簡を膝の上に置いた。

謡歌《ようか》の詞《ことば》のまえに、

「文成《ぶんせい》の世の童謡」

と、ある。文成というのは、魯の君主であった文公と成公を指す。文公は百年ほどまえの君主で、文公のつぎが成公ではなく、宣《せん》公をはさんで成公となる。つまり文成の世というのは、文公から成公までのあいだ、と解するのがよい。そのころに子どものあいだではやった歌があった。

——童謡は、ときとして、予言となる。

孔丘はそのことを知っている。古昔《こせき》、もっとも有名で不吉な童謡は、周の首都が西方にあ

った宣王《せん》のころの、
「檿弧《えんこ》箕《き》服《ふく》で周が滅びる」
というものである。檿弧は、山桑で作った弓。箕服は、箕という竹で作った箙《えびら》である。この童謡を憎悪した宣王が、檿弧箕服を売る者を殺そうとしたことが起因《きいん》となって、西周王朝は滅亡した。

童謡のもつ恐ろしさが如実《にょじつ》に表れた故事を孔丘が知らぬはずはないとみた老人は、埃《ほこり》をかぶっていたような童謡の詞を読ませたのである。

これも内容は不吉であった。

鸜鵒《くよく》がくると　公は出《い》でて辱《はずか》しめられる
鸜鵒が翔《と》ぶと　公は外野《がいや》に在《あ》って　馬を饋《おく》られる
鸜鵒が跳《は》ねると　公は乾侯《かんこう》に在って　褰《けん》と襦《じゅ》を徵《もと》める
鸜鵒が巣を作ると　公はかなたをさまよう
裯父《ちゅうほ》が死ぬと　宋父《そうほ》が驕《おご》る
鸜鵒よ鸜鵒　公が往くときは歌うが帰るときは哭《な》く

孔丘は一読して、瞠目《どうもく》した。まさか、このように具体的な地名と人名をふくんだ童謡が遠い文成の世に歌われていたとは、とおどろくしかない。なにしろ、内容がなまなましい。

禽獣《きんじゅう》について精通している孔丘は、

「鸜鵒」

という鳥が、人のことばをまねる特殊な鳥、すなわち九官鳥《きゅうかんちょう》であることを知っている。

その鳥が飛来すると、魯の君主が出国して、恥辱《ちじょく》をこうむる、とは、どういうことか。よけいな解釈をつけくわえず、まっすぐに予想すれば、魯君が追放される、ということである。国外にでた魯君は、どうやら乾侯にとどまるらしい。乾侯とは、人名ではなく、地名である。しかもその地は、魯からは遠い晋国にある。乾侯にとどまる魯君は、衣類が不足するのか、褰すなわち袴《はかま》と、襦すなわち下着を求めることになる。その後、魯君は流寓《りゅうぐう》したすえに客死《かくし》する。その魯君とは、裯父であると明言されているではないか。いうまでもなく昭公の名が裯である。また、昭公が亡《な》くなって驕ることになる宋父とは、宋という名をもつ昭公の弟であろう。国をでた昭公が帰国するのは、死者となってからである。

これは悲歌《ひか》といってよい。

おもむろに目をあげた孔丘は、老人を瞪《みつ》めて、

「鸜鵒が飛来したのですか」

と、問うた。老人はうなずいた。

「公宮の庭にきたその鳥は、飛び去らない。それでちょっとした噪《さわ》ぎになった。小さな喧騒《けんそう》を知った楽師の己《き》というものが、憶《おぼ》えている謡《うた》を歌って、史《し》に警告した。内容が内容だけにおどろいた史は、公文書を捜して、その真偽《しんぎ》をたしかめようとしたが、みあたらず、属吏《ぞくり》を

われのもとによこしたというわけだ。童謡は、公文書にはないさ。われは仕官したばかりのころに、老楽師に教えてもらった歌を、書きとめておいた」

「はあ……」

孔丘は嘆息した。

——いまの魯君は、かつての衛の献《けん》公のようになるのか。

追放された君主として孔丘が知っているのは、衛の献公（衎《かん》）である。孔丘が生まれたころには、まだ生きていた君主である。献公は、大夫のなかでも実力のある孫文子《そんぶんし》（林父《りんぽ》）と激しく反目《はんもく》し、ついにかれを撃殺しようとしたが、戦いに敗《やぶ》れて追放された。ただし献公は十余年間、国外に在ったものの、生きて帰国し、復位することができた。だが、魯の昭公は、童謡の通りであれば、生還できないことになる。

「童謡をあなどるわけにはいかぬが、すべての童謡が予知力をもっているわけではない」

と、老人は深刻さをきらうようにいい、ひきとった木簡をわきに置いた。だが、孔丘は濛《もう》漠《ばく》たる未来をみたおもいで、

——まもなく魯に乱が生ずるのだ。

と、心を暗くした。

「ところで、今日の用件はなんだ」

老人の声に、応《こた》える気力がとぼしくなった。

「用件はありません。長府が改築されるわけを、ご存じであれば、教えていただきたい。そ

のためにお訪ねしました」

「知らぬ」

老人の返辞はそっけなかった。一考もせずに老人がそういったのは、いつもの老人らしくなく、おそらくその乾いた口調の裏に、

「なんじはそんなことに関心をもつな」

という警告が秘められている、と孔丘は感じた。この老人はもともと不親切な性質ではない。

「さようですか。では、帰ります」

孔丘は颯《さっ》とひきさがった。

「ふむ、童謡のことは、他言無用、楽師と史もそれについては秘匿《ひとく》するだろう」

「承知しました。門人には話しません」

孔丘はくるりと膝をまわして起《た》った。その背に老人は、

「だいぶまえに季孫氏と郈孫《こうそん》氏が闘鶏《とうけい》をして、季孫氏が負けた。腹の虫がおさまらない季孫氏は、郈孫氏にいやがらせをした。知っているか」

と、いった。孔丘はふりむかず、

「存じません」

と、答えた。季孫氏が季氏と呼ばれるように、郈孫氏も郈氏と呼ばれる。魯の大夫で、諡号は昭伯《しょうはく》となるので、のちに郈昭伯として知られる。ちなみに季孫氏と郈孫氏は邸宅が隣接

している。

「あいかわらず、そなたは世事《せじ》にうとい」

孔丘は笑声を浴びせられて、老人宅をでた。さっそく閔損が、

「長府の改造について、おわかりになりましたか」

と、問うた。

「いや、わからぬ。しかしあの増改築が、擾乱《じょうらん》を招くかもしれない。乱れた国では学問はできぬ。早く周都へ往きたいものだ」

これが孔丘の本心であった。のちに孔丘は、

――乱邦《らんぽう》には居《お》らず。

と、いうが、公族と貴族の抗争は、庶民に迷惑をかけるだけであり、まして、ひたすら学問の道をすすもうとしている孔丘にとって障害になるだけであった。それでも帰宅した孔丘は、漆雕啓を呼び、

「季孫氏と郈孫氏のあいだに、いさかいがあったらしい。それがどのようなものか、丙さんなら知っていよう。訊いてきてもらいたい」

と、いった。すこしは世事に関心をもて、と老人にいわれたような気がしている孔丘は、季孫氏に仕えている仲由《ちゅうゆう》がしばらく教場《きょうじょう》にこないので、漆雕啓をつかって調べさせた。

この調べは簡単ではなかったらしく、漆雕啓が孔丘のもとに報告にきたのは、五日後である。

報告をきいた孔丘はあきれぎみに眉をひそめた。

ことは、たわいもない闘鶏から発していた。鶏を闘わせるという遊戯は、貴族の専有ではなく、庶民もおこなう。季孫氏は執拗《しつよう》な質《たち》であるらしく、勝負にこだわるあまり、鶏に革の甲《かわよろい》をかぶせた。こうなると、もはや遊戯から逸脱《いつだつ》している。それを知った郈孫氏は、

——うすぎたないまねをするものだ。

と、慍然《うんぜん》とし、それならこちらも、と自分の鶏に金属の距《けづめ》をつけて、闘わせた。

「どうやら、勝ちは、郈孫氏ということらしいです」

と、漆雕啓はいった。

負けた季孫氏は腹立ちがおさまらず、隣家の敷地を侵すような建て増しをおこなった。そのため増築部分に、すでに建っている隣家の屋根がかかり、それさえも、

「隣家が自家を侵している」

と、いいがかりをつけた。

「ひどい話です。ひどい話は、それだけではないのです」

話している漆雕啓もあきれ顔である。

臧孫《ぞうそん》氏に小さな内訌《ないこう》があり、それにも季孫氏がかかわったという。

臧孫氏の当主は、為《い》の子の賜《し》である。この人の諡号も昭伯なので、少々まぎらわしい。臧孫賜の従弟《じゆうてい》に臧孫会《ぞうそんかい》という者がいて、かれに叛逆のけはいがあったので、臧孫賜はかれを殺

そうとした。逃げた臧孫会は、季孫氏邸に飛び込んだ。いきおい、臧孫賜の家臣も門内へ突入し、ついに臧孫会を捕らえた。が、これが季孫氏を怒らせた。

「なにゆえ武器をもった者がわが家の門内にはいったのか」

すかさず季孫氏は家臣をつかって、追捕《ついほ》を指麾《しき》していた臧孫氏の家老を捕らえ、拘留《こうりゅう》した。あとで、臧孫会と家老の交換がおこなわれたことは、想像がつく。季孫氏が臧孫会をかばった事由がなんであったのか、疑問は残る。

話は、これで終わりではない。

昭公が先君である襄《じょう》公の廟《びょう》で禘《てい》祭を挙行しようとしたところ、三十六人いなければならない舞人《ぶじん》がふたりしかいなかった。なんと大多数は、季孫氏の廟でおこなわれる舞に参加していた。

「君が禘祭を挙行なさった……」

孔丘の表情が曇った。禘祭は四時の祭りのひとつであるとされているが、もともと上帝を祀《まつ》るものである。昭公は先君の廟において、天に禱《いの》った、とも想われ、やや不自然である。

「啓よ、奇怪なことが多すぎる。秋には、その奇怪さが象《かたち》となってあらわれよう」

世事にかかわるとわずらわしいことが増えるばかりで、孔丘にとってなんの益《えき》にもならない。とにかく、公族と貴族の権力争いや政争にはかかわりたくない。

やがて、孔丘が不吉な季節になると予言した秋になった。

さきに季孫氏の娶嫁のために骨を折った叔孫婼が、こんどは君主の使者となって闞《かん》へおもむいた。闞という地は曲阜《きよくふ》の西にあり、魯の累代《るいだい》の君主の葬地である。
叔孫婼が曲阜からはなれたことを確認するや、昭公は居《きよ》を長府へ移した。

琴の音

「先生――」

この叫びとともに、教場《きょうじょう》に飛び込んできたのは、漆雕啓《しっちょうけい》だけではない。

直後に、息を荒らげて、秦商《しんしょう》も趨《はし》り込んできた。ほぼ同時に、九月の風が教場に吹き込んだ。

「君が、誅戮《ちゅうりく》の兵をお挙《あ》げになりました」

季孫《きそん》邸で、戦闘がはじまったという。

長府《ちょうふ》を攻防のための本拠とした昭《しょう》公は、季孫意如《きそんいじょ》に怨《うら》みをいだき、憎悪をむける大夫《たいふ》を集め、その私兵を官兵にかえて、季孫邸を急襲した。

すかさず閔損《びんそん》が、

「長府の増改築は、この日のためだったのですね」

と、いった。小さくうなずいてみせた孔丘《こうきゅう》は、脳裡《のうり》に浮かんできた童謡を、あえて打ち消した。昭公は春のうちに季孫氏を討つ計画を立て、夏になると、武器と兵糧《ひょうろう》を大量に蓄積《ちくせき》しておくために長府を大改造した。さらに、秋の収穫をみとどけると、季孫氏に与《くみ》するかもしれない叔孫婼《しゅくそんしゃく》を都外にだしておいて、吉日をえらんで襲撃を決行した。準備は万端《ばんたん》であった。そう想《おも》ってよいであろう。

ほどなく緊張感をもった門弟が続々と教場にきた。戦場は都内であるとはいえ、教場からかけはなれている。それでも、いつ戦火がここまで飛んでくるかもしれない。それゆえ、門弟は師と教場を守るためのそなえをした。

漆雕啓は剣を膝《ひざ》もとに置いて静黙している。

それをみた孔丘は、

「由《ゆう》のことだ。いまごろ主君のために奮闘しているだろう」

と、愁いをふくんで秦商にいった。季孫氏の家臣である仲由《ちゅうゆう》は、おのれの剣術を誇るあまり、あえて苛烈《かれつ》な戦渦《せんか》にはいることが考えられる。

「仲孫《ちゅうそん》氏が参戦すれば、亢笇《こうう》も剣を執《と》らざるをえません」

と、秦商がいった。士の身分としては、最初に孔丘の弟子となった亢笇は、主君である仲《ちゅう》孫何忌《そんかき》が喪《も》に服すと同時に、受講を休み、それ以来、いちども教場に顔をみせたことはない。

この戦いは、仲孫氏だけではなく、主君が外出している叔孫氏の帰趨《きすう》によって、勝敗が決まるかもしれない。ただし、いまの戦況はわからない。が、不意を衝《つ》かれた季孫氏の側が不利であることは、容易に想像される。

――これで、君の兵が負けるということがあるのだろうか。

孔丘は心の騒擾《そうじょう》をしずめるために、琴をひき寄せて、弾《ひ》きはじめた。

じつは、この時点で、季孫邸の門を衛《まも》っていた意如の弟の公之《こうし》が戦死した。季孫氏の一門のなかでも表にでない争いがあり、その事後に消えないでいる遺恨《いこん》を、意如と公之はまともにぶつけられた。

昭公の兵は邸内に進入し、意如を追い詰めようとしていた。

「呆《ほう》けの君」

と、ひそかに嘲笑《ちょうしょう》されてきた昭公の正体が、これであった。

しかしながら、昭公の父の襄《じょう》公が薨《こう》じたあと、ほかの大夫の反対を押し切って公子裯《ちゅう》すなわち昭公を擁立《ようりつ》したのは、季孫武子《きそんぶし》（意如の祖父）であり、その際、

「不孝」

について説《と》く大夫がいた。

「この公子は、父が亡《な》くなったのに、哀しむ色がない。これは不孝といってよく、不孝である者に、禍《わざわ》いをひきおこさぬ者は少ない。不孝の公子をお立てになると、あとでかならず季孫氏の憂《うれ》いとなりましょう」

季孫武子は擁立をいそぐあまり、この忠告をききながした。

不孝とは、親の恩を知らぬ、ということであり、なるほど、父の死さえ哀しまなかった昭公は、自分を君主に立ててくれた季孫氏にたいして、恩を仇《あだ》でかえしたことになる。倫理《りんり》として、それは正しいのであろうか。君主が、臣下に握《にぎ》られた政柄《せいへい》を奪いかえす運動をおこし

た場合、そこに政治的匡矯《きょうきょう》を認めてもよいが、昭公と季孫氏の関係は、善悪、正邪《せいじゃ》の問題
としてかたづけられない複雑さをふくんでいる。
孔丘の感想としては、
――徳において勝たねば、ほんとうに勝ったとはいえない。
というものがあり、この年まで、昭公が徳を積まず、ただ季孫氏をあざむいてきただけで
あれば、昭公が標榜《ひょうぼう》する正義はいかにも脆《もろ》い。
ついでながら、孔丘のいう徳は、この時代の通念から離脱した独自性をもつものであろう。
徳をほどこす、というように、徳は恩恵と同義語としてつかわれる場合があり、孔丘におい
てはそうではなく、徳を利害からはなして、個人の倫理的あるいは人格的成熟として示した。
つねづね孔丘は、
「民を導くには徳を以《もっ》てし、民を斉《せい》するには礼を以てするのがよい」
と、門人に指導者の心得《こころえ》を説いた。斉する、というのは、総《す》べてととのえる、ということで
ある。孔丘の考えかたは、他人に左右されない個の自立をめざすと同時に、他人との調和を
はかる、という矛盾したものであり、その矛盾こそが思想であり理念といってよい。それほ
ど孔丘は徳と礼を重視したが、門人のなかには、
――徳とはなんであるか。
と、思い悩む者が多かったのであろう、そのため、孔丘の死後に、
「孝は徳の基《もとい》である」

という単純な考えかたが奨揚《しようよう》された。親に孝を尽くせ、それが積徳《せきとく》の手はじめである。はるかに時代が下って、後漢《ごかん》王朝はその考えを昇華《しようか》させて、国家理念とした。

さて、

――奇襲にしては、時がかかりすぎる。

と、孔丘がいぶかったほど、昭公と季孫意如の攻防はながびいた。

後退しつづけて邸内の高楼に追い詰められた意如は、とても撃退はできない、とあきらめ、条件つきの降伏を申しでた。最初は、

――君は奸臣《かんしん》にそそのかされたのではないか。

と、疑い、昭公の軽率《けいそつ》をたしなめるべく、

「わたしにどのような罪があるのか、どうかお調べください。それまで、沂水《ぎすい》のほとりでお待ちします」

と、いって、この窮地から脱しようとした。ちなみに沂水という川は曲阜《きよくふ》の南をながれ、泗水《しすい》と名をかえて南流するが、まぎらわしいことに、曲阜よりはるか東にも同名の川がある。要するに意如は都外にでて、昭公が冷静になるのを待ちたい、といった。が、これが拒否されると、

「それでは、わたしの食邑《しよくゆう》である費《ひ》に閉《と》じ籠《こ》もらせてもらえませんか」

と、つぎの条件をだした。執政の席をおりて、政治にくちだしをせず、謹慎する、と告げたにひとしい。

これも拒絶されると、

「五乗の馬車で魯《ろ》を去りましょう」

と、逃亡をみのがしてもらいたい、と訴えた。他国へ亡命するというのである。

昭公を佐《たす》けている賢大夫の子家羈《しかき》（諡号《しごう》は懿伯《いはく》）は、それをきくと、

「君よ、もうご許可をお与えになるのがよろしい。わが国の政治は、ながいあいだ季孫氏がおこなってきたのです。生活に苦しむ民の多くは、季孫氏から食べ物をめぐまれ、季孫氏の徒《と》となっている者がすくなくありません。日が沈んだあとに、どんな悪人が出現するかわかりません。とにかく、このあたりで季孫氏をお許しにならないと、かならず後悔なさいますよ」

と、諫《いさ》めをふくんで進言した。ちなみに子家羈の家は、東門《とうもん》氏の岐《わか》れで、東門氏はおよそ百五十年ほどまえに魯の荘《そう》公の子が建てた家である。

それはそれとして、攻め手の矢がどうしても意如にとどかないことに苛立《いらだ》っている昭公は、子家羈の冷静な言を容《い》れる心のゆとりをもっておらず、また、闘鶏以来、意如を憎みきっている郈孫昭伯《こうそんしょうはく》が昭公の近くにいて、

「かならずかれを殺せ」

と、いきまいていた。あとすこしで、おのれの戈矛《かぼう》の刃が意如の首をつらぬくところまできているのである。ここで意如をゆるせるはずがない。

昭公の兵が、いささかも許容をみせず、邸内の主従を殄滅《てんめつ》しないかぎり引き揚《あ》げないとみ

た季孫氏配下の兵は、肚《はら》をすえなおして、頑強《がんきょう》に抵抗した。昭公の兵が厳重に包囲したことで、かえって季孫氏の兵を勁《つよ》くしたといえなくない。

昭公は攻め疲れた自陣の兵をみて、新手《あらて》が要《い》る、と判断し、

「仲孫を迎えにゆけ」

と、郈孫昭伯に命じた。三桓《かん》のなかで、仲孫氏と季孫氏の関係はさほど親密ではない。喪に服している仲孫何忌に、いますぐ武器を執り、族人を率いて、われのもとに参ぜよ、と昭公が強要したことになるが、喪中には兵事にかかわらないというのが礼の常識であり、それを知らないはずがないのに、そういう命令をだした。昭公の人格的欠点がこういうところにもあらわれている。

おなじころ、主君不在の叔孫邸がさわがしくなった。

この家の軍事をあずかっている司馬《しば》の鬷戾《そうれい》は、今朝の騒乱を知って、それなりの準備はしてきた。なにしろ挙兵したのがこの国の君主である。その兵馬をむけられたのが、正卿《せいけい》の季孫氏とあっては、うかつにその戦いに介入することはできない。兵勢の優劣をみきわめてから自家の兵を動かす。そのつもりでいたが、午後になって戦況が膠着《こうちゃく》してしまった。すると家人たちがいらいらしはじめ、ついに噪《さわ》ぎはじめた。

「季孫家が潰滅《かいめつ》すると、君の兵は、ここを攻めにくる」

そうわめく者もいた。

邸内にただよっている不安が濃厚になったと感じた鬷戾は、

――もはや居竦《いすく》まっていることはできぬ。

と、おもい、兵を集合させた。かれらの顔を無言でながめていた鬷戾は、やがて、

「みなに問う。われらはどうすべきか」

と、いった。答える者は、ひとりもいない。兵はしずまりかえった。昭公に助力するという手がないことはない。しかしながら、叔孫氏は季孫氏とひとかたならぬ友誼《ゆうぎ》がある。もしも叔孫氏がその友誼をなげうって昭公の兵に加担《かたん》し、季孫氏を潰《つぶ》せば、叔孫氏が卿として最上位となるであろうが、それは、唇が亡《ほろ》べば歯が寒くなる、と昔からいわれているように、叔孫氏に風あたりが強くなるばかりであろう。それに、昭公にとってめざわりとなる卿は、かならず貶斥《へんせき》あるいは誅殺《ちゅうさつ》される。昭公が憎んでいるのは、季孫氏だけではなく、三桓のすべてであることは、容易に推察される。

では、季孫氏に助力するというのは、どうだろうか。

これは友誼を楯《たて》に、君主に叛逆するということで、勝っても負けても名誉なことではない。とくに負けた場合はみじめで、自身は没落し、叛逆者の家に生まれた子孫は永久に繁栄しない場合が多い。

叔孫氏という家だけでなく、家臣と兵のすべてがむずかしい立場にすえられたといってよい。

鬷戾はすこし目をあげた。主君の判断を仰げない緊急時である。かれの決断が叔孫氏の命運を左右する。

「われは叔孫氏の家臣であり、君主の臣下ではない。われらにとって、季孫氏があるほうがよいか、ないほうがよいか、どちらだ」

「季孫氏がなければ、叔孫氏もありません」

兵は口をそろえて答えた。

「それなら、季孫氏を救おうではないか」

言下に、兵が動いた。

季孫邸は重厚な包囲のなかにあった。

――さて、どこからはいるか。

偵候《ていこう》をつかって敵陣を観察した鬷戾は、西北の隅の陣が薄い、とみて、そこに兵を集中させて急撃《きゆうげき》を敢行した。猛獣が牙《きば》でえぐるように敵陣を突破して邸内にはいった叔孫氏の兵は、意外な光景をみた。邸内にいた昭公の兵は、休憩のさなかで、甲《よろい》をぬぎ、矢筒《やづつ》の蓋《ふた》を杯がわりにして酒を飲みながら、のんびりとしゃがんでいたのである。

「失《う》せよ――」

叔孫氏の兵は、怒号とともに、かれらを熾烈《しれつ》に追い払った。庭内の落葉を掃《は》くようなものであった。官兵を蹴散らした鬷戾は、猛然と高楼に駆けあがり、意如の姿をみつけると、

「叔孫氏は、あなたさまに与力《よりき》しますぞ」

と、大声を放って意如を安心させた。さらに鬷戾は高楼に叔孫氏の旗を掲《かか》げさせた。叔孫氏は季孫氏と連合したというあかしを、昭公だけではなく都民にもみせつけた。

この時点よりかなりまえに、昭公の使者である郈孫昭伯は仲孫邸にはいっていた。

「君命である。貴殿は早々に武装し、家人を率いて、君のもとに駆けつけるべし」

強い口調でそういわれた何忌は、うろたえながら、

「喪中です」

と、いいのがれをした。何忌はまだ十五歳になっていない。

「国家の大事である。私事を放擲《ほうてき》なされよ」

そう恫《おど》された何忌は、一瞬、慍《むっ》としたが、あえておびえをかくさず、

「では、いまから、兵を集めます。お待ちください」

と、いい、別室に移って家宰《かさい》を招き、

「どうしたものか」

と、諮《はか》った。じつは家宰は、万一にそなえて、ひそかに兵を召集していた。

沈毅《ちんき》なかれは、何忌をこうさとした。

「この戦いは、国の大事であると同時に、仲孫家の大事でもあるのです。軽忽《けいこつ》はなりませんぞ。季孫氏はいまの君を擁立し、輔弼《ほひつ》してきました。はっきり申せば、無能な君をかばい、他国から嗤笑《ししょう》されないように尽力してきたのです。そういう季孫氏を、私事において怨んだのは、郈孫氏であり、かれが思慮の浅い君をそそのかしたのです。もしも君の兵が季孫氏を討滅《とうめつ》すれば、あの威張った郈孫氏に政権が移り、最悪の事態になります。とにかく、仲孫氏としては季孫氏の敗北を望んでいませんが、敗者に加担する愚《ぐ》を避け、慎重に形勢をみきわ

めねばなりません」

「わかった」

大きくうなずいた何忌は、郈孫昭伯への応接を家宰にまかせ、臣下の亢竿を高楼にのぼらせて、季孫邸を望観させた。この高楼から季孫邸の高楼がみえる。

やがて夕陽に染まりはじめた季孫邸の高楼に、叔孫氏の旗が樹《た》った。

「あれは――」

明るく叫んだ亢竿はすべるように楼下におりると、何忌に報告した。すでに家臣を集合させていた何忌は、小さくうなずき、表情をひきしめてから家宰を呼び、みじかく密語してから、弟の説《えつ》（閲《えつ》）を近づけた。

「われは季孫氏を助けにゆく。なんじがわが家を留守《りゅうしゅ》せよ」

そう命じたあと、家臣にむかって、

「君を誤《あやま》らせた奸臣が、わが家にきている。捕らえて、戮《ころ》せ」

と、みちがえるように毅然《きぜん》といい、郈孫昭伯を捕斬《ほざん》させた。

もっとも遅く起《た》った仲孫氏の兵が、依然として季孫邸を包囲していた昭公の兵を、外側から切り崩した。それに呼応するように、季孫氏を庇護《ひご》するかたちで邸内にいた叔孫氏の兵が出撃した。

疲れはてて戦闘力を失いつつあった昭公の兵は、挟撃《きょうげき》されると、大崩れに崩れた。まもなく日没である。

退却する昭公に追いついた子家羈は、昭公の今後を案じて、

「われらが、君を脅《おど》して、この挙にでたことにし、出国します。君はおとどまりください。意如の君への仕えかたは、以前よりましになるでしょう」

と、逃亡をおもいとどまらせようとした。君主がいったん国をでてしまうと、帰国は至難のことになる。

が、意如への積忿《せきふん》がとけるはずのない昭公は、

「われにはそのようなことはできぬ」

と、その忠厚の言を烈しくしりぞけ、ふりかえることなく暗い城外へでた。その後、追撃を恐れるように西北へ奔《はし》り、斉《せい》国にはいって、陽州《ようしゅう》という邑《まち》にとどまった。この亡命に随従《ずいじゅう》した大夫、士と官吏のなかに臧孫賜《ぞうそんし》もいたが、従弟の臧孫会《ぞうそんかい》は季孫氏側にいたので、名門の臧孫家は会が嗣《つ》ぐことになった。

なにはともあれ、乱があった翌日から、魯には君主が不在となった。それにともない行政機関の機能もしばらく停止することになった。

用心のために孔丘の教場に泊まりこんだ門弟は、朝を迎えて、乱の結末を知った。昭公の兵が敗れただけではなく、昭公が多数を随《したが》えて曲阜から遠ざかったらしいと知り、ざわついた。しかしながら、

――これで公室と季孫家の争いが終わった。

とは、たれも考えてはいない。かならず昭公の反撃があるにちがいないし、他国の君主が

昭公の復位を応援するであろう。諸外国から非難されつづける季孫意如の立場は悪くなるばかりであることは、火をみるよりもあきらかである。そういう苦境を、季孫意如がどのように切り抜けるのか、たれも予断することはできない。わかることは、これから数年間は、魯の国情が不安定なままである、ということである。

いちど教場からでて情報を蒐《あつ》めた秦商は、もどってくると、剣を抱いて一夜をすごした漆雕啓のわきに坐って、

「季孫家では、かなりの数の死傷者がでたらしい。季路《きろ》の安否をたしかめてくれないか」

と、ささやいた。剣術に自信のある季路すなわち仲由が激闘の場を避けるはずがないと想っていたのは、漆雕啓もおなじであるので、

「承知――」

と、応《こた》えて、すぐに起った。教場をでると、まっすぐ丙《へい》の家へ往った。が、丙は不在で、家中はなんとなくあわただしい。丙が季孫氏のために働いているせいであろう。季孫家がいまだに殺気立っていては、とても近づけないとみた漆雕啓は、やむなく実家にもどった。

翌日、なんとか丙に面会できた漆雕啓は、仲由が西門の守りに就《つ》いているらしいことをおしえられたので、そのことを秦商に告げてから、西門へ行った。三桓の兵が東西南北の門を守衛していて、季孫氏は西門のすべてと北門の一部をうけもっていた。

漆雕啓が門に近づくと、陰影のなかにいた仲由が動いて、うなじを掻《か》きながら、

「やあ」

と、笑い、陽射しのなかにでてきた。甲はつけていない。季孫邸における仲由の働きはすさまじかったようだが、それを誇るような笑いではなかった。それを感じた漆雕啓は、

——この人の心思《しんし》はだいぶ成長したな。

と、おもった。じつはそう推知《すいち》したことが、漆雕啓の成長でもあった。

季孫氏はまえぶれもなく襲撃されたことで自己防衛したにすぎないとはいえ、結果として、おのれの主人を国外に追放したことになり、それが僭越《せんえつ》の極《きわ》みでなくてなんであろうか。仲由は季孫氏の家臣であるから、主君のために戦いぬいたものの、終わってみれば、正義の実感を得られないところに立っていた。

「あなたの安否を、この目で、たしかめにきました」

漆雕啓がそういうと、さらに歩をすすめた仲由は、

「先生は、なにかおっしゃったか」

と、低い声で問うた。

「いえ、なにも……。乱のさなかに、琴を弾いておられただけです」

「琴を、か……」

仲由は目で笑ったが、そこに含愁《がんしゅう》があった。琴の音には、平和を願う心があらわされていたであろう。国民をそっちのけで君主と正卿が抗争する愚かさを、孔丘は嗤《わら》ったというより、哀しんだのであろう。仲由にはそれがわかった。

漆雕啓は仲由の冴《さ》えない表情をみて、

「先生は、王子朝《ちょう》の乱が熄《や》めば、周《しゅう》都へゆかれる。わたしも随行するつもりですが……」

と、いってみた。この話は仲由にとって初耳であったので、

「えっ」

と、軽くおどろいたが、すぐに首を横にふって、

「われは、とてもゆけぬ」

と、くやしげにいった。が、心が揺れた。このさき主君の季孫意如は多難であり、最悪の場合、昭公が帰国して意如が出国するという情況も予想される。そうなれば、仲由は意如に仕えるのをやめて孔丘に仕え、学問の道に心身を置きたい。とはいえ、家臣の身としてそうなることを望んでよいのか、よくないのか、仲由の心状には明確な志趣《ししゅ》がなかった。

とにかく今日の仲由にとって、剣にはいやな重さがあった。

魯国の苦難

孔丘《こうきゆう》は世の騒擾《そうじよう》にかかわらないという態度で、門弟への講習を再開し、自身の研学《けんがく》をつづけた。

ただしその教場《きようじよう》は、門弟のとりとめのない談讌《だんえん》の場になりやすかった。

だが、昭《しよう》公が出国してからは、門弟は摭《ひろ》ってきた伝聞《でんぶん》をだしあって、魯《ろ》の国の向後《こうご》について語りあった。

「君を追いだした季孫《きそん》氏には、打つ手がない。しかも盟友の叔孫《しゆくそん》氏を喪《うしな》ってしまった。それだけに、なおさら苦しかろうよ」

と、いったのは高弟の秦商《しんしよう》である。

さきに闞《かん》へ往っていた叔孫婼《しゆくそんしやく》は、都内の異変を知って、急遽《きゆうきよ》、曲阜《きよくふ》にもどってきたが、昭公が斉《せい》へ亡命したあとであった。自家の兵が季孫氏に戮力《りくりよく》して昭公を逐《お》ったとなれば、当主として婼も悪評にさらされることをまぬかれない。

——先祖に顔向けできない事態になった。

どうにもやるせない婼のまえに坐った季孫意如《きそんいじょ》は、地にひたいをすりつけて、

「わたしはどうしたらよいか、教えていただきたい」

と、嗄《か》れた声でいった。そこに後悔と謝罪の色をみた婼は、まだ手遅れではない、とおのれをはげまし、すぐさま曲阜を発《た》って昭公のあとを追った。いちど陽州《ようしゅう》に落ち着いた昭公は、斉の景《けい》公に面会すべく急使を先駆《せんく》させた。それから、斉の首都である臨淄《りんし》をめざして済水《せいすい》ぞいの道を北上した。そういう昭公にようやく追いついた婼は、意如の慙愧《ざんき》に満ちた心情をつたえ、帰国をうながした。この説得はなかば成功したといってよい。昭公は、

――魯に帰ってもよい。

という意向をほのめかした。喜んだ婼は、

「それではあなたさまをお迎えする準備にはいります」

と、述べて、帰途についた。

だが、昭公と意如の和睦《わぼく》を望まない従者は、帰途に待ち伏せて、婼を殺そうとした。そういうたくらみがあることを知った昭公は、急使を馳《はし》らせて、道をかえて帰るように婼におしえた。

ぶじに帰国した婼は、険悪な両者のあいだに和解の橋を架《か》けたことになる。

が、不幸なことに、かれの努力はついえた。

帰国を厭《いと》わないという昭公の意向を知った意如は、かえって表情を暗くし、婼をねぎらうことなく、城門を閉じさせたままで出迎えの支度《したく》もしなかった。

——君が帰国すれば、われは誅殺《ちゆうさつ》されるであろう。

意如の胸をそういう恐怖がよぎったからである。他国の例をしらべるまでもない。また婼は、帰国後の昭公が意如の罪を問わないという確約を得てきたわけではない。それゆえ意如は、婼が昭公と通じあうことを恐れて、朝廷から黜斥《ちゆつせき》した。

「なんぞや」

意如にあざむかれたおもいの婼は、髪を逆立てるほど忿怒《ふんど》した。が、失望も大きかった。

——あんな男のために奔走《ほんそう》したわれが、愚かであった。

と、さいごは自嘲《じちよう》した。今後、意如に助力する気のなくなった婼は、つくづく嫌気《いやけ》がさし、意如が君主の席をおかすような国体の将来に絶望した。そこで、祈禱《きとう》をおこなう祝宗《しゆくそう》を呼び、

「われの死を禱《いの》れ」

と、命じ、七日後に死亡した。自殺である。

この死は、佷愎《こんふく》そのものといってよい意如へのあてつけであると同時に、自家が君主を逐うことに加担したという汚名《おめい》からまぬかれる工夫であったにちがいない。魯国の歴史のなかで最も姦邪《かんじや》といわれかねない意如の悪名につらならないよう、と子孫をおもってのことであろう。

婼の死によって、叔孫家も喪中となった。

他国では君主を追いだした卿《けい》がおのれを正当化するために、かならずといってよいほどつかう手段は、国内に残った公子を君主に立てるというものである。が、意如にとって都合の

悪いことに、昭公の弟と子がすべて国外にでてしまい、ひとりも残らなかった。季孫氏には打つ手がない、と秦商がいったのは、そのことである。自身を正当化できない意如が、斉の景公の軍事的援《たす》けを得て軍旅とともに帰ってくる昭公を撃退するのは、至難であろう。漆雕《しっちょう》啓《けい》もそう考え、

――丙《へい》さんは、いそがしかろう。

と、想《おも》い、十二月の上旬に、家のなかをのぞきにいった。

丙は季孫氏を支え、恩恵もうけているひとりであり、季孫氏の没落はかれの家産をかげらせる。そうならないために、いろいろな手をつかって昭公の動静をさぐり、内密に季孫家に告げている。それについては、丙の食客《しょっかく》になったことがある漆雕啓は察しているが、両家のあいだを往復して情報を伝達している者が季孫氏の家臣の陽虎《ようこ》であることまでは知らない。

無言で家のなかにはいった漆雕啓を一瞥《いちべつ》した丙は、せわしさをかくさず、

「悠長《ゆうちょう》な面《つら》をみせるな。さっさと帰れ」

と、睨《にら》みながら手をふった。

「今日は、孔先生のお使いです。成周《せいしゅう》の現状について、飛言《ひげん》でもありませんか」

「成周のことなど知るか」

丙は一喝《いっかつ》した。

「ははあ、もっぱら、関心はあちらの動向ですか」

「決まっているではないか」

と、怒気を放った丙は、もともと漆雕啓が嫌いではないので、親切心をほのめかすように、急に小声で、

「王子朝《ちょう》の乱はまだつづいている。晋《しん》が本腰をいれて鎮定に乗りだすのは、明年だな。それより、重大なことは、いま斉軍が南下しているということだ」

と、おしえた。

「まことに――」

瞠目《どうもく》した漆雕啓はいそいで帰り、秦商に報《しら》せた。秦商は凶《わる》い事態を予想して顔をゆがめた。

「曲阜が斉軍に包囲されて、籠城《ろうじょう》戦となれば、われも、そなたも、兵となって斉軍と戦うことになる」

「いやですよ、季孫氏のために戦うのは」

実家の家運が傾いたのは、季孫氏のせいだ、というおもいが漆雕啓にはある。

「われも、気がすすまぬ」

そういった秦商は、気を重くして、孔丘に報告した。

しばらく考えていた孔丘は、

「君は恃《たの》む先をおまちがえになった。いま諸国がかかえる難題を、ほんとうに解決する力をもっているのは、斉ではなく、晋だ。出国後、まっすぐ晋へゆかれるべきであった。斉に頼ったのは、時の浪費となろう。それに気づかれて、晋へゆかれても、おそらく手遅れとなる」

と、説《と》いた。孔丘の脳裡《のうり》には、童謡にあった晋の乾侯《かんこう》という地名がある。昭公がそこへ行ったところで、事態は好転せず、帰国できないままさまよいつづけて客死する、と童謡は予言していた。どうやら、その予言が的中しそうだ、と感じればなおさら、童謡の内容を門弟に語るわけにはいかない。昭公がやがて晋へゆく、といっただけでも、秦商をおどろかせたようだ。

「曲阜が斉軍に攻められることはありませんか」

「ないだろう」

孔丘はあえて断定を避けた。未来をいいあてる予言者として世間から注目されることは、孔丘の本意にはない。

十二月の中旬にわかったことは、斉軍が臨淄をでたあと、いちど進路を東にとってから南下して、魯の国境を侵《おか》そうとしていることである。つまりその斉軍はまっすぐ曲阜をめざしてはいない。

丙の家にあがりこんだ漆雕啓は、助言者きどりで、

「先生は曲阜での攻防戦はないと予言なさった。すると南下している斉軍が迂《う》路《ろ》をすすんでいるのは、魯をあざむいて曲阜を急襲するためではなく、魯の辺邑《へんゆう》である鄆《うん》を攻めるのではないでしょうか」

と、いった。

丙は嗤笑《ししょう》した。

「孔先生の悪口をいうつもりはないが、儒者は兵術にうとい。ましてそなたが兵術のなにを知っていようか。よいか、斉が鄆を取ったところで、魯にはなんの脅威にもならぬ」

鄆は曲阜からはなれすぎている。つまり斉の首脳が昭公を帰国させるための戦略を考えているのであれば、その邑は軍事的拠点にならない。斉軍は南下の途中で、突然、軍頭をめぐらせて曲阜のほうにむかってくる、と丙は予想している。

「斉軍には、きっと、内部の事情があるのです」

と、いいながら漆雕啓は頭を搔《か》いた。

「どんな事情だ」

「そこまでは、わかりませんが……」

「話にならん」

丙は跳《は》ね返すようないいかたをした。

が、斉軍は下旬になって、鄆を包囲して攻撃を開始した。鄆の陥落を丙が知ったのは、年があらたまってすぐである。丙は口をゆがめた。斉軍が鄆を取ると予想したのは、じつは孔丘で、漆雕啓は受け売りをしたにすぎないのではないか、と考えはじめた丙は、年賀にきた漆雕啓に、

「そなたのいった通りになった。鄆は落ちたよ。そなたの先生は、ほかになにかいっていないか」

と、問うた。

「あっ、鄆は斉軍に取られたのですか。丙さん、鄆について予想したのは、わたしで、先生ではありませんからね。先生は兵事に関心をおもちにならない。争いは争いを産《う》むばかりで、無益どころか、有害である、とお考えなのでしょう。が、避けがたい兵事があれば、われら門弟は無関心のままではいられない」

孔丘を敬仰《けいぎょう》している漆雕啓には、いかなる事態が生じても孔丘を護《まも》ってゆく、という気概《きがい》がある。

「ふむ、ふむ」

丙はすこし眉《まゆ》を動かした。

「わたしの兄弟子に秦子丕《しんしひ》（秦商）という人がいます。この人の父は、あの秦堇父《しんきんほ》です。かれは武人の子として生まれただけに、つねづね兵事に関心があります。かれの説では、こうです。斉君は魯君をうけいれたものの、魯君に随従《ずいじゅう》している大集団を首都のなかにいれるわけにはいかない。そこで、どこかの一邑を空《あ》けて、かれらを収めるはずだ。その一邑も斉に属さず、魯に属していれば、斉は領地を割《さ》く必要がなくなる」

「ほう――」

丙の眉があがった。この説には理が徹《とお》っている、と感心した。

「鄆を取って、ひとまずそこに魯君を移す、ということか」

「そうです」

漆雕啓がうなずいたのをみた丙は、自身も内心でうなずき、このあと陽虎に連絡をとり、夕《よる》に、密談をおこなった。

いまや陽虎は季孫意如の謀臣のひとりとなり、季孫氏の軍事にもかかわっている。丙の話をきいた陽虎は、しばらく沈思《ちんし》してから、

「君が鄆へ移るのは、まちがいあるまい。それから帰国のための工作をする。密使を発して曲阜にもぐりこませ、内応者を確保しようとする。君に従っている大夫《たいふ》はそろって凡庸《ぼんよう》だが、たったひとり、子家子《しかし》（子家羈《しかき》）だけが切れ者だ。かれが曲阜の守りを内から崩そうとするにちがいない。鄆から曲阜へ到る道は限られているので、伏兵を設け、刺客を遣《や》って、密使をひとりも往復させぬようにする。われが子家子の策を封じてみせる」

と、豪語した。

このあと数か月間、陽虎は暗々裡《あんあんり》に人を遣って昭公側の密使を斃《たお》し、昭公と内応者の連絡を杜絶《とぜつ》させた。

三月に鄆へ移った昭公は、曲阜のなかにいる協力者とのつながりを得られなかったため、夏に、武力だけで魯に侵入しようとした。外交力の弱さが、そのまま昭公の兵略の欠点となった。

このとき、昭公を援助する斉軍を景公がみずから率《ひき》いるという計画があった。それが実現していれば、まがりなりにも昭公の帰国はかなっていたであろう。

が、季孫氏は先手を打った。外交力の差といってよい。

意如の内命を承《う》けた家臣の申豊《しんぽう》と女賈《じょか》が、密使となって、すみやかに斉軍にはいり、まっ

さきに高齢《こうき》に会った。高齢は景公の陪臣《ばいしん》にすぎず、斉の実力者でも有力者でもない。が、意如と近侍の謀臣は、なにを押せば、ほかがどう動くか、よくわかっていた。

意如の密使は、高齢に二疋《ひき》の錦《にしき》を贈った。贈賄《ぞうわい》である。魯は昔から衣類の製造が盛んで、贈り物にした錦は極上《ごくじょう》であろう。

はたして、高齢が動いた。

かれの主人が、意如の関心のまとというべき、

「梁丘拠《りょうきゅうきょ》（あざなは子猶《しゆう》）」

である。この人物こそ、梃子《てこ》でいえば、力点にあたる。ここに力を加えれば、大きな物を動かすことができる。梁丘拠は、景公の重臣であると同時に寵臣《ちょうしん》なのである。ただしかれは、景公の臣下としてのありかたを、

「同と和のちがい」

によって、執政である晏嬰《あんえい》（晏平仲《あんへいちゅう》）に批判された。

こういう話である。

あるとき景公が遊びにでて皐《おか》に登った。やがて六頭立ての馬車を御《ぎょ》して追いついた梁丘拠をみた景公は、

「よくここがわかったな。拠は、われと和する者である」

と、機嫌よく称《ほ》めた。が、晏嬰は、

「それは和するのではなく、同ずる、というべきです。和するとは、君が甘味であれば、臣

は酸味《さんみ》となり、君が淡白であれば、臣は塩辛いことをいいます。が、梁丘拠は、君が甘ければ、自身も甘い。それは同にすぎず、どうして和といえましょうか」

と、たしなめた。とたんに景公が不機嫌になったことはいうまでもない。この言の深意に景公が気づいたのは、晏嬰が亡《な》くなってからである。

むろんこの時点では、名宰相《さいしょう》とたたえられる晏嬰は亡くなっておらず、梁丘拠は有力な臣として景公の寵幸《ちょうこう》のなかにいる。

斉軍を率いている梁丘拠に、二疋の錦をみせた高齮は、

「魯人《ろひと》がこれを大量に買って、百疋をひとまとめにし、あなたさまに進呈しようとしています。が、道路が通じていないので、まずこれだけがとどきました。お受けになりますか」

と、意向をさぐった。

錦の美しさに目を奪われた梁丘拠は、ためらうことなく、

「受けよう」

と、いった。その魯人が季孫意如であることは、たやすく察しがつく。梁丘拠は斉君の義心にそむいて敵国の正卿《せいけい》をかばおうとしたわけではない。意如が悪臣であろうとなかろうと、斉の臣にとってはどうでもよく、実感をともなってわかることは、

——魯君は徳も運もとぼしい。

ということである。援助しがいのない君主を援助する虚しさが梁丘拠の胸裡《きょうり》にはある。

斉軍が死傷者をだして取った鄆という邑にはいった昭公は、斉に援けてもらうのがあたり

まえのような顔をしており、昭公のために師旅を率いて南下している梁丘拠に、謝辞のひとつもよこさない。

敵国からとどけられた錦をみつめた梁丘拠は、

——魯君の左右に、人がいない。

と、つくづく意《おも》った。昭公が魯に帰りたいのなら、みずから戦うべきであろう。そう考える梁丘拠は、他国の内紛のために斉兵が奔走し、いのちを落としかねない危地にはいることに、ばかばかしさを感じているので、

——わが君が親征なさるまでもない。

と、おもい、景公に進言すべく、使者を送った。

「まず群臣《われら》だけが魯君に従うかたちで戦い、うまくいきそうになった上で、君が出動なされば、万にひとつも敗北ということはありません。そのような戦いかたで、たとえ成功しなくても、君の恥辱《ちじょく》にはなりません」

斉軍が昭公のまえにでるのではなく、昭公をうしろから押してやるというかたちであれば、戦いの成敗《せいはい》にかかわりなく、景公の名誉は保たれる。この進言を梁丘拠の気づかいとして受け取った景公は、

「なるほど、そうしよう」

と、うなずき、自身は動くことなく、斉の大夫である公子鉏《しょ》を鄆へ遣って、昭公を戦場に押し立てた。

斉から魯にはいって曲阜に到る最短の道は、淄水《しすい》ぞいに南下したあと、さらに汶水《ぶんすい》ぞいに南下する道である。北から魯に侵入してくる敵軍を阻止するためにあるのが、成《せい》という邑である。この邑は、仲孫《ちゅうそん》氏の食邑《しょくゆう》であると同時に本拠地であり、ほかの邑より大きく防備も厚い。

邑の防衛の指麾《しき》をとっている公孫朝《こうそんちょう》は、昭公に同情する者ではないので、急速に南下してきた敵軍を瞰《み》るや、曲阜へ急使を駛《はし》らせた。

「この邑は国都を防衛するためにあります。われが敵をひきつけます」

そう意如に伝えたあと、われが昭公側へ寝返るかもしれないとお疑いなら、人質をだしましょう、とつけくわえた。

が、意如は、

「なんじを信ずる」

と、いい、人質を求めなかった。

敵軍の南下をくいとめ、魯軍の出撃のため時間稼ぎをしなければならない公孫朝は、意如の信頼を得た上で、きわどいことをやってのけた。まずかれは敵軍に降伏するふりをした。さらに、この降伏が曲阜に知られないために、といい、敵軍に邑を包囲してもらった。これによって、敵軍の足を停めたのである。

魯軍が北上してきたことを知った公孫朝は、

「降伏は、やめました」

と、ぬけぬけと敵陣に通告した。このときまでに邑の防備を万全にしてしまったのである
から、公孫朝はたのもしい狡猾《こうかつ》さを発揮《はっき》したといえるであろう。

あわてて包囲を解《と》いて、陣のむきを変えた敵軍に、魯軍が襲いかかった。この戦いは、公孫朝の策に翻弄《ほんろう》された昭公の師旅と斉軍が、最初から劣勢であり、その劣勢をめぐらすことなく、敗退した。

意如のひそやかな外交の勝利といってよい。

「うまくいかなかったのか……」

梁丘拠からとどけられた敗報に接した景公は、小さく嘆息した。臣下まかせの軍と君主がみずから率いた軍とでは、覇気《はき》がまるでちがう。そこに想到しない景公は、昭公を帰国させるには、斉だけの力では不足していると考えた。そこで、莒《きょ》、邾《ちゅ》、杞《き》という東方の小国に使者を送り、秋に、それらの国の君主を集めて会盟をおこなった。莒と邾は魯に反感をもっている国であり、当然、その二国の君主は昭公に好意をいだいていなかったため、この会盟はさっぱり気勢があがらなかった。その会盟に出席した昭公は、やるせなげに鄆にもどった。

以前、昭公が斉に亡命して景公と会見した直後に、賢大夫というべき子家羈が、

「斉君には誠実さがありません。早く晋へゆかれたほうがよい」

と、献言《けんげん》した。この言を昭公が容《い》れなかったむくいが、鄆での無為の滞留《たいりゅう》となった。昭公は臣下の賢愚をみぬく目をそなえていなかったといえる。

魯軍の輜重《しちょう》隊の一部を引率して曲阜の外にでていた丙が、晩秋に帰ってきた。仲由《ちゅうゆう》はあい

かわらず曲阜の城門を衛《まも》るために残留していて、戦場にはでなかった。

仲由とともに城門のほとりで丙の帰還を待っていた漆雕啓は、丙の姿をみつけると、喜笑し、趨《はし》り寄って、

「凱旋《がいせん》将軍のようですよ」

と、からかった。丙はうれしさをかくし、あえて荒い口調で、

「ふたりとも、安楽な顔つきよ。われには阿呆《あほ》づらにみえるわ。戦場を踏んでみよ。軽口をたたいているひまなどないぞ」

と、いった。そのあと、ふたりにだけきこえる声で、

「曲阜での攻防戦はないという孔先生の予言があたるような気がしてきた。あの先生は、どうしてそんなことがわかるのか」

と、いい、ふしぎがった。

「聖人だからでしょう」

漆雕啓がさらりといってのけた。聖人とは、神の声を聴くことができる者をいう。

「聖人ねえ……」

丙は複雑な笑いをみせた。孔丘がおよそ常識はずれのことを門弟に教えていることはわかっている。士あるいはそれ以下の階層の者を政治的指導者にすべく教育している。礼と政治とは別物だろう、と丙はおもうが、礼の理義を高めてゆけば政治に到達するのか。

冬、王子朝の乱が終熄《しゅうそく》した。

晋軍の応援を得た敬王《けい》が、周都の王城にはいり、敬王にとって庶兄《しょけい》にあたる王子朝は逃げて、南へ奔《はし》り、楚《そ》に亡命した。

それを知った孔丘は、

「周の道は、かろうじて残った」

と、いい、明年周都へ往くことを四、五人の弟子に示唆《しさ》した。

成周へ

春になっても、魯《ろ》の首都である曲阜《きよくふ》には、平穏《へいおん》のなかにぶきみさが残っている。

それはそうであろう。

魯の君主である昭《しよう》公が、臣下である大集団を率いたまま、魯の東北部に位置する鄆《うん》という一邑《ゆう》に居坐って、曲阜に帰る機をうかがっているからである。

だが、昭公を保庇《ほひ》している斉《せい》の景《けい》公は、昨年の敗戦に懲《こ》りたらしく、積極的に動かない。国力をそこなってまで、他国の君主のために助力する必要があるのか、と考えはじめたといってよい。

王子朝《ちよう》の乱をみればよい。

王子朝が周《しゆう》王の位を強奪したことを不当であると感じた周の諸大夫《たいふ》は、挙兵した時点では互角であったが、その後、戦うたびに劣勢となり、ときには再起不能とおもわれるほどの大敗を喫《きつ》した。それでも屈服せず、けなげに戦いつづけ、晋《しん》軍の力を借りたのは、最後の最後である。それにひきかえ、昭公は独力ではなにもしない。最初から斉の軍事力をあてにしている。

「ご自身で魯の国を取り返す気概《きがい》をみせたらどうですか」

と、景公は昭公にいいたくなっているであろう。昭公にその気概がないのであれば、景公に臣従し、斉の大夫となって帰国をあきらめたほうがよい。

どうやら昭公という人は、そういう景公の心情がわからず、鄆をでては臨淄《りんし》へゆき、むなしく鄆へ帰るということをくりかえして、一年をすごすことになる。

昭公と斉に警戒すべき動きがなくなったため、曲阜城の警備もゆるみ、ふたたび仲由《ちゆうゆう》が孔《こう》丘《きゆう》の教場《きようじよう》に通うようになった。

仲由が孔丘の門弟となってから、孔丘にたいする世間の悪口が熄《や》んだというのは、仲由の勇名が世間に知られたためであろう。先年、季孫意如《きそんいじよ》の邸《いえ》に突入した昭公の兵から、超人的な剣術によって意如を衛《まも》りぬいた剣士のひとりが仲由である。その勇姿を世間が伝聞によって知り、賛嘆したということである。こういう巷間《こうかん》の声は、君主を逐《お》った意如という正卿《せいけい》を悪とみなしていないためで、都民だけではなく国民の大半が、

――わが国の政治をおこなってきたのは、季孫氏であり、昭公ではない。

という現実的な認識をもっている。その証拠に、昭公が国外に去ってから、昭公をなつかしむ声は揚《あ》がらず、意如を誹謗《ひぼう》して挙兵する豪族や大夫はひとりもあらわれなかった。この現状をみて、孔丘は、

――なさけないことだ。

と、感じていた。力政《りょくせい》を匡《ただ》すのに武力を用いることを是《ぜ》としているわけではない。魯が礼の国であれば、下が上をしのぐような事態が生ずるはずもない。すなわち礼には僭越《せんえつ》や下克《げこく》上《じょう》を抑止する力がある。また、君主がいなくても平気でいる国民にも問題がある。天子が天を祀《まつ》る唯一人《ゆいいつにん》であるとすれば、君主は一国にあって地を祀る唯一人である。君主が不在の国に地神の加護と恵みがさずけられようか。礼に無頓着《むとんちゃく》な国民がそういう不幸な異状を嘆くはずもなく、領地と領民をかかえる諸大夫もそれには目をそむけて、季孫氏のみを仰いでいる。

そういう現状を直視すれば、一国の上下の階層に礼を浸透させるのは容易なことではなく、孔丘はおのれの生涯という時間の短さを想《おも》って嘆息した。

孔丘はつねづね門弟に、

「たとえば山を造るとしよう。土を簣《もっこ》で運んで積んでゆき、あと一簣《いっき》で成るというのに、そこでやめてしまうのは、自分でやめたのである。たとえば地をならすとしよう。荒蕪《こうぶ》の地に、一簣の土をあけただけでも、自分で道を造ってわずかながらでも進んだことになる」

と、誨《おし》えている。

そういう教喩《きょうゆ》は、じつはおのれにはねかえってくる。山は無限の高さであり、道は無限の遠さである。孔丘にとって、毎日が一簣の土運びなのである。やすむわけにはいかない。

ひさしぶりに教場にあらわれた仲由が、すぐに畏敬《いけい》の念をむけられ、称嘆の声にかこまれても、うれしそうな顔をしなかった。それをみた孔丘は、

——みこみのある男だ。

と、おもった。苗《なえ》のままで穂《ほ》をださない門弟もいれば、穂をだしても実らない門弟もいる。仲由はいまや穂をだしつつあり、やがて実るであろう、と予想できた。

忠義と勇気の点で、おそらく仲由にまさる門弟はこれからあらわれまい。それがわかるだけに、かれを季孫意如の家臣にしておくことは、いかにも惜しい。が、孔丘はそれについてはなにもいわず、講義のあとに仲由だけを呼んで、

「勇気とは、正義の名の下で発揮されてこそ、まことの勇気となる。なんじには、それがわかっているとみたが、あえていっておく。ところで、われは十日後には周都にむかって発《た》つ」

と、語《つ》げた。

「存じております。残念ながら、わたしはお従《とも》がかないません」

「われも、残念だ」

みこみのある門弟には周都を観《み》せておきたい、というのが孔丘の真情である。

「家と教場が無人のままであると、荒れてしまうので、曲阜に残る秦商《しんしょう》と顔無繇《がんむよう》に守ってもらうことにした。なんじもときどき教場の掃除などをしてくれまいか」

「たやすいことです。おふたりがもっている詩と書の写しを、ここで写させてもらいます」

「良いこころがけだ」

孔丘はすこし安心した。仲由は人を安心させるなにかをもっている。剣術で鍛《きた》えた心気によこしまな翳《かげ》りがないせいであろう。

十日後が、旅立ちには吉日なのである。王侯貴族の家では、大事は亀甲《きこう》によって、小事は筮竹《ぜいちく》によって、占い決める。いまや亀甲を用いず、大事も筮竹で占うのが主流になりつつある。それゆえ孔丘は、易《えき》とよばれる占いの法にも精通しなければならなかった。易は、俗にいう八卦《はっか》である。

孔家には一乗の馬車しかないので、漆雕啓《しっちょうけい》が丙《へい》家から馬車を借り、食料の提供をうけた。

「周都は、大いに破壊されたときく。それでも孔先生は往くのかねえ」

と、丙はあきれながらも感心した。

孔丘のなかには、水火《すいか》も辞《じ》せず、という武人の血がながれていて、それがすさまじい学問への意欲に変わっている。

「夫子《ふうし》は、そういう人です」

と、漆雕啓は答えた。夫子といういいかたは、正確には、

「大夫であるあのかた」

という意味で用いる。が、高徳の年長者を指すときにもつかうので、孔丘の門弟は、先生、というかわりに、夫子、ということばを多用するようになった。

——いま夫子が周都へ往くことは……。

むろん学問のためではあるが、季孫氏の国となった魯をでることによって、季孫氏を無言で非難したことになる。漆雕啓はそう理解している。

三月末の早朝に、二乗の馬車が曲阜をでた。

数十人の門弟が西門のほとりで、その二乗の馬車を見送った。馬車の影が消えたあともしばらく動かなかった仲由は、秦商がきびすをかえすのをみて、

「明日、教場へゆきます。書を写させてください」

と、声をかけた。仲由は詩よりも書のほうが好きである。

「おう、よいとも」

武張《ぶば》ったところのある秦商は、すぐれた剣の使い手である仲由と気が合う。このさき、他国の援助を得られない季孫氏が昭公の問題をどのように解決するのか、大いに関心があり、それについて仲由と語りあいたいとおもっていた。ちなみに両者の年齢についていえば、この年に秦商は三十三歳であり、仲由より五歳上である。

翌日、秦商が閉めきった教場に風をいれているところに、竹簡《ちくかん》をかかえて仲由がきた。

教場には、ふたりしかいない。

仲由が書を写しはじめるまえに、秦商は、

「季孫氏は国民に支持されているとはいえ、自身が君主になるわけにはいくまい。しかし擁《よう》立《りつ》する公子が国内にはいない。君主の不在がながびけば、晋が黙ってはいまい。もしも晋軍が魯君を援《たす》けて魯を攻撃するようになれば、三桓《かん》の兵が束《たば》になっても勝てまい。なんじを敗死させたくないので、夫子はなんじを周都へ連れてゆきたかったはずだ」

と、いった。

「先生のお心づかいは、察していました。が、それがしは主君の危難をみすてたくない。あ

なたにはおわかりでしょう」

仲由がそういうと、秦商は嘆息した。

「わかる。大いにわかる。われがなんじとおなじ立場にいれば、おなじことをする」

「先生が子開《しかい》や子騫《しけん》を随従《ずいじゅう》させたのも、ご深意があってのことと推察していますが……」

一家の次男以下の男子は、兵として徴《め》されやすい。国を挙《あ》げて晋軍と戦うときがくれば、父が仲孫《ちゅうそん》氏の家臣であった秦商も兵役《へいえき》をまぬかれない。

「そうよな。兄とは仲がよい子開はともかく、子騫は継母《けいぼ》のいやがらせをうけつづけ、実父にもかばってもらえずに、ここまできた。それにもかかわらず、父母の悪口をいちどもいったことがない。夫子は子騫を孝子だと称《ほ》めておられるが、われも子騫には感心するばかりだ。戦場へはやりたくない」

子騫すなわち閔損《びんそん》は、今年二十二歳であるが、たとえ父母に悪徳があっても、それを誹《そし》ってはならないとする孔丘の教えにかなった孝子の典型であるといえる。もしも閔損が父母の欠点を世間に知らせるように話せば、閔損自身が徳の欠けた者の子になってしまう。ことばひとつでそうなるとすれば、よくよくことばに対して慎重でなければならない。これは孔丘がもっている合理であろう。

「ところで、斉君に頼ることを早晩あきらめるであろう魯君が、晋へ奔《はし》るまえに、季孫氏は魯君を無力にしておきたいはずだ。すると、夏か秋に、将士をつかわして鄆を攻めるとみているが、どうか」

と、秦商は仲由に問うた。

「さあ、どうでしょうか。それがしは季孫家の謀画に参加できる身分ではありません。季孫家の策戦は、おもに陽虎《ようこ》という謀臣の頭脳からでています」

「陽虎か……」

秦商にとって、その氏名は、初耳であった。往時、季孫氏の宴会に招かれた孔丘を衆前で詆辱《ていじょく》したのが、その陽虎であるが、季孫氏の邸でなにがあったのかけっして孔丘が語ろうとしなかったので、陽虎にたいして悪感情をもちようがない秦商は、

――季孫氏の近くには切れ者がいるようだ。

と、おもっただけであった。

教場に吹き込んでくる風はすでに初夏のうるおいをもっている。

仲由が書を写す準備をはじめたので、秦商はおもむろに起《た》って、

「夕方にくる。それまでなんじはいてくれるか」

と、いった。顔をあげた仲由は、

「夕方までいます。それがしが教場を閉めますよ」

と、答えた。あいかわらず城門の警備をうけもたされている仲由だが、曲阜は緊迫感から遠ざかっているので、警備に神経をとがらせる必要はなく、しかも今日は非番である。

「では、たのむ」

秦商は帰ろうとした。そのとき、入り口に人影が射した。

「やあ、亢竿《こうう》ではないか。ひさしぶりに、なんじの顔をみたわ」

「あっ、子丕《しひ》どの」

軽く礼をした亢竿は、うしろに立っていた少年をまえにだして、

「先生にお目にかかりたい。こちらは仲孫僖子《ちゆうそんきし》さまのご子息の子説《しえつ》さまです」

と、いった。僖子は、三年まえに逝去《せいきよ》した仲孫貜《ちゆうそんかく》の諡号《しごう》である。

「えっ」

と、おどろいた秦商は、わずかに困惑したが、すぐに、

「どうぞお上がりください」

と、いい、ふたりを教場に導いた。教場のなかで独《ひと》りで書を写しはじめていた仲由は、このちょっとした噪《さわ》ぎをあえて黙殺するように、首を動かさなかった。

——知らぬ貌《かお》だ。

仲由を瞥見《べつけん》した亢竿は、いつもとはちがった空気に触れて、

「今日は、休講ですか」

と、問うた。あいまいにうなずいてみせた秦商は、子説に目をやったあと、低頭し、

「わたしは秦商と申し、わが父の菫父《きんほ》は、あなたさまのご先祖にお仕えし、車右《しやゆう》にとりたてていただきました」

と、述べた。これをきいて、緊張ぎみであった子説の表情がゆるんだ。

「菫父の名は、きいたことがある」

「それは光栄です。それで、ご来訪の趣《おもむき》は……」

「孔先生に就《つ》いて礼を学びたい。入門のお許しをいただくために束脩《そくしゅう》を持参した」

「まことに――」

驚嘆する、とは、このことであろう。そうではないか。魯国の運営にたずさわっている三桓は、国民が仰望《ぎょうぼう》する最上の大臣であり、喪《も》の明けた仲孫家の家督を何忌《かき》が継ぎ、その輔佐《ほさ》となるべき弟が、貴人でありながら膝《ひざ》を屈して孔丘の教えを乞うなどという図は、たれも画《か》きようがない。

動悸《どうき》をおぼえながら秦商は、

「まことにみあげたお心がけですが、孔先生は、昨日、成周《せいしゅう》へむかってお発ちになりました。その地で留学なさるでしょうから、お帰りは、二、三年後になりましょう。お帰りになりましたら、わたしがお報《しら》せにあがります」

と、あえて鄭重《ていちょう》にいった。

子説の落胆ははなはだしかった。それをみただけで秦商は、

――このかたはご自分の意志でここにきたのだ。

と、わかり、子説という若い貴人にひとかたならぬ好感をいだいた。

亢竿は肩をすぼめ、

「それがしが迂闊《うかつ》でした」

と、子説に詫《わ》びた。しばらくうつむいて拳《こぶし》をふるわせていた子説は、

「わかった」

と、小さくいい、顔をあげて秦商をみつめて、

「入門したいのは、わたしだけではなく、兄もだ。憶《おぼ》えておいてもらいたい」

と、いい、爽《さっ》と起った。

門外には三乗の馬車が停まっていて、十五人ほどの従者がひかえていた。

――庶人の入門とは、だいぶちがうわい。

門外にでた秦商は、馬車に乗った子説に一礼し、この小集団が遠ざかるまでたたずんでいた。それから、まことだろうか、とつぶやきながら屋内にもどった秦商は、書の写しをつづけている仲由の横に坐った。

「きいていただろう。仲孫氏の兄弟が入門を希望している。ほんとうに入門したら、わが国の士大夫は仰天するだろう」

はずんだ口調である。

筆をとめた仲由は、さほど表情を変えず、

「あの子説はともかく、仲孫家の当主が教場に通ってくることは、まずないでしょう。もしもほんとうに通ってくれば、のちのち仲孫家は季孫家をしのぐことになりましょう。でもそれは、ありえないことです」

と、冷淡にいった。上級貴族が、教場のなかにかぎらず、庶民とならんで坐ること自体、ありうることではない。

「まあ、そうか……。だが、子説どのにはひたむきさがあった。亢竽に勧《すす》められていやいや教場をのぞきにきたわけではない、とみた」

秦商は仲由ほど冷えた目で子説を視《み》なかった。

「貴族は気まぐれですよ。二、三年後に、はたして子説はここにくるでしょうか」

魯国の貴族にはまともな情熱がない。闘鶏《とうけい》のような遊興に情熱をかたむけるひまがあったら、ほかに為すべきことがあろう。季孫家の譜代の臣というわけではない仲由は、主君へのひそかな批判を胸裡《きょうり》にもっている。だがその批判をあからさまにしたことはない。

「人を誑るひまがあったら、おのれを磨《みが》きなさい」

これが孔丘の誨えである。

貴族と庶民から、儒教《じゅきょう》すなわち卑しい葬儀教団と誑られても、この師弟はいっさい自己弁護も反駁《はんばく》もしない。この沈黙は、剣の奥義に通ずる、と仲由は感じとった。昔の仲由にとって剣は自己顕示《けんじ》の道具であったが、いまの仲由にとって精神の存在そのものである。精神は表現の母体になるとはいえ、表現することをつつしんでも、威と徳と魅力をそなえて在る、というのが理想である。

――人は理想を求めて生きるべきだ。

孔丘の教訓を借りるまでもなく、仲由はおのれのことばとしてそう思うようになった。季孫氏に仕えていることが、そういう求道にそぐわなくなれば、黙ってその家から去ればよい。無言の批判を感得できないような主人が、有言の忠告を容《い》れられるはずがない。人のためを意《おも》ってしたことで、かえって怨みを買うことほど阿呆《あほ》らしいことはない。これも孔丘の合理である。観察力、洞察力、予見力にすぐれた人にはあえていう必要がない。それらが欠如している人にはいってもむだである。

——事《こと》に敏《びん》にして、言《げん》に慎《つつし》め。

と、孔丘は門弟に説《と》いたことがあるが、仲由はおのれへむけられた箴言《しんげん》としてうけとめた。

さて、自邸にもどって事のしだいを兄に報告することになった子説は、仲由が想ったほど気まぐれではなかった。

ちなみにこの年に、子説は十四歳で、何忌は十六歳である。ふたりともこの若さで加冠《かかん》の儀（元服）をすませている。

一日ちがいで入門できなかった、と兄に告げた子説は、

「孔先生がご帰国になるまで、待つつもりはありません。明朝、曲阜を発ち、先生を追いかけます。途中で追いついて入門をゆるされれば、成周まで先生に従ってゆき、先生が留学なさるのなら、わたしも成周にとどまるつもりです」

と、はっきり述べた。

弟の性質を知っている何忌はおどろかなかった。すぐに家宰《かさい》を呼び、ふたりだけになると、

「子説が孔先生を追って成周へ往く。旅行の支度《したく》をたのむ。二、三年むこうにとどまる予定らしいので、滞在先の指示も忘れないでくれ」

と、いった。家宰はすこしおどろきをみせたが、

「うけたまわりました」

と、冷静に答え、苦笑した。

「なにを笑う」

「弟君を、乱がおさまるまで、国外に置かれるご所存とみえましたので」

この推察は、あたらずといえども遠からず、といってよいであろう。叔孫《しゆくそん》家が喪に服しているいま、季孫意如は昭公を挫傷《ざしよう》させるために、何忌とその私兵をつかうつもりであろう。君主に戈矛《かぼう》をむけるのは、

――なんの名誉にもならない戦いだ。

と、何忌はおもっている。それでも意如にさからうわけにはいかない。こういう益《えき》のない戦渦《せんか》のなかに弟をいれたくない。また先考《せんこう》の子は何忌と子説しかおらず、ふたりとも戦場にでて斃《たお》れれば、仲孫氏はあとつぎが絶えてしまう。ついでながら、亡《な》き父を考というのにたいして亡き母は妣《ひ》という。

「ははは、子は父の遺言に遵《したが》わねばならぬ。いまの状況では、われは家を空《あ》けられぬ。ゆえに弟が父上のご遺志を実現させるだけのことだ」

そういった何忌は、翌朝、子説とともに家廟のまえで禱《いの》り、旅行の安全を願って弟に護符をさずけた。その間に、家宰は子説の侍人《じじん》となる亢竿にこまごまと教喩した。家宰が子説のために選んだ従者は五人であり、二乗の馬車を用意した。御《ぎよ》をおこなう者には、

「急いではならぬ。急ぐと、馬が倒れてしまい、かえって遅れる」

と、教訓を与えた。従者のなかに子説と年齢がひとしい童僕《どうぼく》がいる。家宰はその者に、

「よいか、水中《みずあた》り、ということがある。他国の水はよくよく注意して飲むべし」

と、さとした。

家をでるまえに子説は兄にむかって、

「孔先生の弟子に、秦商という者がいます。かれの父は菫父といい、わが家に仕えていました。秦商は兄上のお役に立つ者となりましょう。お召しかかえになるべきです」

と、ささやかな推挙をおこなった。子説はひとめで秦商の誠実さと才智をみぬいたのである。

「さようか。善処する」

「では――」

兄の配慮に感謝するように一礼した子説は馬車に乗った。孔丘とは二日遅れの出発である。出発のための吉日を占いましょうかと家宰にいわれた子説は、善《よ》いとおもった事を迷わず実行する日こそ吉日であり、どうして占う必要があろう、といい、占いにたよらずに曲阜をでた。この一歩が、かれの思想と生き方を定めるきっかけになった。

周都の老子

流霞《りゅうか》のなかに馬車の影がある。

「あれだ――」

と、叫んで、かなたを指した子説《しえつ》は、車中で跳ねた。

魯《ろ》の曲阜《きょくふ》から洛陽《らくよう》（洛水《らくすい》の北）の地にある成周《せいしゅう》へゆく道は、おもに三通りある。北から衛《えい》を通る道、曹《そう》を通る道、宋《そう》を通る道がそれである。曹を通る道がほぼ直線なので、その道を孔丘《こうきゅう》が選んだとみて、子説は済水《せいすい》ぞいの道を指示した。

が、急ぐと馬が倒れる、と家宰《かさい》にいいふくめられた御者《ぎょしゃ》は、子説の焦燥《しょうそう》をあえて無視した。

このため、曹を過ぎても孔丘を発見できず、

――道をまちがえたか。

と、子説は不安に襲われた。が、侍従というべき亢竽《こうう》は、子説のいらだちを鎮《しず》めるように、

「いずれの道を選んでも、鄭《てい》国の管《かん》あるいは制《せい》を通ることになります。そのあたりで孔先生に追いつけばよろしいではありませんか」

と、おだやかな口調でいった。

そういわれてなかば納得《なっとく》した子説は、ようやく旅行の楽しさを感じる心のゆとりをえた。国外での見聞は、好奇心をより強く刺戟するのか、知識の質を変える。人に教えられなくても、自分で学びとる力を育てるといってよい。やがて黄池《こうち》という邑《まち》にはいるまえに、子説は孔丘と従者が乗る馬車をみつけた。ちなみに黄池は、ひとつの川が濮水《ぼくすい》と済水に分岐する地にあり、陸上だけでなく水上の交通の要地である。

「孔先生——」

子説は遠い影にむかって呼びかけ、馬車を急がせた。この子説の声がとどくはずがないのに、ふしぎなことに、かなたをゆく二乗の馬車が停止した。実際、このとき孔丘はふりむきもせず、

「たれか、われを追ってくるようだ」

と、いい、御《ぎょ》をしている漆雕啓《しっちょうけい》に馬車を駐《と》めさせた。ちょうどそこは並木路にさしかかるところで、木陰が多い。馬車をおりた孔丘は木陰のなかに筵《むしろ》を敷かせて坐り、ながれる霞《かすみ》を破って近づいてくる馬車を眺めた。

木に馬をつないだ漆雕啓と閔損《びんそん》は、いちおう用心して、孔丘をかばうように歩をすすめつつ、

——先生を追いかけてくる者など、いるのだろうか。

と、いぶかり、目語《もくご》しあった。が、はっきりとみえるようになった馬車の御者が亢竿であ

るとわかったので、

「先生の耳は、十里先の物音さえ聴くことができる」

と、驚嘆しあった。

むろん孔丘は超能力者ではない。孔丘は車中で異質な地のひびきを微《かす》かに聴いたにすぎない。自分を追ってくる者がいる、といったのは、なかば勘《かん》である。

停止した馬車からはずむようにおりた子説は、亢竿とともに趨《はし》り、坐っている孔丘にむかって跪拝《きはい》した。ふたりを視《み》た孔丘は、

「そちらは――」

と、すぐに声をかけた。それを承《う》けて亢竿が、

「このかたは、仲孫僖子《ちゅうそんきし》さまの第二子である子説さまです」

と、よどみなく述べた。仰首した子説は、はじめて孔丘をみた。

――なるほど、異相だ。

孔丘の面貌《めんぼう》については、あらかじめ亢竿からおしえられている。

「孔先生は、ちょっと腰が引けるほどの異相です。が、その心は無限の寛《ひろ》さをもっておられます。知りたいことがあれば、恐れずに教えを乞《こ》うのがよろしい。その問いのなかにあるあなたさまの真性《しんせい》をみぬかれて、孔先生はお教えになりましょう」

孔丘という学者はそういう人だと信じている子説は、ものおじすることなく、

「束脩《そくしゅう》をもって参じました。くわしい事情はあとで亢竿が語《つ》げますが、どうか先生のもとで

就学することをおゆるしください」

と、澄んだ声で訴えた。

「われは、いかなる者でも束脩を納めて入門を願えば、拒絶したことはない。なんじはただいまからわれの門弟である」

この孔丘の声はやさしかった。

――子説には向学の志がある。

そう感じた孔丘は、おそらくこういう溌剌《はつらつ》たる若者は、身分の高さもさることながら、学問へのひたむきさにおいて、門弟のなかでも特殊な存在になるであろう、と予想した。ちなみに子説はすでに、

「子容《しよう》」

というあざなをもっている。また仲孫家の分家である、南宮家《なんきゅう》、を建てることになるので、南宮子容、と呼ばれることになり、その呼称の短縮形が、

「南容《なんよう》」

である。さらにさきのことをいえば、この南容が、孔丘の兄の女《むすめ》を娶《めと》ることになる。

黄池の邑にはいって宿舎に落ち着いたところで、孔丘のまえに坐った亢竿が、少々こみいった事情を語った。

まず仲孫僖子の遺言である。

おもいがけない内容ではあるが、わかりにくいものではない。礼儀に自信のない自分を哀

しみ、自分の子には恥をかかせたくない親心に満ちたものである。しかも孔丘に師事せよ、と明言している。

ここまできいた孔丘は軽く嘆息した。僖子の勇気に打たれたといってよい。人はおのれの過《あやま》ちや欠点に気づいていながら、それをかくし通そうとする。が、おのれの過ちを改め、欠点を美点に変えるには、恥ずかしさに耐える心力《しんりょく》が要《い》る。それを勇気といいかえるのであれば、その勇気は戦場で敵兵と戦うときのそれにまさる。僖子にはそういう質の勇気があった。

「過ちをおぎなう者は君子《くんし》です。詩には、君子これ則《のっと》りこれ倣《なら》う、とあります。まさに僖子はその君子でしょう」

孔丘はそう故人を称《ほ》めた。

ところで、孔丘が引用した詩句は、「小雅《しょうが》」の「鹿鳴《ろくめい》」にある。それはまちがいないのだが、君子の意義がちがう。詩のなかの君子は、祭事をおこなう者、あるいは族長をいった。ところが孔丘が、君子、というと、それは、

「理想的な人格者」

を意味し、原義から離し、おのれの思想のなかで用法を限定し特殊化した。思想家がおこなう小さな発明といいかえてもよい。ところが儒教が広まると、この特殊用語が原義を陵駕《りょうが》して、ついに一般化してしまう。一語の意味にもそういう変遷《へんせん》があり、君子という語には、孔丘の個の力が宿っている。

それはそれとして、つぎの話が少々わかりにくい。

「子説さまは兄君とおなじかたから生まれましたが、ご養育の室がことなっておりました」

と、亢竿は述べた。

信子には正室がいた。その正室が男子を産めば、当然、その男子が仲孫家の嗣子《しし》となる。ところが、推測ではあるが正室は男子を産まなかった。そこで信子は側室を置いた。ひとりではない。ふたりを同時に側室とした。ただし信子は側室を求めたわけではなく、侍女《じじょ》になりたい女が突然、友人とともにやってきた。女は、夢のお告げがあったといった。その女が、やがて信子の子をふたり産んだ。そこで信子は侍女である女を格上げして室を与えたというのが事実に比《ちか》いであろう。側室となった女は、友人との約束があったらしく、ふたりの男子のうち、弟にあたる男子をその友人に託《たく》した。それによってその友人も信子の側室になったとみるのが正しいであろう。

すなわち、生母から離された男子が、子説である。おそらくこれによって、子説は仲孫家の継承における次席からおろされ、分家を建てるように特定されたのではあるまいか。なお、子説は死後に、敬叔《けいしゅく》、という尊称を得て、史書や経書に、

「南宮敬叔」

と、記されることになる。ただしそこに、ささいなことながらひっかかりがある。叔が三男を表すことは常識である。すると、子説にはふたりの兄がいたことになる。何忌《かき》とはちがう兄は、どうしたのであろうか。

それはさておき、魯の上卿《じょうけい》である仲孫氏の弟が孔丘の門弟となり、さらに仲孫氏の当主が

入門を予定していると知った漆雕啓は、

「先生が留学を終えて帰国なさったら、ずいぶん風当たりが変わるであろうよ」

と、たのしげに閔損にいった。漆雕啓と閔損にかぎらず、孔丘がおぼえている不遇感を、門弟のすべてが共有している。

「そうですね。しかし君主のいない魯国はどうなるのでしょうか。先生は乱がつづいているかぎり、帰国なさいませんよね」

「ぜったいにお帰りにならない。周都での滞在が三年をこせば、食料が尽きる。われはそのまえに曲阜にもどって、食料を調達する。案ずるな。なんじは先生にお仕えしていればよい」

「よろしくお願いします」

閔損は漆雕啓に軽く頭をさげたが、この時点で、孔丘に随従《ずいじゅう》することになった子説が自身と従者のためだけでなく、孔丘のために、大量に衣食を用意してきたことを知らなかった。新弟子というべき子説が、孔丘の留学を可能にした、とのちに多くの人に知られることになるが、上級貴族の実力は孔丘の意想をうわまわるものであった、といってよいであろう。

この若さで大人の目をもっている子説は、鋭敏な感覚をそなえている。孔丘についての感想を亢竿に求められると、

「ひろやかなかただ」

と、いった。子説は孔丘から、どこまでもひろがるやさしさしか感じなかった。もっとも

孔丘は実家にあずけたままの自分の子、つまり十八歳になっている鯉《り》およびその妹のひきとり時機《じき》を考えており、十四歳の子説をみて、親としての感情が生じたのかもしれない。

——自分の子を教育することほど、むずかしいことはない。

曲阜に教場《きようじよう》を建ててから、ときどき実家に帰って兄と嫂《あによめ》に会い、鯉をみたが、そのつど鯉の顔に離縁した妻の顔がかさなる。鯉はつねに父を畏《おそ》れ、母を慕《した》っているようであり、曲阜にゆきたいといちどもいったことがない。そのことと学問への意欲は別であろうが、孔丘は鯉を刺戟して反発されることを恐れた。人は求めすぎると失うものだ、とおもうようになった。父の家から母が去り、自分の家から妻が去ったという事実が、孔丘の心の癒《いや》されぬ傷となっている。このうえ子を自分のもとから去らせる愚《ぐ》をおかしたくない。

——不肖《ふしよう》の子でもかまわぬ。

孔丘はいやがる鯉をひきずってきて教場に坐らせるような厳格さを棄《す》てた。

天気にめぐまれた旅行であった。

黄池から西へすすむと川が多くなる。それらの川を渡るうちに初夏となった。

川辺も野も、薫風が吹き、孔丘と従者は爽やかさを満喫《まんきつ》した。

ついに成周に到った孔丘がみたのは、戦禍のなまなましさが消えていない都である。

——周公旦《たん》さまがお造りになった都だ。

古昔《こせき》、殷《いん》を倒した周の武王《ぶ》が首都としたのは、西方の鎬邑《こうゆう》(鎬京《こうけい》)である。宗周《そうしゆう》とも呼ばれることになるその首都の位置は、長安《ちようあん》の西で、はっきりいって中原《ちゆうげん》と東方を治めるには不便であった。そこで武王の弟の周公旦が洛陽の地に副都を築いた。のちに王城といわれるその洛邑《らくゆう》は、一辺が九里の巨大な正方形を想《おも》えばよい。その中心に宮殿、宗廟《そうびょう》、社稷《しゃしょく》、朝廷、市場などがあった。やがてそこに、西方の首都を放棄した周王が移り住んだ。

成周にはいった孔丘は、高く揚《あ》げた指をめぐらせて、

「王城は小城というべきであり、東に大郭《だいかく》がある」

と、興奮をかくさずにいった。ふつう城が王侯の住居区であるのにたいして、郭は大夫《たいふ》から平民までの住居区である。成周の郭壁の長さは七十里ほどであるという。郭壁にそって歩けば二日かかる。

「さて、宿舎を捜さなければならないが、老子《ろうし》に入門をゆるされれば、留学することになる。そういう事情をわかってくれる人をみつけるのは、むずかしい」

孔丘が従者を集めてそういうと、まえにでた子説が、

「父祖以来、この地に通家《つうか》があります。周王にお仕えしている大夫の家がそれです。いまから捜してみます」

と、こともなげにいい、家宰からおしえられた家の主《あるじ》をたずねるために、王城の近くまで行った。その大夫は敬《けい》王に従って王子朝《ちょう》と戦ったひとりで、戦死していないかぎり、もとの家に帰っているはずである。一時《いっとき》もかからず、

「ありました」

と、朗らかに叫んだ子説は、大邸宅の門前に馬車を駐めると、門衛に亢竿をあたらせた。

それから子説はあっけないほど早く、ふたりの従者とともに門内にはいっていった。

この邸宅の主人である大夫に面会した子説は、用意してきた錦衣《きんい》、錦帯《きんたい》それに軽裘《けいきゅう》を贈った。軽裘は、文字通り、軽い裘《かわごろも》で、上質な狐の毛で作られている。それらすべては市場にでまわらない特注品といってよい。

「やあ、これは、これは――」

と、大夫の顔がほころんだところで、子説のもくろみは亨《とお》ったというべきであろう。

夕方になるまえに、孔丘と子説は従者とともに、大夫の家臣にみちびかれた家に落ち着いた。すぐに漆雕啓、閔損、亢竽らが家のなかをくまなくみてまわった。検分を終えたかれらは孔丘と子説のまえに坐り、

「士の家であったようです。二十余人は住めます」

と、述べた。軽くうなずいた孔丘は、

「士にも、上・中・下がある。ここは中士の家であろう。諸侯の中士は十八人を養うが、周王に仕える中士は、それより多いはずだ。この家の主は、王子朝側に与《くみ》して亡《な》くなったとみえる。いまの周王にさからった士大夫は、家屋、財産などすべてを政府に接収され、その後、いくらかが功績のあった士大夫に賞与されたにちがいない」

と、説《と》いた。

「家は古くないのに、空家であったわけはわかりましたが、ここをいつまで借りられるのですか」

と、漆雕啓は子説に問うた。

「三、四年です」

ということは、四年以内に魯国の乱がおさまらないと、孔丘は別の家を捜さなければならないことになる。

部屋のわりあては、おもに亢竿がおこなった。

ひとりにひと部屋があてがわれたが、まだ空き部屋がある。が、子説は、僕婢《ぼくひ》をこの地で傭《やと》うので、部屋の数はちょうどよい、といった。財力をもった貴族の発想とはそういうものか、と漆雕啓と閔損は感心して、小さく嘆息した。

それぞれが部屋にはいるまえに、漆雕啓は亢竿の袖《そで》を軽く引き、

「あの邸宅の門衛に、なにかを渡したでしょう」

と、ささやいた。

「あっ、あれですか。干《ほ》し肉が余っていましたので――」

と、笑いを哺《ふく》んで答えた。

「なるほど、あの門が早く開いたのは、そういう奇術があったからですか。ところで、明日から老子を捜さなければなりませんが……」

こんどは亢竿の目が笑った。

「そのことでしたら、住所はわかっています。子説さまがあの大夫からききだしました。すでに孔先生にはおつたえしてあります」

「手際がよい」

漆雕啓は哄笑《こうしょう》した。子説の主従によって予想された難儀がつぎつぎにはぶかれてゆく。

どうやら老子は、王子朝の乱のあいだ、戦闘が烈しくなっても、避難を考えなかったらしく、都外にはでず、自宅にいて熱心な門弟に教習をつづけていたようである。都内を横行する兵も、高名な老子をはばかって、近づかなかったということである。

「徳の力とは、そういうものだ。われもあやかりたい」

と、いった孔丘だが、なぜかすぐには老子のもとにゆかなかった。

三日間、従者とともに都内を見物した。このとき孔丘は太廟《たいびょう》に参詣《さんけい》したようであるが、王城のなかへは、どこまではいることができるのかと思えば、それには多少の疑問はある。

亢竿はこの旅で、三歳下の漆雕啓と親しさを増した。

――正義感の強い男だ。

と、漆雕啓を好意の目でみた。

「孔先生はわれらになにを観《み》せようとなさっているのか。あなたはどう思いますか」

歩きながら亢竿は漆雕啓に問うた。城壁と門は破壊されたままで、まだほとんど修築されていない。文化の香りに満ちているはずの周都は、醜態をさらしているといってよい。

「楚《そ》へのがれた王子朝が、いつなんどき逆襲にくるかわからないというのに、崩れたり穴のあいた城壁のほとりに警備兵の影はありません」

漆雕啓はよく観察している。

「たしかに……。都民は不安でしょう」

都民にとっての外敵は王子朝の軍であるというより盗賊団である。城壁と郭壁が不完全であれば、賊にたやすく侵入されてしまう。

「不安であるのは都民だけではなく、周王と大夫もそうでしょう。王朝を運営する人たちは、慢心《まんしん》しているわけではなく、要は、王室の財力が衰弱しきっているのです。城壁の修理も、都内に警備兵を配置するのも、晋《しん》だのみ、というのが実情ではありませんか。武力がいかに文化をこわしてしまうか、それをよくみておくように、と先生にいわれているような気がしています」

と、漆雕啓はいった。この男は、まっすぐにものをみて、まっすぐにものをいう。

「ああ、あなたはすぐれた門人です。子説さまは旅行中からあなたの言動に感心なさっていて、兄君に推挙したいとひそかに意《おも》っておられるようです。仕官のことを、考えたことはありませんか」

「仕官――」

漆雕啓ははにかみながら苦笑した。孔丘にめぐりあうまでは、どこかの貴族に仕えたいという意欲があった。が、いまはつゆほども仕官を望んでいない。

「買いかぶりです。わたしが孔先生から離れて仲孫家の臣下になれば、ただの子開《しかい》にもどります。あなたがみているわたしは、孔先生の光に照らされているだけで、その光がとどかないところに立てば、すべてが半可通《はんかつう》の凡人です。子説どのが称めたのはこんな男か、とがっかりされるだけですよ」

「謙遜《けんそん》、謙遜——」

そういいつつ亢竿は漆雕啓の謙虚さに心を打たれた。なるほど、べつのみかたをすれば、孔丘が漆雕啓という男をつくり変えたということになるであろう。

都内見物を終えて、いよいよ老子の家へむかう日に、閔損は、

「たぶん、先生にとって、今日が吉日なのです」

と、漆雕啓に小声でいった。

「あっ、そういうことか」

孔丘が入門のために吉日を占っていたことに、漆雕啓はようやく気づいた。

子説の馬車に先導されるかたちで出発した孔丘は、魯の老司書からきかされた話を憶《おも》いだしていた。曹国の君主が薨《こう》じたあと、会葬に参加した周の大夫が、学ばなくても、なんら害はない、と魯の大臣に語ったことである。周王を支えている貴族がそういうゆるい気構えであったがゆえに、王子朝の乱という巨大な害が発生した、とはいえないが、あのころの周王の周辺には向上心も緊張感もなかったことが、容易に推察できる。それにひきかえ仲孫僖子のまじめさはどうであろうか。そういう上卿がいたことだけでも、

——魯は、棄てたものではない。

と、いえるのではないか。

馬車を東南へ四半時《しはんとき》ほど走らせれば、老子の家であった。その家は、郭壁から遠くない位

置にあり、崩れた郭壁があたりの風情を殺している。郭壁の崩れは戦いの傷あとというわけではなく、長年、風雨にさらされて頽落《たいらく》したようである。

「しばらくお待ちを──」

と、孔丘にいった子説は、めざす門を亢竿にたたかせた。まず老子が在宅かどうかをたしかめさせ、在宅であれば、孔丘の入門が可能かどうかを打診させた。

半時も経《た》たずに門外にでてきた亢竿は、冴えない表情で、

「老先生はご在宅でした。会ってくださいましたが、以前から、多くの門人をとりたくないので、大夫の推薦状をもたぬ者には入門を許可しない、とのことでした」

と、孔丘と子説に告げた。

孔丘の表情がすこしこわばった。魯の大夫の推薦状などもっていない。

すると眉《まゆ》を揚げた子説が、

「わたしにおまかせを──」

と、孔丘に軽く礼容を示したあと、門内に消えた。

留学の日々

人は、七十歳からを、

「老《ろう》」

という、というのがこの時代の通念である。

老子《ろうし》は白眉《はくび》白髪《はくはつ》という容貌なので、すでに六十代から老子とよばれていた。子説《しえつ》が会った老子は、七十四、五歳にみえた。体貌《たいぼう》に老耄《ろうぼう》の翳《かげ》りはなく、眼光に衰えもない。容態に人を威圧するようないやな重さがないのは、精神に僄《かる》さをもっているせいであろう。

勘《かん》のするどい子説は、すぐに老子に敬意をおぼえ、

――まれにみる碩学《せきがく》だ。

と、おもった。こういう人物には、まっすぐに事情を説《と》いてゆくにかぎる、と肚《はら》をすえなおしたのであるから、子説は尋常ならざる少年であったといってよい。また、眼前に坐った貴族の子弟らしい少年の説くことを真摯《しんし》に傾聴《けいちょう》した老子には、表にはださない親切心がある

のであろう。

子説は自分の地位を簡潔《かんけつ》に語った。

兄の仲孫何忌《ちゅうそんかき》は魯《ろ》の上卿《じょうけい》であり、自分は兄の同母弟ではあるが、養母が別にいるため、別家を建てることになった。ゆえに大夫《たいふ》であるはずであるが、君主が国都にいないため、まだ正式に大夫とは認められていない。その事実を老子がどう判断するかはさておき、自分は周《しゅう》の礼と文化を周都で学びたがっている孔丘《こうきゅう》という研究者を推薦して老子のもとで就学《しゅうがく》させたい。これだけのことを、さほど口ごもらずに子説は述べた。

黙って子説の説述《せつじゅつ》を聴いていた老子は、すべてを聴き終えると、感心したようにうなずき、

「魯に乱あり、ときいていたが、あなたのような人がいるかぎり、魯都は周都のような惨状にはなりますまい。その孔丘という者の入門をゆるしましょう。あなたの入門もゆるします」

と、いった。子説が気に入ったのである。だが、あえて恐縮してみせた子説は、

「ありがたいおことばですが、わたしは孔丘の推薦者として、先生にお会いしただけです」

と、婉曲《えんきょく》に辞退した。

あとでそのことを知った亢竽《こうう》は、

「老先生の門弟になるのはむずかしいというのに、せっかくの入門をおやめになったのですか」

と、残念がった。が、子説はすこしも悔やまず、

「父上のご遺言には、孔先生に就《つ》いて学べとあったけれど、老先生に就け、とはなかった」

と、いった。子説の孝心のありようとは、そういうものであった。

ここで子説は亢竿にはっきりとはいわなかったが、老子と孔丘とでは、決定的なちがいがある、と感じていた。老子は入門者を制限するが、孔丘はいかなる者でも入門を許可する。そのことだけでもわかるように、孔丘は知識のとぼしい庶民でも教育する。が、老子はある程度知識をそなえている者をより高めるように教えはするが、人格を育てることをしない。

つまり老子には、

「教」

はあっても、

「育」

がない。それが教師の温度差となってあらわれている、というのが子説のひそかな見解である。

さて、孔丘の入門をゆるした老子は、当の本人をひと目みるなり、

「囂《ぎん》なるか」

と、心中でつぶやいた。囂は、やかましい、と訓《よ》む。

孔丘は教える立場にいるときと、教えられる立場にいるときとでは、性質が変わるようで、ここではすでに多大な疑問で脳裡《のうり》が沸き立ち、未知へむかって前進してゆく気魄《きはく》をみなぎらせていた。学問への情熱の量があきらかにほかの門弟とはちがうことに、老子は愕《おどろ》くという

よりも憂鬱さをおぼえた。こういう門弟を教諭《きょうゆ》する教師はすくなくとも同等の熱意をもっていなければならないが、さすがに老子はおのれの老齢を意識して、

――やっかいな男をひきうけた。

と、後悔した。

なにはともあれ、この日から、孔丘の留学生活がはじまった。

孔丘は自身の学問に専念するだけではなく、借りている家の空き部屋を教場《きょうじょう》にして、従者に教えることにした。

――教えることは、学ぶことだ。

どんなところにいても、この信念はゆらがない。

孔丘の従者は受講できることを喜んだが、子説の従者についていえば、亢竽をのぞいて、学問に関心のある者はおらず、

「わたしなんぞは――」

と、逃げ腰になった。が、子説に叱られて、しかたなく教場に坐って孔丘の教えに接すると、急に表情が変わった。孔丘は相手の性格や知識の程度を察知して、教えかた、ことばの選びかたをかえる。あえていえば教諭の天才である。

子説はほかの者がいないときに、

「わたしがなすべきことは、なんでしょうか」

と、問うた。育ちのよさはおのずと容態にあらわれるもので、孔丘は子説から温雅なさわ

やかさを感じる。

「詩は三百余ある。それらをすべておぼえることです。詩の語句のなかに、あなたを感動でふるえさせるものが、かならずあります。詩に興《おこ》る、とは、そういうことなのです。そうなってはじめて、礼に立つことができるのです」

「わかりました」

孔丘の教えに素直に従った子説は、のちに「大雅《たいが》」のなかにある「抑《よく》」という詩に出会い、そのなかの白圭《はくけい》の句を愛するようになる。

白圭の玷《か》けたるは
なお磨《みが》くべきなり
この言《げん》の玷けたるは
為《おさ》むべからざるなり

白玉《はくぎょく》の圭でできた器が欠けても磨いてつくろえるが、失言はどうにもならない、という意味である。この詩をなんどもくりかえして詠《うた》っている子説をみた孔丘は、

「邦《くに》に道があるときには用いられ、邦に道がないときには刑戮《けいりく》をまぬかれよう」

と、その慎重さを称《ほ》めた。

たしかに子説には周密《しゅうみつ》を好む性質があり、孔丘が師事した老子の正体を知りたがった。そ

こで漆雕啓《しっちょうけい》に、

「孔先生は魯を発《た》つまえに、老子に師事すると決めておられたようですが、それについてなにかご存じですか」

と、訊《き》いた。

「いえ、なにも――」

「そうですか……」

子説はすこし考えたあと、亢竿と話しあった。亢竿は調査能力の高い臣下であるので、自分が老子について調べるのはいとわないが、魯までその高名がとどいているような学者について、周都にいる大夫が知らぬはずがない、という意見を呈した。つまり亢竿は自分で調べるよりも、子説に調べてもらったほうが早く正確にわかる、という意を諷《ふう》した。

「なるほど」

小さくうなずいた子説は、日を選び、この家を貸してくれている大夫に面会して、老子に関する情報をみずから得た。

もどってきた子説は、

「老子は、もと、王室文庫の司書であった」

と、漆雕啓と亢竿におしえた。ちなみに司書の長官を司典《してん》という。図書館長であると想《おも》えばよい。どうやら老子は司典ではなかったらしい。周の景《けい》王（敬《けい》王の父）の晩年に官を辞したが、それ以前に、有志の者に学問をさずけることをはじめていた。ただし孔丘のように教場を建てたわけではなく、自宅を増改築して教えた。

「うわさでは、敗退した王子朝《ちょうそ》が楚へ亡命する際に、王室の典籍《てんせき》をもちだしたそうですから、王室の文庫は貴重な図書を失ったにちがいありません。もしも老子がそれらの写しをもっていれば、老子の蔵書にだけ稀覯《きこう》の書物が残っていることになります」

と、亢竿がうがったことをいった。

「なるほどなあ」

子説はやるせなげに嘆息した。すると漆雕啓が、

「周王室の典籍が楚という南方の国で保存される……。中央の華《はな》が散れば、四方へ飛散し、花びらは地方にとどまる。文化と伝統とは、そうなりがちだ、と先生はおっしゃいました」

と、いった。理解のはやい子説は、

「ひとつ利口になりました。そうであれば、中央の残花が老子ということになる。孔先生は、その残花にふれる最後の人になるかもしれない。やはり、周都にきて老子に師事なさってよかったのです」

と、いい、微笑した。

この日から五日後に、子説のもとに五十数巻の書物がとどけられた。

「ほおっ、これは――」

瞠目《どうもく》した亢竿に、軽く笑声を放った子説は、

「大夫の書庫で埃《ほこり》をかぶっていた書物をお借りした。貴族も戦いに明け暮れると、読書どこ

ろではなくなる」

と、皮肉をちらつかせた。子説はそれらの書物のなかから詩集をとりだして、さっそく暗誦しはじめた。早技《はやわざ》といってよい。

夏がすぎて、都内に初秋の風が吹くころ、漆雕啓は孔丘の表情が微妙に変化したことに気づいた。ためしに亢竿に、

「先生は楽しそうではありませんか」

と、いってみた。

「あっ、そういえば――」

亢竿は孔丘の声の張りのちがいを感じてはいたが、それが楽しいという感情の表れとしてとらえてはいなかった。漆雕啓にいわれて、なるほどそういうことなのか、とようやくわかった。

「老子が良い先生だからでしょうか」

そういった亢竿の目が漆雕啓の意見を求めた。漆雕啓は閔損《びんそん》についで孔丘に近いところにいる。孔丘のちょっとした変化に気づき、師の心情を察することができるのは、そのふたりを措《お》いてほかにいない。

「老子の人格と学識、それに教えかたを孔先生が喜ばれたのであれば、もっと早くに、でしょう。入門なさって三か月が経《た》とうとしているのです。ほかのなにかを、最近、発見なさったのです」

「ははあ、さすがに目のつけどころがちがう」

亢竿は、自分と漆雕啓とでは、孔丘への親密度がちがう、と自覚した。亢竿は仲孫家の家臣であるが、子説が建てる南宮家《なんきゅう》へ移ることが決まっている。主《しゅ》が子説、師が孔丘である。が、漆雕啓にとって孔丘は、師であると同時に主である。孔丘への敬意の篤《あつ》さが亢竿よりはるかにまさっている。

「それで、ほかのなにか、とは――」

そう亢竿に問われた漆雕啓は、

「まだ、わかっていません。閔子騫《びんしけん》も首をかしげています」

と、苦笑をまじえて答えた。

たしかに孔丘には心情の変化があった。明るく変化した、といったほうがより正確であろう。

かつて得たことのないものを得たのである。

それは学友である。

孔丘は友人のすくない人で、友人とよべるのは、秦商《しんしょう》ただひとりであったといってよい。顔無繇《がんむよう》とのつきあいも長いが、かれは六歳下という年齢なので、孔丘の友人というより弟のような存在である。

孔丘が老子の門下生となって気づいたことは、同門の学生に周人《しゅうひと》がほとんどおらず、多くは周の外の国から学びにきていた。周人は王子朝の乱にいやおうなくまきこまれたか、ある

春秋時代概念図

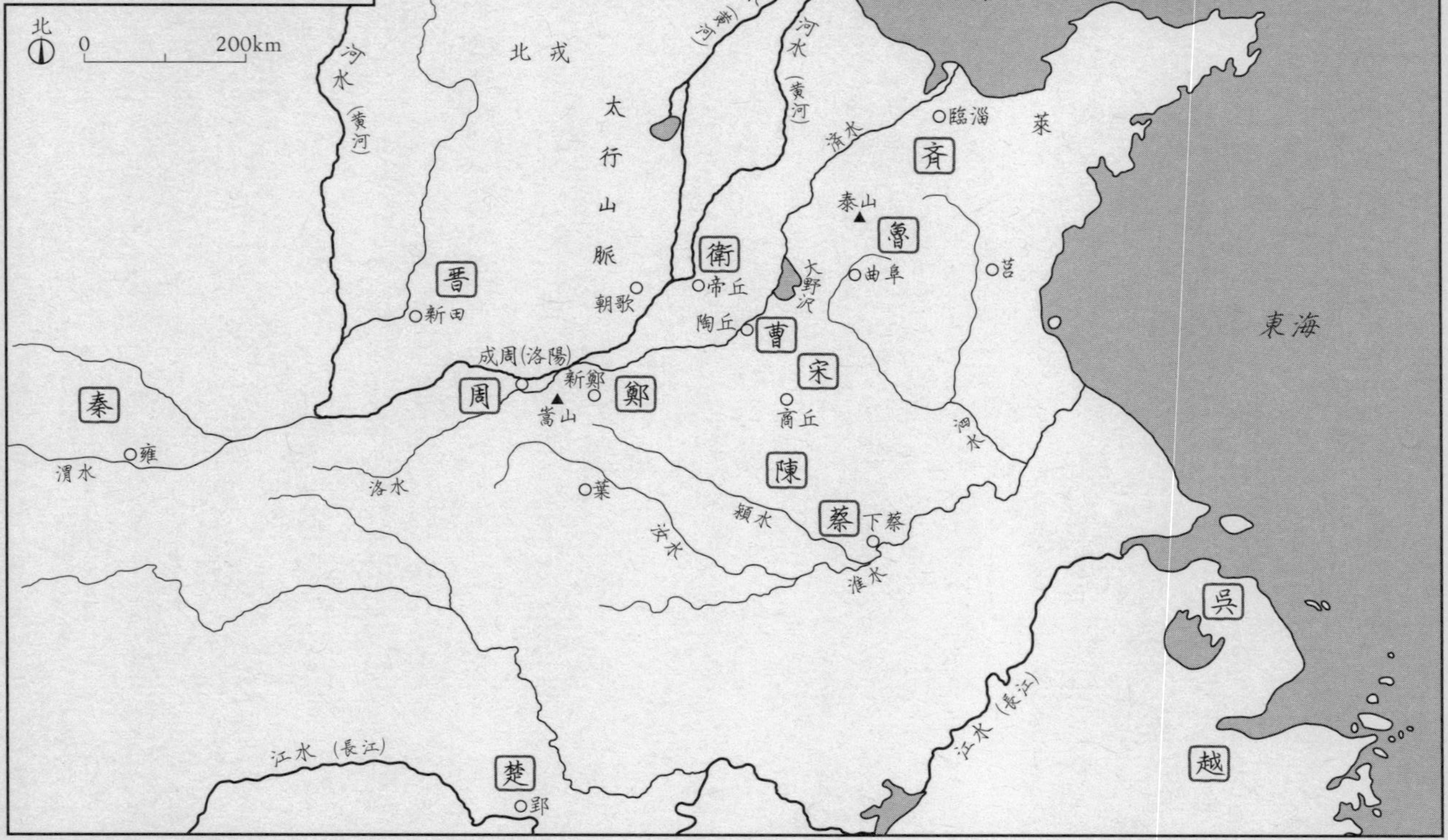

北
0
200km
北戎
太行山脈
燕
河水（黄河）
渤海
臨淄
莱
斉
済水
泰山
魯
曲阜
莒
東海
晋
新田
朝歌
衛
帝丘
大野沢
陶丘
曹
宋
商丘
成周（洛陽）
周
新鄭
鄭
嵩山
秦
雍
渭水
洛水
葉
汝水
潁水
陳
蔡
下蔡
淮水
泗水
呉
江水（長江）
楚
郢
越

いは退避して、門外に去った。残った学生は、中途で学業を放擲《ほうてき》するわけにはいかないという強い意志をもっていて、年齢は孔丘のそれに近い者がすくなくなかった。かれらは孔丘の冠と衣服の異風《いふう》を嫌って、近寄らなかったが、二、三か月後にはみかたをかえた。孔丘という魯人《ろひと》は、変人かもしれないが、知識が豊富で、もったいぶらないのがよい、と好感をいだき、うちとけるようになった。

かつておなじ職場で働く同僚から冷眼をむけられた孔丘は、いまおなじ教室で学問をする学生からむけられるまなざしにぬくもりを感じた。真剣に学問をする者はかたくなにならない。

――たがいに敬意をもって接する朋《とも》とは、よいものだ。

老子から教えられることのほかに、学友と語りあうことから得られるものの大きさを、孔丘ははじめて知った。

学を修《おさ》めて自国に帰る者は、なんらかのかたちで官途につくが、孔丘がそういう処世を選ばないことを知って、とくに親しくなった二、三の学友はおどろいた。

「君主か大夫に仕えなければ、せっかくの学識を活《い》かせない。老先生のような教師になるのは、官職を引退してからでよいでしょう」

と、かれらは口をそろえていった。就職のための学問である、とかれらだけではなく、門下生のすべてが割り切っている。

「いまの魯では、むりです。邦に道がない」

庶民にまで礼を広めたい、というのが孔丘の意望だが、これはこの時代では、かならず烈しい嘲笑をまねく異端の思想であり、とても理解されないとわかるだけに、さすがに意中をあかさなかった。

「たしかに、魯は乱のさなかですね」

ここの門下生は他国の擾乱《じょうらん》についてなるべく関心をもたないようにしているようではあるが、どうしても風聞は耳にはいり、それについて多少の議論はする。むろんかれらは魯の昭《しょう》公を追いだした季孫意如《きそんいじょ》には批判的ではあるが、似たような君臣のいさかいはすでに各国であり、また、しょせん他人事でもあるので、その議論に熱はこもらない。

下の者が上の者を非難するのは非礼にあたるし、在野《ざいや》の者が一国の君主と執政のありようをなじってはならない、と教えられなくても、そういうつつしみをもっているのが、この時代である。

——魯君は、いつか客死《かくし》する。

あの童謡はそのように予言していた。しかしながら、昭公は今年四十六歳であり、すくなくともあと十数年は生きつづけるのではないか。すると孔丘も十数年周都にとどまることになる。どこにいても、どのような境遇にあっても、孔丘はあくことなく学びつづける人であるが、十数年後を想うと、問題は、師の老子の年齢と体力ということになろう。

——さて、どうなるか。

孔丘は天意を想った。天意にさからうつもりはないが、天意を撼《うご》かすほどの学力があって、はじめて世人の師表になれる。そうならないのは、学力不足だ、と孔丘は考えることにした。流寓《りゅうぐう》をつづけるにちがいない昭公の動静に関して、孔丘は無関心という意態《いたい》をつらぬこうとしたが、子説はちがった。もしも昭公が帰国して復位することになれば、仲孫家だけではなく、三桓《かん》の家はことごとく滅ぶことになるからである。

初冬に、仲孫家の使者が子説のもとにきた。三、四か月にいちどは使者を往復させてもらいたいと家宰《かさい》にたのんでおいた、その使者である。

「兄上は、出師《すいし》なさったのか」

使者の話をきいた子説は、一瞬、いやな顔をした。

今秋、季孫家と仲孫家は同時に兵をだして、連合し、昭公の滞在地である鄆《うん》を攻めた。その戦いでは、二家の連合軍が昭公の師旅《しりょ》を大破したという。季孫家の兵を指麾《しき》したのは、陽《よう》虎《こ》という重臣で、かれが実際にはその連合軍を統帥《とうすい》して、勝利を得たようである。が、素直に喜べない勝利である。

「これで、仲孫家はまぎれもなく君主に戈矛《かぼう》をむけたことになる。いいのがれはできない」

使者が帰ったあと、子説は亢竿に暗い表情をみせた。昭公との抗争は、勝っても負けても、醜声《しゅうせい》にまみれる。

「季孫氏は、狡猾《こうかつ》ですね」

と、亢竿はいった。そうではないか。季孫意如は昭公を攻撃するのに、自身は兵を率いず、家臣にやらせて、しかも将帥《しょうすい》を十代の仲孫何忌とした。汚名は、何忌がかぶる。

「それが政治というものだろう」

と、子説はあえて冷ややかにいったが、砂を噛んだようなおもいは消えなかった。

あとでわかったことであるが、宋《そう》と衛《えい》の要請で、秋に、諸国の重臣の会合がおこなわれていた。議題はふたつあり、ひとつは成周《せいしゅう》に守備兵を送ること、いまひとつは、昭公を曲阜《きょくふ》に帰還させることである。

晋《しん》の頃《けい》公からその会の進行をまかされていた士鞅《しおう》のもとに、おどろくべき早さで、季孫家から賂遺《ろい》がなされていた。亢竽がいったように、これも季孫意如の狡猾さのひとつであろうが、晋を中心とする諸国連合軍に攻められてはひとたまりもないと恐れる意如の必死の外交であったといえる。

賂《まいない》をうけとった士鞅は、宋と衛の大夫を呼んで、

「季孫氏は天にゆるされ、民に援《たす》けられている。その季孫氏を倒すのはむずかしい。それでもあなたがたが、魯君を送り込もうとなさるのなら、われはあなたがたに従って、魯を攻めて包囲するのはいとわない。だが、失敗すれば、死ぬことになりましょう」

と、すごみをきかせていった。

宋軍と衛軍の主導で昭公を送り込み、失敗したら、生きて還《かえ》れませんぞ、と恫《おど》されたふたりは、おじけづいて、魯君のことはご放念を――、といい、しりぞいた。

これで、どの国も昭公を援助しないことになった。

亡命の最初から、晋を恃《たの》むべきだと説いた子家羈《しかき》の進言を容《い》れずに窮地におちいった昭公

うであろう。

の判断の拙劣さを、嗤《わら》うことはつつしまねばなるまいが、それにしても昭公の徳のなさはど

行動するのではなく存在するだけで人をひきつける徳の力を考える孔丘は、心の目で、そ

の昭公のさびしい流泊《りゅうはく》を凝視《ぎょうし》していた。

そういう孔丘の心の目をみぬくほどの洞察力を、まだそなえてはいない子説は、

——国もとの情況を、先生にお報《しら》せすべきか、どうか。

と、しばらく迷っていた。が、やがて、意を決して孔丘のまえにすすみでた。

「兄が魯君を攻めて、大勝しました」

細い声である。

「季孫氏の指図でしょう。兵を失った魯君は、斉《せい》君に頼るのをやめて、明年の春には晋へゆ

くことになる」

いきなりの予言に、子説はおどろかされた。

「いまひとつ、お報せすることがあります」

「わが家のことですか」

「秦子丕《しんしひ》（秦商）どのが、兄に臣従し、従軍しました。先生の教場の守りは、顔路《がんろ》（顔無

繇）どののほかに、冉伯牛《ぜんはくぎゅう》どのがおこなうとのことです」

伯牛はあざなで、氏名は冉耕《ぜんこう》という。門人としては古参のひとりで、年齢は三十である。

かれも貧家の生まれであるが、それを感じさせない温厚さをもっている。

門弟をまとめてきた秦商が、仲孫何忌の臣下となって孔門から去ったという事実を、師である孔丘が哀しむかもしれないとおもいやる心が、子説にはある。また、やむをえないことはいえ、兄が君主に兵馬をむけたという悖徳《はいとく》の行為について話すのは、つらかった。が、孔丘はそういう心情を察することができないほど鈍感ではない。

「道は、人それぞれです。苦難が多ければ多いほど、人は強くなります。易《やす》きを求めてはなりません。兄君の道は兄君しか、あなたの道はあなたしか歩けないのです」

これは秦商の道は秦商しか歩けず、なんでそれを止められようか、と孔丘が許容したことになろう。そう理解した子説は、孔丘という人格のなかにある弘量《こうりょう》にふれたおもいで、涙ぐみ、

「かたじけないおことばです」

と、頭を垂れた。

昭公にとっても、昭公しか歩けない道があるとはいえ、一国の君主は私人ではなく公人であり、選ぶ道とその歩みは多くの人に影響を与える。

翌年の春、はたして昭公は斉の景《けい》公のもとを去って、晋へ往った。おのれの不運にいらだっての直行であるといってよい。河水《かすい》西岸で、衛国の北に位置する乾侯《かんこう》という邑《まち》に到った昭公は、晋の朝廷に、

「出迎えがないのは、どうしたことか」

と、その冷淡さをなじったので、晋の大臣たちはあきれた。

「まえもってひとりの使者もよこさず、いきなりわが国に乗り込んで、迎えの使者を要請なさるのなら、国もとにおもどりになってから、なされよ」

こういうやりとりがあって、うちしおれた昭公は、いちど魯の辺境までひきかえして、晋の使者を待ってから、再度乾侯へ往った。

が、年内には埒《らち》はあかなかった。

虚しく一年をすごした昭公は、鬱々《うつうつ》と鄆に帰った。

ところが、慰問にきた景公の使者である高張《こうちょう》に侮辱された昭公は、怒って鄆を発ち、またしても乾侯へ往くという、実りのない往復をくりかえした。

晋の君臣が昭公に温情をみせないのは、おそらく昭公の父の襄《じょう》公が楚と通交したことに遠因があろう。すなわち魯は晋の同盟国ではなく、楚に従っている国だという悪感情を、かれらはもっていたであろう。

昭公にかぎらず、個人の徳は父祖の徳をもふくんでいる。

老子の教え

孔丘《こうきゅう》は、のち、老年になってから、自身の過去の年齢を特徴づけた。

十五歳で、学問に志《こころざ》し、三十歳で、曲阜《きょくふ》に教場《きょうじょう》を建てた。四十歳については、

「不惑《ふわく》」

という語を用いた。惑《まど》わず、と訓《よ》む。

惑は、あることを限定したことによって迷い、疑いが生じたことをいうが、孔丘に限っていえば、すでに十五歳から志向に迷いも疑いもなかったであろう。三十歳をすぎれば、学び、教え、育てる、という信念にゆらぎがあったとはおもわれない。とすれば、その惑いとは、自身の生きかた、あるいは心理についていっているのではなく、思想の基底《きてい》となるべき文化形態が、夏《か》、殷《いん》、周《しゅう》とあるので、なにが最善であるのかを模索《もさく》してきたことをいい、四十歳になって、

——周文化がもっともすぐれている。

と、確信したことにほかなるまい。

孔丘は師である老子《ろうし》に歌について問われたことがある。

「なんじは歌を好み、歌が巧《うま》いそうだな」

「好みますが、巧いとはいえません」

孔丘はちょっと恐縮してみせた。

老子は微笑した。

「歌とは、なんであるか」

そもそも歌とはなんであるか。その本質について、かねて考えていた孔丘は即答した。

「人は希望だけではなく、苦悩や絶望をも歌います。いわば喜怒哀楽の色を表現し、その表現を個人で終わらせるのではなく、かぎりなく多くの人々に共有させる力を歌はもっています。しかしながら、真の歌とは、万物が存在し、生きとし生けるものが生存する感動を表したものではありますまいか」

老子は微笑を絶やさない。

「そのようになんじに教えたのは、周の文化にほかならない」

「どういうことでしょうか」

「周の武《ぶ》王が殷の紂《ちゆう》王を討ってから、五百数十年が経《た》っている。が、殷は短命の王朝ではなく、六百年ほどつづいたといわれている。その時代の歌とは、怒りという一色しかもっていなかったと想《おも》うべきである」

孔丘は軽く息を吞《の》んだ。老子は自分にだけ重要な伝承を教えてくれようとしている。そういう予感で、胸がふるえた。

「人は、たれにむかって怒りの声を揚《あ》げたのでしょうか」

「ふむ、それは、まちがいなく神にむかって、だな。なんじも知っているであろうが、殷王朝は湯《とう》王からはじまって紂王で終わる。天下を治めていたのは、殷王のようにみえるが、じつは殷王は神意を聴いて官民にそれを伝えていたにすぎない。すなわち神意を知るただひとりが殷王であった」

「吁々《ああ》……」

と、嘆声を放った孔丘は、

「それでは、天下の人民を治めていたのは、神であったのですか」

と、おどろきをあらわにした。

「そう想って、よい」

「では、その神は、どこにいたのですか」

「天にも地にも、また、山にも川にもいた。さらに、亡《な》くなった殷王の父母も、神となった」

「はあ……」

殷の人々は神々と共存していたことになるのか。そのあたりが孔丘にとってわかりにくい。

「殷人《いんひと》は神に禱《いの》り、自身の願いを述べた。だが、待てど暮らせど、その願いがかなわないときに、かれらは神にむかって怒りの声を揚げた。それが歌だ」

これは伝承なのか、それとも老子が独自に究審《きゅうしん》したことなのか。とにかく、この説は孔丘に衝撃を与えた。しばらく黙考している孔丘に、老子は、

「なんじはものごとの起源を知りたがり、その起源を重視するが、歌ひとつをとっても、その変化に人の成長と文化の熟成がうかがえる。殷人は賢かったが、それでも時代は昧《くら》かった。周の、なんと明るく、ふくよかなことよ。そうは想わぬか」

と、諭《さと》すようにいった。

孔丘は心のなかでうなずきかけたが、急におもいついた。

「衛《えい》に朝歌《ちょうか》という邑《まち》があります。その邑は、紂王の都であったと伝えられ、朝から歌がながれていたといわれています。その邑に住む官民は、毎朝神にむかって怒っていたのでしょうか」

「はは、おもしろいことをいう」

老子は歯をみせて笑った。

が、孔丘は師をからかったわけではない。なにごとにたいしても、究悉《きゅうしつ》はしつこいほど真摯である。入門してから三年が経った孔丘という門下生の性質をほぼのみこんだおもいの老子は、ここもいいかげんにあしらわなかった。

——うるさい弟子だが、教えがいはある。

老子は孔丘が入門してから、いっさい門弟をとらなかった。自身の年齢を考えてのことである。そのため、一年に四、五人が卒業していったので、この年まで残っている門弟はわず

か九人である。

「あるとき、殷の王室は、もろもろの神をまとめて祀《まつ》ることにした。それらの神の最上位にいたのが、上帝である」

老子の表情から笑いが消えた。

「殷王室が諸神を専有したのですか」

「そういうことだ。その後、祖先神しか祀らなくなった」

「庶民は、神を失ったことになりますが……」

孔丘は師の説に耳をそばだてつつ、さぐるようにそういった。

「たしかに、そうなる。庶民の不安と不満を解消するために、紂王の父である殷王は大胆な発想をして、それを実現した。すなわち、上帝を地におろした」

「はあ……」

孔丘の理解は、老子の教喩《きょうゆ》に追いつかない。上帝を地におろす、とは、どういうことなのか。

「王自身が上帝になったのよ。ただし、上帝とはいわず、帝といった」

「えっ――」

喫驚《きっきょう》する、とは、まさにこのことであろう。この年まで、孔丘は多くの古書を読んできたが、どこにもそのようなことは書かれていなかった。かたずをのんだ孔丘は、舌をもつれさせながら、

「それでは、紂王も、帝、であったのですか」

と、問うた。

「当然のことだ。紂王は人でありながら神であり、かれが朝歌で歌わせていた歌は、帝と祖先を讃美するものであった。そのあたりから、歌は性質を変え、その一部は、殷が滅んでも周にひきつがれたはずであるが、いまとなっては、その歌のひとつも残っていない」

啞然《あぜん》とした孔丘をしばらくながめていた老子の眉宇《びう》に、急に、さびしさがただよった。

「なんじは礼を探究している。だが、古い礼を熟知《じゆくち》して実践できた者の骨も朽《く》ちてしまい、今日《こんにち》、残っているのは、ことばだけだ。ことばだけでも残ってくれた、とみるか、ことばしか残っていない、とみるか、人それぞれであるが、われは、そのことばはなかみのない虚しいものとみる。なんじはこの乱世に古礼をおこなうべきだと考えている。ちがうかな」

「ちがいません。ご推察の通りです」

「なんじが望んでいることは、時を得て、はじめて可能になる。だが、なんじには人よりすぐれているという驕気《きようき》があり、欲が大きすぎる。なんじの態度は、尊大とはいえぬが、気どりがあらわになっている。こういうことわざがある。良賈《りようこ》は深く蔵《かく》して虚しきがごとく、君子は盛徳《せいとく》あるも、容貌は愚《ぐ》なるがごとし。いまのままでは、なんじは時を得ることができず、さまよいつづけることになる。われがなんじにいえることは、それだけだ」

ほかに門弟がいないときを選んで老子が孔丘に与えた訓戒である。

良賈とは、すぐれた商人をいう。そういう商人はおのれの豊かさを誇らず、まことの君子は愚人のような顔をする。いまの孔丘はその逆であり、それでは国の高位に登る好機をつかめない。礼は高位にある者が実践して下に浸透させてゆくのが順序であり、下から上へ礼を及《およ》ぼすことなど不可能である、と老子は思っている。それゆえの忠告であった。

孔丘は師の人格の深いところにあるやさしさにふれたおもいで、

「ご訓戒、肝《きも》に銘《めい》じました」

と、いって、深々と頭をさげた。すると老子は表情をやわらげて、

「あと三年で、ここを閉じる」

と、なぜか楽しげにいった。

——あと三年か……。

孔丘の心に動揺はなかった。三年後にはほかの師を捜さなければならない、とはおもわなかった。三年後には魯《ろ》の乱が熄《や》み、帰途につく。昭《しょう》公の生死をたしかめるまでもなく、そういう予感がかれの胸裡《きょうり》で強くなった。

「そのあと、先生はなにをなさるのですか」

老子の表情にふしぎな明るさがあるので、孔丘は問わずにはいられなかった。

「旅にでる」

老子の正確な年齢はわからないが、八十歳前後で、旅行にゆく人は稀有《けう》であろう。

「どこへ——」

と、問えば、孔丘は門弟として従《とも》をしなければならないとおもい、口を閉じた。おそらく

その年までここに残っている門弟の三、四人は老子の従者となるにちがいない。かれらは老子に生死をあずけるほど崇敬《すうけい》しており、師とおなじ天の下、地の上で生きてゆくことを択《えら》ぶであろう。

教室をあとにした孔丘は、馬車に乗ってから、

「なるほど、そういうことか……」

と、くりかえしつぶやいた。暗いつぶやきではない。馬を御《ぎょ》している閔損《びんそん》はそのつぶやきを耳にして、すばやく孔丘の表情をうかがうと、

「今日は、老先生から、なにか大きな賜物《たまもの》があったのですか」

と、勘《かん》のよいことをいった。

すこし首をあげた孔丘は幽《ほの》かに笑った。

「人への最大で最高の贈り物はことばであるといわれており、われもそうだと思っている。が、人の蒙《くら》さを啓《ひら》くことばは、つねに正しいとはかぎらない。教えられたことを、ときには疑い、みずから該究《がいきゅう》して、正否をたしかめる必要がある。しかしながら、そういう作業をするまでもなく、教示されたことが、まちがいなく正しい、と心魂《しんこん》に達するときがある。今日が、それであった」

閔損の声がはずんだ。

「それを、わたしどもに、伝授してくださるのですか」

「むろん――」

と、いった孔丘は帰宅すると、すぐに弟子を集めた。復習を重視する孔丘は、自分のためにその講義をおこなったといってよい。ただし聴講する者のなかに子説《しえつ》とその臣下はいない。かれらは魯へゆき、ようすをみてから、洛陽《らくよう》にもどってくることになっている。

まず孔丘は殷の歌と周の歌のちがいを説《と》き、天上の帝と地上の帝について語った。それから、

「天」

について力説した。車中で考えたことである。

かつて殷と周は、牧野《ぼくや》とよばれる大草原で戦った。牧野はいまの衛の国にある。

「牧野、洋洋《ようよう》たり。檀車《たんしゃ》、煌煌《こうこう》たり。この詩は牧野の戦いを歌ったもので、みなも憶《おぼ》えたであろう。檀は落葉樹で、材質が堅いが強いので、おもに車輪に用いられた。煌は、きらきらしているさまをいうが、より正確には、玉《ぎょく》のようにきらめいていることをいう。周の兵車の大集団が、朝日をうけて、光り輝きながら牧野を北進したのである」

ちなみに孔丘が引用した詩は、「大雅《たいが》」の「大明《たいめい》」にある。

この歴史を変える大戦で、周は勝者となったが、紂王にかわって天下の主《あるじ》となった武王とその輔弼《ほひつ》の大臣は、傲慢《ごうまん》にならなかった。

紂王が神であると同時に人であったこと、つまり神と人とが一元《げん》になったがゆえに、紂王が倒されたことで、殷王朝はすべてを失った。その事実を冷静にみつめ、武王は帝とは称しなかった。

が、天帝をもとの位置にもどすのは、殷民族の信仰を復活させることになるので、天帝にかわる絶対的存在を形而上《けいじ》に設定しておく必要が生じた。そこで発想されたのが、天、である。天は抽象的で、神の象《かたち》をもたないが、意志はもつ。周王のみが天を祭ることができるが、いちいち天意を聴いて政治をおこなうわけではない。そういう関係を天下に認知させたのは、周の首脳の叡知《えいち》といえるであろう。のちに、王侯貴族だけではなく、庶民さえも天の存在を信じ、天命あるいは天意を意識するようになり、天は自己規律の大本《おおもと》となった。

孔丘がそう説くと、閔損と漆雕啓《しっちょうけい》は昂奮をあらわにした。

「周の人々は、殷王朝を倒すまえに、すでに天という思想をもっていたのでしょうか」

と、漆雕啓が問うた。

「武王はもとより、その父の文王《ぶん》も、天命に従ったとおもわれるふしがある。なんじが想ったように、天という思想は、殷を打倒したあとのにわかづくりの思想ではあるまい。周の文化は、文王から発したといっても過言ではない。紂王の政治が衰乱《すいらん》するあいだに、文王は西方の覇者として諸侯に依恃《いじ》され、ついに天下の三分の二を有しながら、それでもなお殷を討たず、紂王に服事《ふくじ》した。それにまさる徳はなく、至徳《しとく》というべきである」

この日の孔丘は、文王よりはるかまえの聖王、すなわち堯《ぎょう》、舜《しゅん》、禹《う》などについて滔々《とうとう》と語った。弟子にとっては幸福な時間であった。

子説と従者がもどってきた。

かれらは晩春に洛陽を出発したが、夏の暑さにさらされて旅行することを嫌ったらしく、秋の涼風《りょうふう》を待って曲阜をでたようである。

朗報をたずさえてきた子説は、すぐに孔丘に報告をおこなった。

「伯魚《はくぎょ》どのが──」

と、子説は切りだした。伯魚は孔丘の子の鯉《り》のあざなである。この年に、年齢は二十一である。

「すでに教場を守っておられました」

「さようか……」

あえて孔丘は喜色をみせなかったが、ほっとしたことはたしかである。兄のもとにいた孔鯉が、教場に移ったわけはどのようなものか。子説の立場としては、そこまで深くは問えなかったようなので、孔丘は推量するしかない。ひとつ考えられることは、兄の子である孔蔑《こうべつ》が成人となったため、孔鯉は実家に居づらくなったことである。そうではなく、孔鯉が本気に学問がしたくなって曲阜に上ってきたのであれば、教場には冉耕《ぜんこう》や顔無繇《がんむよう》などがいるので、教えを乞うたらよい。

──学問をはじめるのに、早い、晩《おそ》い、ということはない。

孔丘はそうおもっている。

「魯の国情について申しますと、国内はいたって静穏《せいおん》です。魯君は晋《しん》の乾侯《かんこう》にいて動きません。晋は当分、軍旅を催さないでしょう。といいますのは、晋君が薨《こう》じたからです」

と、子説は述べた。晋の頃《けい》公が亡くなったのは六月であるから、それは最新の情報であるといってよい。

「そうであったか」

君主の喪中には兵をださないというのは、基本的な礼である。いままでも晋の朝廷は昭公への援助をしぶってきたのであるから、国が喪に服せば、なおさら昭公に軍事的な助力をするはずがない。ことばは悪いが、昭公は晋によって飼い殺しにされる。

「ところで――」

孔丘は子説にむけるまなざしをやわらげた。

「あと三年で、老先生は消える」

「消える、とは――」

子説は、その突飛《とっぴ》な表現におどろいた。

「老先生は旅にでる。ご自身でおっしゃったことだ。二度と洛陽におもどりにならない。おそらくそのゆくえを知る者は、皆無となろう」

「老先生は、どこへゆかれるのですか」

「わからぬ」

孔丘はそういうしかない。

老子はながいあいだ周文化の中心地にいて、あらゆるものを破壊した王子朝《ちょう》の大乱を経て、文化のむごたらしい衰容《すいよう》をみつめることに嫌気《いやけ》がさしたのではないか。王都に残っている古い礼は、なかみのない形骸《けいがい》にすぎない、と老子はいった。たしかに伝統を正しく継承していた文化人は、周都をでて、戦禍のおよばない地へ四散した。その事実をふまえれば、当然、伝統にも嘘《うそ》があり、その嘘をまことしやかに門弟たちに伝授する自身を棄《す》てたくなったのであろう。そう推察すれば、孔丘が為すべきことは決まっている。

礼に関していえば、古い礼のなかにある正しい礼を発見すること、それができなければ、正しい礼を創造することである。ただし、それを成したからといって、ことばにうつしかえると、そのことばは虚偽《きょぎ》をふくみ、やがて歪《ゆが》み、朽ちて、ついには虚しいものになってしまう。

老子が教えてくれたことは、そういうことである。

子説は愁眉《しゅうび》をみせた。

「老先生が旅立たれたあと、先生はどうなさるのですか」

「魯へ帰ることになろう」

この口調になんらためらいはなかった。

「国の乱が熄んでいなくても、ですか」

それでは、孔丘はおのれの主義と信念を棄てたことになるではないか。

「いや、乱は熄むであろう。季孫《きそん》氏はあらたな君主を立てる」

あまりにもはっきりと孔丘がそういったので、子説は瞠目《どうもく》したままであった。

当然、このあと、門弟のあいだで、孔丘の明確な予見が話題となった。孔丘の性格を知りつくしているといってよい閔損は、

「先生はときどき未来を透視なさる。きっと、あと三年で乱は終わりますよ」
と、明るくいった。
実際のところ、晋の首脳は昭公を飼い殺しにするつもりはなかった。昭公のあつかいに苦慮していたといったほうが正確であろう。去年、衛の霊《れい》公（名は元《げん》）が乾侯をおとずれて、みずから昭公を慰問した。これなども、
――晋ははっきりと解決策を示したらどうか。
という、無言の督促《とくそく》にもとれる。
晋は昭公を自国の一邑《ゆう》にとどめて、放置するしか能がないのか。そろそろ諸侯は、盟主国である晋の政治力と外交力に疑いをいだきはじめるころである。
それをもっとも強く感じていたのが、短期の服忌《ふくき》を年末に終えた、晋の新しい君主の定《てい》公（名は午《ご》）である。
かれは新年を迎えて聴政《ちょうせい》の席に即《つ》くとすぐに、朝廷の運営者である五卿《けい》を招いた。このときの五卿とは、
魏舒《ぎじょ》（魏献子《ぎけんし》）
士鞅《しおう》（范献子《はんけんし》）
荀躒《じゅんれき》（知文子《ちぶんし》）
趙鞅《ちょうおう》（趙簡子《ちょうかんし》）
荀寅《じゅんいん》（中行文子《ちゅうこうぶんし》）

という五大臣である。かれらが実質的には天下を経営しているとみてさしつかえあるまい。ちなみに荀氏は早くから二家に岐《わか》れ、中行氏と知氏は同等の威勢を保ってきたが、いまや知氏すなわち荀躒のほうが優勢である。

これら五卿がそろったところで、定公は、

「魯の季孫は国君を追放して擅朝《せんちょう》をつづけている。不忠の臣というべきである。かの者をとがめずにいることは、わが国の威信にかかわる。魯君に兵をそえて、帰国させようとおもう」

と、宣《の》べた。

いつまでも昭公を乾侯に置いたままでは、晋の無策を天下にさらすことになるので、春のうちに晋軍を出動させ、昭公を援護して帰国させることで、懸案をかたづけたいという定公の意向である。

この強い声をきいて、大いにあわてたのが、季孫意如《きそんいじょ》から賂《まいない》をうけとっていた士鞅である。すかさず、

「そのまえに季孫を晋に召しましょう。もしもこないようでしたら、それこそ不忠の臣であり、それから討伐なさったらいかがでしょうか」

と、機転をきかせた。冷や汗をかいたにちがいない。

五卿の討議をきいた定公は、けっきょく士鞅の意見を善《よ》しとした。それによって晋の朝廷は季孫意如を召喚《しょうかん》することにした。これが決定されるや、ただちに士鞅は密使を魯へむかっ

て発《た》たせた。季孫意如に助言を与えたのである。

「あなたはかならず晋にこなくてはなりません。あなたに咎《とが》がおよばないようにはからいます」

密使をうけた季孫意如は、士鞅の厚意に感謝したあと、家人を呼び、

「まもなく、晋から正式な使者がくる。晋へゆく支度《したく》をしておくように」

と、いいつけた。

それぞれの帰国

魯《ろ》の曲阜《きょくふ》をあとにして、晋《しん》へむかう季《き》孫意《そんい》如《じょ》は、自邸をでるまえに、

「われは犠牲《ぎせい》になるために、祭場《さいじょう》へ曳《ひ》かれてゆく牛のようだ」

と、妻子にこぼした。むこうに着けば、晋の卿《けい》である士鞅《しおう》の陰助《いんじょ》があるはずだと心を鼓《こ》しながらも、ぶじには帰れまい、という恐怖がある。

晋から指定された地は、適歴《てきれき》、である。そこで尋問《じんもん》がおこなわれるらしい。適歴の位置は、魯の昭《しょう》公がとどまっている乾侯《かんこう》の東にあたる。なお、のちに黄河《こうが》とよばれる河水《かすい》は、このころ衛《えい》国でふたつのながれに岐《わか》れて北上している。乾侯は西側の河水のほとりにあり、適歴は東側の河水から遠くない、という両所の位置関係である。

家臣と二千数百の兵を率いて西行した季孫意如は、東側の河水を渡った。

あたりに高い山はなく、高地といえば砂丘であり、緑の多い風景をみなれている意如にとって、心まで乾燥しそうであった。もっともまだ晩春であり、若い緑はこれからである。

道に特徴がなく、

——この道でよいのか。

と、不安にならざるをえなかった。が、半日もすすまぬうちに適歴に着いた。すでにその地に会見場が設けられていたが、晋の卿の到着はまだであった。意如は係りの吏人《りじん》に、

「どなたがいらっしゃるのか」

と、問うてみた。

「荀《じゅん》氏がいらっしゃるとのことです」

ここに荀躒《じゅんれき》か荀寅《じゅんいん》がくる、ということである。

——士氏ではないのか……。

意如の不安は濃厚になった。荀氏がくるのであれば、せめて荀寅にきてもらいたい、とひそかに希《ねが》った。荀寅の女《むすめ》が士鞅の妻になっており、両家が姻戚《いんせき》関係にあるから、士鞅のてごころが荀寅につたわるはずである。

だが、三日後に到着したのは、荀寅ではなく、荀躒であった。

——手強《てごわ》い人がきた。

荀躒は人への好悪の烈しさを内含《ないがん》している。性質に毒をもっている人であるが、このころはまだその毒は露出していない。欲望が大きく、しかもその欲望を実現してゆく政治力をそなえている点で、じつは意如に似ている。それはそれとして、意如が脳裡《のうり》で画《か》いている晋の五卿の勢力図は、

——荀躒は魏舒《ぎじょ》に近く、士鞅と荀寅からは遠い。

というものである。ちなみに、趙鞅《ちょうおう》という卿は、その二勢力のどちらにも付いていない、と意如にはみえる。

荀躒と意如は会見の席についた。

予想通り、そこは尋問の会場となった。ただし荀躒は想《おも》っていたほど高圧的ではなく、感情の色をださなかった。

「わたしは、わが君にかわって、あなたに問う。なにゆえあなたは君主を逐《お》ったのか。君主がいるのに仕えないときには、周《しゅう》の法が適用される。よく考えてお答えなされよ」

厳粛《げんしゅく》そのものの口調である。

このときの意如の衣冠は、

「練冠麻衣《れんかんまい》」

である。ねり絹の冠と麻の衣は、喪《も》に服するときにつけるものである。すなわち意如は、死を覚悟してこの場にいる、と無言に表現した。

が、それをみた荀躒は、いぶかりもせず、おどろきもしなかった。君主を追放した大臣のこころがけとしては、それくらいは当然であろう、とおもって意如を冷静に観察していた。

するすると席をおりた意如は、はだしのまま、地にひれ伏した。

「わたしが君主にお仕えしないのは、お仕えしたくても、君主が国にいないので、できないからです。刑法をのがれるために申しているのではありません。わたしに罪がある、とわが君がお考えならば、わたしは自邑《ゆうひ》の費にしりぞき、君のお調べを待つでありましょう。ただただ君のご命令に従う所存です。もしもわが先祖の功をお認めくださるなら、わが家を断絶せずに、わたしにのみ死を賜《たまわ》りたい。賜る死もなく、断絶もないのなら、それこそ君の恩恵です。身は死すとも、名は不朽と申せましょう。また、もしも君に随従《ずいじゅう》して帰国することができれば、まさしく本望です」

「ふむ……」

荀躒は平伏している意如を瞰《み》ながら、少々黙考した。これから意如が昭公に会って帰国をうながし、随行するかたちで魯へ帰るというのであれば、晋は調停をはたして、魯の内乱を斂《おさ》めたことになる。晋としても、荀躒にしても、どうしても意如を罰したいわけではない。要は、晋の国威を天下に示せばよいのである。

「あなたの意趣《いしゅ》は、わかった」

もしも意如が頑《かたくな》で利をむさぼるだけの大臣であれば、ここで捕らえて幽閉し、その間に、昭公を魯に帰すという手がないわけではない。荀躒はあらかじめそう考えていた。だが、昭公と意如の反目《はんもく》から生じた乱は、たしかにふたりの闘争ではあるが、それを私闘とみなすのはあまりにも軽率《けいそつ》である、と荀躒は考えなおした。その乱には魯国内の多くの士と大夫《たいふ》がかかわっており、意如を翼《たす》けてきた大夫のなかには仲孫《ちゅうそん》氏と叔孫《しゅくそん》氏という大勢力の当主がいて、昭公の帰国と同時にかれらが処罰されるとなると、火に脂《あぶら》をそそぐような事態になりかねない。そうならないためにも、

――魯君と季孫氏を和解させるのがよい。

と、荀躒は判断した。

「では、乾侯へ往きます。付いてこられよ」

乾侯にいる昭公に意如を面会させ、余人をまじえず、ふたりだけで話しあって、それからふたりそろって帰国してもらう。荀躒は脳裡にそういう図を画いた。

荀躒と意如が移動するさなかに、初夏となった。

さきに荀躒が河水（西側の河水）を渡った。

まず荀躒が昭公に会って、意如がこの地まできて、昭公を迎える用意があることを伝える必要がある。つぎに、それにたいする昭公の反応をたしかめなければならない。

昭公の寓居にはいった荀躒は、無表情のまま、人払いをしてもらった。

昭公は朗報を期待する目を荀躒にむけた。晋軍が自分のために動いてくれる、その決定を報《しら》せにきてくれたのではないか。そういう目である。荀躒の表情に明るさがないことくらいわかりそうなものなのに、昭公は感性のどこかが欠けている。

おもむろに昭公のまえに坐った荀躒は、

「この地にまもなく意如が到着します。ここにくるまえに、われは君命によって意如の無礼を責めましたが、意如はけっして死をのがれようとしなかった。これ以上、あなたにもよけいなことを申すつもりはありません。あなたは、かれとともに帰国なさるがよい」

と、すこし声を強めていった。

とたんに昭公の目容《もくよう》にけわしさが盈《み》ちた。意如の名をきくことさえ、けがらわしいという顔つきで。

「晋君のご高配には感謝します。が、あの男には会いたくない。というより、会ってはならぬのです。もしも会えば、河水の神に誓ったことを棄《す》てることになり、わたしは罰を受けるでしょう」

と、いい放った。昭公は晋国にはいって河水を越えるときに、璧《へき》を沈めて、二度と意如には会わぬ、と誓ったのであろう。

――愚かな誓いよ。

荀躒はさすがに慍然《うんぜん》とした。昭公は晋へ亡命する際に、ふたたび河水を越えて帰国できるようにと河水の神に素直に祈るだけでよかったのに、私怨をさきにするとは、あきれた君主よ。そうおもった荀躒は、この調停がばかばかしくなり、いきなり自分の両耳をふさいで起《た》った。さらに小走りしながら、

「わが君は、魯君を帰国させられない罪を恐れておられた。しかし、こうなったかぎり、魯国の難《なん》をあずかり知らぬこととしたい。わが君にはそのように復命させてもらう」

と、あえて大声でいった。室外にいた昭公の従者にきかせるためである。

この声をきいて、はっと顔色を変え、まっさきに昭公の室に飛びこんだのは、子家羈《しかき》である。今日の調停をこばんでしまうと、昭公の帰国の道は永遠に閉ざされてしまう。子家羈は昭公の膝《ひざ》をつかまんばかりに、

「季孫とともにお帰りになるべきです。一慙《いちざん》を忍ばず、終身、慙《は》じるのですか」

と、烈しく訴えた。一慙は、一時の恥といいかえることができる。

鬱々《うつうつ》と考えこんでいた昭公は、

「わかった」

と、小さくうなずいた。意如の名をきいただけで嚇《かっ》となった自分を反省しはじめていた。だが、直後に、室内になだれこんできたほかの従者の息巻きによって、そのうなずきはかき消された。かれらはくちぐちに、

「意如を追い返しましょう。ご命令をくだされば、われらが意如を襲います」

と、荒々しくいった。

かれらの無謀の鋭気《えいき》をきらって退室した子家羈は、天を仰いで嘆息した。

最初からかれらが昭公を誤《あやま》らせている。季孫邸に攻め込んで意如を追い詰めたときも、国外にでて晋へむかわず斉《せい》へ行ったときも、策略もなく鄆《うん》で戦ったときも、まちがった道を択《えら》んだ。いままたかれらは晋の定《てい》公と荀躒の配慮を足蹴《あしげ》にして、昭公を衰亡《すいぼう》の淵《ふち》へひきずりこもうとしている。しかしながら、晋は今後いっさい魯の内紛にはかかわらない、と荀躒が明言したかぎり、昭公のために軍事的援助もしないことになる。その重大な事実を、かれらはみすごしているのではないか。意如への憎悪に凝《こ》り固《かた》まっているかぎり、かれらは君主の命運を淪没《りんぼつ》させ、みずからも不帰《ふき》の客になるだけである。かれらは君主を助けるふりをして実際は殺そうとしている。君主を殺す者は、おのれも死ななければならない。昭公を殺したが

っているのは、意如ではなく、忠勇をいたずらにふりかざしている多くの従者だ。そういう実態を直視した子家羈は、苦悩しながらも、あきらめず、昭公を救う道がわずかでも残っていれば、その道を突き進もうとした。

憤然《ふんぜん》と意如のもとへ行った荀躒は、

「魯君の怒りはまだとけていない。あなたはとにかく帰って祭《まつ》り事《ごと》をなされよ」

と、いい、帰国をうながした。

「そういうことでしたら……」

荀躒の仲介の労に謝辞を献じた意如は、ためらわず、従者とともに帰途についた。

それを知った子家羈は、昭公の宅のまえに馬車をつけて、密《ひそ》かに昭公に面謁した。

――これがわが君を救助する最後の機会だ。

そういう強い意《おも》いで、

「君よ、表の馬車にお乗りください。その一乗《いちじょう》をもって魯の師旅《しりょ》に飛び込めば、季孫はかならず君とともに帰るでしょう」

と、子家羈はいい、昭公をせきたてた。ここでの昭公は、

「否《いな》」

とは、いわなかった。子家羈の声が天からおりてきたように感じた昭公は、旅装に着替えることもせず、いきなり起って室外へ趨《はし》りだした。門前に停まっている馬車には御者《ぎょしゃ》もいない。昭公はその馬車に飛び乗って手綱《たづな》をつかんだ。

昭公にとって不運であったのは、馬車を発進させた瞬間を、臣下のひとりに目撃されたことである。

「君がお独《ひと》りで外出なさいましたぞ」

ひとりのわめきが、ふたりのわめきとなり、三人、四人のわめきにひろがるころには、

——君はわれらを棄てて、意如に頼ろうとなさっている。

と、勘《かん》づいた者たちが、馬車を急発進させて、昭公を猛追しはじめた。

ほどなく昭公はかれらに追いつかれ、怒声にかこまれて、ひきもどされた。このとき、昭公の命運は尽きたといってよい。

この日から昭公は鬱憂《うつゆう》そのものとなり、二十か月後、すなわち翌年の十二月に、乾侯において薨《こう》じた。病死にはちがいないが、悶死《もんし》といいかえたほうがよいかもしれない。

「魯君がお亡《な》くなりになった」

この報《しら》せが、周都にいる子説《しえつ》と孔丘《こうきゅう》のもとにとどけられたのは、春闌《たけなわ》のころである。

すでに周都は、晋の主導によって、大規模な修築がおこなわれ、荒壊《こうかい》の跡《あと》は消えた。散見する花の風景は、わずかながら人々の心に平和のなごみを与えた。

——世を吹く風から、けわしさが消えている。

おそらく魯に吹く風もそうであろう。そう感じている孔丘にむかって子説が、

「この家は、今秋まで借りられることにしておきましたが、先生はいつ魯へお帰りですか」

と、問うた。

「晩夏には、発《た》つ」

孔丘は断言した。

「あっ、さようですか」

子説は目をかがやかせ、眉宇《びう》を明るくした。長い留学生活に厭《あ》きたわけではないが、自国に帰ることはなんとなくうれしいものである。

「魯君が他国で亡くなったので、帰葬させなければならない。つぎに、あらたな君主を定めなければならない。乱が熄《や》んだとはいえ、次代の政治体制がととのうのは、晩夏になろう。ゆえにわれは晩夏に発つ」

「そういうことですか。魯君の子のなかで、どなたがつぎの君主になるのか。ここにもむずかしさがあります」

昭公の子のなかで、意如にたいしてもっとも強い反感をいだき、意如を誅滅《ちゅうめつ》する計画をたちあげたのは、公為《こうい》である、と知られるようになった。晩年の昭公は公為の性質にあるずるさに気づき、後嗣《こうし》の席からはずし、弟の公衍《こうえん》を太子にしたらしい。

「諸公子のなかからひとりを選んで君主に立てるのは、なるほどむずかしい。へたをすると、ふたたび乱が生ずる。季孫氏を嫌わず、さからいたくもないのに、やむなく国外にでた公子がひとりいる」

「はて、その公子とは――」

子説は首をかしげた。

「襄《じょう》公の子で、君の弟である公子宋《そう》がそのかただ。つぎの君主は公子宋であろう」

「それは、それは……」

子説は意表を衝《つ》かれた。周の思想の特徴は、血胤《けついん》の正統を尊ぶところにある。が、王子朝《ちょう》の乱の原因と結果をみてわかるように、その思想は根を失い、揺蕩《ようとう》している。本家がそのようであれば、分家である魯の公室も、政治的配慮を優先して、後嗣の正否にこだわらない方法を求めることになる。

――孔先生はそれを非難なさらない。

意外といえば意外であるが、よくよく考えてみれば、意外ではない。孔丘はつねづね、その地位、その立場にいない者が、管掌《かんしょう》外のことがらについて発言してはならない、といっている。まして野《や》に在《あ》る者が、魯の公室の後継問題を論じてよいであろうか。

しりぞいた子説は、ほかの従者に、

「孔先生は晩夏に帰国するとおっしゃった。また、あらたな君主は公子宋になる、と予言なさった」

と、告げた。直後に子説の従者と孔丘の門弟は、喜笑《きしょう》におどろきをまじえて噪《さわ》いだ。

漆雕啓《しっちょうけい》は閔損《びんそん》の耳もとで、

「先生はときどき予言なさるが、ことごとくあたっている。おそらく先生は魯君が客死することがわかっており、嗣君が公子宋になることを、だいぶまえに……、もしかすると、魯を発つまえに、わかっていたのではないか」

と、低い声でいった。

「そうですね……、あるいは、そうかもしれませんが、慎重なかたなので、確信がもてるまで、軽口《けいこう》をつつしんでおられたのでしょう」

「それにしても、先生には、なぜ未来のことがおわかりになるのか。それほど先生は筮占《ぜいせん》に凝っておられるようにはみえないが……」

軽くうなずいた閔損は、

「周都で入手なさった書物のなかに、易《えき》、はありますが、耽読《たんどく》なさってはいませんね」

と、孔丘の関心が八卦《はっか》にむけられてはいないことを語《つ》げた。ちなみに孔丘が易を好んだのは晩年であるといわれている。熟読しすぎたため、竹簡《ちくかん》をつなぐ皮紐を三度も切った。そのうえで、易の解説を多く書いた。それらの解説はひとまとめにされて、

「十翼《じゅうよく》」

と、よばれるが、後世の学者は、それらすべてが孔丘の作であるとはおもわれない、と強い疑問を呈している。それはそれとして、十翼のなかにある「繫辞伝《けいじでん》」は、易経概論《がいろん》といいかえてもよいが、倫理書ではなく、めずらしく哲学書というべきであり、そこにある言論の昇華《しょうか》は、すべての時代を超越する力をそなえていて、奇蹟的な名著といってよい。

さて、晩夏にさしかかると、老子《ろうし》は孔丘を呼び、

「そろそろここを閉じたい。そなたはどうするつもりか」

と、問うた。孔丘は平然としていた。

「十日後に、帰国する、と決めてあります」

「はは、さようか。では、われも十日後にここを発とう。われとそなたは元《もと》はおなじでも、むかう方向とすすむ道がちがう。おなじ日に、背なかをむけあって旅立とう」

十日後には、実際にそうなった。

老子の従者は五人であった。

——老先生は周文化を棄《す》てるのだ。

門をでてゆっくりと歩き、おもむろに馬車に登って車中に立った老子を仰ぎみた孔丘は、そのように実感した。

周文化にとらわれない独自の思想を、老子はどこかで披露《ひろ》するのであろうか。老子は周都の教師という衣をぬぎ、おのれの思想の普遍性を求めて旅立つのかもしれない。

——老先生に棄てられたものを摭《ひろ》うのは、われだ。

という自覚が孔丘にはある。以前、老子は、周文化の正統な継承者はすべて亡くなり、残っているのはなかみのないことばだけだ、といったが、孔丘はそのことばをよみがえらせて実体化し、正しい過去をみようとしている。むろんことばを蘇生《そせい》させることによって、まちがった過去をみるおそれもあるが、孔丘はひるみはしない。自分がそれをおこなわなければ、過去は過去、古代は古代として、死物と化してしまい、中華の人々は大きな遺産を失うことになる。孔丘にはそういう自負がある。

だが、老子の背なかを瞻《み》ていると、

「帰る国と家があるそなたは、周文化を至上とする狭隘《きょうあい》な世界に、とじこもりにゆくのか」

と、いわれているような気がしないでもない。

そう考えはじめた孔丘にむかって、老子が手をふった。

——別れを告げる手か。

と、孔丘はおもったが、どうやらその手は、早く自分の馬車に乗れ、とうながしているらしい。

「さらば、です」

感慨《かんがい》をこめて老子に一礼した孔丘は、馬車に乗った。それを待っていたかのように、老子の馬車が動きはじめた。それにつづく馬車は一乗だけである。老子はふりかえらなかった。おのれの過去もみないということであろう。

「やってくれ」

と、孔丘が、手綱を執《と》っている閔損に声をかけたとき、六年余の留学が終わった。この留学を陰《かげ》で支えたのが子説であることは、言《げん》を俟《ま》たない。

周都をでたこの集団が東へ東へとすすむうちに、暑気が隤《お》ちた。

済水《せいすい》ぞいの道に涼風がながれるようになった。

孔丘はいそがなかった。

ときどき馬車を駐《と》めさせて、川辺に立ち、水のながれをながめた。その後ろ姿を視《み》て漆雕啓は、

——先生は川がお好きだからな……。

と、微笑した。

周都の北をながれる河水の水が済水にながれこみ、魯の西北を通り、斉に達して、海までゆく。それが周文化のながれであるとすれば、海のかなたにある島国までとどくのであろうか。

孔丘の袂《たもと》がひるがえった。子説が孔丘に歩み寄り、

「あと四日で、曲阜です。先生がお帰りになることを、わが家と教場《きょうじょう》にさきに告げます」

と、いった。二十歳になった子説の容姿に精神の輪郭があらわれるようになった。孔丘のうなずきをみた子説は、すぐに従者に指示して一乗の馬車を発たせ、ついで漆雕啓と閔損に話した。

「よし、われがゆこう」

漆雕啓はひとりの門弟を誘って、先行する馬車を追うように出発した。

三日後に、孔丘は曲阜の郊外に到った。

視界に一乗の馬車の影が生じた。

閔損は前方を凝視していたが、やがて、

「あの馬車には、伯魚《はくぎょ》さまと冉伯牛《ぜんはくぎゅう》どのが乗っておられます」

と、喜びの声を揚《あ》げた。孔家の父子関係のむずかしさを、幼いころから知っている閔損は、伯魚すなわち孔鯉《こうり》のほうから父に近づいてきたことを祝福した。ただし、孔丘が常人《じょうじん》ではな

いだけに、その子でありつづけることのつらさを想像するに難《かた》くない。それでも孔鯉が父を出迎えたのは、覚悟の上での行為であろう。閔損は孔鯉の心情を察して、

――よく決断なさった。

と、涙がでそうになった。

「あっ、先生――」

と、閔損《びんそん》はおどろきの声を揚《あ》げそうになった。

あろうことか、孔丘《こうきゅう》のほうがさきに馬車をおりて、停止したばかりの孔鯉《こうり》の馬車に登ったのである。

孔鯉の横で手綱《たづな》をにぎっていた冉耕《ぜんこう》も、おもいがけなかったらしく、あわてて手綱を孔鯉にわたすと、あわただしく閔損の馬車に移ってきた。かれはうれし泣きをしていた。

「わたしも泣きたいほどうれしいです」

と、閔損は冉耕に声をかけたくなった。冉耕は古参の門弟ではあるが、あえて孔家の暗い事情に深入りすることを避けていた。が、孔丘不在の教場《きょうじょう》を秦商《しんしょう》にかわってあずかることになり、そこに孔鯉が転居してきたとあっては、孔鯉を傅育《ふいく》する立場にならざるをえなかった。

孔鯉は学問を嫌い、母を離別した父に心をゆるさなくなったが、温厚な冉耕と接するうちに、すこしずつ心境が変化し、自身の平凡さを恐れず、父の非凡さを嫉《そね》まなくなった。父の帰国を知った孔鯉が、みずから出迎えたい、といったとき、冉耕はその勇気を内心ほめた。

――孔先生は、この一事ですべてがおわかりになる。

冉耕はそう信じて、孔鯉を乗せた馬車を走らせてきた。実際のところ、孔丘の行為は、冉耕の予想をうわまわった。冉耕だけではなく、それを目撃したすべての門弟は感動した。

孔丘と孔鯉が乗った馬車が動きはじめたとき、

「人とは、ふしぎですね」

と、閔損はいった。

「近すぎるゆえに人の心は離れ、離れているがゆえに人の心は近づこうとする……」

大いにうなずいた冉耕は、閔損の実家にあった複雑さを察して、

「時も、人に力を貸してくれるのだろう」

と、さりげなくいった。

孔丘と孔鯉が乗った馬車が、曲阜《きよくふ》の西門を通ったのは、翌朝である。西門のほとりに十数人の門弟がめだたぬようにたむろしていた。城内で徒党を組むことが禁じられているので、かれらは吏人《りじん》にみとがめられないように、孔丘の帰りを待っていた。

「先生だ――」

門弟のひとりが揚げたこの声に弾かれたように、かれらはいっせいに趨《はし》った。すこし馬車を追うかたちになった。馬車は停止した。車中でふりかえった孔丘は、眼下の門弟のなかに秦商の顔をみつけると、すばやく馬車をおりた。歩《ほ》をはやめて秦商に近寄ると、目礼《もくれい》したか

れの腕をとり、肩に手をおいた。

「長いあいだ、よく助けてくれた」

ねぎらい、というより感謝の辞である。

秦商の目が赤くなった。

孤独感の強かった孔丘にとって、秦商は友のなかの友といってよい。かれが孔丘に無断で仲孫氏《ちゆうそんし》に仕えたからといって、それを責める気持ちはさらさらない。

秦商はすこし嗄《か》れた声で、

「数日のうちに、主《しゆ》は教場をお訪ねするとのことです」

と、いった。主というのは、むろん、仲孫何忌《ちゆうそんかき》のことで、子説《しえつ》の兄をいう。

「お待ちしています」

この孔丘の返辞をきいた秦商は、子説のもとへゆき、ちょっとした報告をおこなった。六月に、公子宋《そう》が即位して魯《ろ》の君主となったことを告げたのである。ちなみにこの君主は、史書では、

「定公《ていこう》」

と、記される。なお、同時代に、晋《しん》にも定公がいるが、たまたま諡号《しごう》がおなじになったということなので、むろん、別人である。

――先生の予言通りになった。

このおどろきを胸に秘めた子説は、孔丘が馬車にもどるのを待って、

「では、ここで——」

と、一礼して、別れた。秦商は子説の馬車に随《したが》って、歩き去った。孔丘の留学を支えつづけた子説が、誇り顔をいっさいしなかったことに、閔損は感銘《かんめい》をうけた。

馬車は、門弟たちの歩みにあわせて、ゆっくりすすんだ。孔丘が馬を御《ぎょ》している。御法に精通している孔丘が孔鯉に馬の御しかたを教えているのであろう。

やがて、教場がみえた。

——ああ、帰ってきた……。

閔損はなんともいえない気分になった。車中で喜躍《きやく》してよいはずなのに、なぜかさびしさが去来した。孔丘のもっとも近いところですごした留学の歳月のなかにあった充実感が、実家のあるこの曲阜では、ゆるんでゆきそうな恐れもおぼえた。

突然、門前に歓声が生じた。門前にならんでいた二十数人の門弟が、孔丘と孔鯉がおなじ馬車に乗ってきたことを祝福する声を揚げたのである。ほどなくかれらは孔丘に敬礼し、孔丘と孔鯉が門内にはいるのをみとどけて、教場にはいった。なかは、孔丘の帰国を賀《いわ》う会場になっていた。さきに帰着した漆雕啓《しっちょうけい》が、仲由《ちゅうゆう》、顔無繇《がんむよう》などとともに作った会場である。およそ半時《はんとき》後に、旅装をぬいだ孔丘が孔鯉を従えて会場にあらわれると、門弟はいっせいに起《た》って拍手をした。

牖《まど》から射し込んでいる秋の陽光が、会場内をさわやかに明るくしている。

着座した孔丘は、みなを坐らせると、開口一番、

「われは周《しゅう》都において廃頽《はいたい》と再建をみた」

と、いった。留学による最大の収穫がこれであった。

その意義がどういうことか、孔丘は説《と》きはじめた。

人と人が争えば、かならず人が消える。それにともない、失われてゆくもののなんと多いことか。失われてゆくものは有形であるとはかぎらない。無形のものもある。その後に為される再建は、失ったものをほとんどとりかえせない。周都で師事した老子《ろうし》も、周都から去った。おそらく老子は、周都を、無《む》、とみなし、無に居るかぎり無なので、そこからでることによって、有《ゆう》を産もうとした。が、おなじときに周都をあとにした自分はどうであろうか。たとえ周都が無でも、この魯の曲阜は有である。おなじように衛《えい》も斉《せい》も、その国都は有であろう。つまり周都からちらばった有が、諸国に残留している。中央で失われた真実が、いまや地方にあり、それを自分が守り、門弟に伝えてゆかなければならない。

孔丘はその覚悟について、ほかのときに、

「述《の》べて作《つく》らず、信じて古《いにしえ》を好む」

と、いった。作る、とは、創作するということである。

孔丘は、三日後に教場を再開する、と告げて、孔鯉とともに奥へはいった。このあと、門弟たちは、孔丘に従って周都ですごした閔損や漆雕啓などをとりかこんで、話をききたがった。留学した者たちも、魯の国情の推移を知りたいので、質問し、やがてそこは懇話《こんわ》の会となった。

すでに孔丘は車中で孔鯉と話すうちに、魯の乱の終熄《しゅうそく》と定公を君主に戴《いただ》いた国政の主導体制について知った。あいかわらず三桓《かん》による寡頭《かとう》政治がつづくのであるが、参政の席についた仲孫何忌は若く、叔孫不敢《しゅくそんふかん》は年齢は高いが為政《いせい》の経験が浅いので、多少はその体制も若がえったといえるであろう。

孔鯉は仲由からおしえられたことを孔丘に伝えた。

「季孫《きそん》氏は、昭《しょう》公を佐《たす》けた子家子《しかし》（子家羈《しかき》）の才徳を惜しみ、ともに政治がしたいと招いたようです。が、子家子は辞退し、昭公のご遺骸《いがい》につきそっていちどは帰国したのですが、国外に去りました」

「ああ、ここでも、人が争うことによって、人を失った。とくにその人が比類ないほどの大才であれば、国家の盛衰にかかわる。それは昔の斉の管仲《かんちゅう》の例をみれば、あきらかである」

空前絶後の名輔相《ほしょう》といわれている管仲は、斉が生国ではない。潁水《えいすい》のほとりで生まれたかれは、三人の君主に仕えたものの三度とも追いだされた、と伝えられているように、諸国を転々とし、ついに斉の桓《かん》公にみいだされた。そのまえに管仲は魯にいたこともあるのである。国の規模としては中程度であった斉は、管仲の改革によって大国にのしあがった。それどころか斉の桓公は諸侯を従える天下の盟主となった。以来、魯は斉に圧迫されつづけているといっても過言ではない。

しばらく自室で孔鯉と語りあったあと、起って、庭をながめた孔丘は、みなれぬ建物が庭の隅にあることに気づいた。建物は高床《たかゆか》である。

「あれは――」

孔丘はゆびさした。

「申しおくれました」

やや恐縮してみせた孔鯉は、いそいで説明した。去年、老司書の子が教場にやってきた。父の遺言のなかに、蔵書をのこらず孔先生に寄贈せよ、とあったので、それをはたしたいが、うけとってもらえるかどうか、と打診にきた。孔鯉は冉耕らと相談して、その蔵書をひきとることにし、ひとまず教場に書物を積みあげたが、かなりの量なので、急遽《きゅうきょ》、書庫を建てて、それらをおさめたという。

「あの老人は、亡《な》くなったのか……」

明日にでも老人に会って謝意を語《つ》げるつもりであった孔丘は、心の張りを失ったおもいで、明るいとはいえない書庫にはいった。書物をみるだけではなく、それらを撫《な》で、あちこちの巻《かん》をひらいた。伝承を書き留めたものがかなりある。目を近づけて巻端《かんたん》の文を読むうちに、働き盛りであったころの司書の意幹《いかん》のようなものがつたわってきた。

――ああ、これらすべてが、あの老人の遺言なのだ。

もはやあの老人は無いが、伝えられたことばに実《じつ》が有る、といえないだろうか。またしても孔丘はあの老人から教えられたと感じた。

数日後、教場内がざわついた。

門前に、仲孫何忌の馬車が停まったからである。いまや何忌は、季孫意如《きそんいじょ》に次ぐ高位にいる卿《けい》であることを知らぬ門弟はいない。

数人の従者を馬車に残し、子説ひとりをともなって門内にはいった何忌は、束脩《そくしゅう》をたずさえていた。むろんそれは入門の意思表示である。

閔損から耳うちをされた孔丘は、講義を中断して、その兄弟を客室へ導いた。

子説より二つ上の何忌は、二十二歳のはずであり、子説より体格がよい。この若さで大臣の風格をそなえているのは、生死の境というべき戦場を往来したという経験があるからであろう。

「はじめてお目にかかります」

と、孔丘にむかって一礼した何忌は、

「じつは今年の春に、わたしは衆を率いて成周《せいしゅう》の修築に参加しておりましたので、先生から遠くないところにいたことになります。が、工事の場からはなれるわけにはいかなかったので、お目にかかれず、今日に至りました」

と、微笑をまじえていった。それからおもむろに束脩をさしだした。

「門弟の端《はし》に加えていただけると幸甚《こうじん》です。しかしながらわたしは、この教場に通うわけにはいかず、ご無礼ながら、弊宅《へいたく》で、先生に教えていただけないか、と懇願《こんがん》するしだいです」

何忌が教場にきたとわかった時点で、そういう話になるだろうと予想した孔丘は、もったいぶらずに、

「ご都合がよろしいときに、おうかがいしましょう」

と、いった。何忌のうしろに坐っていた子説は、孔丘の性格のなかに激情家がひそんでいることを察知しているので、孔丘のおだやかな返辞をきいてほっとした。かれは孔丘に感謝するように目礼した。

何忌と子説が帰ったあと、教場内が譟《さわ》がしくなった。孔丘が仲孫家に学問と礼の教師として迎えられることを門弟が知って、おどろきと喜びの声を揚げたからである。

孔丘が権門とむすびつき、知名度をあげることによって、儒者《じゅしゃ》が卑《ひく》くみられなくなることはあきらかである。それは孔丘にも政治的才覚があるということであり、不惑、という自覚が、自尊心へのこだわりをわきに置いて、世間から蔑視《べっし》されてきた門弟のために、すすみやすい道を拓《ひら》いたといえる。

仲孫家との関係に限定していえば、すでに亢竽《こうう》と子説が両家のあいだに橋を架《か》けた。さらに、

——孔丘の門下生は使える。

と、何忌におもわせたのは、秦商であろう。何忌は孔丘を招いて、純粋に学問をして礼を習得したいわけではなく、孔門を才能集団とみなして、それを自家の勢力拡大のために利用したいだけなのではないか。そうみた漆雕啓は、閔損に、

「仲孫家の当主の不純さに、先生が気づかれぬはずがない。先生が仲孫家にゆかれるのは、長くて五年だろう」

と、ささやいた。

「人は近づきすぎると反発しあう、ということですか」

そうはいったものの、閔損はうれしそうである。なんといっても、一国の政治の枢要《すうよう》にいる人が孔丘に師事することになるのは、孔家だけではなく門弟にとっても慶事である。

――これで胸を張って巷陌《こうはく》を歩ける。

世間の目を気にすることなく、儒服《じゆふく》を着て、まちなかを往来できる。それだけのことが、閔損にとっては、とてつもなくうれしい。

威儀　抑抑《よくよく》たり　（姿は厳《おごそ》か）
徳音《とくいん》　秩秩《ちつちつ》たり　（徳は清らか）
怨まるることなく　（怨まれず）
悪《にく》まるることなし　（憎まれず）
群匹《ぐんひつ》に率由《そつゆう》す　（群賢《ぐんけん》に従う）
福を受くること彊《かぎり》なし　（福を無限に受け）
四方の綱《こう》なり　（天下の綱紀《こうき》である）

突然、閔損は詩を高らかに歌った。孔丘の未来を祝福したのであろう。

それを黙ってきいた漆雕啓は、閔損が屈辱に耐えてきた歳月の長さを想《おも》った。孔丘の門弟であることを誇ることができる時の到来を、かれほど喜んでいる者はいないであろう。

――われは無理解の父母をもっているわけではない。漆雕啓はつねに理解を示してくれる兄に感謝している。また兄は、漆雕啓が三十二歳になったこの年まで、

「仕官をしたらどうか」

などと、いちどもいったことがない。あるとき兄は、

「孔先生はなんじにとって父のごとき人か」

と、いった。それにたいして漆雕啓は、そうです、と答えたものの、孔丘が父を超《こ》えた人生の師であることを、うまく説明できなかった。とにかく孔丘のそばにいると安心であった。そういう自分を、

――独《ひと》り立ちできない幼児のようだ。

と、自嘲《じちょう》ぎみに観《み》るときもある。だが、孔丘の存在と思想、および行動は、すべての人にとって模範《もはん》となり、それ以上の生きかたをほかに求めようがない、と漆雕啓はおもう。要するに、漆雕啓は正しく生きたいのである。そのために、かつての漆雕啓は剣をふるったが、それよりはるかにまさる勇気があることを、孔丘に教えられ、その教えが歳月を経て腑《ふ》に落ちた。孔丘の近くにいると、自分がますます小さくなってゆくように感じられるが、それだけ世の大きさがわかってきたともいえる。世には有形の過去があるが、無形の過去もある。それらが総合されて、今の世がある。とくに無形の過去については、孔丘の教えがなければ、それを観る目をそなえられなかったであろう。三十歳をすぎるころから、漆雕啓は、どこに

いても、あじきない、と感ずることがなくなった。これが無形の豊かさであるとしても、もしも孔丘が消えてしまえば、この豊かさは幻想にすぎなくなってしまうのではないか。そういう恐れがあるかぎり、漆雕啓は、おのれを守るためにも、孔丘を守ってゆかねばならぬ、と強く意《おも》っている。

さて、うわさがひろがる早さは、尋常ではない。

実際に、孔丘が仲孫家からさしむけられた馬車に乗ってその貴門に出入りするようになると、入門希望者がにわかに増えた。このころから儒者にむけられた悪評が消えた。ただし世《せ》人《じん》の多くは、孔丘がなにを教えているのか、ほとんどわかっておらず、

「とにかく高尚《こうしょう》なことを教えているらしい」

というのがかれらの認識であった。

のちのことになるが、仲由が孔丘の使いで郊外にでたが、復《かえ》りが晩《おそ》くなってしまった。城門が閉じられてしまったので、やむなく石門《せきもん》とよばれる外門で泊まって夜明けを待つことにした。そこには、晨門《しんもん》、とよばれる卑官《ひかん》がいた。かれが朝になると門をあける。仲由を一瞥《いちべつ》したかれは、

「どこの家の者か」

と、問うた。

「孔氏の家の者だ」

仲由がそう答えると、すかさず晨門は、

これその不可《ふか》なることを知りて、しかもこれを為《な》す者か。


と、孔丘についていった。

「あなたの主人は、実現不可能であると知りながら、それをやっている人だ」

この嘲笑《ちょうしょう》をふくんだ晨門の言は、むろん孔丘への無理解から生じてはいるが、客観的には正鵠《せいこく》を射《い》ている。

可《か》であるところから偉大な思想は生じない。不可であるがゆえに、正しい秩序世界の実現をめざす孔丘の思想は、独自性と浸潤《しんじゅん》性を帯び、その熱量は増大することはあっても減少することはなかった。ことばをかえていえば、たやすく実現する志《こころざし》などは、志とはよべないものである。

「孔仲尼《こうちゅうじ》に仲孫氏が師事した」

といううわさは、すぐに陽虎《ようこ》の耳にとどいた。礼に精通していると自負している陽虎にとって、不快なうわさである。かれが仕えている季孫意如は、三桓のなかではもっとも年齢が高く、やがて老いの容態をみせるようになれば、もっとも若い仲孫何忌が政治力を発揮するようになる。そのとき孔丘の思想が何忌を介して魯の政治を主導するようになるのはいまいましい。

――もっとまえに仲尼を殺しておくべきであった。

いや、いまでも賊をつかって孔丘を襲撃することはできる。だが孔丘が往復する馬車が仲孫家のそれであることを知った陽虎は、襲撃のしくじりがとりかえしのつかないことになると想った。実質的に魯を治めている季孫家の家政を掌握できる地位まで昇ってきた陽虎としては、孔丘ひとりのためにこの地位を失う危険をおかしたくなかった。権力が巨大になれば、その権力によって、孔丘を潰《つぶ》し、その門灯《もんとう》を消してしまえばよいのである。とにかく、いずれ孔丘を始末してやるという意いは以前にも増して強くなった。

当の孔丘は、三か月に二回という割合で、何忌に礼法を教えることになり、年末を迎えた。

それまでに、昭公の遺骸がどのように埋葬されたのかを、何忌の話によって知った。昭公に苦しめられたというおもいが消えない意如は、昭公の墓を先君の墓とはっきり切り離すべく、両所のあいだに大きく深い溝を掘って、意趣返しをしようとした。

この計画を知った大夫《たいふ》の栄駕鵞《えいがが》は、

——幼稚《ようち》な復讎《ふくしゅう》よ。

と、おもい、意如に面会して諫止《かんし》した。

「あなたは生前の昭公に仕えることができず、死後にその墓を切り離せば、あなたの非をみずから旌《あらわ》すことになります。あなたは平気でも、あなたの子孫はそれを恥と感じるでしょう」

しぶしぶこの諫言《かんげん》を容《い》れた意如であるが、それでも胸裡《きょうり》で怨みはくすぶり、けっきょく昭公の墓を墓道《ぼどう》の南に置いて、先君の墓から離した。

じつは薨《こう》じた君主へ奉《たてまつ》る諡号に関しても、意如は、

「君の悪業を後世に知らしめるような諡号を選びたい」

と、いったが、これも栄駕鶩にとめられた。君主の悪業を後世に知らしめることは、輔弼《ほひつ》の臣の無能をさらけだすにひとしい。つまり意如がおのれを卑《いや》しめることにほかならない。諡号の選定については、周王朝が創立されてからの累代《るいだい》の周王のそれをみるのが、もっともわかりやすい。この王朝は革命直前の君主であった文王《ぶん》（昌《しょう》）を最高の君主としている。以後、武《ぶ》王（発《はつ》）、成《せい》王（誦《しょう》）、康《こう》王（釗《しょう》）、昭《しょう》王（瑕《か》）、穆《ぼく》王（満《まん》）とつづく。それらの諡号には贈る側の敬意がこめられていて、諡号としては上等である。

栄駕鶩に諫《いさ》められた意如が、客死した君主のために選んだ諡号が、

「昭」

であった。この一字を採《と》ったことで、意如の傲侈《ごうし》も後世の目にはやわらいでみえる。

それらの話を何忌からきかされた孔丘は、帰宅してからしばらく浮かない顔でいた。年末に仲孫家からもどった孔丘は、閔損をみつけると、

「仲孫家へ往くのは、あと三年であろう」

と、いった。

兄弟問答

孔丘《こうきゅう》の門弟は増えつづけて、教場《きょうじょう》は活況を呈した。

それとは逆に、仲孫《ちゅうそん》家からの迎えの回数は徐々に減り、三年後にはこなくなった。

魯《ろ》の定《てい》公の許可を得て正式に南宮《なんきゅう》家を建てた子説《しえつ》は、兄の家である仲孫家からはすこし離れたが、それでも兄が孔丘から礼法を学ぶことをやめたと知るや、兄の存念を質《ただ》そうとした。

なお、子説は死後に、敬叔《けいしゅく》、とよばれ、兄の何忌《かき》は、孟懿子《もういし》、とよばれる。仲孫家にかぎらず、どの家でも、叔《しゅく》が三男を指すことは命名のきまりである。となれば、子説は仲孫貜《ちゅうそんかく》（孟僖子《もうきし》）の三男であるはずなのだが、かれの上にひとりしか兄がいないのは、どういうことであろうか。仲孫貜が亡《な》くなったとき、嗣子《しし》の何忌が十代のなかばに達していなかったことを想《おも》うと、何忌の上に男子がいたのに仲孫貜が亡くなる以前に死去したと想像したくなる。

それはそれとして、何忌に詰め寄るように坐った子説は、

「孔先生はめったにあらわれない碩師《せきし》です。兄上は、ほかの門弟がいないところで、じかに教えを聴いてきたのに、その貴重な時間を、なにゆえ放擲《ほうてき》なさったのですか」

と、問うた。

何忌はうるさげに、顔をそむけた。

「われは、いそがしい」

「兄上がご多忙なのはわかっています。が、いま魯には、国難はなく、兄上がどれほどいそがしくても、閑日《かんじつ》がないはずはなく、孔先生をお招きになる時間は充分にある、と推察しております」

しばらく横をむいていた何忌は、まなざしをもどした。

「孔先生の講話を聴くのは、われにとって、時間のむだだ」

「無益とおっしゃるのか」

子説は慍《むっ》と兄を直視した。この強いまなざしをはねかえすように、何忌は口調を荒らげた。

「いかにも無益だ。なんじが敬仰《けいぎょう》している孔先生をおとしめたくはないが、弟であるなんじには、はっきりいっておこう」

「どうぞ、なんでもおっしゃってください」

そういいつつ子説は、何忌の弟という立場から、孔丘の弟子という立場へ心を移して、身構えた。

「孔先生には、政治がおわかりにならない。ゆえに、われにとっては無益だ」

礼の基本は飲食にある、と孔丘に説《と》かれて以来、二年余のあいだ、曲礼《きょくれい》（こまかな作法）を教えられたが、何忌はうんざりしてきた。

「孔先生に、政策をお求めになったのですか」

「当然のことではないか。われは君主を奉戴《ほうたい》して国民を守る責務がある。そのためには、国を富ませ、兵を強くせねばならぬ。が、孔先生に政治について問うたところ、いかにもものたりない教示が返ってきた」

「それは――」

子説は政治について孔丘に問うたことがない。兄がうけた教示とは、どのようなものであったのか、大いに興味がある。

「威をもって民に臨《のぞ》み、親に孝行することと、兄弟が睦《むつ》むことを重んずれば、おのずと政治は成る、とのことだ。なんと平凡な教示ではないか。われは内心あきれたわ」

何忌はわずかに鼻哂《びしん》した。

子説は哂《わら》わなかった。孔丘という教師は、教場の外で問われた場合、人をみて、ことばを選び、答える。何忌への教えも、何忌をみて、慎重にことばを選んだにちがいない。

孔丘とともに成周《せいしゅう》へ往った子説は、留学中に間接的に老子《ろうし》の教えを知った。そのひとつが、

――態色《たいしょく》と淫志《いんし》を去るべし。

というものであった。態色は、もったいぶった態度であり、いかにも物識りであるとみせることである。淫志は、踰僭《ゆせん》といいかえてもよく、身分を踰《こ》えた事をする、ということである。それらをなくせ、と老子に教えられたことを孔丘は遵守《じゅんしゅ》しているにちがいない。ただし孔丘はいたって平凡なことを何忌に教えたわけではあるまい。かならずそのことばには深旨《しんし》

があるはずである。威をもって民に臨め、とは、民にむかって威張れということではない。人は威張れば威張るほど多くの人にあなどられるものである。孔丘がいった威とは、おのずとある厳正さにちがいなく、そこまで人格と器量が達するためには、そうとうな努力が要《い》る。また、すでに父を喪《うしな》っている何忌に親孝行を説いたということは、父の遺言を忘れぬように、とさとしたことになろう。兄弟の親睦については、いうまでもあるまい。そう考えた子説は、

「孔先生は兄上にむかって私的にお答えになったのであり、朝廷の場でわが君に献策なさったわけではありません」

と、いった。

「すると、なにか、孔先生はわが君のまえなら、真摯《しんし》に政策を献じ、われには平凡な道徳を説いただけか」

「そんなことを申したのではありません。兄上は誤解なさっています」

孔丘は礼を積み重ねることによって正しい国家体制を作ろうとする思想をもっているので、たとえ定公のまえでも、そこから逸脱した意見を述べるとはおもわれない。

「なんじは斉《せい》の管仲《かんちゅう》を知っているか」

何忌は弟の感情の高ぶりをすこし嗤《わら》うように話題をずらした。

「名は、存じています」

「斉は、管仲というひとりの天才の出現によって、蓋世《がいせい》の大国となったのだ。以来、斉の君

臣と官民は、管仲がおこなった興国の内容を知らなくても、その恩恵に浴して今日に至っている。ほんとうの政治とは、百年後の国家と国民を安泰にするものだ。目さきの礼にこだわるしか能のない孔先生は、管仲の足もとにもおよばない」

参政者である何忌が孔丘へむける評価の目とは、これであった。

感情をさかなでされたおもいの子説は、眉宇《びう》にけわしさをみせて、

「兄上が管仲の崇拝者であるのなら、管仲のまねをなされば、富国強兵などたやすく成せましょう」

と、皮肉をこめていった。

このことばの棘《とげ》に刺された何忌は、さすがに慍とした。

「師が無能なら、弟子であるなんじも愚かよ。わが国は海に臨んでおらず、ゆえに管仲がおこなったような海産の振興はできず、天下の塩を一手にすることはできない。また斉にあるような広大な平野をわが国はもっておらず、農産物を増大させようがない。ゆえに、管仲がおこなった政策を、われがまねできるはずがない。斉より劣るわが国に適《あ》った独創的な政策が要るということだ」

そんなこともわからぬのか、といわんばかりの目を何忌は弟にむけた。

「兄上――」

子説はなさけなくなり、涙がでそうになった。孔丘を無能ときめつけ、弟を愚者よばわりしている何忌のなんと見識の浅いことか。

——兄の脳裡《のうり》の目には肝心なことがみえていない。

子説はひらきなおって説いた。

「管仲がつぎつぎに新法を立てて国政を改善できたのは、桓《かん》公という君主の威権が絶大であったからです。いまわが国に管仲がいて、その献策がどれほど非凡であっても、それはけっして実施されないでしょう。国政を掌握《しょうあく》しているのは、わが君ではなく、季孫《きそん》氏だからです。季孫氏は自家を太らせつづけ、そのため公室は痩《や》せつづけ、いまやわが国の威権はどこにあるのでしょうか。こういう国が、正しい富国強兵を実現できるとお思いですか。孔先生はこの現実を直視なさり、弱者や貧困者が政府からなにもしてもらえないのなら、物の面ではなく精神へ豊かさを授けようとなさっているのです。孔先生の礼は、目先の作法ばかりではありませんよ」

「無礼者め」

何忌は几《き》をたたいて叱声《しっせい》を放った。弟の意見を正言《せいげん》とは認めたくないし、認める気もない。

「季孫氏を誹《そし》ってはならぬ。季孫家あってのわが家であることを忘れるな。庸劣《ようれつ》で横暴な昭《しょう》公に絶大な力があれば、季孫家だけではなく、わが家と叔孫《しゅくそん》家も滅ぼされていたのだぞ。そうなったら、国民は昭公の悪政にさらされて、のたうちまわったにちがいない。孔先生の思想は、旧態を是《ぜ》とするだけで、現実の変化に対応する柔軟さをそなえていない。ゆえに孔先生には政治がわからぬといったのだ」

真の思想は真の不自由さから生ずるものだ。それがわかるほど何忌は不自由な生活をしたことがない。その点、子説は何忌と生母がおなじでも、養母がちがうため、早くから他人とのつきあいかたを学び、客観が育った。そういう目で、兄の主観を照らせば、一理をみつけることはできる。

無能な君主の下では、有能な大臣が政治の専権を執《と》ってもかまわない。それはたしかに一理であろう。

しかしながら、それを是とすれば、ふたつの危険が生ずる。

無能な君主の嗣子が有能であり、即位した場合がひとつ、いまひとつは、国政を掌握していた大臣が亡くなりその子が無能なため、大臣の下の能臣が政柄《せいへい》に手をかけた場合である。いずれの場合も、争いが生じ乱となりやすい。法では制御できない事態である。それがくりかえされれば、国家は自滅してしまう。孔丘の思想はそういう秩序の壊乱を未然にふせぐものである。それこそ、百年の計どころか、千年の計にあたる。

子説はそのように内心で反駁《はんばく》したが、ふと、虚しくなった。

――兄は自分の思想のなかで充足《じゆうそく》している。

それは蓋《ふた》がかぶせられた器《うつわ》のようなもので、そこには水を注ぎこめないし、食べ物を盛ることもできない。おのれに欠けたところがあると自覚しつづけないかぎり、人は大きな器量を得られない。

兄が悪い人ではないことはわかっているが、早くに家督を継いだことで、政界の毒に染まるのも早かった、ということであろう。しかし季孫意如《きそんいじょ》は他家を気づかうような人ではないので、いつか兄は痛い目にあわされて、目が醒《さ》めるときがくる、と想うしかない。

兄を説得することをあきらめた子説は、孔丘の教場へゆき、講義を終えた孔丘に、

「折り入ってお話が――」

と、いい、奥にはいってふたりだけになると、孔丘の兄の女《むすめ》を娶《めと》りたい、と頭をさげた。

この申し出には、おなじ仲孫家からでながら兄とは思想のちがう子説のさまざまなおもわくが秘められていたであろう。

子説の人格と挙措《きょそ》を熟視してきた孔丘は、

「この人は、邦《くに》に道があるときは廃《す》てられず、邦に道がないときには刑戮《けいりく》をまぬかれる」

と、知力を慎重さでくるんだありようを、かねがね称《ほ》めてきたので、迷うことなく、

「いいでしょう」

と、許可した。孔丘にとって姪《めい》になる女性は、嫂《あによめ》の血を継いでおもいやりがあり、賢くもあるので、子説に嫁いでも不幸にはなるまい、とその将来を明るく予想した。

――この女は貴族の家にはいっても、嫁としての礼に苦しむことがない。

孔丘がそうみていたのでなければ、かならずこの婚姻に難色を示したであろう。ところで孔丘が四十六歳であるこの年に、兄の孔孟皮《こうもうひ》はすでに亡くなって、その家族のめんどうを孔丘がみていたと想像することには、むりがない。むろん実家は孔孟皮の子の孔蔑《こうべつ》が継いだであろうが、孔蔑の妹の婚姻に関しては、身分ちがいを恐れ、盛名《せいめい》のある孔丘にすべてをまかせたにちがいない。

この年の末に納采《のうさい》（ゆいのう）がおこなわれた。

それを知った何忌は、

「弟めは、平民の女を娶るのか」

と、罵《ののし》ったが、これは天に唾《つば》したようなものであろう。何忌の生母は貴門の生まれではない。

婚儀は翌年の春におこなわれた。

孔丘の娙は、おそらく兄の孔蔑よりもはるかに聡《さと》く、南宮家にはいってからは夫と姑《しゅうとめ》（子説の養母）にそつなく仕えたと想われる。その姑が亡くなったとき、娙は孔丘に、

「髽《ざ》をどのようにすればよろしいのでしょうか」

と、きいた。これは、ほかの礼はわかっていますが、喪《も》に際しての髪型がわからないので、おたずねします、という落ち着いた問いである。おそらく娙は、実家から孔丘家へ移って家事をこなしながら、耳を澄まして、礼に関することをことごとく耳で学んだにちがいない。教場に出入りする子説が、そういう娙をみそめたのであろう。

娙から問われた孔丘は、すかさず、

「髪型は高く結んではいけない。笄《こうがい》は榛《はしばみ》で作った物を用い、長さを一尺《せき》とする。また総《そう》（もとゆい）は八寸とするのがよい」

と、誨《おし》えた。総は、糸を束《たば》ねることだが、髪についても用いる。一尺が一寸の十倍の長さであることはいうまでもない。

孔丘の姻戚《いんせき》となった子説は、朝廷で官職に就《つ》いており、他国の政情についてかなり正確に知っている。もっともおどろくべき情報は、

「大国の楚《そ》が、呉《ご》に大敗して、首都を奪われました」

というものである。

呉は楚の東隣に位置する国で、周《しゅう》や魯とおなじ姫《き》姓を称している。昔の呉は兵術を知らず、兵車を一乗ももっていなかったので、兵それぞれの悍勇《かんゆう》さを集合させただけの戦いかたをしていた。その国に兵車をもちこみ、兵車戦を教えたのは、晋《しん》である。晋は呉をつかって、楚の威勢を殺《そ》ぐという方策をとり、それがまんまとあたった。呉はめきめきと戦術が巧《うま》くなり、楚と互角に戦うことができる軍事大国となった。さらに、楚の傑人である伍子胥《ごししょ》の亡命を容《い》れて重用《ちょうよう》し、兵法の天才である孫武《そんぶ》（孫子《そんし》）を斉から迎えて軍制を改革したあと、楚を強烈に攻めつづけ、ついに呉軍は常勝軍となった。

その呉軍が楚都にはいったのは、昨年の十一月である。

楚都陥落の直前に城外へのがれた楚の昭王《しょう》（壬《じん》あるいは軫《しん》）が呉軍に殺されたときこえてこないので、重臣たちに護《まも》られて、どこかに潜伏しているのであろう。

「楚は滅亡するのでしょうか」

子説は孔丘に問うた。

「いや、滅亡はしないであろう」

「どうして、そうお想いになるのですか」

「ふむ……、楚王は若いので、王朝の実権は大臣である兄たちがにぎっている。その形態は中原《ちゅうげん》諸国とおなじだが、ひとつ大きなちがいがある」

「それは――」

子説は眉《まゆ》をひそめた。集中力を増したときにそういう表情をする。

「楚には、敬《けい》がある」

「敬とは、尊敬の敬ですね」

「礼には実体があるが、人を尊敬することには実体がない。ゆえに敬を無体《むたい》の礼という。楚の大臣は国政をまかされても、おのれの権力と利益を増大するためにその地位を利用していない。未熟な楚王を真に輔《たす》けようとしている。そこには敬がある。それがあるかぎり、国が滅びそうな大難に遭《あ》っても、楚王と大臣、それに群臣は離別せず、心を合わせて復興の機をうかがっていよう。楚が呉の制圧をまぬかれるのは、一年も待つことはあるまい」

「さようですか」

子説は感心したように頭をふった。

孔丘は楚について語りながら、じつは魯の危うさについて暗に警告している。魯の執政である季孫意如が君主である定公を敬しているとは、とてもおもわれない。定公を君主に擁立《ようりつ》したのはわれだ、という驕《おご》りに満ちている。しかしながら、かつて礼を無視して昭公を立てたのは季孫氏であり、その無礼が季孫氏にはねかえってきたのが、さきの乱である。魯に礼と敬がなければ、おもいがけぬ国難にさらされた場合、君臣は分離して、再起がむずかしくなる。孔丘の思想は不意の災難さえも予防する力があるのに、三桓《かん》にとって不都合であるという理由で、たれも孔丘を推挙して定公に近づけない。

――われ試《ため》されず、ゆえに芸《げい》あり。

とは、孔丘の述懐のなかでも、特に広く知られることになるものだが、試されるとはためしに採用されるということであり、それがなかったから、こまごましたことが巧くなった、と嘆きを秘めていっている。ちなみに孔丘がいう、試される、は卑官《ひかん》ではなく顕官《けんかん》に登用されることを指しているであろう。

定公が即位してから、この年まで、魯は平穏であり、学者としての名をますます高めた孔丘が君主から招聘《しょうへい》されやすい状況にあったにもかかわらず、公室からはなんの打診もなかったことに、孔丘は人知れず落胆したかもしれない。

魯を礼の国につくりかえることは、古い秩序にもどすという反動的な試作のようにみえるが、孔丘にとっては新秩序をつくるための大改革であった。それが一朝一夕に成ると想うほど孔丘は楽天家ではないので、魯の制度改革をてがけることができるのなら四十代のうちに、という意望があったにちがいない。が、四十代のなかばをすぎて、五十代に近づいてゆく自身の年齢を、つらさをかくしたままながめるしかなかった。

しかしながら、孔丘のつらさはこの程度のものではなく、かれの運命が酷烈さにさらされるのは、これからである。

その予兆となるのが、季孫意如の死である。

　この年の六月に、意如は東野《とうや》を巡行した。季孫氏の本領は費《ひ》なので、その邑《まち》がある方向、すなわち曲阜《きょくふ》をでて東へ行った。巡察を終えて、帰途、曲阜から遠くない防《ぼう》（房《ぼう》）まできたとき、急逝《きゅうせい》した。意如には、

「平子《へいし》」

という諡号《しごう》が与えられた。それゆえ史書では、意如は季平子と記されることが多い。

　季孫家の家政をあずかる陽虎《ようこ》が葬儀をとりしきった。陽虎はここまでとりたててくれた意如に感謝したい意《おも》いがあったのだろう、納棺の際に、その遺骸に璵璠《よはん》という美玉《びぎょく》を佩《お》びさせようとした。それを横目でみていた仲梁懐《ちゅうりょうかい》という家臣が、いきなり掣《せい》して、

「主は君主ではない。玉を改めるべきだ」

と、忌憚《きたん》せずにいった。璵璠のような美玉は、君主が用いるべきであり、たとえ国内の最高権力者でもそれを佩びれば僭越《せんえつ》になる、と、言外に諫止《かんし》したのである。

　――こやつ。

　嚇《かつ》とした陽虎はあからさまに仲梁懐を睨《にら》みつけた。が、仲梁懐はわずかに冷笑を浮かべて歩き去った。この場をながめていた公山不狃《こうざんふじゅう》に近寄った陽虎は、腹の虫がおさまらないので、

「あやつを追放してやる」

と、いきまいた。ふたりはほぼ同時に意如に仕え、徐々に重んじられ、ついに陽虎は家宰《かさい》まで昇りつめ、公山不狃は費の邑宰《ゆうさい》となった。あえていえば公山不狃のほうがやや遅れをとったといえる。

「かれは主君のためにそういったのだ。なんじが怨むことはあるまい」

と、公山不狃は陽虎をなだめた。

「ふん、気にくわぬやつだ」

ようやく怒気を鎮《しず》めた陽虎は、しぶしぶ玉を改めて、葬儀を終えた。

季孫家としては新時代を迎えることになった。

家主の席に就いたのは、意如の嗣子である。

「季孫斯《きそんし》」

と、いう。なお、季孫斯の諡号について、さきに書いておく。桓子《かんし》が諡号なので、かれは、

「季桓子」

と、史書に記されることが多い。

父を亡くしたあとの季孫斯は喪に服さなければならないが、

「そのまえに東野を巡察しておきたい」

と、いって陽虎をおどろかせ、従者をそろえさせた。季孫家の新たな家主の容姿を、各食邑《しょくゆう》の宰に認識させたいのであろう。その巡行の従者に、仲梁懐だけではなく仲由《ちゅうゆう》も選ばれた。その選抜は陽虎がおこなったのではなく、季孫斯がみずからおこなった。

出発の前日に孔丘に面会にきた仲由は、

「主がすぐに服忌《ふくき》にはいらないのは、どうみても非礼です。自邸で静虚《せいきょ》にすごすというのであれば、わからないことはありませんが、食邑をみてまわるのは、奇妙としかいいようがあ

りません。これは、どういうことでしょうか」

と、問うた。

「家主が喪に服せば、その間、家宰に家政のすべてをまかせなければならない。季孫家の新当主は、それに不安をいだいているとみるしかない」

「やはり、そうですか」

仲由は慇懃《いんぎん》無礼《ぶれい》な陽虎を嫌っている。

陽虎の乱

仲由《ちゅうゆう》にとって主君となった季孫斯《きそんし》の馬車が、食邑《しょくゆう》である費《ひ》に近づきつつあった。

みじかい休息をとったとき、季孫斯の寵臣《ちょうしん》というべき仲梁懐《ちゅうりょうかい》が、仲由の横までできて、

「われの右に乗ってくれ」

と、ささやくようにいった。仲梁懐の馬車は主君の馬車の直前をすすむ。ちなみに家宰《かさい》である陽虎《ようこ》の馬車は主君の馬車の直後にある。

「承知した」

仲由は物怖《ものお》じしない男である。仲梁懐にはなにやら魂胆《こんたん》があるらしいが、仲由はそれを勘繰《かんぐ》って知りたいとはおもわない。

仲梁懐は季孫意如《きそんいじょ》（季平子《きへいし》）が生きているあいだには重用《ちょうよう》されず、おのずと嗣子《しし》の季孫斯に昵近《じっきん》しはじめたようだが、浮薄《ふはく》の言で主をまどわすような佞臣《ねいしん》ではない。むしろ精神の骨格がしっかりした男で、多少のあくの強さをもっているとはいえ、陽虎のようないやみはない。要するに、仲由は仲梁懐を嫌ってはいない。仲梁懐も仲由を剣術しか能がない男とはみ

ていないようであった。

「そろそろ、ゆこう」

仲梁懐の声にうながされて、後尾にいた仲由はまえに移動して馬車に乗った。

やがて費邑の影が視界の底に小さく浮上すると、それまで寡黙でいた仲梁懐は、仲由によくきこえる声で、

「季孫家の宗廟《そうびょう》には、二匹の大鼠《ねずみ》が巣くっている。餌《え》を与えられているうちはおとなしいが、餌がなくなれば、柱をかじって、屋根を落とすであろうよ」

と、いった。

その二匹の大鼠がたれとたれを暗に指しているのか、わかった気がした仲由は、

「餌はいつまで与えられるだろうか」

と、いってみた。ふくみ笑いをした仲梁懐は、

「あと三か月だな」

と、ぞんがいはっきりといった。仲由は内心おどろいた。季孫斯がこの巡察を終えて曲阜《きょくふ》の自邸に帰ったら、ほどなくふたりの重臣を罷免《ひめん》するということである。いや、ふたりを貶《へん》斥《せき》するだけではあるまい。

「柱をかじられるまえに、大鼠を宗廟の外に追い払うのか」

「おう、おう、わかっているではないか。その大掃除を手伝ってもらいたい」

そういった仲梁懐は仲由に鋭いまなざしをむけた。それをかわすように仲由は軽く笑い、

「ここでは諾否《だくひ》をいわぬ。われは主のご命令には従う。勇は正義のためにつかえ、というのが、わが師のご教誨《きょうかい》だ」

と、さらりと答えた。

「ああ、なんじの師は、まれにみる堅物《かたぶつ》らしいな。そうさ、それでいい」

仲梁懐は仲由の笑いをうわまわる哄笑《こうしょう》を放った。

「おや、あれは——」

さきほどまで木立でかくされていた帷幕《いばく》があらわれた。仲由がゆびさすと、仲梁懐は笑いを斂《おさ》め、

「大鼠が殊勝な面《つら》で出迎えにきているわ」

と、いい、表情をけわしくした。むろん季孫斯を郊《こう》で出迎えたのは、費邑の宰《さい》の公山不狃《こうざんふじゅう》である。かれは到着した季孫斯を帷幕のなかにいざない、肴核《こうかく》をもって主人を慰労した。

この気づかいに季孫斯は鄭重な礼容を示したが、左右の臣のなかで仲梁懐だけが尊大な態度をとりつづけた。かれは費邑のなかにはいると、あれこれ粗《あら》をみつけては、公山不狃の感情をさかなでするようないいかたをした。それを遠目《とおめ》にみていた仲由は、

——挑発しすぎではないか。

と、おもった。どうみても、公山不狃を怒らせようとしている。仲由のみるところ、公山不狃は短気な男ではない。慎重さももちあわせている。それでも、これほど仲梁懐にあなどられると、黙ってはいまい。

仲梁懐の狙いとしては、公山不狃を怒らせて粗暴なふるまいを抽《ひ》きだして、その無礼を主人にとがめてもらうことにあるのか。それなら仲梁懐は季孫斯の内示を承《う》けて傲慢な態度をとりつづけていることになる。だが、公山不狃が家宰の陽虎とひそかにつながっていることを想《おも》うと、仲梁懐の挑発は自分の身がそこなわれる危険をともなっているといってよい。

——陽虎は豺狼《さいろう》のような男だ。

かれには家臣のほかに門弟と食客《しょっかく》がいて、それらをつかえば、仲梁懐ひとりを暗殺することなどたやすいであろう。どうしても想像が暗さのほうにかたむいてしまう仲由は、仲梁懐が嫌いではないだけに、かれの身を心配した。

実際、この夜、恥辱に耐えてきた公山不狃は、自宅の一室に陽虎を招いて、憤懣《ふんまん》をぶちまけた。ついに荒々しい口調で、

「仲梁懐を追い払ってくれ」

と、陽虎にたのんだ。陽虎は皮肉な笑いを浮かべた。

「だから、あのとき、あやつを追放してやるといったのだ」

あのとき、というのは、季平子の葬儀のときを指す。頭を垂れた公山不狃は、

「われが甘かった。あやつは君側《くんそく》の奸《かん》だ」

と、いった。

「なんじがその気なら、話は早い。まあ、まかせておけ。こちらが手を拱《こまぬ》いていれば、あと三か月も経《た》たぬうちに、われもなんじも季孫家から掃《は》きだされる」

「なんだと——」

公山不狃は首をあげた。

「われは家宰だぞ。われの耳目《じもく》になっている者が家中にはいる。密告があった。いまの主君にとって、われらは不要なのだ」

そういった陽虎は目をぎらつかせ、唇《くち》をゆがめた。季平子のために人一倍働いてきたがゆえに、いまの地位があると自負しているのは、陽虎ばかりではなく公山不狃もおなじおもいである。が、あらたな家主《かしゅ》は、その功を認めず、むしろ害とみなして、ふたりを追放しようとしている。実力のある家臣をうまく使えない家主こそ、家臣にとって不要であるとおもい知らせてやる。

この時点で、陽虎は牙をむきはじめたといってよい。

三日後、陽虎と公山不狃は目語《もくご》して別れた。

季孫斯の巡行というのは、気にいった邑あるいは査問《さもん》すべきことが多い邑には、数日間とどまるというもので、かれが曲阜にもどったのは八月である。

自邸に帰着した季孫斯は、翌日、庭内をまわって、立ちどまると、

「ここに井戸を掘れ」

と、側近に命じた。

季孫斯に随《したが》って東野からもどった陽虎は腹心に密命を与えると同時に、主君の挙止《きょし》にさりげなく目を光らせている。この邸内にすでに井戸はあるのに、

――あらたに水を求めるとは、どういうことか。

と、陽虎は考えた。変事が生じた場合、季孫斯は自邸に籠《こ》もることを想定しているのではないか。その変事とはどういうものか、だいたいの想像はつく。

その井戸掘りは数日間つづけられた。すると、井底《せいてい》から奇妙なものがでてきた。土製の缶《かめ》である。なかには羊のようなものがはいっていた。それをのぞいた季孫斯は一考してから、仲由を呼んだ。

「なんじは孔仲尼《こうちゆうじ》に師事しているときいた。孔仲尼は博学のようだな」

「故事典礼に精通しています」

「ふむ、では、孔仲尼に問うて、答えをもらってくるように。わが家の井底から、狗《いぬ》がでてきた。これをなんと解くか、と」

季孫斯は缶のなかを仲由にみせなかった。

「うけたまわりました。さっそくに――」

仲由は颯《さつ》と庭をあとにした。それを遠くからみていた陽虎は、目をかけている家臣のひとりに、

「仲子路《ちゆうしろ》がどこへゆくのか、みとどけよ」

と、いいつけた。仲由のあざなは季路《きろ》のほかに子路ともいう。

仲由はまっすぐに孔丘《こうきゆう》の教場《きようじよう》へゆき、主君の問いをそのまま孔丘につたえた。すこし考えていた孔丘は、

「それは狗ではなく、羊であろう。羊そのものでなければ、土の怪《かい》で、墳羊《ふんよう》という」

と、おしえた。羊は昔から聖獣であり、犠牲に用いられる。かつて季孫邸が建てられる際に地鎮祭があり、そのとき缶にいれられて地中に沈められた獣があったとすれば、それは狗ではなく、羊でなければならない。もしもそれが羊でなければ、羊の形をした、もののけ、である。よくよくその意味を季孫斯は考察すべきであるが、孔丘はそこまでいわなかった。なにはともあれ、この使いは、季孫斯が孔丘にむかって最初にさしのべた手である。そこに籠められた意図を孔丘は察しなければならないが、それよりまえに季孫家に不吉が生ずるという予感が濃厚になった。

仲由も鈍感な男ではないので、帰路、

――主は夫子《ふうし》をためしたのだ。

と、勘づいた。さらに、季孫斯は孔丘の学者としての力量を測っただけではあるまい、と考えはじめたが、よけいな詮索《せんさく》を嫌う質《たち》でもあるので、これ以上想いをめぐらせることをやめた。

邸内にもどった仲由は孔丘のことばを正確に季孫斯につたえた。

「さようか……」

季孫斯はわざととぼけてみせたが、内心はおどろきに満ちた。

――孔仲尼の眼力は尋常ではない。

あらゆる誑惑《きょうわく》をはねのける力があるにちがいない。それをいまの魯《ろ》の政治に応用できないか、と季孫斯はおもった。このあたりが季孫斯と仲孫何忌《ちゅうそんかき》の思想のちがいといってよく、季孫斯が行政と法を重んじたことにたいして、仲孫何忌は武を尊《たっと》んだ。それがそのまま為政者としての情の濃淡に反映されているわけではないが、季孫斯のほうにより豊かな情味があることはたしかであった。

とにかく、

——わが家に土の怪が出現した。

という事実を重くうけとめた季孫斯は、仲由をねぎらい、

「また、孔仲尼のもとに、行ってもらうことになるかもしれぬ」

と、いってかれを退室させてから、仲梁懐を呼んで密談した。このあと、室外にでた仲梁懐は、季孫斯の従兄弟《じゅうけいてい》にあたる公父歜《こうほしよく》（文伯《ぶんぱく》）のもとへ行った。

それよりまえに、仲由のあとを蹤《つ》けた家臣の報告を陽虎はうけていた。

「思った通りだ」

陽虎はにがい顔でうなずいた。

仲由が師事している孔丘は、いまや著名人である。実際に教場に通っている者は百人ほどであろうが、卒業した者をふくめた潜在的な弟子は五百人ほどいるであろう。かれらの大半は下層にあって賤業《せんぎょう》に就《つ》いているが、血の気の多い者が多数いる。仲由の存在そのものが、その類《たぐ》いの者たちを精神的に攬《まと》めている。また孔丘と仲孫氏との結びつきはずいぶんゆるくなったようなので、孔丘は季孫斯に招かれればすぐにも顧問になるであろう。それによって

季孫斯は、知の力と武の力を外からとりこむことになる。

——ぐずぐずしている場合ではない。

自宅に帰った陽虎は腹心だけを集めて密計を立てた。が、この密計が不完全であることを恐れて、実行の時機を待った。

数日後、あらたな情報が陽虎のもとにとどけられた。

季孫斯と公父歜が密談をかさね、両家のあいだを仲梁懐が往復しているという。その後にはいってきた情報では、

「仲梁懐は助力者を増やすべく、動きまわっています」

ということであった。

「うるさい男だ」

眉《まゆ》をけわしくひそめた陽虎は、

「ほかの助力者が、たれであるか、つきとめよ」

と、左右に命じた。季孫斯を翼輔《よくほ》する者あるいは族の全容を知っておく必要がある。上手の手から水が漏《も》ると、おのれのいのちにかかわる。

情報を蒐《あつ》めるだけ集めて、九月の中旬まで待機していた陽虎は、下旬にはいると、家臣に武器をそろえさせた。

公父歜が季孫邸にはいって季孫斯とふたりだけで話しあう日がわかったので、その前日に、陽虎は、

「明日、決行する」

と、りきみのない声で自家の臣にいった。おそらく明日の一挙は、前代未聞の企図《きと》の実現であり、それによって、やがて魯は陽虎の国となる。愚者による政治に、人民は厭《あ》きているであろう。自分が魯の苔《こけ》むした政治を刷新《さっしん》してみせる。

この夜、めずらしく陽虎の昂奮はしずまらなかった。

――酒でも呑《の》みたい気分だ。

と、おもったが、浮かれるのは事が成ってからだ、と自分にいいきかせて、自重《じちょう》した。とにかくここまでぬけめなくそなえてきたからには、

――われが、しくじるかよ。

と、独嘯《どくしょう》して、目をあえて閉じた。

翌朝、冷静さをとりもどした陽虎は、おもむろに自邸をでた。むろん武装などはしていない。相手の虚《きょ》を衝《つ》くには、ふだん通りを装うのが、最善の方策である。季孫邸にはいると、いつものように政務をおこなった。

ちなみに季孫邸は小型の朝廷といってよく、国事の重要案件はここで討議されて、その議決が君主の定《てい》公のもとにのぼって、国家の正式決定となる。すなわち定公が聴政《ちょうせい》の席に就いて臨《のぞ》んでいる朝廷は空洞化していると想ってよい。そういう現状があるからこそ、陪臣《ばいしん》にすぎない陽虎は、そこにつけこみ、ぞんぶんに驥足《きそく》をのばそうとした。

午後、公父歜が季孫邸に到着した。

——ふん、また密談か。

陽虎は鼻で哂《わら》った。ふたりの相談の内容は、おそらく陽虎と公山不狃を罷免したあとの対処についてである。陽虎が費邑へ奔《はし》って公山不狃とともに叛旗をひるがえすと想定される。あるいは陽虎が曲阜をでても費邑までゆかず、公山不狃が費邑の兵を率いてくるのを待ち、反撃してくるかもしれない。いずれの場合も、陽虎が季孫斯のいい渡しに従って季孫家を去ることが前提になっている。

——だが、この世には、そういう家臣ばかりではないことを、思い知るがいい。

陽虎は起《た》った。

季孫斯は父が亡《な》くなるまえから、家宰である陽虎の権能が大きすぎることを警戒し、やがて陽虎が季孫家を蝕《むしば》むようになると予想した。そのため、自身が家主になるや、陽虎を排除して自家を保全するにふさわしい手段をさぐっていた。しかしながら、陽虎の魂胆が通常の衡《はかり》では計《はか》れないほど大きいことを、季孫斯はみそこなっていたといってよい。

陽虎が起つと、すぐに家中の七、八人が指図を仰ぐべく、かれに従った。

「正門を——」

と、陽虎がいい、ふたりをゆびさすと、そのふたりは走りはじめた。残りの五、六人を率いて奥にすすんだ陽虎は、密談がはじまった一室に、咳払《せきばら》いひとつすることなく、のっそりとはいった。

季孫斯が人払いを命じていたので、この室にはたれも近づくことができず、まして入室することはもってのほかであった。そこが、陽虎のつけ目であった。

この闖入者《ちんにゅう》を上目《うわめ》づかいで視《み》た季孫斯は、眉を逆立て、

「無礼者め。さがれ――」

と、叱呵《しっか》した。直後に、妖気を感じた公父歜は剣をひき寄せた。

だが、立ったまま動かない陽虎は、冷ややかに嗤笑《ししょう》し、

「ご歓談なさるのなら、もっと静泰《せいたい》なところへ、席を移してさしあげよう」

と、いった。

公父歜は剣把《けんぱ》に手をかけた。

「おっと、剣をぬかれると、その剣はあなたさまを殺すことになります」

言下に、四人が室内にはいってきて、季孫斯と公父歜の胸もとに剣刃をつきつけた。

「なんじらは――」

季孫斯は嚇《かっ》と四人を睨《にら》んだ。この四人は季孫斯の臣下である。

「さあ、起っていただこう。あなたさまはご先考《せんこう》（亡き父）をお偲《しの》びになるために小屋をお建てになった。にもかかわらず、いちどもおはいりになったことがない。服忌《ふくき》をなさらぬあなたさまこそ、不孝者で無礼者ではありませんか。当分、孝を尽くされませ」

季孫斯にむかってそういった陽虎は、ふたりを服忌の小屋へ移した。体《てい》のよい監禁である。

このとき、陽虎の臣下が正門から邸内にはいり、仲梁懐を捕らえた。仲由は邸内にはいなかった。

報告をうけた陽虎は、小屋の入り口に坐って、ふたつの簡牘《かんとく》をさしだし、

「どうか、ご署名を――。拒《こば》まれますと、血がながれることになります」

と、季孫斯を恫《おど》した。ひとつは仲梁懐への国外退去令であり、いまひとつは仲由への罷免状である。

なかば顔をそむけた季孫斯は、

「廟堂の鼠とは、よくいったものだ」

と、いい、荒々しい手つきで署名した。

これによって仲梁懐は逐臣《ちくしん》となり、魯国をはなれ、仲由は季孫家の臣ではなくなった。季孫斯を人質にとられたかたちでは、ふたりはどうしようもなかったであろう。

自宅で罷免状をうけとった仲由は、使者としてやってきた者たちの顔ぶれをみて、

――はは あ、さからったらわれを斬るつもりだな。

と、感じ、季孫家に生じているにちがいない異常をある程度察した。しかしながら、おとなしく罷免状をうけとったかぎり、季孫斯に忠を尽くす義理は消滅したので、

――詳細はあとで調べればよい。

と、割り切り、使者が引き揚《あ》げると、すぐに孔丘に報《しら》せた。が、孔丘は落ち着いたもので、まず、

「なんじが墳羊にかかわらなくてよかった」

と、この義俠心の旺盛な弟子がぶじであることを喜んだ。

だが、陽虎の乱は、季孫家の外にいる孔丘さえも、ぶじにはすませない牙爪《がそう》の巨《おお》きさをもっていた。

陽虎はさまざまな事態を想定して、用意は周到であった。監禁された季孫斯を奪回する者がかならずいると想定していた。はたして、十月になって、季孫氏の一門の公何藐《こうかばく》が急襲をこころみたが、陽虎の備えは厚く、反撃が敏捷でしかも強烈であった。

公何藐は斬殺された。

――これで武力をもってわれにさからう者はいない。

あたりを睥睨《へいげい》するおもいの陽虎は、翌日、服忌の小屋へゆき、公何藐の死を告げた。季孫斯がいだいている希望がいかに虚しいものであるかを、知らしめるためである。

すっかり衰弱した季孫斯は、

「なんじの望み通りにしよう。われをここからだしてくれ」

と、細い声でいった。

内心、せせらわらった陽虎は、

「そのおことばに背《そむ》かれますと、死人が増えます」

と、やんわり恫した。

「背きはせぬ……」

「では、明日、われと盟《ちか》っていただく」

そういった陽虎は、季孫斯だけを小屋からだした。公父歜は小屋のなかにとどめたということである。

陽虎が訂盟《ていめい》の場に選んだのは、曲阜にある南門のひとつ、稷門《しょく》（高門）のほとりである。ひときわ高いこの門には、偉容がある。

衆目のまえに季孫斯を立たせて盟いをおこなわせた陽虎の狙いは、むろん、自身の挙《きょ》が叛逆にあたらないことを世間に認知させることにある。しかもこの盟いによって、季孫家は当主と家宰が共同経営することになったと周知させた。

——われに楯《たて》つく者は、当主を害する者だ。

そういう理屈によって、陽虎は小屋にとじこめていた公父歜を追放した。さらに、季孫斯の姑婿《こせい》（父の姉妹の夫）である秦遄《しんせん》を、危険人物とみて、おなじように追放した。ふたりは斉《せい》へ亡命した。

季孫家に出入りし、陽虎とも親しい豪農の丙《へい》のもとで情報を集めた仲由と漆雕啓《しっちょうけい》は、丙の困惑を一瞥《いちべつ》して、

「丙さんの立場は、むずかしくなった」

と、話しあった。

魯の実権

魯《ろ》の君主を無力化したのは、三桓《かん》とよばれる最有力の三家である。

これら三家のなかでも、主導的な地位にいる季孫《きそん》氏こそ、魯の陰《かげ》の国主であるといってよい。

特に、魯の昭《しょう》公を逐《お》って客死《かくし》させた季《き》平子《へいし》（意如《いじょ》）の権力は大きかった。官民が昭公の帰国と復位を強く望まなかったのは、季孫氏の政治に慣《な》れ、政体のゆがみに違和感をおぼえなくなっていたからである。

では、その季孫氏を無力にする家臣が出現すれば、かれこそが陰のなかの陰の国主ということになる。

これが、陽虎《ようこ》が考えた支配の原理である。

陽虎はその原理を顕現《けんげん》するために季孫家の当主である季孫斯《きそんし》を無力にした。いまや、季孫斯を扶助《ふじょ》する者は、たれもいない。

——われが魯の国主だ。

陽虎の胸奥《きょうおう》に笑いが盈《み》ちた。

さきの一挙にあたっては、与力《よりき》になるはずの公山不狃《こうざんふじゅう》になんの相談もせず、連絡さえしなかった。

——あやつの心底は、わからぬ。

季平子の臣下としてたがいに親狎《しんこう》しあったが、重要な仕事でいちども助けあったことはない。公山不狃は軍事よりも事務に長じているとみなされていたのか、季孫氏が師旅《しりょ》をだしたときには、陽虎は戦地にいたが、公山不狃は留守《りゅうしゅ》の臣として、曲阜《きょくふ》または費邑《ひゆう》にいたことが多かった。つまりふたりがそろって生死の境を踏破《とうは》したことなどはないということである。

このたびの企てを、まえもって公山不狃にうちあければ、

「やめておけ」

と、いいそうである。公山不狃は旧《ふる》い権威を尊重する心の癖《へき》をもち、大胆な改革に難色を示すであろう。

「われが魯を変えてやる」

と、陽虎がいっても、おそらく公山不狃はすぐには乗ってこないだろう。そういう男の援助を待つ必要はなく、待っていれば、企てが季孫斯に知られる危険があった。

単独で事を成した陽虎は、いまさら公山不狃のおもわくを忖度《そんたく》してもなんの益《えき》もないと考えてはいるが、

——あやつの望み通りに、仲梁懐《ちゅうりょうかい》を追放してやったのに……。

礼のひとつもよこさぬのは、いかなる魂胆であるか。陽虎には、慍《いか》りがある。

公山不狃の費邑はなぜか沈黙したままである。

なにはともあれ、陽虎は魯の最高権力者となって新年を迎えた。

その陽虎に気づかれないように、丙《へい》の家に出入りしている仲由《ちゆうゆう》と漆雕啓《しつちようけい》は、丙の苦悩を察して同情した。もともと丙は季孫家に尽くしてきたが、季孫家内の主権が陽虎に掌握《しようあく》されたとなれば、租税《そぜい》を納めても、陽虎を肥《こ》え太らせるだけで、季孫斯にはとどかない。かといって旧誼《きゆうぎ》のある季孫家から離れるわけにはいかない。

「ご当主が、おかわいそうだ」

と、丙がこぼしたのをきいた漆雕啓は、丙の家の外にでてから、仲由に肩をならべ、

「陽虎の残忍さは想《おも》った以上です。おのれを蔽遮《へいしや》しそうな者を、かたっぱしから追放し斬殺しました。そこで、謎が生じたのです」

と、いった。

「ほう、その謎とは——」

「あなたですよ」

「われが、謎……。それこそ、謎だ」

仲由は軽く笑った。

「いいですか、陽虎はおのれの野望のために有害になりそうな者を容赦なくかたづけていったのですよ。殺害でなければ追放です。ところが、罷免《ひめん》というなまぬるい処置になったのは、

あなただけです」

　この年、漆雕啓は三十七歳であり、二歳上の仲由には、つねに敬意をもって接している。

「なまぬるい処置とは、おもしろいいいかただ。われは陽虎にとってさほど有害ではなく、まあ、目ざわりといった程度の存在だったのだろう。瞼《まぶた》のほこりをはたいたにすぎまいよ」

　仲由としては、そういう認識である。

「そうでしょうか」

　陽虎の性質では、目ざわり程度の存在でも、追放するのではないか、と漆雕啓は意《おも》っている。

「腑《ふ》に落ちぬ、という顔だな」

「こうは考えられませんか。あなたが孔《こう》先生の門弟であるから、手心をくわえた、と」

「陽虎がなんでそんなことをする」

「向後《こうご》のためです。陽虎があなたを処罰しないで孔先生のもとにかえしたのは、孔先生に恩を売ったことになりませんか」

「おい、おい――」

　仲由はまた笑ったが、目つきを変えた。漆雕啓の推測を笑い飛ばすつもりはない。

「陽虎は孔先生を招き寄せたい下心《したごころ》がある、とみるか」

「おそらく――」

　漆雕啓は小さくうなずいた。陽虎はおのれの正当さを国民に知らしめたいはずであり、盛名のある孔丘《こうきゅう》を自身の左右に置くだけで、醜名《しゅうめい》から脱することができる。

「良識のかたまりのような孔先生が、あんな悪人の招きに応ずることはあるまい」

仲由は陽虎を悪人といった。魯は善人ばかりの国ではないが、陽虎ほど質《たち》の悪い権臣《けんしん》は、かつてでたことはない。その極悪さを、仲梁懐は早くに気づいていたのに、主君である季孫斯は相応《そうおう》の手を打てなかった。

――井戸の底から出現した土の怪《かい》こそ、陽虎であったのだ。

墳羊《ふんよう》とよばれる土の怪が季孫家に祟《たた》りをなすので、早く祓《はら》い清《きよ》めなさい、と孔丘は季孫斯に助言を与えたのだ、といまごろになって仲由は気づいた。同時に、孔丘の博識のすごみを賛嘆《さんたん》する気分になった。

「ふつうであれば、そうです」

と、漆雕啓はいった。孔丘が陽虎の簒奪《さんだつ》行為を佐《たす》けるはずがない。

「ふつうでないやりかたを、陽虎がとる、というのか」

仲由の表情がひきしまった。

「たぶん」

「そうか……、否応《いやおう》なく陽虎は孔先生に協力させる、ありうるな。だが、わずかでも孔先生が陽虎に手を貸せば、先生の令名は地に墜《お》ち、永久に謗《そし》られよう」

「そうですとも」

漆雕啓も仲由とおなじ恐れをいだいている。

「陽虎のことだから、伯魚《はくぎょ》どのを拉致《らち》して人質にしかねない」

「あっ、それはありうる。われらは先生のご家族をお護《まも》りしなければなりません」

漆雕啓は死んでも孔丘と家族を護りぬいてみせるという覚悟をもっている。その点、仲由もおなじような肚《はら》のすえかたをしているが、すでに実戦の場を踏んできているだけに冷静で、

「わかっている。だが、事が生ずるとすれば、陽虎が先生に使いをよこしてからだ。陽虎の政権が確乎《かっこ》たるものになれば、かれはかならず先生を招聘《しょうへい》する。そのあとに、先生を襲う危難をわれらが扞拒《かんきょ》しなければなるまいよ」

と、さきを見通したようないいかたをした。

しかしながら、魯において、陽虎がすべての反勢力を倒して完全に陰の支配者になった時点で、孔丘におよぼす力はあらがいがたいほど巨大なはずであり、それを門弟の力ではねかえせるだろうか。陽虎の、力ずく、というのは暴力的であり、それにたちむかう仲由と漆雕啓の剣が孔丘と家族を死守できるのか。

——やがてくる事態は、なまやさしくない。

教場《きょうじょう》に帰った仲由は漆雕啓とともに閔損《びんそん》ら古参の門弟だけを集めて、深刻に話しあった。

かれらにとって情報源となっている丙が、正月末にあわただしい動きをみせた。

丙はとうに六十歳をすぎ、信望に篤《あつ》さを増したせいであろう、大人《たいじん》の風格をそなえるようになった。

が、このときは、いつもとちがって家人に荒い口調で指示を与えていた。そのさなかに丙

の家にはいった漆雕啓は、

「こりゃ、戦場のようだ」

と、あえて大仰《おおぎょう》におどろいてみせた。人の動きがめまぐるしい。横目で漆雕啓を視《み》た丙は、

「出師《すいし》よ、出師——。輜重《しちょう》の支度《したく》をせねばならぬ。手伝いにきたのでなければ、帰れ」

と、怒鳴《どな》るようにいった。

「やあ、人使いが荒いな。手伝う、手伝う」

片肌《かたはだ》を脱《ぬ》いだ漆雕啓は、家人にまじって、荷を車に積み込んだ。一段落ついたところで、漆雕啓が汗を拭《ふ》き、井戸の水を飲んでいると、丙が趨《はし》ってきた。

「ほんとうに手伝ってくれたのだな」

「世話になりっぱなしなので、ちょっとしたお返しさ。季孫氏が師旅をだすのか」

「遠征だよ。先陣は今朝曲阜を発した。鄭《てい》を攻める」

「へえ、そりゃ、また、遠い」

　鄭は周《しゅう》にもっとも近い国であり、かつては魯の友好国であった。

「突然、晋《しん》の命令がきたらしい。昭公と季平子さまのいさかいをまがりなりにも斂《おさ》めてくれた晋の命令をこばむわけにはいかず、魯君をはじめ、季孫氏と仲孫氏《ちゅうそん》が師旅を率いて遠征するというわけさ」

　そこには叔孫氏《しゅくそん》の名がない。じつは昨年、季平子が亡《な》くなった翌月に、叔孫不敢《しゅくそんふかん》が卒《しゅつ》した。不敢の年齢はさておき、家主となってからは長くない。謚号《しごう》は、成子《せいし》という。嗣子《しし》の州仇《しゅうきゅう》が

家主となったが、当然、まだ喪に服している。といっても、それは形式的なことで、かれが残って曲阜を留守するのであろう。

が、漆雕啓の関心は、それにはない。

「陽虎もゆくのか」

ささやくように問うた。

「陽虎がゆかなければはじまらない。かれが元帥《げんすい》だよ」

丙の声も憂色をふくんで低い。

――なんたることか。

陽虎が外征してくれれば、国内にいないことになるので、漆雕啓としては気がやすまるが、魯軍全体の指麾《しき》を陽虎がとるという実態ほどいまいましいことはない。陽虎の威勢はそれほど大きくなったのか。

「では、これで――」

と、漆雕啓が軽く頭をさげると、

「季路《きろ》さんの家へゆくのか」

と、丙は呼びとめて、菽粟《しゆくぞく》を分けてくれた。菽は豆、粟はもみごめである。季孫家を罷免された仲由が、貧しい生活をしていることを、丙があわれんでくれたのである。すかさず礼をいった漆雕啓は、仲由の家まで、菽粟のはいった袋をかついでいった。

仲由は裏庭を三分し、そのひとつを蔬圃《そほ》に造り変えようとしていた。蔬圃は野菜畑だと想

えばよい。漆雕啓の顔をみた仲由は、耒《すき》を指して、

「手伝え」

と、いった。やれ、やれ、ここでもか、と苦笑した漆雕啓だが、また片肌を脱いで耒をとった。ひと汗をかいて作業を終えた漆雕啓は、はこんできた袋をひらき、

「丙さんは、あなたが好きなようだ」

と、いい、ひたいの汗を拭いた。なかをのぞいた仲由は、

「助かる」

と、いった。たしかに仲由の生活は豊かではないが、困窮しているようではない。

「丙さんは季孫氏のために輜重を送ることになった。出発は明後日だろう」

「魯が鄭を攻めるということだ」

「えっ、知っているのですか」

「ほかからも、多少の情報ははいる。周に王子朝《ちょう》の残党がいて、挙兵した。それを鄭が援助したため、晋が怒ったのさ」

事実であった。

周に儋翩《たんぺん》という者がいて、前年、春に楚《そ》で客死した王子朝を惜愍《せきびん》したのであろう、秋までにひそかに王子朝の残党を攬《まと》め、冬に成周《せいしゅう》を擾《みだ》そうとした。周王室をおびやかすこの企図《きと》に鄭がつらなって、周と鄭の国境に近い六邑の攻撃をはじめた。攻防は年を越えた。成周を守《しゅ》禦《ぎょ》している晋としては、少々防衛の手が足りなくなって、魯軍に出動を求めたということに

なろう。

「魯軍の元帥は、陽虎ですよ」

漆雕啓はあきれ顔を仲由にみせた。

「わかっている。陽虎を嫌忌しているのはわれらだけではない。季孫氏の家中にもいる」

専権をにぎろうとした陽虎が、家中で目ざわりになる者をすべて掃《は》きだしたようにみえるが、実態はそうでもない。たとえば苫夷《せんい》という家臣は精神の骨格がたしかで、忠臣といってよいが、ここまではあからさまに陽虎にさからったことがなく、仲梁懐の誘いにも乗らなかったので、陽虎の視界の外にいる。そういう家臣こそ、最後の最後に、主君を守りぬくのではないか、と仲由は予感している。

——われが守りぬかねばならぬのは、孔先生だ。

季孫家をでた仲由は、そういう信念のかたまりになっている。

「季孫氏をあやつっている陽虎が、軍中で、魯君や仲孫氏さえも指図するとなれば、鄭から帰還したあとに、なにか大胆で無礼なことをするにちがいない。おそらくかれは魯国を乗っ取るつもりだ」

仲由の予想は暗さを増してゆく。

「しかし、どう考えても、陪臣は君主にはなれませんよ。周王と晋君が認めるはずがない」

「周王にしても晋君にしても、いまや実権をもたず、虚名の存在にすぎない。晋の上卿《じょうけい》が晋君を実質においてうわまわっている現状に、陽虎はつけこもうとしている」

要するに、晋の上卿が実際には天下を経営しているのであるから、かれらが陽虎の実力を認定すれば、陽虎は三桓の上の位に昇って魯国を支配することができる。仲由は、そんなことがあってはならないが、まったくないとはいい切れぬことが怖い。

「なるほど。孔先生はそういう秩序の紊乱《ぶんらん》を匡《ただ》そうとなさっている。時勢にさからっているともいえる。けっして実現せぬことを冀求《ききゅう》し、努力しつづけている。が、世間はそれを称《ほ》めず、嘲笑している」

「なあに、いまにわかるさ。大いなる時代遅れは、かえって斬新《ざんしん》なものだ」

小利口《こりこう》な生きかたを求めない仲由は、孔丘の思想に遵《したが》ってゆくほうが、気分がよい。

孔丘の門弟のなかにも出征した者がいる。そのすべてが歩兵であったが、貴族である子説《しえつ》だけは兵車に乗り、兄の仲孫何忌《ちゅうそんかき》を佐《たす》けるかたちで、戎衣《じゅうい》をつけて曲阜をでた。

西進した魯軍は、二月のうちに戦場に到った。陽虎の戦いかたはまずくない。魯軍は鄭軍と戦って、あっさり戦果をあげた。

「これでよい」

陽虎はそれ以上の戦果を望まず、すみやかに軍を引き揚《あ》げさせた。兵略の急所を知っている者の進退とは、そういうものであろう。魯は晋のために鄭と戦って勝ったという事実さえあればよい。

帰途、陽虎は衛《えい》の君臣を刺戟《しげき》するようなことをした。なんとかれは季孫斯と仲孫何忌に命じ、魯軍を衛の国都の南門からはいらせて東門にださせた。衛都の大路を無断で魯軍が通ったのである。

このあつかましい行為が衛の霊公《れい》（名は元《げん》）を怒らせることは百も承知の陽虎は、むしろ魯の定公《てい》、季孫斯、仲孫何忌という軍の統率者が、自分の指示に従うか、どうかをたしかめたといえる。

「無礼な――」

報告をきいた衛の霊公は激怒した。魯軍が国内を通過することに関しては黙認したが、首都を通ってよいと許可したおぼえはない。魯の君臣がやったことは、無礼にもほどがある、といってよい。

東門をでた魯軍が豚沢《とんたく》で宿営すると知った霊公は、大夫《たいふ》の弥子瑕《びしか》を呼び、

「いそぎ兵を集めて、魯軍を追撃せよ」

と、命じた。魯の君臣にあなどられたままでは、霊公の腹の虫がおさまらない。

急遽《きゆうきよ》、都内とその周辺の邑で徴兵がおこなわれた。このとき、魯軍の兵力はおそらく二万前後で、その兵力に克《か》つとなれば、衛はそれに比《ちか》い兵力をかき集めなければならない。

都内は騒然とした。

「む……、なんの騒ぎか」

ときならぬ喧騒をいぶかり、自邸で眉《まゆ》をひそめたのは、霊公の従兄弟の公叔発《こうしゆくはつ》である。かれはすでに政界を引退し、朝廷から遠ざかっていた。しかしながら、賢大夫として他国にきこえた存在であり、孔丘がひそかに尊敬していたひとりである。なおかれの諡号が文子《ぶんし》

であることから、後世では、公叔文子と呼ばれたり、記されることが多い。のちに孔丘が衛へ行ったとき、すでに公叔発は亡くなっていたので、かれについてよく知っている公明賈《こうめいか》に、こう問うた。

「公叔文子についておたずねします。あのかたは、ものをいわず、笑いもせず、贈り物もうけとらない、というのはまことでしょうか」

公叔発という人格への関心がなみなみならぬものであったという証左が、この問いであろう。

公明賈は答えた。

「あなたにお伝えした者がまちがっているのです。あのかたは、いうべき時がきてからはじめていいます。それゆえ、たれもあのかたのいうことを厭《いと》わないのです。また、笑いに関しては、心から楽しくなって、それから笑います。それゆえ、その笑いを嫌う者はいません。贈り物については、理義にかなっていれば、うけとります。ゆえに、それを非難されることはありません」

君子とはこういう人のことをいうのだと感動した孔丘は、

「そうでしょうとも、そうでなくてはなりません」

と、大いにうなずいた。

それはさておき、衛の官民までが、魯に侮辱《ぶじょく》されたと怒りはじめたこのときに、

――われが、いうべき時か。

と、腰をあげた公叔発は、さっそく輦《れん》（人力車）に乗り、公宮へ駆けつけた。

公叔発は、卿からもはばかられる貴臣であり、霊公にも尊敬されているがゆえに、やすやすと奥まですすみ、なんなく霊公に謁見《えっけん》できた。

「これは、これは——」

霊公は公叔発の突然の参内《さんだい》におどろきつつも、いやな顔をせず、鄭重《ていちょう》な物腰《ものごし》であった。

「君よ、魯軍を追撃するとは、まことでしょうか」

「まことです」

出撃は明日である。無礼者を懲《こ》らしめるのは当然のことであろう。霊公はそういいたげな顔をした。

「あなたさまは、かつて、魯を逐われた昭公の帰国がかなうように、ひとかたならぬ尽力をなさった」

「ふむ……」

霊公は小腹が立った。恩を仇《あだ》で返されたようなものである。

「魯の君臣はあなたさまの恩徳を忘れてはおりません。また、魯の先祖の周公と衛の先祖の康叔《こうしゅく》は、周の文《ぶん》王の妃であった太姒《たいじ》から生まれた者たちのなかで、特に仲がよかったのです。魯と衛の友好は古昔《こせき》から特別なのです。魯軍が衛都を通過するという無礼の行為は、魯の小《しょう》人《じん》が為したことであり、あなたさまがこれから為そうとしていることも、その小人の行為にひとしいのです。あなたさまが小人のまねをしては、せっかくの魯との旧誼を破棄してしまうことになるのです。これは小人である陽虎の誑誘《きょうゆう》なのです。けっして乗ってはなりません」

公叔発は霊公を強く諌《いさ》めた。

衛軍が追撃してくることを陽虎は予想しているであろう。この攻防戦を拡大して、魯と衛の全面戦争にする狙いが陽虎にはある。内憂《ないゆう》のある国家は、外患《がいかん》によってまとまりをとりもどすことができる。魯の国内で批判をうけやすい立場の陽虎は、それくらいは知っており、衛との戦いがはじまれば、官民の意識は外へむかい、それによって軍事に長《た》けた陽虎の権力はまちがいなく増大する。

また、魯は晋の要請で遠征したのであり、その軍を攻撃すれば、衛は晋をも敵にまわしてしまう。すなわち、衛軍の追撃は陽虎の思う壺《つぼ》であろう。衛都からの出撃は、二国の敵を出現させる愚行となる。そのあたりを霊公にわかってもらうために、公叔発は切々《せつせつ》と説《と》いた。

「そういうことか……」

霊公は怒りを斂めた。これで出撃はない、とみさだめた公叔発は、

「天は、陽虎に罪を重ねさせてから、斃《たお》そうとしているのです。しばらくお待ちになったら、いかがですか。やがて、そのことがおわかりになりますよ」

と、語気をやわらげた。

冷静さをとりもどした霊公の判断で、衛は追撃をおこなわなかった。

豚沢を発《た》った陽虎は、ふりかえって、

「ふん、衛の君臣は腰ぬけぞろいか」

と、悪態《あくたい》をついたが、かれの狙いは公叔発にはずされたというのが実情であろう。

なにはともあれ、この遠征の成功によって、陽虎の威権はますます巨《おお》きくなり、帰国後は、季孫斯と仲孫何忌を頤《あご》でつかうようになった。

夏には季孫斯に、

「鄭の捕虜《ほりょ》を晋君に献じてもらいましょう」

と、いい、晋へ往かせた。さらに、晋の定《てい》公夫人からとどけられた礼物への返礼を、仲孫何忌におこなわせた。つまり魯の二卿をべつべつに晋へ遣《や》ったのである。

この往復の道中で、

――陽虎を魯から追い払うにはどうしたらよいか。

と、仲孫何忌が考えたことは、いうまでもない。だが、季孫斯を陽虎ににぎられているかぎり、どうしようもない。

秋、ついに陽虎は魯の支配権を確立すべく、大規模な締盟《ていめい》を挙行する。これが孔丘の思想と行動を刺戟しないはずはなかった。

迫る牙爪《がそう》

秋に、陽虎《ようこ》は魯《ろ》の政体における専権を確立した。

君主である定《てい》公だけではなく、三桓《かん》とよばれる仲孫何忌《ちゅうそんかき》、叔孫州仇《しゅくそんしゅうきゅう》、季孫斯《きそんし》を、穀物神が祀《まつ》られている周《しゅう》社にひきだして、盟《ちか》いを交わした。

これはその四貴人を盟友にしたというより、盟下に置いたと想《おも》ったほうがよいであろう。陪臣《ばいしん》にすぎなかった陽虎が、実力で魯国を支配した実例がこれであり、魯はかつてない奇異《きい》な体制となった。

これで安心したわけではない陽虎は、みずから丙《へい》の家へゆき、

「おい、殷人《いんひと》を集めよ」

と、恫《おど》すように命じた。丙は慍《むっ》としたものの、陽虎の残忍さを知りつくしているので、さすがにおびえ、この命令にさからわなかった。都内にいる殷人を、聖地である亳《はく》社に集めた。

むろん殷王朝ははるか昔に滅亡しているが、周公旦《たん》の子の伯禽《はくきん》に従ってこの地に移住してきた殷人の子孫は、この時代になってもそれなりのつながりを保って、隠然たる勢力をもって

いる。それゆえ、陽虎は用心深くかれらの挙動を封じるために、かれらと盟いを交わした。

亳社からもどってきた丙は不快をあらわにし、

「あんな男は、雷に打たれて死ぬがよい」

と、陽虎を大声で痛詆《つうてい》した。直後に、母家のすみに人影があることに気づいて、ぎょっとしたようだが、それが漆雕啓《しっちょうけい》であるとわかると、つかつかと近寄り、

「陽虎はかならず孔《こう》先生を脅迫《きょうはく》する。さからうと殺される、と想っておくべきだ」

と、低い声でいった。

丙の家を飛びだした漆雕啓は、教場《きょうじょう》へゆき、仲由《ちゅうゆう》に会い、ふたりだけで話しあった。

「とうとう陽虎は、殷人をも扼《おさ》えた。君主きどりの陽虎が、孔先生に恫喝《どうかつ》の使いをよこしたら、われらはどうすべきか」

漆雕啓は仲由の顔色をうかがいながら問うた。

「さて、どうすべきかな……」

魯の為政《いせい》が最悪の事態になったという認識は仲由にもあるが、師である孔丘《こうきゅう》がそれについてなにも語らず、平然としているかぎり、自分からは動けない。仲由と漆雕啓は剣の腕がたしかであるだけに、いかなる艱難《かんなん》に遭《あ》っても師を護《まも》りぬいてみせるという気概《きがい》が強い。魯の国情がこれほど歪《ゆが》んでくると、

——孔先生だけがまっすぐに立っている。

ということは、たれの目にもあきらかである。そのことが、仲由の誇りになっている。し

かしながら、陽虎という烈風になびかない喬木《きょうぼく》のような存在である孔丘が伐《き》り倒される危険は大いにある。

「先生はつねづね、危邦《きほう》には入らず、乱邦には居《お》らず、とおっしゃっている。いま魯は、まさしく乱邦であるのに、先生は動かれない。なぜであろうか」

と、漆雕啓は首をかしげた。

「われに、わかろうか。ただし、先生はなにかをお待ちになっているような気がする。そのなにかが、どういうものなのか、われには見当もつかぬ」

そういって仲由は苦笑してみせた。

晩秋になった。

「きた――」

仲由、漆雕啓、閔損《びんそん》など、孔丘の近くにいる門弟に緊張が走った。陽虎の使者がきたのである。その使者は陽虎の家臣で、

「主はあなたと会談したいと切望しています。ご足労をたまわりたい」

と、孔丘にいった。孔丘はあえておだやかな表情で、

「ご存じのように、教場には休みがありません。どうか、ご高察を――」

と、鄭重《ていちょう》にことわった。使者はしぶしぶ帰ったが、

――これであきらめるような陽虎か。

と、仲由と漆雕啓は目語《もくご》しあった。

孔丘の教場が緊張を保っているこのときに、どこかが弛《ゆる》んだような声とともにはいってきたのは、顔無繇《がんむよう》である。かれは古参の弟子であるが、ここ二、三年は、さっぱり教場に顔をださなくなっていた。今日は、子を入門させるためにきたという。かれは子とともに孔丘のまえに坐ると、

「この子は、十八歳になりました。孔先生に就《つ》いて学問がしたいとせがまれていたので、もうすこし早く、つれてきたかったのですが、そうもいかず、今日になってしまいました」

と、ゆっくりといい、軽く頭をさげた。かれの子は、

「顔回《がんかい》」

と、いう。成人になってから、淵《えん》、というあざなをもつので、

「顔淵」

として知られるようになる。後世、亜聖《あせい》とたたえられることになる顔回であるが、十代のころは、特長に欠ける少年であった。ちなみに亜聖とは、聖に亜《つ》ぐ、と訓《よ》める。聖が孔丘を指しているとすれば、孔丘に亜ぐ聖人、と解してよいであろう。ついでにいえば、亜父《あふ》、という語は頻繁《ひんぱん》に用いられる。父に亜ぐ尊い人をいう。

父とともに頭をさげた顔回を視《み》た孔丘は、

――茫洋《ぼうよう》とした子だな。

と、おもった。少年時代の子説《しえつ》にくらべると、いかにも才気が足りない。閔損のような可《か》憐《れん》さもない。こういう子は、学問の道においてものみこみが悪く、魯鈍《ろどん》で、教える側からす

れば、手こずりそうだ、というのが孔丘の感想であった。

まさかこの子が、門弟のなかでぬきんでて賢くなろうとは予想できず、第一印象のなかに非凡さを予感させるものはまったくなかった。

孔丘は人相を重視している。ただし、この時代、観相《かんそう》学は未熟で、それが発達するのは、いわゆる戦国時代からである。とにかく、孔丘の目には、顔回の人相は平凡に映《うつ》った。

顔氏の父子が帰ったあと、孔丘は独《ひと》りで庭に立った。なにか重大な決断をしなければならない時が自分に近づいてくるような胸ぐるしさがある。

視界のすみに人影が出現した。孔鯉《こうり》が趨《はし》って庭を横切ろうとした。とっさに孔丘は、

「鯉や、礼を学んだか」

と、声をかけた。この年、孔鯉は二十九歳になっている。孔鯉の学問に関しては、孔丘がみずから教えたことはほとんどない。高弟である冉耕《ぜんこう》や閔損にまかせた。それゆえ孔鯉の学問の進捗《しんちょく》状況にはあえて無関心をつらぬいてきたが、たまに、孔鯉を庭でみかけると、

「詩を学んだか」

と、声をかけた。孔鯉が、まだです、と答えると、

「詩を学ばなければ、ものがいえない」

と、孔丘はいった。これが父から子へのみじかい教誨《きょうかい》であった。それからずいぶん歳月が経《た》ったので、もはや詩についてはいわず、礼をおぼえなさい、といったのである。ここでも孔鯉は、かしこまって、

「まだです」

と、答えた。すると孔丘は、

「礼を学ばなければ、人として立つことができない」

と、諭《さと》した。

孔丘が、生涯、自分の子に教えたのは、そのふたつだけであった、といってよい。詩と礼は、精神の自立と正しい秩序との調和をめざす孔丘の思想の根幹をなすものといってよく、詩を諷誦《ふうしょう》することができて、礼法に精通すれば、いかなる人と会い、いかなる場に在《あ》っても、怖《お》じることはない。

——鯉は、それで充分だ。

孔丘は自分の子の才徳をそうみている。それ以上を子に望むと、父子関係にとりかえしのつかないねじれが生ずる。孔丘はそれを恐れている。もともと鯉には、母を敬慕する心があり、その母を家からだして宋《そう》の実家にもどした父を批判する目が心底にあり、その目がいまだにつむられていない。さらにいえば、

——父には女と子どもを軽侮《けいぶ》する癖《へき》がある。

と、孔鯉は孔丘の欠点から目をそらさない。あるとき孔丘は、数人の弟子にむかって、

「女と小人《しょうじん》は養いがたい。近づけると不遜《ふそん》になり、遠ざけると怨《うら》む」

と、嗤《わら》いを哺《ふく》んでいった。その小人とは子どもというより人格の低い者を指していたのであろうが、孔鯉の身には、女と子どもは、といったようにきこえた。

父の声をきいた鯉は内心嚇《かっ》とした。

「あなたは女から生まれたのではなかったのか。あなたには子どものころはなかったのか」

そう父にむかって叫びたくなった。あえていえば、父は母をいたわりもせず、いびりだした。子どもの目には、そうみえた。学問ひとすじの父をたたえる者たちは、そこから目をそむけ、非難の声を揚《あ》げないが、鯉はちがう。

——女と子どもをいたわらない者が説《と》く礼は、本物か。

礼は、非情にならなければ上達しないのなら、自分は礼における向上をめざしたくない。礼は温かい血のかよわない非人情の世界にすぎない。温順な鯉が考える礼は、そういうものではないが、父のように豊富な見聞と知識がないため、形式化できず、場あたり的な礼にすぎなくなってしまう。ただし、それがくやしいわけではない。数人を相手に教えるのではなく、多数を教える場合には、非情さが必要であり、その非情さが教育の場ではかぎりない温情に変わるようでなければ、偉大な教育者ではない、ということがわかる年齢になった。つまり、孔丘は父としては失格者であるが、教師としてはすぐれている。そういう目も鯉はそなえるようになった。

鯉に必要以上に近づかない孔丘は、鯉の内面の成長に気づかないものの、この子には他人を不快にさせる悪癖《あくへき》がなく、おのれの才徳を踰《こ》える欲望がないことはさいわいである、という見守りかたをしていた。

数日後、閔損が困惑の表情をかくさず、孔丘に報告にきた。

「陽虎の使いが、豚をとどけにきました」

孔丘を脅迫するよりも狡猾《こうかつ》な手段で陽虎は孔丘を招こうとしている。貴族社会にあって、上から下へ物が贈られた場合、下の者はみずから答礼にでむかなければならない。

「礼に精通しているあなたが、それくらいのことを知らぬはずはあるまい」

と、孔丘は陽虎にいわれたにひとしい。

「どうなさいますか」

閔損は孔丘の意向をさぐるような目つきをした。孔丘が陽虎の邸《いえ》を訪ねて会談したとなれば、またたくまにうわさは都内にひろがり、孔丘が陽虎の僭縦《せんしょう》に加担したことになり、孔丘の声望は地に墜《お》ちるであろう。

——さて、どうするか。

むこうが策を弄《ろう》したのなら、こちらも策を立てて切り抜けねばならない。孔丘はすぐに、

「由と啓を呼んでくれ」

と、いった。孔丘は仲由と漆雕啓の顔をみるや、

「内密にたのみたいことがある」

と、いい、ちょっとした意想をふたりにだけ語った。

「なるほど、それは妙案です」

と、笑った仲由は退室してから漆雕啓と話しあって、門弟のなかで信用できる五人を選び、指示を与えた。かれらは交替で陽虎邸を見張った。

三日後に、かれらの報告をうけた仲由は、さっそく孔丘に、

「陽虎は、外出しました」

と、伝えた。うなずいた孔丘はすみやかに馬車に乗った。陽虎が邸を空《あ》けたときに返礼にゆく、というのが策で、これなら陽虎との対話を避けられる。

馬車の御《ぎょ》は仲由がおこない、漆雕啓は四、五人の門弟とともに歩いた。現状では、陽虎にとって孔丘が障害になっていないので、陽虎の家臣がいきなり孔丘を襲うことはあるまいが、

——とにかく、用心するにこしたことはない。

と、師の安全を考える仲由と漆雕啓は、門弟のなかで武技《ぶぎ》に長じている者を従者に選んだ。

たしかに陽虎は不在であった。

孔丘は家宰《かさい》に面会すると、礼容を示して、謝辞を述べ、長居をすることなく、邸外にでた。

馬車のむきをかえて待っていた仲由は、孔丘が車中の人となるや、

「うまくゆきましたね」

と、会心の笑《え》みを浮かべた。難問をひとつ解いたおもいである。が、孔丘は笑わず、

「陽虎のことだ、つぎの手があろう」

と、浮かない顔をした。

だがこの訪問はうまくいったわけではなかった。

帰路、突然、仲由は顔をしかめた。なんと前方にあらわれた馬車に陽虎が乗っているではないか。その馬車の前後左右に三十人ほどの従者がいる。

——まずい。

とっさに仲由は脇道を目で捜した。回避路がなければ、ここは馬車の速度を上げて駆けぬけるしかない。その意《おも》いで、孔丘を視た。が、孔丘はあわてることなく、

「馬車を駐《と》めなさい」

と、目でいった。仲由は手綱《たづな》を引いた。

このときになって漆雕啓は容易ならざる事態に気づき、

「陽虎がくる」

と、門弟に声をかけた。師弟は緊張につつまれたといってよい。

なにしろ孔丘の冠と衣服が独特なので、陽虎はとうに孔丘の馬車をみつけていたらしく、孔丘を刺戟《しげき》しないためか、ゆっくりと馬車を近づけてきた。笑貌《しょうぼう》さえみせた陽虎は、眼中に仲由はいないようで、まっすぐに孔丘に声をかけた。

この声も、その貌《かお》も、孔丘の心の深いところで消えずにあり、

——われをたたきのめしたのは、この男だ。

と、おもえば、怨憤《えんぷん》が全身を熱くしそうであった。だが、二十数年もまえに少壮の孔丘を侮辱《ぶじょく》したことを、陽虎は憶《おぼ》えていないであろう。それとも、忘れたふりをしているのか。

「ちょうどよい。あなたと話がしたかった。さあ、ごいっしょに、弊宅《へいたく》へ——」

「すでに、御宅におうかがいしたので、帰るところです」

陽虎が不在でもみずから答礼したことを孔丘は強調しておかねばならない。また、路上で

の誘いに強制力はないので、ことわっても失礼にならない。

「それは、残念——。ゆっくりとご高説を拝聴したかった」

陽虎の実《じつ》のこもらない声をきいた仲由は、なにがご高説だ、と横をむいた。陽虎という男は、自分のほうが孔丘をうわまわって礼法に通じているとうぬぼれており、他人の説述《せつじゅつ》に耳をかたむける図などは、想像できない。陽虎はつねに自説で相手を縛ろうとする。それを嫌ったり、さからったりする者を、つぎつぎに消してきた。

そういう男の笑貌はぶきみである。

「あなたは、どうお考えであろうか」

陽虎の目は孔丘をとらえて、はなさない。

「宝をいだいていながら邦《くに》を迷わせたままにしておくのは、仁《じん》と謂《い》うべきであろうか。もちろん、仁とはいえない。政治に参加したいのに、たびたびその機会を失うのは、知《ち》というべきであろうか。もちろん、知とはいえない。月日は逝《ゆ》き、歳はとどまらない」

あなたがわれを佐《たす》けて魯の政治をおこなうのは、いましかない、ためらっているとその機を逸《いっ》してしまいますぞ、と陽虎は孔丘を勧誘した。

孔丘は衝撃をうけた。ただひとつ、

「仁」

ということばに、である。陽虎はどこでそのことばをみつけたのか。仁は、古いことばではなく、新語といってよい。仁の意味がわからない孔丘は、陽虎におくれをとったおもいで、

くやしさがこみあげてきたが、あえて冷静に、

「いつかお仕えするでしょう」

と、答え、仲由の腕を軽くたたいて馬車をださせた。

仲由は不機嫌である。陽虎の馬車から遠ざかってから、孔丘は仲由の感情の所在を察して、

「なにをむくれている」

と、たしなめるようにいった。

「先生は、陽虎にお仕えになるのですか」

「仕えは、せぬ」

「しかし、そうおっしゃったではありませんか」

あれは遁辞《とんじ》にはならない、と仲由はおもっている。

「われがこの国で仕えるとすれば、魯君しかいないではないか」

「それは詭弁《きべん》です」

と、仲由はいいたくなったが、そこまではいわなかった。とにかく、孔丘のあの返答には機知のきらめきがなく、たれがきいても、やがて孔丘は陽虎に仕える、とうけとらざるをえない。むろん陽虎もそのようにうけとったであろう。

孔丘も、不機嫌になった。

——まずい返答をした。

それもある。が、孔丘の心を暗くしたのは、仁、ということばである。孔丘は脳裡《のうり》で陽虎

のことばをくりかえした。

「邦を迷わせたままにしておくのは、仁と謂うべきであろうか……」

その仁のかわりに、ほかのことばをいれてみれば、

「邦を迷わせたままにしておくのは、人として正しい在りかたと謂うべきであろうか」

と、なろう。すると、仁、は、人として正しい在りかた、という意味になる。陽虎は学者としての一面をもっていて、かれの思想がそういう形而上《けいじじょう》の語を産んだ。

——やられた。

実感であった。またしても侮辱《ぶじょく》されたといってよい。

孔丘は学問の素地のない庶民を教えるために、抽象的な語を具象的な語になおし、なるべくわかりやすくしてきた。いわば、すべてを形而下《けいじか》にひきさげた。しかしながら、それによって、孔丘の思想は求心力《きゅうしんりょく》を失った。

——思想にも、君主あるいは天子のような存在が必要だ。

そう自覚しはじめた孔丘は、仁、ということばに出会って、

——これだ。

と、直感した。仁を、陽虎の専用にしておくのは、もったいない。陽虎が考えている仁よりもはるかに抽象度が高いことばとして仁をすえなおすことを考えついた。

そのような孔丘の思考の作業を、仲由はみぬいたわけではないが、

——先生は危機意識が薄い。

ということはわかる。言質《げんち》をとった陽虎は、かならず招聘《しょうへい》の使者をよこす。その際の対応がむずかしい。仲由をはじめ門弟のほうが現実的であった。

陽虎は、ことばだけで、かわしきれる相手ではない。

ここまで孔丘は、陽虎のはなはだしい僭越《せんえつ》を、いっさい非難していないが、世評に影響を与える存在であることはまちがいない。ゆえに陽虎はその存在を援引《えんいん》したがっている。だが、それが不可であるとわかれば、その存在が自身にとって害になりやすいので、消去するにきまっている。そういう酷烈《こくれつ》な事態が迫りつつあることを、仲由らは恐れているが、孔丘だけが恐れていない。

——陽虎になにができようか。

と、孔丘は傲然《ごうぜん》としている。以前、季孫家にいた仲由は、主君の季孫斯も陽虎をみくだしていながら、あっというまに陽虎に制御《せいぎょ》されてしまった状況を知っている。孔丘という在野《ざいや》の思想家を消滅させることくらい、陽虎にとって、蠅《はえ》や蚊《か》を潰《つぶ》すほどたやすいことであろう。孔丘が殺されることは、仲由らにとって、宇宙を失うことにひとしい。

「これから、先生をどのように護《まも》っていったらよいか、わからない」

と、漆雕啓は嘆いたが、難《なん》を避けるための方途《ほうと》を失いつつあるのは、仲由もおなじであった。

晩冬《ばんとう》、陽虎が季孫斯と仲孫何忌に命じて、鄆《うん》を攻めさせた。鄆はかつて昭公《しょう》が本拠としていた辺境の邑《まち》で、昭公が晋《しん》へ去ったあと、斉《せい》に所有されていた。

「鄆を奪回して、陽虎はどうするつもりでしょうか」

　この漆雕啓の問いに、仲由は、

「きまっている、陽虎はおのれの食邑《しょくゆう》とする」

と、唾棄《だき》するようにいった。いま陽虎は季孫家の財を管理し、かってに私用しているが、陽虎の家産を支える本拠地をもっていない。鄆に目をつけたのは、城と民を同時に得るためである。仲由はそうみた。

「戦いは、来春までつづく。それまで先生は、陽虎の視界の外だ」

　攻防の結着がつくまで二、三か月かかるとすれば、それまで陽虎のでかたに用心しなくてよい。仲由はほっとした。

　――陽虎の目が鄆にむけられている。

　このときを、陽虎の目くばりのゆるみとみなした者がほかにもいた。費邑《ひ》をあずかっている邑宰《ゆうさい》の公山不狃《こうざんふじゅう》である。かれの書翰《しょかん》をたずさえた使者が、ひそかに孔丘に面会した。

公山《こうざん》不狃《ふじゅう》の誘い

公山不狃《こうざんふじゅう》の使者が帰った。

この者が、孔丘《こうきゅう》の命運に最初の波瀾《はらん》をもたらした、といってよい。

「しばらく、考えたい」

むずかしい顔をしている閔損《びんそん》にそういった孔丘は、独《ひと》り室《へや》に籠《こ》もって、渡された書翰《しょかん》をくりかえし読んだ。

書面にあるのは、魯《ろ》の政体の理想形である。

君主が親政をおこない、卿《けい》がそれを輔《たす》けるという朝廷のありかたは、往時、どの国にもあったものなのに、いまはどこにもない。それを魯の国で復興したい、と公山不狃はいう。そのためには、まず、魯を支配している陽虎《ようこ》を逐《お》って、正しい秩序を回復しなければならない。そのこともふくめて、どうしても孔丘の助力が要《い》る、と公山不狃は熱心に誘っている。

孔丘の胸は高鳴った。

陽虎の脅威を感じつづけている孔丘は、

——どうすべきか。

と、悩んでいた。陽虎のありようはまれにみる不遜《ふそん》、不敬《ふけい》であり、それを匡《ただ》すような行動をまったく起こさないことは、陽虎の専恣《せんし》を黙認することになり、それはすなわち孔丘の思想の敗北となる。しかしながら、どれほど国家が異状であっても、政治にかかわる地位にいなければ、批判も非難もしない、というのが孔丘の信条である。だが、陽虎が秩序の破壊者であるかぎり、かれと戦わねばならないという気概《きがい》が孔丘にはある。ここで、陽虎と戦う手段が、公山不狃によって提示されたおもいである。孔丘のなかにある武人の血がさわいだ。

孔丘には、公山不狃の策略がわかる。

費邑《ひゆう》で叛旗をひるがえせば、かならず鎮討《ちんとう》軍がくる。この鎮討軍の指麾《しき》をとるのは陽虎自身ではあるまい。陽虎は、君主である定《てい》公を監視するためには、曲阜《きょくふ》を空《あ》けるわけにはいかない。すると鎮討軍は季孫《きそん》氏と仲孫《ちゅうそん》氏の兵によって構成されるが、その二軍は、いま北上して鄆《うん》を攻めているので、やってくるのは来春以降であろう。それまでに公山不狃が季孫斯《きそんし》と仲孫何忌《ちゅうそんかき》に密使を送っていたらどうであろう。両氏が軍を率いて費邑を攻撃するふりをしながら、公山不狃と連合してしまえば、寡《すく》ない私兵しかもっていない陽虎を、一挙に圧迫することができる。また、不利になった陽虎が定公を人質とする恐れがあるので、なるべくなら、陽虎を費邑の攻防戦に参入させるほうがよい。費邑を攻めあぐねた二軍を助けるべく、陽虎が曲阜をでたあと、都内に残っている叔孫州仇《しゅくそんしゅうきゅう》に定公を保護させればよい。

これが公山不狃の策略だ、と孔丘は想定した。もしも公山不狃がそこまで考えていないの

なら、

——われが献策する。

と、孔丘は意気込んだ。とにかく、公山不狃の挙兵は成功する、とみた。

「よし、費邑へゆく」

孔丘はつぶやいた。正義の行動とは、これである。

翌日、十人の高弟を集めた。この十人のなかには、仲由《ちゆうゆう》、冉耕《ぜんこう》、閔損、漆雕啓《しつちようけい》がいる。この会はいきなり厳粛《げんしゆく》なふんいきになった。

——先生はなにかを決断なさったのだ。

そう感じたのは仲由だけではない。孔丘をみつめる門弟は固唾《かたず》をのんだ。

「われは費邑へゆき、公山氏に仕える」

この孔丘の発言に、仲由はひっくりかえりそうになった。ほかの門弟も、眉《まゆ》をひそめ、唖《あ》然《ぜん》とした。先生ほどの人でも血迷うことがあるのか。かれらの胸に去来した念《おも》いとは、それである。

にわかに慍然《うんぜん》とした仲由は、

「公山氏のもとにゆかれるのは、もってのほかです。おやめになるべきです」

と、孔丘の感情の悪化を忌憚《きたん》することなく、諫言《かんげん》を揚《あ》げた。はたして孔丘は嚇《かつ》としたらしく、目もとを赤くして、

「公山氏がわれを召すからには、かならずそこに意義がある。費邑に拠《よ》って立てば、早晩、

魯を東方の周《しゅう》にすることができる」

と、烈しくいった。孔丘は激情家の一面をもっている。感情が高ぶると早口になる。

だが、仲由はひきさがらなかった。

「いちどもお会いになったことのない公山不狃を、なにゆえそれほどお信じになるのですか。かつてあの者は陽虎の友人であるといわれていました。たしかに才気があるので、先代の季《き》平子《へいし》に重用されましたが、栄達の速度においては、陽虎におくれをとりました。かれには陽虎への妬《ねた》みがあるのです。陽虎を逐うために挙兵するのは、自身の威権を増大させたいがためです。たとえその挙兵が成功しても、魯の国は、虎を逐って狼を残したことになるのです」

仲由は孔丘の脳裡《のうり》に画《か》かれた妄想の要図《ようず》を破るべく、声をはげまして説《と》いた。

ほどなく孔丘の顔は、怒りよりも悲しみの色に染まった。

仲由もつらくなった。それでも、孔丘が費邑へゆくことは、死地におもむくことであると認識してもらわなければならない。

公山不狃は陽虎のように露骨に専権をふりかざさないにせよ、国政に参与する地位に昇りたいにちがいない。おのれの欲望を実現するための策謀に、孔丘を利用するだけであり、孔丘の思想を尊重して国体の質を改めるような殊勝《しゅしょう》なことをするはずがない。

仲由は公山不狃を公平無私の人であるとはみていない。

――むしろ狡猾《こうかつ》な人だ。

いままでかれが沈黙していたのは、日和見《ひよりみ》をしていた、と想《おも》うべきである。公山不狃が季孫斯に忠肝《ちゅうかん》をささげる臣であれば、今秋、陽虎が季孫斯らを周社にひきずりだして盟《ちか》いをおこなった直後に、その盟いが不当《ふとう》であることを国民に知らせるべく、挙兵すべきであった。が、公山不狃はそうしなかった。しかもかれは、まだはっきりとは叛旗をかかげず、孔丘が費邑に到着したら、陽虎と戦うといっているらしい。それでは、戦いに敗《やぶ》れたら、公山不狃は孔丘にそのかされたといいのがれ、すべての罪を孔丘に負わせるつもりであろう。

仲由には別の懸念《けねん》もある。

「たとえ公山氏が正義の旗を樹《た》てたにせよ、いま魯君は陽虎の側にいるのです。その挙兵が君主への叛逆にあたることは明白なのです。君主に叛《そむ》いて正しい礼が成り立つのでしょうか。どうか、ご再考ください」

この切諫《せっかん》は、孔丘の胸に滲《し》みた。

――われは自分の不遇に苛《いら》立《だ》って、大義を見失っていたのか。

孔丘は、仲孫何忌の師となったときに、その権門を足がかりにして、政界へはいることを夢想しなかったわけではない。が、その夢想がついえるのは早かった。それでもめげることなく、魯の国内で碩学《せきがく》の名を高めたつもりではあるが、孔丘を推挙して朝廷に近づけてくれる大夫《たいふ》はひとりもあらわれなかった。季孫氏につながる糸をみつけたつもりであったが、その糸は陽虎によって断ち切られた。このまま野《や》に在《あ》りつづければ、何年経《た》っても、魯を理想の国家に近づけることができない。その焦心《しょうしん》を、公山不狃に利用されそうになったというのが現実であろう。

「わかった、考え直す」

孔丘は、集まった門弟のすべてが公山不狃のもとに趨参《すうさん》することに賛同しないと察して、散会させた。閔損のほっとした顔が印象的であった。

漆雕啓とともに外にでた仲由は、しばらく歩いてから、足を停めた。ここまで考えつづけてきた漆雕啓も、どうやら仲由とおなじ危うさをおぼえていたらしく、うつむきがちであった顔をあげて仲由と目語《もくご》した。

「引き返そう」

ふたりは早足になった。

教場《きようじよう》に残っていた閔損をみつけたふたりは、

「先生と重要な話をしたい。伯魚《はくぎよ》どのも同席してもらいたい」

と、たのんだ。四半時《しはんとき》も経たないうちに、仲由は漆雕啓と閔損を従えるかたちで、孔丘と孔鯉《こうり》のまえに坐った。この三人の胸裡《きようり》にあるおもいというのは、

——まだ先生は陽虎を甘く観《み》ている。

という愁思《しゆうし》である。

「ほかの門弟がいるところでは、話せなかったことです」

と、仲由は切りだした。

「ふむ……」

孔丘は仲由の深刻さをまともにうけた。

「先日、先生は陽虎が不在の宅を訪問なさいました。ところが、帰路で、陽虎にお遇《あ》いになった」

「あれは、まずかった」

孔丘はわずかに苦笑した。

「あれは、たまたま陽虎の帰宅が早まったのでしょうか。わたしだけではなく子開《しかい》も、そのとき疑念をもちました」

「どういうことか」

孔丘の眉宇《びう》にけわしさが生じた。

「門弟のなかに、陽虎に通じている者がいる、というより、陽虎が間諜《かんちょう》を入門させている、とみなすべきでしょう」

「まさか――」

と、孔鯉がおどろきの声を揚げた。

「これが邪推《じゃすい》あるいは臆測《おくそく》に終わればよいのですが、そうはなりますまい。先生は、他国で罪を犯して逃亡してきた者、なんらかの事情で田と家を失ってわが国にながれてきた者などにも、入門をおゆるしになっている。陽虎が先生の弘量《こうりょう》につけこむのは、たやすいでしょう」

孔丘は不快さが胸中に盈《み》ちてきた。

たとえ犯罪者でも、その罪が不当であれば、救いの手をさしのべたい。たとえ不幸の淵《ふち》に沈んでも、愉《たの》しみの地にはいあがる術《すべ》のあることを教えたい。これを世間知らずの人のよさ、とみなされては、孔丘の立つ瀬がない。

――つくづく陽虎とはいやな男だ。

と、おもわざるをえない。そんな男が、ぬけぬけと、仁、を説いたのだ。

「由や、存念をまっすぐに述べなさい」

孔丘はもはや諷諫《ふうかん》を嫌った。

「では、はっきりと申します。陽虎は人ではなく、本物の虎であると想っていただきたい。先生のいかなることばも通じないのです。費邑の公山氏の使者がここにきたこと、それに応じて先生が費邑へおもむこうとしたこと、それらは三日以内に陽虎の耳にとどきます。以後も先生が都内にいれば、かならず陽虎の指図に従った捕吏《ほり》に襲われます。それから、ただちに投獄され、拷問《ごうもん》され、生きて獄からでられないでしょう。しかもその遺骸《いがい》には、謀叛《むほん》の罪が衣《き》せられます。また、曲阜をでられて費邑にむかわれれば、陽虎の私兵に追撃され、斬殺されるでしょう」

孔丘は表情を変えなかったが、孔鯉は蒼《あお》くなった。

――仲由の想像は先走りすぎている。

とは、孔丘はおもわなかった。季孫家にいて陽虎の残忍さに接した仲由ならではの進言が、これである。

――われにも迷妄があった。

　その苦さを、いまここで、嚙みしめた。陽虎が定公と三桓に盟いを強要した時点で、この国をでるべきであった。殿上の政争にかかわりのないところにいるという自覚をもっていた孔丘は、甘い観測をしていたといえる。

「人には過《あやま》ちがある。しかし過ちがありながら改めないこと、これこそ過ちという」

と、孔丘はすべての門弟に教えてきた。いまそのことばが孔丘自身にはねかえってきた。

ゆえに、教えることは学ぶことになる。

「よし、国をでる」

孔丘は決断した。陽虎の難を避けるには、それしかない。

この声をきいた三人は、ひとまず安心して頭をさげた。わずかに腰を浮かした孔鯉は父の指図を仰ぐ目つきになった。すかさず孔丘は、

「陽虎の狙いは、われにある。なんじは閔損とともにここに残れ。われが費邑にゆかないかぎり、陽虎はなんじに手をだすまい」

と、いった。

「わかりました」

孔鯉はそう答えたものの、強い不安をおぼえて、心身が定まらない。すると、首をあげた閔損が、

「わたしが伯魚さまと教場をお守りします」

と、語気を強めていった。閔損は逆運《ぎゃくうん》に耐える力をもっており、しかもすぐれた判断力がある。留守《りゅうしゅ》をまかせられる弟子は、孔鯉にもっとも親しい閔損を措《お》いてほかにいない。

「明日は旅行の支度《したく》をし、明後日の早朝に曲阜をでて、斉《せい》へむかう。従者の選抜はなんじらにまかせよう」

孔丘は仲由と漆雕啓にむかっていった。

「うけたまわりました」

翌日、ふたりは飛び回った。信用できる門弟を集めるために、一日をついやした。かれらには、

「先生のお従《とも》ができるようなら、明朝、東門へ――」

と、仲由はいった。漆雕啓は小首をかしげた。

「斉へゆくなら、北門でしょう」

「子開よ、智慧《ちえ》が足りぬぞ。東門をでておけば、先生が費邑へむかったと陽虎は想う。追跡されぬためよ」

「あ、なるほど――」

どこまでも陽虎を甘く観ないこと、と自分にいいきかせた漆雕啓は、この夜、自分の理解者である兄にだけ、事情を語《つ》げた。

兄はおどろき、そのおどろきに愁いをそえた。

「孔先生は、斉へ亡命なさるのか。ああ、魯はいやな国になったな。孔先生を逐うとは、宝

を失うようなものだ。斉は、さまざまな民族が住み、活気に満ちている。それだけに周の礼が通用しにくい。魯と同姓の国である衛《えい》へゆかれたほうがよいのではないか」

衛は斉ほど繁栄しているわけではないが、政情は不安定ではない。

「斉往きは、先生のご速断です。衛は、陽虎の無礼を怒り、いま魯人《ろひと》を嫌っている、と判断なさったのかもしれません」

なぜ孔丘が亡命先に、衛ではなく斉を選んだのか、その真意は、漆雕啓にはわからない。だが、想像をひろげてゆけば、衛は魯と同文化の国であり、斉は異文化の国であるところから、孔丘はその異文化の実態を身をもって知るために、斉へ往くのではあるまいか。孔丘はどこにいても学びつづけ、平等に教えつづけ、知ろうとする意欲を失わない。その姿勢は驚異的といってもよい。漆雕啓はそういう師を崇《あが》め、護《まも》りぬきたい。ただし孔丘は学ぶことと教えることに専心するあまり、世情に無関心になり、外敵が生じても無警戒になるので、弟子のなかでも高弟にあたる者が師を防守《ぼうしゅ》してゆく必要がある。

――それが、いまだ。

という確信が漆雕啓にはある。こういう心情を、兄は温かく察してくれている。

「陽虎は無礼のかたまりだ。それがわかっていながら、魯はみずからを匡せない。なさけない国に零《お》ちたものだ」

と、兄は嘆息した。

黎明《れいめい》に起きた漆雕啓は、旅装をととのえ、腹ごしらえをしてから、東門へ行った。

まもなく夜明けである。

鶏鳴《けいめい》とともに、門はひらく。

風はないが、地は冷えきっており、その冷えが足の裏から腰のあたりまで伝わってくる。

門のほとりに集まっていた五、六人の門弟が、漆雕啓に気づいて、

「あっ、子開どの」

と、小さく叫んで、趨《はし》り寄った。

——先生に従う者は、これしかいないのか。

とは、漆雕啓はおもわなかった。急な旅立ちに応《こた》えてくれた者が、五、六人もいた、と感謝するおもいである。

ほどなく門がひらいた。

それから半時《はんとき》も経たないうちに、漆雕啓のもとに集合した門弟が増えた。あらためて目で算《かぞ》えてみると、十三人になった。それに漆雕啓と仲由を加えれば、孔丘の従者は十五人になる。

門弟のなかから声が揚がった。

「あれは、先生の馬車ではありませんか」

「おう、そうだ」

こちらに急速に近づいてくる馬車に朝日があたっている。御者《ぎょしゃ》はまぎれもなく仲由である。

面皮を刺すような寒風が吹きはじめた。漆雕啓は手を挙《あ》げた。その手が風の強さを感じた。

門弟のまえで馬車を駐《と》めた仲由は孔丘とともにおりて、従者の顔を確認した。いつまでつづくのかわからない孔丘の亡命の旅に、迷いなく従う者たちは、一家の家業を一身に負う立場にいない身軽な者たちばかりである。とはいえ、かれらは学問と素行《そこう》において軽佻《けいちょう》ではなく、まじめに孔丘に師事している。いや、孔丘を父のように慕《した》っている、といったほうが正しいであろう。

いちどあたりをみまわした仲由は、馬車にもどるまえに、

「陽虎の見張りらしい者はいなかったか」

と、漆雕啓に訊《き》いた。

「怪しい者はいませんでしたが、早晩、陽虎に通報されますよ」

「ちがいない。いそごう」

孔丘を車上へいざなった仲由は、馬車を発進させた。従者も動いて、すみやかに東門をでた。曲阜をあとにした仲由と漆雕啓は、

——ひとまず虎口《ここう》をのがれた。

というおもいで、胸に小さなぬくもりをおぼえた。

この日の午後、陽虎のもとに急報がとどけられた。孔丘が十数人の門弟を従えて東門をでたという。

「東門……」

かれは、解《げ》せぬ、という顔つきをした。孔丘の教場は南門から遠くなく、また、実家にゆ

く場合も南門を通るはずである。

「孔仲尼《こうちゅうじ》に関するほかの報《しら》せはないか」

陽虎は頤《あご》で側近を動かした。やがてかれらのひとりがもってきた報せが、陽虎を怒らせた。三日まえに孔丘のもとに公山不狃の使者がきて招致《しょうち》をおこなったらしい。

「わかった。仲尼め、東門をでて費邑へむかったのだ。あの腐《くさ》れ儒者は、われに仕えるといっておきながら、不狃に仕える気だ。よくも欺《あざむ》いてくれたな」

そう怒気を放ちながらふりあげた拳《こぶし》は、すぐにおろされて側近にむけられた。

「仲尼を追って、捕斬《ほざん》せよ」

この強い声に弾《はじ》かれたように側近は趨った。直後に、むっくと頭をあげて、上体を起こした男がいる。

従弟《じゅうてい》の陽越《ようえつ》である。

かれは豪胆さをもった武人で、陽虎の荒っぽい兵事を補助している。ここでも、おもむろに剣を引き寄せ、弓矢をつかむと、

「儒者ひとりを殺すのに、多くの兵は要らぬ。われが仲尼をしとめてこよう」

と、いって、起《た》った。

「仲尼のかたわらにいる季路《きろ》をあなどってはならぬ。季孫家では一、二を争う剣の使い手であった。悪いことはいわぬ、兵を率いてゆけ」

陽虎は従弟の性急さをたしなめた。かねて孔丘に利用価値があるとみて、弟子の仲由の処

分に手心をくわえたが、いまやその価値がないどころか、陽虎にとって害になりそうである。それなら、このあたりでその存在を抹消すべきであろう。

二時《ふたとき》後に、三十人が分乗した十乗の馬車が陽虎家をでた。陽越を見送った陽虎は、荒原《こうげん》に屍《しかばね》をさらす孔丘を想い、

――われに従っておけば、死なずにすんだものを。

と、冷笑した。

孔丘の追撃をはじめた陽越は、たとえ一日遅れで発《た》っても、かならず孔丘に追いつけると意《おも》い、車中では軽口《かるくち》をたたいた。ところが、二日経っても、かれは孔丘と門弟の小集団を発見できなかった。

「費邑へゆくには、この道しかないはずだ」

季孫氏の食邑《しょくゆう》のひとつである卞《べん》邑にはいって調べてみても、儒者集団をたれもみかけなかったという。

「仲尼め、どこへ行った」

配下に間道をさぐらせたが、孔丘の影をとらえることができなかった。念のため、卞邑をでて、東へ、東へと馬車を走らせたが、儒者が通過したという形跡はまったくなかった。

孔丘と門弟は消えた、というしかない。

「ええいっ――」

怒声を寒風にむけて放った陽越は、馬首をめぐらせて帰途につき、むなしく陽虎家に帰着

した。

孔丘と門弟は北へ、北へとすすんで、泰山《たい》の麓《ふもと》に到った。

おおまかに泰山より南が魯の国、北が斉の国ということになっている。

孔丘は馬車を駐めさせた。

女が哭《な》いている。その声が孔丘の耳にとどいた。

虎と苛政

天空を暗くしていた凍雲《とううん》が去った。

春が近いことを告げるような青天が梢《こずえ》のかなたにあらわれた。

だが、泰山《たい》の麓《ふもと》はあいかわらず仄暗《ほのぐら》く、寒気がとどまっている。

馬車を駐《と》めた孔丘《こうきゅう》は、小さな墓のまえに坐っている婦人を視《み》た。冷えた空気を裂くような婦人の声は、きく者の胸に滲《し》みる悲哀に満ちていた。

――よほどつらいことがあったようだ。

そう感じた孔丘は、仲由《ちゅうゆう》から手綱《たづな》をあずかり、

「なにがあったのか、きいてきなさい」

と、いい、この弟子を婦人のもとへやった。

仲由は、多くの姉がいるという家庭で育ったため、武辺者であっても、女性へのあたりがやわらかい。ここでもかれは、墓のまえの婦人をおどろかさないように、おだやかな物腰で近づき、痛切に哭《な》いているわけを問うた。

婦人はこの奇抜な服装の男に、おびえたようであったが、逃げることはせず、問いの鄭重《ていちょう》さに安心したのか、哭くのをやめて答えはじめた。

仲由はなんどもうなずいた。

「よく話してくださった」

一礼した仲由は、孔丘のもとにもどって、婦人の話をつたえた。

こういうことであった。

このあたりには虎が出没する。かつて舅《しゅうと》が虎に殺されただけではなく、夫も虎にやられた。虎の被害はそれで終わらず、ついに自分の子も虎に遭《あ》って死んだ。ゆえに哭泣《こっきゅう》していた。それほど危険な地になおもとどまっているわけを仲由が訊《き》くと、婦人は、苛政《かせい》無ければなり、と答えた。ここにはいたたまれないほど苛《きび》しい政治がないから、転居しない、といったのである。

「おう――」

と、感嘆の声を揚《あ》げた孔丘は、すかさず従者である門弟を集めて、

「よく憶《おぼ》えておきなさい。苛政は虎よりも猛《たけ》し、と」

と、いった。人々が政治にむごさを感じる場合はさまざまあるにせよ、その多くは課税の重さであろう。周《しゅう》王朝の税率は十分の一と定められたが、魯《ろ》の国では、およそ百年まえの君主である宣《せん》公のときに、十分の二に改められた。どれほど虎が恐ろしくてもこの地を去らないといった婦人が、魯の国民ではなく、斉《せい》の国民であったとすれば、婦人の意思をとりあげ

た孔丘は、遠回しに魯の政治を批判したことになる。

車上の孔丘をみあげて、その訓喩《くんゆ》をきいた漆雕啓《しっちょうけい》は、

――先生は偉い人だ。

と、感嘆した。そうではないか。かれは、苛政は虎よりも猛し、という教誨《きょうかい》にふくまれる淵旨《えんし》に感心したというよりも、亡命の道すがら教訓を摭《ひろ》う孔丘の心のこまやかさに打たれた。老子《ろうし》であれば、こういう道傍《どうぼう》から教訓を摭うことをけっしてしないであろう。孔丘はこまごまとした政治的手法を弟子に教えたことはないし、これからも教えないだろう。だが、ここではっきりと政治を教えている。教えられた弟子をみればよい。このなかのたれが国政にかかわる席に坐ることができるであろうか。貴族のなかでも最上位にいなければ参政になれないと孔丘は認識していながら、貴族ではない弟子に、

「どこにいても学ぶことはあるものだ」

と、教えている。

大国ではなく、産物も豊かでない魯という国をながめながら育った孔丘は、この国を富ませるためには、人を育てるしかない、と強くおもったことがあるのではないか。人こそ宝である、という信念の上に孔丘の学問がある。ゆえに孔丘の思想は温かい。

しかしながら、亡命先となる斉の国は、古昔《こせき》、不世出の名相といわれた管仲《かんちゅう》の政策が実施されてから、大国にのしあがり、いまに至っている。そういう富盛《ふせい》の国がいまさら人材を捜し求めるであろうか。

漆雕啓は斉の国の風あたりの強さを予想しながらも、

——先生に属《つ》いてゆくしかない。

と、自分にいいきかせた。

泰山の麓をあとにして、二、三日すすむと、風が新春の温かさをふくむようになった。枯れ色であった野色《やしょく》も、ところどころにある花木《かぼく》が蕾《つぼみ》をふくらましはじめたせいか、寒々しい感じではなくなった。山野だけではなく水も躁《さわ》ぎはじめる春とは佳《よ》いもので、人に活力を与えてくれる。

斉の首都である臨淄《りんし》に近づくころには、この小集団は、ながれてくる幽《ほの》かな芳香とつれだつようになった。

——あれが臨淄か。

大都である。臨淄に集まる人々が増えつづけているせいか、城壁の外まで住居地がひろがっている。すさんだ周都をみてきた漆雕啓にとって、その首都の容体は豊かそのもので、うらやましいものであった。

手綱をにぎっている仲由も、まぶしげにその威容をながめ、心を落ち着けてから、

「どなたをお訪ねになりますか」

と、孔丘に問うた。孔丘の亡命をうけいれてくれるのであれば、その人物はかならずしも貴族でなくてもよいが、おのれを安売りするはずがない孔丘なら、著名な大夫《たいふ》を指名するであろう。

「高子《こうし》を訪ねる」

孔丘の口調に迷いの色がなかったのは、魯を発《た》つまえに訪問先を決めていたにちがいない。

「高子ですか……」

仲由はなかば納得《なつとく》し、なかば納得しなかった。高子とは、斉の国の執政である、

「高張《こうちよう》」

をいう。斉は古昔から宰相というべき正卿《せいけい》はふたりいて、ひとりは国氏《こく》であり、いまひとりは高氏である。中華の覇者《はしや》となった桓《かん》公から絶大に信頼され、一に管仲、二に管仲と国事の大半をまかされた管仲でさえ、その両氏をはばかって次卿の地位にとどまった。いまの斉の上卿《じようけい》は、

国夏《こくか》
高張
鮑国《ほうこく》

という三人であるが、やはり国夏と高張が正卿である。仲由はそれくらいのことはわかっており、ほかの知識もある。斉では多くの国民に尊崇《そんすう》され、しかも君主の景《けい》公から師と仰がれている貴臣がいる。平仲《へいちゆう》というあざなをもつ、

「晏嬰《あんえい》」

である。かれは十年ほどまえに執政の実務から退いたが、いまだにその存在は大きく、管仲につぐ名臣であると内外からたたえられている。

「晏子をお訪ねにならないのですか」

と、仲由はいってみた。孔丘が晏嬰にどのような応接をされようが、かならず後世への語り種《ぐさ》になる。門前払いにされても、それはそれでかまわない、という意気が仲由にはある。

だが、孔丘は冷淡ともとれる口調で、

「あの人は、吝嗇《りんしょく》である」

と、いい、とりあわなかった。孔丘が晏嬰を吝嗇の一語でかたづけたい意想のなかに、悪意はふくまれていなかったであろう。しかし晏嬰が上卿でいたときも、極端な節約家であったことは、魯にもきこえてきた。

「晏子は粗衣を着て国政に臨《のぞ》み、毎日の食事は、玄米と塩漬けの野菜だけだ」

かつて孔丘はそういう伝聞を耳にしたことがある。たしかに質素倹約《しっそけんやく》は美徳である。孔丘自身、

「質素倹約につとめて、道をあやまった人など、きいたことがない」

と、門弟に教えてきた。しかしながら、晏嬰の節約は、過度である。寒家《かんか》に住む者がきりつめた生活をするのはわかるが、国政をあずかる大臣がそれでは、仕える者たちが迷惑する。なにごとにおいても、過度は人との関係をそこなう。そう考える孔丘は、適度であること、つまり中庸《ちゅうよう》を説《と》いている。

——晏子に会えば、かならず論争となる。

そのわずらわしさを避けたいことがひとつ、いまひとつは、晏嬰にはおそらく客を養うと

いう思想がないことである。そうおもう孔丘は、

「高子の邸宅は、宮城に近いはずだ」

と、いい、仲由をうながして馬車をすすめさせた。

住まいの点でも、晏嬰はみなが嫌う低湿地に住んでいる。昔、それをみかねた景公が、転居をすすめたが、晏嬰は首をたてにふらず、

「住みやすいというのは、隣近所に住む人とのつきあいが良好であることをいい、土地の良否にはかかわりがありません」

と、答えたという。

――かなわない。

孔丘は晏嬰を恐れている、というのが、ほんとうのところかもしれない。

だが、高張が亡命者にとって依倚《いい》しやすい人物か、といえば、そうではない。かつて魯の昭《しよう》公が出国して斉の景公をたよったとき、景公の使者として昭公を慰問したのが、高張である。その際、高張は昭公を、

「主君」

と、呼んで、賤《いや》しめた。いうまでもなく国主は君主であり、君主に仕える大夫が主君と呼ばれる。もっとも高張にすれば、すでに昭公が景公に臣従したとみなしたので、そう呼んだのであろう。どうやら国夏が軍事担当で、高張が外交担当のようで、高張は、晋《しん》が主導する周都の修築工事に参加した。いや、参加したふりをした。かれは三十日という工事期間が過

ぎてから現地に到着した。これは、わざと遅れたのであろう。斉は晋の指図をうけない、と暗に反発したとみてよい。しかしながらその怠慢を憎んだ晋人《しんひと》は、

「高張は、災《わざわ》いからのがれられないであろう。人に背《そむ》けば、人に背かれたとき、為《な》す術《すべ》がなくなる」

と、その没落を予言した。

実際にそうなるのは、孔丘が斉に入国した年からかぞえて十四年後である。

門弟をつかって高張邸を捜しあてた孔丘は、仲由を遣《や》って、高張の反応をさぐった。仲由は人に媚付《びふ》する型の人間ではなく、修辞《しゅうじ》にすぐれているわけでもないが、渉外《しょうがい》の基本は誠実さであると信じている孔丘は、実直さを体貌からも強く発揮する仲由を肝心な使者に選んだ。

——仲由の無言は、策士の雄弁にまさる。

また仲由が旧主の季平子《きへいし》を守りぬいた剣士であることも、その居ずまい、その容儀によって高張に伝わるであろう。孔丘の高弟である仲由が、儀礼において、過《あやま》つはずがない。孔丘が学問だけではなく、実習を重んじたことは、

——学びて時にこれを習う。

という一文に固定されて後世に伝えられた。からだがおのずと動くようになるまで、くりかえし教習した。この教習を経た門弟は、相手が周王であっても畏縮《いしゅく》することはない。

それはそれとして、高張は諸国の事情に精通しているはずであり、孔丘という名を知らぬということはありえない。すなわち亡命の理由をくどくどと説明しないですむ相手が高張な

のである。

はたしてほがらかにもどってきた仲由が、

「高子は、わたしをも、ねぎらってくれました」

と、孔丘に告げた。この時点で、孔丘の亡命は高張に理解され、うけいれられたということである。

大国の卿の祿《ろく》は、二百八十八人を養う、といわれている。その邸宅は広大で、しかも高楼《こうろう》が設けられている。季平子が昭公の兵に追いつめられても、高楼ひとつでもちこたえたように、兵事にも活《い》かせる高層建築で、二階建ての家屋がほとんどないこの時代では、上級貴族の邸宅に建つ高楼はひときわ目立つ。

高張邸もながながと牆《しょう》を繞《めぐ》らせた造りで、華麗な高楼をもっている。

独《ひと》りでなかにはいった孔丘は、家臣にみちびかれて堂にのぼり、高張に面会した。堂にのぼった段階で、客としてあつかわれたことになる。ちなみに堂上での客席は西で、東に主人が坐る。

高張は、景公の寵《ちょう》を笠に着て、威張っているとうわさされている人物であるが、孔丘にたいしては傲岸《ごうがん》さをみせなかった。意外なのは、それだけではなく、体軀《たいく》が小柄《こがら》であった。人の外貌における重量感では、孔丘がはるかにまさっている。しかしながら、かたや大国の正卿であり、かたや無位無冠の学者である。どれほど孔丘が気張っても、この現実は変えようがない。

仲由が打診にきた時点で、高張は孔丘に利用価値があるとみた。

斉から魯へ礼法を学びにゆく者がある、ときいたのは二、三年まえである。周都に留学して周の正統な礼法を魯にもちかえり、曲阜《きょくふ》でそれを教授しているのが、孔仲尼《こうちゅうじ》という儒者《じゅしゃ》であるという。

――儒者か。

最初、高張は軽侮《けいぶ》したが、よくきいてみると、孔仲尼は葬儀集団の指導者というわけではなく、詩と音楽も教えるということであった。巨《おお》きい人だ、ときいていたが、なるほど実際に会ってみると、

――武人になったほうがよい。

と、おもわれるほど迫力のある体貌である。こんな男が典雅な礼式を教えるのか、と意外であった。しかしながら、話すうちに孔丘という人格がもつ深趣《しんしゅ》を感じるようになった。

――わが君に推挙しても、まちがいない男だ。

君主が喜ぶ人物を推挙することが、信頼につながる。高張はそういう下心《したごころ》をもった。もっとも孔丘としては、高張に推薦者になってもらうために、この邸の門をたたいた。孔丘に打算があったとすれば、それである。斉にきたかぎり、高張の客で終わるわけにはいかない。

高張は孔丘を優遇してくれたといってよい。賓客《ひんかく》としてあつかい、

「斉の者にも礼法を誨《おし》えてもらいたい」

と、いい、教場《きょうじょう》を設けてくれた。これが、斉に儒教がひろまるきっかけになった。

都内での評判が高くなれば、かならずそのことが景公の側近の耳にとどき、おのずと景公が関心をもつ。孔丘を推挙するのはそれからでよい、というのが高張のおもわくである。そのあたりのひそかな意図がわからぬ孔丘ではないが、さりげなく教場の門戸を開け放った。入門希望者の身分をえりわけないのは、いつものことなので、士だけではなく庶民も異風の学者のありように関心をもった。ただし庶民が礼儀作法を習いおぼえたところで、この貴族全盛の世では、それを活かせる場などないが、あらたに入門した者のなかには、実利とは別なところに孔丘の学問の本質があると気づいた者もいた。その者はこういった。

「壁に囲まれた暗い部屋に、牖《まど》をあけてもらい、はじめて外の景色をみたようだ」

それを仄聞《そくぶん》した漆雕啓は、はじめて孔丘に会って教えをうけはじめた自分を憶《おも》いだした。孔丘のもとで学びつづけると牖はひろがり、やがて屋外にでて豊かな光を浴び、天を仰ぎ瞻《み》ることができる。その天は多くの人々の天でもあるが、漆雕啓だけの天でもある。人が生きてゆくことは根元的に哀しい。その哀しさに籠《こ》もれば、なおさら哀しい。孔丘は魯の庶民をそうみたのであろう。人は感情の動物であるともいえる。が、感情の世界はいかにも蒙《くら》すぎる。知は、感情世界に外光をとりいれる牖である。ゆえに孔丘は、

「まず知りなさい」

と、教える。つぎに、

「好みなさい」

と、勧《すす》める。これは閉塞《へいそく》の外にでることである。さいごに、

「楽しみなさい」

と、いう。これは天の下に立って、人々とともに楽しむと同時に独りでも楽しむことをいうが、それはすなわち生きていることを楽しむことであり、個としての自立と他者との調和をはたさなければ達しえない境地である。一言でいいかえれば、

「和《わ》する」

ということになる。いまの魯は、個としての自立も、他者との調和もはたされず、そういう状態を、孔丘は、

「道行なわれず」

と、いい、魯をでるまえに弟子にむかって、

「桴《いかだ》に乗って海に浮かぼうか。われに従ってくれるのは、まず由だな」

と、いった。それをきいて仲由が喜んだので、孔丘はたしなめるように、

「由よ、なんじが勇を好むのはわれにまさっている。が、桴の材料はまだ得られていない」

と、笑譃《しょうぎゃく》をまじえていった。桴に乗って海に浮かぶ、とは、魯をでて未開の地へゆこう、ということであり、その桴にまっさきに乗ってくれるのは仲由であるにちがいない。しかしながら、そうしたくても桴を作る材料をみつけて取ってくることができない、とは、どういうことなのか。謎をかけられたかたちの仲由は、

「勇気だけでは亡命の旅にでられない、才覚が要《い》る、と先生はおっしゃったのだろうよ」

と、あとで漆雕啓にいった。

——そうかもしれないが、そうでないかもしれない。

孔丘がわかりにくいことや不可解なことをいったときには、漆雕啓はそのことばを脳裡《のうり》でくりかえし、歳月をかけて解くことにしている。自分の知力に自信があるわけではない漆雕啓は、師のことばをいそいで解かずに、腑《ふ》に落ちてくるまで待つことにしている。

さて、師弟ともに臨淄での生活に順調さを感じるようになったとき、漆雕啓は孔丘に呼ばれて、

「鯉《り》に会ってきてくれ」

と、いいつけられた。それだけである。父から子への伝言はいっさいなかった。長いあいだ孔丘に師事している漆雕啓は、よけいなことを問わず、

「さっそくに——」

と、答え、門弟のなかで剣の腕の立つ者をひとり選んで、翌日には発った。陽虎《ようこ》の配下にみとがめられることが、ないわけではない。

夏の盛りである。

ぶじに曲阜の教場にはいったふたりは、汗を拭《ふ》くまもなく孔鯉と閔損《びんそん》に会って、臨淄での生活のようすを伝えた。孔丘が出国したあと、教場を襲ってきた者はおらず、残留した者に危害は加えられなかったようなので、漆雕啓は安心した。

「費邑《ひゆう》の公山《こうざん》氏は挙兵したのか」

いまや、公山不狃《こうざんふじゆう》と孔丘は無関係であるが、季孫《きそん》家の家臣のなかで有力であるかれの動静

は、今後の魯の政情になんらかの影響をあたえそうなので、漆雕啓は気にかけている。

「それが、よくわからない……」

閔損は困惑ぎみにいった。費邑に叛旗《はんき》が樹《た》ったとはきこえてこない。しかし公山不狃が陽虎に積極的に協力しているようではない。陽虎と公山不狃はたがいに相手のでかたをうかがっているともいえる。

もうすこしくわしい情報が欲しい漆雕啓は、教場をでて、丙《へい》の家へ往った。季孫氏の兵の輜重《しちょう》をあつかっている丙は、三か月ほどまえに戦場から還《かえ》っていた。漆雕啓の顔をみた丙は素直に喜び、

「陽虎が追手《おって》をだしたようだが、うまくかわして、孔先生はいま斉か」

と、いった。言外には、なんじはよく孔先生を護《まも》って斉まで行ったな、と褒《ほ》めた。

「臨淄で、高張どの客となり、教場をひらいておられます」

「それは、よかった。魯はますますひどくなった。陽虎が季孫氏と仲孫《ちゅうそん》氏に鄆《うん》を攻めさせたことは知っているだろう。今年の二月に、斉は鄆の保持をあきらめて、その邑に陽関《ようかん》という邑をそえて、魯に返還した」

「そうでしたか」

孔丘が斉へむかうとき、陽関の近くを通った。

「それからが、ひどい。返還された二邑は、公室におさめられるのがすじだが、陽虎はおのれの食邑《しょくゆう》とした」

「ほう――」

漆雕啓はあきれてみせたが、魯で実権をにぎりながらも、食邑のひとつも持たなかった陽虎の焦《あせ》りはよくわかる。食邑をにぎったことで、実権をにぎっていた手がゆるむのではないか。

――欲望も、満ちれば、あとは欠けてゆくだけだ。

季孫家の内情にくわしい丙だが、公山氏についてはまったくわからないようなので、丙家をでた漆雕啓は、実家へ行った。兄の喜笑をみた漆雕啓は、

「もしも陽虎が官民を喜笑させる政治をおこなったら、前代未聞の偉人となり、貴族社会を消滅させる大改革者になりえたのに、かれには徳の力のすごみがわかっていない。その点でも、陽虎はわが師にはるかに劣っている。いまは陽虎に逐《お》われたかたちのわが師だが、いつか、かならず陽虎を逐うことになろう」

と、心のなかでつぶやいた。

天命を知る

　寒風が吹きはじめた。

「魯《ろ》の学者である孔丘《こうきゅう》が、卿《けい》を頼って、入国し、教場《きょうじょう》をひらいているというではないか」

　鄭《てい》の君主との会合を終えて帰国した斉《せい》の景《けい》公の声をきいた高張《こうちょう》は、足もとに立ったうわさが君主の耳までとどくのに、なんと月日のかかったことよ、と内心苦笑しながら、

「かの者は、周《しゅう》の礼法のみならず、古代の制令にも精通しており、楽《がく》と詩も好む者ゆえ、ご引見は実り多きものとなりましょう」

　と、うやうやしく述べた。

「さようか。では、外宮《がいきゅう》に招こう。手配いたせ」

　諸外国の君主、卿、正式な使者ではない者に会うときには、城外の宮室をつかう。

「わが君に面謁できることになった」

　高張にそう告げられた孔丘は、多少の喜びをおぼえたが、心のかたすみで、

　――この国は、主従ともにぬるい。

と、感じた。大国であるがゆえの鈍さであろう。孔丘はおのれを天下一の学者であるとうぬぼれているわけではなく、また尊大にかまえているつもりもないが、国力の向上をめざし、つねに改善をこころがけている君主と卿が斉にいれば、この面謁はもっと早くに実現していたであろう。

――斉は、老いてきたのか。

老人が好奇心を失い、新奇なものから目をそむけるように、斉という国も、あらたな刺戟を求めず、古色の寧謐《ねいひつ》に安住しているとすれば、それは目にみえない危殆《きたい》である。孔丘自身は、学びつづけても、善《ぜん》を求めつづけても、及ばないという自覚をもっている。国家もそうあるべきなのである。

斉への批判を胸に秘めた孔丘は、高張とともに外宮にはいった。

やがて孔丘が謁見した景公は、その容貌にわずかに老いの色がある君主であった。景公は四十五年という在位の年数をもつ。これから十数年、健在でありつづければ、斉の累代《るいだい》の君主のなかでもっとも長寿であるといわれている荘公《そう》（西周末から東周初めにかけての君主）の六十四年に次ぐ在位期間の長さを誇る人となろう。

非凡さから遠いこの君主が、大過なく斉という大国の主でありつづけたのは、ひとえに晏《あん》嬰《えい》のそつのない善導《ぜんどう》があったからであろう。景公に美点があるとすれば、自身と室《いえ》を破滅させるほど大きな欲望をもたず、自我も強烈ではなく、晏嬰の善言を聴く耳をもち、悪い点があれば、おくればせながらも反省して改める素直さをもっていたことである。

景公は口をひらいた。どちらかといえば細い声がその口からでてきた。

「わが妣《はは》は、魯の叔孫《しゅくそん》家から嫁《とつ》いできた」

魯には関心があり、親しみをもっている、と景公は暗にいったのであろう。

「存じております」

「いま魯は、難儀《なんぎ》のなかにあり、無礼の国になりはてている」

「わたしは参政の席に坐ったこともなく、まして魯をでた身です。魯の国情のことは、存じません」

「あっ、なるほど」

幽《ほの》かに笑った景公は話題をかえた。

「そなたは礼に詳しいときいた。そもそも礼とはなんであるのか。わかりやすく説《と》いてくれ」

孔丘は相手の知力を量《はか》って説くことに長《た》けている。

「では、申します。礼は事を理《おさ》めるのに不可欠なものです。たとえば夜中、幽室《ゆうしつ》のなかに燭《しょく》がなければどうでしょう。どちらへ行ったらよいのかわかりません。またそのなかで捜しものをする場合、終夜捜しつづけても、求めるものをみつけることはできないでしょう。礼は燭のようなもので、たとえ闇のなかにあっても燭さえあれば、足もとをあたりをみることができ、まちがいなく行動できるのです。人に礼がなければ、手足を置くところはなく、耳目《じもく》をむけるところもなく、進退もままならないといってよいでしょう。もしも国を治める君主と卿に礼がなければ、国家は幽室と化し、なかにいる官民がやみくもに動くため、すべてが紊《みだ》れてしまいます」

「なるほどなあ」

景公が無邪気な声を発したとき、入室してきた側近が、

「周の使者が、ご到着です」

と、告げた。景公は眉《まゆ》をひそめた。

「今日が、その日であったか」

「使者は奇妙なことを述べられました。先王の廟《びょう》に災いがある、とか、あったとか」

「ふん、そうか……」

ききながして孔丘に顔をむけた景公は、

「そういうことなので、ご高説は、後日拝聴しよう」

と、いって起《た》とうとした。すかさず孔丘は、

「災いがあったとすれば、かならず僖《き》（釐《き》）王の廟です」

と、いった。

「ほう――」

景公は起つのをやめて、側近に、それについてしっかりと周の使者に質《ただ》してまいれ、といいつけた。この時代、予言を尊ぶ風潮がある。予言を的中させた者を、聖人、と呼んであがめたりもする。

孔丘がいった周の僖王は、諸侯の盟主となって覇者の時代を現出した斉の桓《かん》公と同時代の天子である。在位五年で崩じた。歴史のかたすみに、在るか無いか、というような周王の名を孔丘が知っているだけでも景公にとってはおどろきで、しかもその王の廟に災いがあったと孔丘が特定したことに、大いに興味が湧いた。

——この者の真価が、これでわかる。

景公は待った。

半時《はんとき》後にもどってきた側近の報告は、近侍《きんじ》の臣をざわつかせ、景公を大いに驚嘆させた。はたして災いのあった廟は僖王のそれであった。すぐさま景公は、解答をせかすように、

「どうしてわかったのか」

と、孔丘に問うた。孔丘は落ち着いたものである。

「皇皇《こうこう》たる上天、その命《めい》たがわず、天は善《ぜん》をもってその徳に報《むく》ゆ、と詩にあります。禍《わざわ》いも、おなじことです。僖王は周の文《ぶん》王と武《ぶ》王が定めた制度を変えて、天地の色である玄黄《げんこう》を用いて華麗な装飾を作り、宮室を高大にし、乗り物を奢侈《しゃし》にして、おもうがままでした。ゆえに天の殃《とが》めが、廟にくだったのです」

「天は、なぜ生きている僖王をとがめず、崩じたあとに罰をその廟に加えたのか」

景公は問いを重ねた。

「文王と武王の徳にめんじてです。生前の僖王をとがめれば、文王と武王の嗣《よつぎ》が殄《た》えてしまいます。ゆえに、その廟に災いをくだして、生前の過《あやま》ちを彰《あきら》かにしたのです」

「そういうことか……」

すっかり感心した景公は、起って、孔丘にむかって再拝した。

「聖人の智慧《ちえ》が、常人をはるかにしのいでいることがよくわかった。つぎは、宮中にお招きしよう」

この声に、相好《そうごう》をくずしたのは、孔丘ではなく、高張であった。孔丘を推挙したことで、大いに面目をほどこしたといえる。

ぞんがい景公は約束を守る人で、この日からひと月も経《た》たないうちに、孔丘を宮中に招いた。このときは高張がつきそっていないので、景公は、

「あなたは斉にきてかなりの月日が経っているのに、いちども晏嬰に会っていないようだ。会わないわけでもあるのだろうか」

と、問うた。耳が痛い問いである。

――晏子の吝嗇《りんしょく》が度を過ぎているからです。

と、答えたいところであるが、それではことばが卑しすぎるので、

「晏子は三君にお仕えして従順であった、ときいています。それは三心があることになります。晏子にお会いしないわけはそれです」

と、いった。やんわりとではあるが、孔丘は晏嬰を批判した。

孔丘のいった三君とは、霊《れい》公、荘《そう》公、景公のことである。晏嬰の父の晏弱《あんじゃく》は、霊公が薨《こう》ずる二年まえに亡《な》くなり、晏嬰はそれから二年余の喪《も》に服したので、霊公に仕えたとはいえな

い。たとえ霊公に仕えたとしても、わずかな月日であろう。

「さようか」

景公はうなずいてみせたが、どうもそれは真意をかくしたいいわけのように感じられたのであろう、あとで参内《さんだい》した晏嬰に、

「なんじは三君に仕えたので三心がある、と孔丘が申していた」

と、いい、反応をみた。晏嬰は内心慍《むっ》とした。むろんこの時点で、孔丘が何者であるのかを晏嬰は知っている。

忠臣は一君にしか仕えないというのが孔丘の思想であるとすれば、それは人の良否をうわべで区別しすぎである。

「わたしが三心をもちましょうか。わたしが知っている三君は、ひとつの心をおもちです。三君はみなこの国の安寧《あんねい》を欲していたのです。それゆえわたしは従順にお仕えできたのです。わたしはこうきいています。正しいのにそれをまちがいとすること、まちがっているのにそれを正しいとすること、いずれもそれは誹《そし》っていることになる、と。孔丘は斉の三君の心をみつめなおす目をもち、そこに自身の思想を拠有《きょゆう》すべきです」

晏嬰は孔丘の形式主義を膚浅《ふせん》とみなして酷評した。むろんこの発言を、孔丘は景公からきかされたであろう。孔丘は、こういうときに、感情をあらわにすることはけっしてない。弟子にはよくこういういいかたをする。

「われはしあわせ者だ。われがまちがっていると、かならず人が教えてくれる」

学びつづけ、教えつづけて、倦《う》むことを知らない謙虚な吸収力とはそういうものであろう。人から悪口を浴びせられれば嚇《かっ》となる質《たち》の漆雕啓《しっちょうけい》は、そういう師を瞻《み》て、

——偉いものだな。

と、つくづく感心する。怒ってしまえば反発するだけで、なにも吸収できない。

秋風が立つまでに臨淄《りんし》と曲阜《きょくふ》のあいだを一往復した漆雕啓は、以後の連絡の手段をととのえた。秋になると、斉の上卿《じょうけい》である国夏《こくか》に率いられた軍が魯の西部を攻めたため、両国は戦争状態となり、とくに国境の緊張が高まったので、交通がとだえがちになった。しかし冬の臨淄には交戟《こうげき》の音はとどかず、どこに戦いがあるのかといわんばかりの静穏《せいおん》さがあった。

新年になると、すぐに孔丘は宮中に招かれて、景公とともに舞楽を観《み》た。

これが孔丘にとって大事件になったといってよい。

演奏されたのは、

「韶《しょう》」

という舞曲である。韶は古代の聖王であった帝舜《しゅん》の音楽である。この曲について孔丘は、

——美を尽くし、また善を尽くせり。

と、あとで感想を述べたが、最初に聴いたこの時点で、魂が飛ぶほどに感動した。もともと音楽好きである孔丘の感性が、この舞曲につつまれて、とろけたといってよい。

——楽は韶舞に尽きる。

音楽の最高傑作は韶である、とたれにはばかることなくいえる。孔丘は陶然《とうぜん》としつづけ、この日から三か月間、肉を食べてもその味がわからなかった。

もっとも斉の宮廷管弦楽団は、この時代の最高峰にあった。周の王子朝《ちょう》の大乱をのがれて、諸国に亡命した文化人はすくなくなく、王室所属の楽師が斉まで奔《はし》って、楽団に加わり、その音楽と演奏の質を高めたと想《おも》ってよいであろう。

孔丘の学ぼうとする意欲は尋常ではない。音楽においてもそうで、景公に請願して、楽師に接触した孔丘は、師襄子《しじょうし》と呼ばれる楽師に就《つ》いて琴を習った。師襄子は打楽器の磬《けい》を担当しているが、琴もうまい。練習のために一曲を与えた師襄子は、孔丘ののみこみの早さにおどろき、

「つぎに進まれたらよい」

と、いった。だが孔丘は喜ばず、

「この曲にある志《こころざし》がわかりません」

と、いい、曲から離れなかった。師襄子はころあいをみて、

「志はおわかりになったようですな。つぎに進まれよ」

と、うながした。が、孔丘は、

「この曲を作った人がみえてこない」

と、応《こた》え、さらに弾《ひ》きつづけた。やがて孔丘はようやく納得《なっとく》したという表情で、目を高くあげて、

「作曲者がどういう人であるか、わかりましたよ。色はどこまでも黒く、そうとうな長身で、志は広遠であり、そのまなざしは遠くをみるようであり、天下四方を掩有《えんゆう》している。これが周の文王でなければ、たれがこの曲を作れましょうか」

と、いった。とたんに師襄子は席をおりて、

「あなたは聖人です。この曲は、伝承によりますと、文王操《ぶんのうそう》というのです」

と、感嘆を籠《こ》めてうやうやしくいった。

周の文王が長身であったことは、『荀子《じゅんし》』にも、

――文王は長し。

と、あるので、信じてよさそうである。遠くをみるようなまなざし、というのは、気宇《きう》の大きさを表現していることのほかに、もしかしたら、近視であったのではないかと想像させられる。文王の子の周公旦《たん》を尊崇《そんすう》している孔丘は、韶だけではなくこの曲も好んだであろう。

このように音楽に心酔している孔丘の姿勢も、景公に好感を与えたようで、孔丘を自身の客としてもてなし、ついに顧問《こもん》の席に坐らせた。このなんでもよく知っている学者は、とにかく行儀がよい。景公が問わないかぎり静黙しつづけ、問えば、かならず淵旨《えんし》のある答えがかえってくる。

あるとき景公は、

「政治とはなんであるか」

と、問うた。孔丘の答えはこうである。

るところです」

「君主が君主としてあり、臣下が臣下としてあること、父が父としてあり、子が子としてあることです」

孔丘の思想の基本にあるのは、人にとって父母こそが至尊であるというもので、一国の君主はそれにまさるものではない。しかしながら、政治は――、と問われたので、君主をさきにいい、父をあとにした。この機微《きび》を察するほど景公の心機《しんき》は繊細さをそなえていないが、それでも胸を打たれたように大きくうなずいた。

「善言である。ほんとうに、もしも君主が君主でなく、臣下が臣下でなければ、また、父が父でなく、子が子でなければ、たとえ粟《ぞく》（穀物）があったところで、われはどうしてそれを食べられようか」

斉の国が正しい秩序をもち、君臣と父子の関係がそのように整厳《せいげん》としていれば、君主としてなにも憂えることはない。しかしながら景公は自身の年齢を考え、後継者の不安定さを想うと、ときどき不安に襲われる。

秋が深まるころ、

――孔丘を政界の重鎮《じゅうちん》としたらどうであろうか。

と、意《おも》うようになった。孔丘は利害では揺れ動かず、倫理《りんり》をつらぬいてくれるのではないか。景公はそれほど孔丘を信用するようになったということである。が、孔丘を大夫《たいふ》にひきあげ、参政の席に就かせることにすれば、重臣の反発は必至で、

――とくに晏嬰は難物《なんぶつ》である。

と、おもった景公は、この老貴臣だけをさきに招いた。

参内する際の晏嬰の馬車は、

「弊車駑馬《へいしやどば》」

と、いわれ、ぼろぼろにやぶれた車が駄馬に牽《ひ》かれてゆく光景をみた都民は、

「あっ、晏子だ」

と、すぐにわかる。そのように大衆に人気があり、世論に支えられている晏嬰の同意を得られれば、景公はほかの重臣を押し切るつもりである。

「卿よ」

と、ねんごろに晏嬰に声をかけた景公は、

「孔丘の処遇を決めたいとおもう。魯の季《き》（季孫《きそん》）氏と同等というわけにはいかないので、季氏と孟《もう》（仲孫《ちゆうそん》）氏のあいだでは、どうであろうか」

と、いった。が、景公が孔丘を昵近《じつきん》させている現状をにがにがしく視《み》ていた晏嬰は、

「なりませぬ」

と、即座にいった。

「ならぬか……」

晏嬰の諫言《かんげん》はつねに正しい。いくたびもそのことを痛感してきた景公は、多少の落胆をおぼえながらも、晏嬰の説明を待った。

「孔丘は傲慢であり、おのれの主義をつらぬこうとするだけであり、多くの民を教化するこ

とはできません。音楽を好んで、民に寛大さをみせるだけでは、みずから治めることはできないのです。天命をいいわけにつかって、仕事を怠《おこた》るでしょうから、職務をまかせることはできません。葬儀集団からでてきた男ですから、葬式を重厚にします。わが国の上下がすべてそのようになれば、その費用は民の家計をそこない、国を貧しくするでしょう。孔丘の衣服をごらんになっておわかりになるように、儒者は外見を飾っています。外見にこだわっている者が、衆人を導くことができましょうか」

晏嬰は孔丘を痛罵《つうば》しつづけた。

ただしそれは偏見とはいえないであろう。後世の儒教批判に通う指摘がそろっている。しかしながら晏嬰は、僭越《せんえつ》や下剋上《げこくじょう》を未然にふせぐ力のあるのは、法ではなく礼である、という認識をもち、斉国の将来を憂慮する景公に礼の重要性を説いたことがあるので、孔丘の思想を全面的に否定したわけではない。

だが、孔丘が定める礼は細かすぎる。朝廷に出入りする際の礼儀作法ひとつをとっても、かれの門弟にならないかぎり、おぼえられない。ほかの礼儀作法にも同様のむずかしさがあり、大夫と官吏は寿命を倍にしても、学び尽くせない。上がそのありさまとなれば、それが世の手本となるはずがない。すなわち儒教は君臣と官民を惑わすだけである。

要するに、いま景公にとりいっている孔丘という思想家は、うわついた助言者にすぎず、質実な実務者になれない、と晏嬰はみた。

「さようか」

かつては晏嬰の箴言《しんげん》に耳を貸さず、幾多《いくた》の失敗をした景公は、いまや晏嬰を先生と呼ぶほど尊敬している。けっきょく孔丘は君主を惑わし、民を愚かにするだけだ、といわれると、わかった、というしかなかった。

孔丘に封土《ほうど》がさずけられることが、晏嬰の反対でとりやめられた、と伝え聞いた孔丘と門弟は、いちように失望した。斉を整然たる文化国家に作り変える意欲が殺《そ》がれた孔丘は、都外にでて、冷えきった川のほとりに坐り、水のながれを視ることが多くなった。従《とも》をする漆雕啓は、孔丘の心情を察して、

——おつらいであろう。

と、心を暗くした。晏嬰に怨みをむける気はないが、

「晏子は国家を救うことができても、個人を救うことはできまい」

と、いいたかった。漆雕啓は孔丘に遇《あ》ったことによって、うす暗い過去から脱し、おのれを改良するきっかけを与えられ、無為《むい》になるかもしれない日々に充実感をおぼえるようになった。ひとことでいえば、孔丘に救われた。つまり、孔丘の思想は、個人から国家まで、効能を発揮できる、と漆雕啓は信じるようになった。晏嬰こそ、孔丘のうわべしか観ていないのではないか。

孔丘を大夫にすることをあきらめた景公であるが、その優遇を打ち切ったわけではない。だが、景公の客でありつづけることが、孔丘の本意にそぐわないことはあきらかなので、

——これから先生はどうなさるのか。

と、漆雕啓は不安をおぼえた。おそらくおなじような不安を孔丘がかかえているがゆえに、それが弟子につたわってくる、ともいえる。

厳冬である。寒気が骨までふるわせるような日に、いそぎ足で孔丘の室《へや》にはいった仲由《ちゅうゆう》が、

「高子の家宰《かさい》からおしえられたのですが、陽虎《ようこ》が内戦に敗れて、陽関《ようかん》の邑《まち》に逃避しました。孤立して戦えるはずがないので、斉に亡命してくるかもしれません」

と、報《しら》せた。

――ああ、天命とは、そういうことか。

このとき五十歳の孔丘は、天に想像を絶する力があることを実感した。かれは晩年に、五十歳で天命を知った、と述懐することになるが、そのことばには、失望の淵《ふち》から生じた希望の光がかくされている。

――斉を去り、魯に帰るべし。

天が孔丘にそう命じている。

中都《ちゅうと》の宰《さい》

天文《てんもん》には、ふしぎな巡《めぐ》りがある。

冬の星が現れれば、夏の星は去り、夏の星が現れれば、冬の星は去る。

そのようにけっしてめぐりあわないさまを、

「参《しん》（冬の星）」

と、

「商《しょう》（夏の星）」

という二星をつかって表現することがある。孔丘《こうきゅう》が生きている時代よりおよそ千二百年あとの詩人である杜甫《とほ》は、

人生相見《あいみ》ず　動《やや》もすれば参と商の如《ごと》し

と、詩《うた》った。なお、参はサンとも発音し、三に通ずるため、冬の星座のオリオン座のなか

の三星を指す。さらにいえば、シンという発音は、晋《しん》に通じて、国名の晋は参からきている。また、商は大火《たいか》とも呼ばれ、アンタレスを想《おも》えばよいであろう。

孔丘と陽虎《ようこ》は、その動きに関していえば、参と商のごとし、といえるのではあるまいか。

次の年の晩夏に、陽虎が斉《せい》へ亡命すると、それ以前に、孔丘は弟子を率いて斉を去っていた。陽虎の力政《りよくせい》からのがれた魯《ろ》の国へ、孔丘は帰ってきたのである。

孔丘の帰着を賀《いわ》って、多くの門弟が教場《きようじよう》に集まった。

そこには門弟以外の顔もあった。季孫《きそん》氏とのつながりを保ちつづけている豪農の丙《へい》が、長男の乙《いつ》をともなって、孔丘に賀辞《がじ》を献じにきた。丙は六十代のなかばにさしかかったが、矍《かく》鑠《しやく》としており、家業を長男にゆずる気はないものの、あとつぎの顔を孔丘に憶《おぼ》えてもらうためにつれてきた。

祝賀会が終わり、門弟が引き揚《あ》げたあと、孔丘は教場を留守《りゆうしゆ》した孔鯉《こうり》と閔損《びんそん》をあらためてねぎらった。そのあと、陰《かげ》の支援者である丙と乙を別室にいざない、ふたりに親しい仲由《ちゆうゆう》と漆雕啓《しつちようけい》をも入室させた。

丙はくつろいだ表情で、

「先生は斉君に厚遇され、大夫《たいふ》に任ぜられて、参政の席を与えられるところであった、と魯ではもっぱらのうわさです。それはまことであったのですかな」

と、ゆるやかな口調で問うた。

孔丘は目で笑った。

「なかば正しく、なかば正しくない。うわさとは、つねにそういうものです。われは斉に在《あ》って、陽虎についてのうわさを耳にしていましたが、それはあくまでうわさです。陽虎が魯を出国するまでのいきさつを、あなたほど正確に知っている者はいないでしょう。話してくれますか」

「なんで否《いな》と申しましょうか。痛快なことです。陽虎を逐《お》うきっかけをつくったのは、季孫氏の家臣で、苫夷《せんい》という者です。子路《しろ》（仲由）どのは季孫家にいたので、かれを知っているでしょう。魯君をはじめ士までもが恐れに恐れた陽虎を、かれだけが、逆に、恫《おど》したのです」

いちど軽く笑声を立てた丙は話をつづけた。

そのきっかけとは、一昨年秋の戦場にあった。

南下してきた斉軍を魯軍が迎撃《げいげき》した際、戦況をながめていた苫夷は、斉軍に伏兵の策があると想い、指麾《しき》をとっている陽虎に近寄り、

「虎よ、この戦いで季孫氏と仲孫《ちゆうそん》氏を苦難におとしいれたら、軍法にかけるまでもなく、われがなんじを殺してやる」

と、恫喝《どうかつ》して、軍を引き揚げさせた。脇腹《わきばら》に匕首《ひしゆ》をあてられたおもいの陽虎は、

——こやつをみそこなっていた。

と、はじめておびえた。恐怖をおぼえた陽虎は、こうなったら三桓《かん》の家をことごとく変改するしかないと意《おも》い、三家の当主をすべて廃替《はいたい》させるべく、密計を立てた。

むろんこの密計を実行するためには協力者が要《い》る。陽虎は内々《ないない》に協力者を集め、密計の大要をかれらにうちあけた。

季孫家の当主である季孫斯《きそんし》には季寤《きご》（子言《しげん》）という弟がいる。この弟を当主にすればよい。つぎに、仲孫家の当主である仲孫何忌《ちゅうそんかき》を追放して、陽虎自身が家主になる。さいごの叔孫《しゅくそん》家には叔孫輒《しゅくそんちょう》という庶子《しょし》がいるので、当主の叔孫州仇《しゅくそんしゅうきゅう》を斃《たお》して、かれを家主とする。そういう計画である。

決行日は、昨年十月の禘《てい》祭の翌日となった。禘祭の翌日に、季孫斯を饗応《きょうおう》して、そこで殺すのである。

ところで禘は上帝を祭ることではあるが、ここでは祖先を合祀《ごうし》する大祭をいう。五年にいちどおこなわれたようである。

さて、魯におけるこの大祭は僖《き》公の廟《びょう》でおこなわれ、翌日に饗宴が催される。

——季孫斯を殺すのはたやすいが、その後の抵抗と混乱を鎮圧するのに時がかかる。

そう予想した陽虎は、季孫氏の命令として、各食邑《しょくゆう》から兵車をださせることにした。季孫斯を殺したあと、集合した兵車を一手に握って、反勢力を潰滅《かいめつ》するというのが陽虎のおもわくである。

が、この命令を仄聞《そくぶん》して大いにいぶかったのは、仲孫家の食邑である成《せい》邑をあずかっている公斂処父《こうれんしょほ》（名は陽《よう》）である。かれは仲孫家随一の猛将であるといってよい。疑念をもったかれはさっそく使いを曲阜《きょくふ》へ遣《や》り、

「季孫氏は各邑に命じて兵車を出動させようとしていますが、なにゆえですか」

と、主君の仲孫何忌に問うた。

「われはなにも聞いていない」

この返辞を承《う》けた公斂処父は、

「そうであれば、それは謀叛《むほん》です。あなたさまにも災いが及びます。先手を打って備えましょう」

と、伝え、饗宴がおこなわれる日に駆けつけると約束した。

当日、季孫斯は邸宅をでた。

宴会場へむかうこの行列を先導するかたちで陽虎が前駆《ぜんく》した。季孫斯の馬車の左右には長剣と楯をもった虞人《ぐじん》がすすんだ。虞人は山沢《さんたく》を管理する役人である。この行列の殿《しんがり》には、陽虎の従弟《じゅうてい》の陽越《ようえつ》がいる。つまりかれらは季孫斯の前後左右をふさいで、恣行《しこう》をゆるさず、会場まで運ぼうとした。ただし、この厳重すぎる護送が季孫斯を大いに不安がらせた。

――陽虎はわれを殺すのではないか。

陽虎は季孫斯をあやつることで、政権を掌握してきたが、すでに食邑をもち、大夫となったかれにとって季孫斯は不必要になりつつある。車中で陽虎の悪計に勘《かん》づいた季孫斯は、御《ぎょ》者《しゃ》の林楚《りんそ》に、

「なんじの先祖はわが家の良臣であった。なんじもそれを継ぐように」

と、語りかけた。手綱《たづな》をにぎっている林楚の手がふるえた。

「遅すぎる仰《おお》せです。陽虎が政治をおこなうようになってから、魯は国中がかれに服しています。陽虎にそむけば、死を招きます。死ねば、主のお役には立ちません」

陽虎がおこなっている恐怖政治がどれほどすさまじいかは、林楚の返答のしかたでわかる。むろん季孫斯もその恐怖に耐えてきたひとりであるが、饗宴の席がおのれの墓の門につながりそうな予感を払い除けるためには、勇気をだして行動しなければならない。

「どうして遅すぎることがあるか。なんじはわれを仲孫家へ運んでくれぬか」

季孫斯の脳裡《のうり》に浮かんだのは、仲孫氏の武力である。叔孫州仇は胆力が乏しく、器量が小さいので、恃《たの》みにならない。

「死を厭《いと》うわけではありませんが、うまく主を逃《のが》すことができないのではないかと懼《おそ》れています」

「かまわぬ、往《ゆ》け――」

言下に、林楚は馬首を転じた。

この決断と行動が季孫斯の一命を救った。

季孫斯の馬車の逸走《いっそう》に、虞人が立ち噪《さわ》ぎ、その異状に気づいてすばやく反応したのが、最後尾にいた陽越である。

――季孫斯め、逃げやがったのか。

眉《まゆ》を逆立てた陽越は、

「逃がさぬ――」

と、叫んで、猛追した。追う馬車と追われる馬車が疾走した。仲孫家から遠くないところに十字路がある。そこで方向を変えるために季孫斯の馬車の速度が落ちた。

——しめた。

陽越は林楚を射殺するために矢を放った。勁矢《けいし》である。骨をも砕《くだ》くその矢は林楚の頭上を通過した。

この日、仲孫何忌は公斂処父の到着を待つあいだに、圉人《ぎょじん》の三百人を門の外にだして、工事をおこなわせた。圉人はもともと馬飼いをいうが、ここでは奴隷《どれい》であると想ったほうがよい。工事というのは、自分の子の室《へや》が足りなくなったので、門外に建てるためであるが、それは口実で、万一の戦闘にそなえて防衛力を増そうとしていた。

この工事のさなかに、季孫斯の馬車が門内に飛び込んだ。

圉人は工事を中止していっせいに引き揚げ、門を閉じた。直後に、陽越の馬車が門前に到った。かれは門扉を睨《にら》み、

「季孫斯を差し出せ。差し出さぬと、仲孫氏は君にさからう賊とみなされ、討伐されるぞ」

と、怒鳴った。

門内には、いつでも戦闘を開始できるように、弓矢と戈矛《かぼう》がそろえられており、その弓矢をつかんだ男が、

「やかましい」

と、いい、門に近づき、すきまに弓を近づけた。弓は強弓であったのだろう、弦からはな

れた矢はまっすぐに飛び、陽越を殪《たお》した。獰猛《どうもう》といってよい陽越の死は、あっけなかった。

この従弟を失ったことが陽虎の軍事的な痛手になったことはまちがいない。

季孫斯が仲孫邸へ逃げ込んだこと、追走した従弟が仲孫何忌の家人に射殺されたことを知って、陽虎は嚇怒《かくど》し、すぐさま定《てい》公と叔孫州仇を恫喝し、

「仲孫氏は君に叛逆したのですぞ」

と、いい、強引に兵を合わせて、仲孫家を攻撃した。君主を擁《よう》しているかぎり、陽虎の指麾下にある兵に正義がある。とはいえ、公室に所属する兵はきわめて寡《すく》なく、叔孫州仇には兵略の才はなく、しかも長年の通家《つうか》である仲孫家を攻めるとあっては、戦意が湧《わ》いてこなかった。陽虎が躍起《やっき》になっただけである。各邑からでる兵車の到着は今日ではなく明日にしたことも、陽虎に不利をもたらした。

すでに防備をととのえた仲孫家は、頑強《がんきょう》に抗戦した。

――主を頤《あご》で使いやがって。

この家の家人はいちように陽虎に怨《うら》みをもっている。この忿怒《ふんど》が気となって邸宅をおおっている。さすがの陽虎も攻めあぐねた。

こういうときに、曲阜の上東門《じょうとうもん》から公斂処父に率いられた成邑の兵がはいってきた。それを知った陽虎はすばやく陣を払い、公斂処父の隊を襲うべく、急行した。上東門は東の城壁にある門のなかで北に位置している。そこから城内にはいった公斂処父は、仲孫家が攻撃にさらされていると報《しら》されたのであろう、隊を敵の目のとどかぬ迂《う》路《ろ》をすすませるべく、南下

した。だが、陽虎はその隠微《いんび》な動きを見抜いて、急襲した。

南門から遠くないところが戦場となった。いわば市街戦である。

不意を衝《つ》かれた公斂処父の隊は、最初から不利だが、この隊は敗色に染《そ》まっても四分五裂しなかった。公斂処父が兵を掌握する力は尋常ではなく、敗退しても、傷は浅かった。

——陽虎の兵に増援はない。

そう冷静に視《み》た公斂処父は仲孫家に到着するや、

「兵をお借りしますぞ」

と、仲孫何忌にいい、休むひまなく出撃した。これが良将の呼吸というものであろう。再戦を明日にもちこせば、戦況はがらりと変わってしまう。こんどは公斂処父が急襲する側に立った。

うぬぼれの強さが陽虎の欠点である。

公斂処父の隊をあれほどいためつけておけば、われを恐れて、立ち向かってはこないだろう。明日、集合する兵車を駆使して、三桓をことごとくたたき潰《つぶ》してやる。今日の戦いはこれまでとして、兵を休ませよう。そう考えはじめた陽虎は、思考力と体力を弛緩《しかん》させた。

ここを公斂処父の隊に急襲された。

城内の棘下《きょくか》とよばれる地で激闘がおこなわれた。ついに陽虎の兵は潰走《かいそう》した。散卒《さんそつ》をさびしげに見送った陽虎は、ふりかえりもせず、甲《よろい》をぬいで、公宮に悠々《ゆうゆう》とはいった。

宮室には定公はいない。おそらく定公は叔孫州仇とともに仲孫氏の側に趨《はし》ったのであろう。

宝器がおさめられている府庫にはいった陽虎は、

「われが君主の席に即《つ》き、これをわれがうけつげば、魯は栄えたであろうに――」

と、つぶやき、宝玉と大弓《たいきゅう》をつかんで、外にでた。もはや寡兵《かへい》しか配下にいない。それでもあわてることなく城外にでて、五父《ごほ》の衢《く》まで行って、夜営した。ひとねむりしたあと、食事を作らせた。配下のひとりが、

「追手がまもなくやってきます」

と、腰を浮かせた。陽虎は嗤《わら》った。

「魯の者どもは、われが国をでたときけば、殺されずにすんだと喜ぶだけであろう。われを追いかけるゆとりなどあろうか」

それでも従者のひとりは、

「どうか、早く馬車に乗ってください。むこうには、公斂処父がいますよ」

と、せかした。いちど仲孫邸に引き揚げていた公斂処父は、たしかに追撃の準備をはじめた。が、仲孫何忌が、

「追うことは、ならぬ」

と、許さなかった。兵の疲労を想ってのことであろう。すると公斂処父は、

「それでは、季孫斯を殺すのがよいでしょう」

と、いった。陽虎の台頭をゆるし、国内の紊乱《ぶんらん》を匡《ただ》すことができず、ただ手をこまぬいていただけの季孫斯に罪がある。

が、仲孫何忌はとっさに利害を量《はか》って、

「待て、待て」

と、いい、あわてて季孫斯を帰宅させた。もしも公歛処父に季孫斯を始末させれば、

「仲孫氏は陽虎にかわって擅朝《せんちょう》したいだけだ」

と、みなされ、この内戦の勝利がけがれてしまう。季孫斯を救い、陽虎を逐ったというかたちにとどめておけば、この戦いは義戦であるとたたえられる。季孫斯を殺すよりも、かれに恩を売っておいたほうが、上卿《じょうけい》としての地位ははるかに安泰となる。仲孫何忌にある政治感覚がとっさにそう予断した。

ところで、曲阜をあとにした陽虎は北へ北へとすすんで、斉との国境に近い食邑にはいった。そこで魯に反撃する道をさぐったが、むりだ、と判断したため、斉へ亡命する道をえらんだ。

これが内乱の全容である。

「よく話してくださった」

頭上の暗雲が去って晴天を仰ぎみたおもいの孔丘の表情は明るい。

「先生は斉君をよくご存じです。陽虎をうけいれるでしょうか」

斉の景《けい》公が陽虎の亡命を容認して厚遇すれば、軍事に非凡さのある陽虎は斉軍の先頭に立って、魯を攻撃するにちがいない。そうなると、魯軍の苦戦がつづくことになる。丙はそれを心配した。

「斉君はかならず晏子《あんし》に諮問《しもん》します。晏子が陽虎のような悪人を容《い》れるはずがありません」

孔丘は晏嬰《あんえい》によって斉における飛躍をさまたげられた。斉という国家にとって異物《いぶつ》になりうるものを頑として排除してゆく晏嬰の信念の堅さは、敵視すべきではなく、みあげたものだと称《ほ》めなければなるまい。

「もはや陽虎には安住の地がないというわけですか」

「いや……」

ころんでもただでは起きない陽虎が、むざむざと斉で困窮するとは想われない。魯で国柄《こくへい》をにぎっていたころの陽虎は、晋に媚付《びふ》するような軍事をおこなってきた。その事実が、亡命への別の道をひそかに敷設《ふせつ》していたことにならないか。

「晋へ逃げるでしょう」

「まさか――」

丙はうなずかなかった。いま天下は四つの勢力に分かれている。盟主の国は、晋、楚《そ》、斉、呉《ご》である。晋が陽虎の亡命を容認すると、同盟国である魯を手離すことになる。国益を損することを晋の首脳が断行するとはおもわれない。

「いや、陽虎の逃亡先が晋しかないのなら、そこへゆく男ですよ」

孔丘はそう予言した。

この年の六月に、陽虎は魯軍に攻められると、籠城《ろうじょう》していた陽関《ようかん》の門に火を放って、斉へ逃げた。臨淄《りんし》に到った陽虎は、

「魯など、三度伐《う》てば、取れます」

と、景公に甘い話をもちかけた。そのとき景公を諫《いさ》めたのは、晏嬰ではなく鮑国《ほうこく》であった。陽虎の悪謀は魯では潰《つい》えた、そこで、こんどは斉を乗っ取ろうとしている、陽虎の亡命を認めれば、疾《やまい》をひきうけるようなもので、無害ですむはずがない、と説《と》いた。

「なるほど、陽虎はそれほど危険な男か」

陽虎の口車に乗って斉軍を貸せば、魯を取るどころか、斉の国を失ってしまう。景公は自身の誤判《ごはん》を訂正するのが早いという美点をもった君主である。ここでも鮑国の諫言《かんげん》を容れて、すみやかに陽虎を逮捕させ、魯へ送り返そうとした。そのまま送還されれば、陽虎が魯で極刑に処せられることは火をみるよりもあきらかである。ところが陽虎はうれしげに、

「望むところです」

と、あまりにもはっきりいったので、

——たくらみがあるかもしれぬ。

と、疑った景公は、送る方向を変えて西郊の鄙《むら》にかれを閉じ込めた。

——これこそ望むところだ。

ほくそえんだ陽虎は、ことば巧《たく》みに鄙人《ひじん》の車を借りて脱走した。が、追走してきた者に捕らえられて、国都につれもどされた。しかし詐術《さじゅつ》に長《た》けた陽虎は、こんどは荷車をつかって脱出し、宋《そう》まで逃げた。宋で厚遇されるはずのない陽虎はすぐに晋をめざした。このしたたかな亡命者をうけいれたのは、晋の上卿のひとりである趙鞅《ちょうおう》である。

趙鞅という実力者は、家臣の心配をよそに、陽虎を臣従させて、その悪を封《ふう》じ、かれを能臣に変えてしまった。趙鞅の欲望の巨《おお》きさが陽虎の悪などを超越していたといったほうがよいかもしれない。ちなみに趙鞅は趙家における中興の祖といってよく、史書にはその諡《し》号《ごう》で趙簡子《ちょうかんし》と記《しる》される。さらにいえば、趙鞅の子の趙毋卹《ちょうぶじゅつ》（趙襄子《ちょうじょうし》）のときに、その支配地は独立国となり、趙、とよばれることになる。

さて、陽虎が闇のなかを奔《はし》っているあいだに、孔丘にきらめく陽がふりそそいだ。

朝廷に召致《しょうち》された孔丘は、定公から、

「中都《ちゅうと》の宰《さい》に任ずる」

と、命じられた。唐突《とうとつ》な登用である。この朗報に接した門弟は、わっ、と噪いだ。公室の直轄《ちょっかつ》地を治めることは、じかに吏民《りみん》にふれるわけで、孔丘の行政手腕が問われることになる。

前後して、仲由は季孫斯に辟《まね》かれた。

「なんじに、わが家の宰をやってもらう」

大胆な擢用《てきよう》である。まえの家宰《かさい》は、陽虎の獰悪《どうあく》な威に屈して季孫斯を助けられなかった。正義のためならいかなる凶暴な敵も恐れず、また礼を知って貴族社会に順応できる逸材といえば、仲由しかない、と判断したのは季孫斯自身である。

感動に染まった仲由は、退室したあと、おもわず剣をたたいた。はじめて孔丘に会ったときの対話を憶《おも》いだしたからである。

「南山《なん》の竹は、ここまで飛びましたよ」

季孫斯の輔弼《ほひつ》といえば、実質的に魯国を治める正卿《せいけい》の助力者になるということである。一介の剣士が昇れる地位ではない。

報告のために孔丘に面会した仲由は、

「政治とはなんでしょうか」

と、まっすぐに問うた。孔丘の教えも、まっすぐである。

「先《さき》んずること、労《ろう》することである」

これは、率先しておこなうこと、また、ねぎらうこと、をいう。

「ほかには――」

「倦《う》むことなかれ」

倦むは、あきていやになることである。孔丘はしばしば、

――学びて厭《いと》わず、人を誨《おし》えて倦まず。

と、いう。学ぶことも、教えることも、あきていやになることはけっしてない。この心身の姿勢を政治にも応用できるということであろう。

――すべては季孫斯の意向であろう。

定公が朝廷の人事を独裁できるはずがない。定公のうしろにいる季孫斯が厚意をむけてくれていると感じた孔丘は、心強さをおぼえながら、中都に赴任《ふにん》するために従者を選んだ。あわただしい作業である。それを遠目でみた仲由は、漆雕啓の肩を軽くたたき、

「先生をたのんだぞ」

と、いった。

孔丘はひとりの若い弟子に嘱目《しょくもく》していた。

「冉求《ぜんきゅう》」

と、いう。あざなが子有《しゆう》なので、冉有《ぜんゆう》ともよばれる。孔丘ははじめて観《み》る入門希望者の容貌から、みどころがある、なし、を予断した。冉求はおとなしくみえるが、内に秘めたひたむきさが尋常ではなく、しかもかたくなでなく素直である。

——冉求はものになる。

そう観た孔丘は冉求を従者に加えた。

そこに顔無繇《がんむよう》が趨り込んできた。

「せがれを従者に加えてもらいたい」

顔無繇に押しだされたのは、顔回《がんかい》である。かれは冉求のひとつ下で二十一歳である。あいかわらず茫洋《ぼうよう》としている。冉求にくらべていかにも将来性がないが、顔無繇はむかしなじみなので、その願いをことわれなかった。

司寇《しこう》

孔丘《こうきゅう》の門弟は概《がい》して貧しい。

門弟としては古参の顔無繇《がんむよう》が貧困のなかにあることを知らぬ孔丘ではないので、かれの子を養ってやりたいとおもい、顔回《がんかい》を従者に加えた。

が、顔無繇の家よりはるかに貧しい家がある。それが原憲《げんけん》の家である。原憲はのちに子思《しし》というあざなをもつが、このとき十五歳の少年である。

——われが学《がく》に志《こころざ》した歳だ。

孔丘は往時の自分を原憲にかさねてみざるをえない。原憲は入門したばかりだが、中都《ちゅうと》へつれてゆくことにした。

この中都往きの門弟をまとめたのが冉耕《ぜんこう》である。かれがのちに中都の宰《さい》に任命されるのは、このときの経験が活《い》きたのであろう。ちなみに、はるかのちの漢《かん》の時代に『史記《しき》』を書いた司馬遷《しばせん》は、孔丘の弟子をまとめるかたちで「列伝《れつでん》」を立て、弟子のなかでとくにすぐれた十人を特記した。かれらは、

「孔門十哲《こうもんじってつ》」
と、称されることになるが、冉耕は閔損《びんそん》らとならんで、徳行《とっこう》の人として顕揚《けんよう》されている。冉耕は、いわゆる人格者なのである。

さて、孔丘が赴任《ふにん》した中都という邑《まち》は、国都である曲阜《きょくふ》の西にある。曲阜をでてから、いそがなければ四日で着く、という行程を想《おも》えばよいであろう。中都の西南には、大野沢《たいやたく》という巨大な沢があり、そのほとりは絶好の狩猟場《しゅりょう》であるが、鳥獣のほかに魚も多く獲《と》れるので、法の外で暮らす者たち、とくに盗賊団の巣になりやすい。

そう考えると、中都は西から曲阜を襲おうとする敵を防ぐためにあり、また盗賊などを監視する任務も負っていることになろう。

中都の長官となった孔丘は善政をめざした。

善政の基本形はわかりきっている。司法が公平であること、課税が苛酷《かこく》でないこと、このふたつである。さきに高弟の仲由《ちゅうゆう》に、政治とは率先《そっせん》すること、ねぎらうことである、と教えたかぎり、孔丘もそれを実践した。思想家としての孔丘は、周《しゅう》文化の根元を作った周公旦《たん》を至上の人として尊敬しているが、いざ行政をてがけてみると、鄭《てい》の子産《しさん》を師表《しひょう》とせざるをえなかった。

――子産の政治が理想である。

孔丘は実感した。子産は中華ではじめて成文法《せいぶん》を発布して天下をおどろかせた。が、それは国民を法で縛るというよりも、むしろ貴族の恣《し》意的な法から国民を守るために作られたといってよい。子産ほど国民のことを考えた為政者《いせい》はいない。子産本人はいたって情の篤《あつ》い、なさけ深い人であった。そのありようが孔丘に通ってくる。

着任してから三か月間は、孔丘は政務に明け暮れた。ふだんの貌《かお》を弟子にむけるようになったのは、秋になってからである。その貌をみた漆雕啓《しっちょうけい》は、

——やれ、やれ……。

と、胸をなでおろした。

曲阜をでるまえに、仲由から、

「これはわれの当《あ》て推量《ずいりょう》だが、先生が中都の宰に任命されたのは、行政手腕がためされるわけではない。宰としてなにもしなくても、たぶん、中央に辟《まね》かれて、重職がさずけられる。先生に参政の席を与えたい季孫《きそん》氏が、世間体《せけんてい》をおもんばかって、そういう段階をしつらえたのだ。ゆえに、われが心配するのは、先生がはりきりすぎて、為《な》さなくてもよいことを為して、失敗することだ。地方での失敗は、季孫氏のひそかな意図をくじく。無難にすごしてもらいたい、と季孫氏はお考えであろう」

と、いわれた。

——なるほど、そういうしかけか。

漆雕啓はうなずいたものの、中都にきて、師である孔丘に、よけいなことをしなくてもよいですよ、とはいえない。その種のことをあけすけに孔丘にいうことができるのは、仲由だけであるといってよい。おもいあまって、仲由の忠告を、兄弟子というべき冉耕に伝えた。

「ははあ、子路《しろ》どのは、血のめぐりがよい。が、子路どのにわかることが、先生にわからないであろうか。先生はひごろ中庸《ちゅうよう》を説《と》いておられる。過《す》ぎたるは猶《な》お及《およ》ばざるがごとし、です。やりすぎることも、やらなすぎることも、よくない。つねに適度をこころがけておられるかぎり、やりすぎることはないでしょう」

冉耕はその温顔《おんがん》を微笑でくるんだ。

――伯牛《はくぎゅう》どののいう通りだ。

冉耕の落ち着きぶりをみた漆雕啓は、ようやく心にやすらぎをおぼえた。が、仲由のよけいな心配は、孔丘へのひとかたならぬ敬慕のあらわれであろう。漆雕啓の真情も仲由と似ている。孔丘は人から怨まれることをなにひとつしていないが、それでも、

――なにがあるか、わからぬ。

と、孔丘の身辺を警備するのが自分の役目である、と漆雕啓はおもっている。

孔丘が多忙のあいだは、冉耕が若い門弟を指導した。高弟のひとりである漆雕啓も、冉耕を補翼《ほよく》するかたちで、教諭《きょうゆ》をおこなった。

ところで中都につれてこられた少壮の冉求《ぜんきゅう》は、冉耕の子、という年齢ではあるが、両者が父子である、とは断定できない。そういう場合にはしばしば、族父《ぞくふ》、族子《ぞくし》という語が用いられるが、ここでもそういうことにしておきたい。

冉求の有能さを実感としてとらえたのは漆雕啓である。冉求の呑《の》み込《こ》みの早さに、感心した。孔門では、礼法のほかに「詩」と「書《しょ》（尚書《しょうしょ》）」を学び、音楽、弓術、御法《ぎょほう》も習う。冉

求は学習能力が高いのであろう、どの教習もそつなく吸収した。それでいて、つねにひかえ目である。のちに孔門十哲のひとりに挙《あ》げられ、

——政事《せいじ》には冉有《ぜんゆう》、季路《きろ》あり。

と、仲由と併称《へいしょう》されることになる冉求は、早くから注目される秀才であった。

御《ぎょ》も巧《うま》い。

「どこで習ったのか」

と、漆雕啓は問うた。が、冉求はことばをにごして、

「ええ、まあ、ちょっと」

と、答えただけであった。いいたくないような仕事に就《つ》いていたことがあるのだろう。

——それだけ苦労が多かったということだ。

仕事の選《え》り好《この》みをしているわけにはいかなかった孔丘は、なんでも巧くこなす自分について、多芸、といったが、冉求もそうであろう。

冬に、孔丘のわずかな閑暇《かんか》をみつけて、漆雕啓は、

「冉求を御者《ぎょしゃ》になさったらいかがですか」

と、いってみた。孔丘はその推挙のわけを問うことなく、

「そうか、では、そうしよう」

と、いった。そのあと、

「原憲をみてくれているか」

と、問うた。

「物覚えのよい少年です。なにごとも、ひとつとしてなおざりにしたことはありません。それに、数字に明るい……」

計算が達者《たつしゃ》であることが原憲の特徴であるといってよい。

「顔回は、どうか」

「屈託《くったく》がなく、いつでも、どこにいても、朗らかです」

体貌から貧しさをただよわせない顔回を称《ほ》めるには、そういうしかない。

「それだけか」

「それだけです」

聴講《ちょうこう》のさなかでもぼんやりしている顔回について、あえて悪くいいたくない漆雕啓は、口をつぐんだ。

仲冬になって、ようやく孔丘はみずから若い門弟を教えた。年末近くになったとき、孔丘は漆雕啓を呼んで、問うた。

「顔回が詩を暗誦《あんしょう》しているところをみたか」

「いえ、まったく――」

「書物を読んでいるところは、どうか」

「みかけません」

「そうか……」

孔丘は小首をかしげた。

二、三日まえに、若い門弟と語るうちに、話に詩句をしのばせた。その諷意《ふうい》がわかるには、この者たちは学歴がとぼしすぎる、とおもいつつも、ことばに雅味《がみ》をくわえてみた。ところが、ひとりだけ、それに反応して、詩句をふくんだ応答をした者がいた。顔回である。

——まさか。

と、孔丘はおどろいた。たまたま顔回が、深い趣意《しゅい》はなく、そういう語句をもちいたにすぎず、孔丘の深意を汲《く》んだのではない、とおもったが、たまたまにしてはできすぎていた、と考え直したので、漆雕啓に問うたのである。が、漆雕啓の感想にあったのは、学問に熱心な顔回像ではなかった。

——われの勘《かん》ちがいか。

孔丘は苦《にが》く笑った。

新春を迎えた。やがて中都は花ざかりとなったが、孔丘も生涯のなかでもっとも華やかな時期にさしかかろうとしていた。

春風に袂《たもと》をひるがえしながら朝廷の使者がきた。

孔丘は昇進の内定を伝えられた。

「司寇《しこう》に任ずる」

異例の擢用《てきよう》といってよい。司寇は、司法と警察の長官といってよく、権能は巨《おお》きい。むろんこの朝廷人事を陰《かげ》で決定しているのは季孫斯《きそんし》であり、孔丘の存在意義とその影響力をはっきりと認識しているのは季孫斯である。

「うけたまわりました」

孔丘はすみやかに中都を発《た》った。その馬車の御者は冉求であった。

――先生が司寇か。

門弟はいちように喜躍《きやく》し、曲阜に帰着するまでその面貌から晴れやかさが消えなかった。

漆雕啓も心身で感動が鳴りつづけた。

都内にはいってからまっすぐに参内《さんだい》した孔丘は、定《てい》公から正式に司寇に任ぜられた。帰宅したのは、そのあとであるが、すでに教場《きようじよう》には門弟がつめかけていて、かれらの熱い賀辞《がじ》をうけた。

孔丘が参政に準ずる席に就くことは、門弟にとって喜びが爆発するほどの大事件であるが、魯《ろ》の国民にとっても、あるいは他国の君臣にとっても、すくなからぬ関心事となった。

「孔丘とは何者であるか」

と、まともに考えるようになった人が増えたのは、ここからである。

帰宅してから三日後に、ようやく家内に目をむけるようになった孔丘は、書庫にはいった。書物の位置が微妙にずれていた。外にでた孔丘は、

「たれが、このなかにはいったか」

と、孔鯉《こうり》に問うた。

「わたしが掃除のためにはいりました」

「なんじのほかには――」

「父上が斉《せい》におられる間、顔回がきては、清掃を手伝ってくれました。書庫の掃除もかれがしました」

「そうか……」

一瞬、昔の光景がよみがえった。公宮の図書室で読書にふけった自分が脳裡《のうり》に浮かび、それと顔回がかさなった。もしかしたら、顔回は書庫のなかで詩を暗記していたのではないか。

――であるとすれば……。

顔回を見直す必要がある。顔回が冉求をうわまわる異才である可能性さえある。

司寇となった孔丘に、さっそく親しげに声をかけてきたのは、季孫斯である。この人物が魯の首相であるとすれば、仲孫何忌《ちゅうそんかき》は副首相で、軍事を統轄《とうかつ》している。かつて孔丘に師事したことがある仲孫何忌は、孔丘を視《み》て気まずげな顔をしたが、季孫斯は孔丘と初対面でありながら、既知《きち》のふんいきで語りかけた。

――なるほど、この人は器量が大きい。

孔丘はことばが通ずる相手を発見したおもいで、ひそかに安心した。

季孫斯はすこし低い声で、

「先日、斉の使者がきた。夏に祝其《しゅくき》で会合がおこなわれる。あなたは斉君の知遇《ちぐう》をうけたときく。その会合に出席してもらうことになる」

と、いった。

「承知しました」

孔丘に政治感覚がないわけではない。なぜ、このときに、斉が魯に友好の手をさしのべてきたかは、すぐにわかった。

会合の地となる祝其は夾谷《きょうこく》と呼ぶほうが一般的である。その位置は曲阜の東北で、斉と魯の国境にある。そこまでは、曲阜をでて六日ほどかかる。なお、より正確にいえば、夾谷は斉の国に属する景勝地である。

夏になると、定公は兵を従えて夾谷へむかった。

「われは往かぬ。あなたが往ってくれれば、充分だ」

と、季孫斯は孔丘に定公の輔佐《ほさ》をまかせた。孔丘にとってそれはむずかしい輔佐ではなかった。

会合には、斉の景《けい》公がみずから出席して、定公と盟約をおこなった。会盟の場は、ときとして、出席した君主の優位を争う場になるが、孔丘は定公の礼をたすけて手順をあやまらず、会を無難に進行させた。さらに、陽虎《ようこ》の支配地であった讙《かん》、亀陰《きいん》などの田土《でんど》を返還させたのであるから、外交面でも上首尾であった。

ところで、『春秋左氏伝《しゅんじゅうさしでん》』は、その会合の序章として、孔丘の武勇伝を差し込んだ。

景公の側近が、孔丘は礼には明るいが勇気に欠けているので、夷虜《いりょ》（えびす）である萊人《らいひと》をけしかけて、魯君を恫《おど》してやりましょう、とそそのかした。この悪意のある謀《はかりごと》を採《と》った景公が、萊人を会場に乱入させた。すると孔丘はうろたえず、定公を護《まも》りながらしりぞき、自国の兵士を呼び、武器を執《と》って撃退せよ、こんな無礼を斉君がゆるすはずがない、と大声を放った。それをきいて愧《は》じた景公があわてて萊人を退去させた。そういう譚《はなし》である。

が、それは妄誕《ぼうたん》にすぎるであろう。

なぜなら、魯の君臣から嫌厭《けんえん》された陽虎の亡命を晋《しん》が容認したことを知った景公と重臣は、

――これで魯は晋との同盟を破棄する。

と、予想し、魯を斉との同盟に誘おうとしたからである。軍事同盟をおこなうという大事な会場で、景公が定公の神経をさかなでするような乱暴をもくろみ、実行するであろうか。

両君主の会見は終始なごやかであったにちがいない。

とにかく孔丘は国家の威信をまもり、定公の輔佐をみごとにやってのけて、帰朝した。

「よくやってくれた」

この季孫斯の褒詞《ほうし》にかつてない晴れがましさをおぼえた孔丘は、

――われは魯君と季孫氏の信頼を得つつある。

と、自信を深めた。そのふたりの信頼を楯《たて》に、実行してみたい大改革が胸中にある。

意気揚々と帰宅した孔丘は、哭泣《こっきゅう》の声をきいて、眉《まゆ》をひそめた。家のなかが暗い。その暗さのなかで、孔鯉が声を揚《あ》げて哭《な》いていた。さすがにいやな顔をした孔丘は、

「いかがした」

と、訊《き》いた。目を腫《はら》した孔鯉は、

「母さまが――」

と、嗄《か》れぎみの声で答えた。

離別した孔丘の妻が死去したという。

――こういうときに訃報《ふほう》か。

孔丘は幽《くら》い息を吐いた。妻は孔丘のしつこい批判者であったといってよい。顕位《けんい》に昇った孔丘を、妻はみずからの死をもって冷評《れいひょう》した。

離婚した妻のために孔丘は喪《も》に服すことはしないが、孔鯉は母を偲《しの》んで喪服に着替えた。その後、一年を経ても、かれは哭泣をつづけた。それがあまりにしつこいので、孔鯉には母ゆずりの性向《せいこう》があると認めつつも、孔丘は、

「たれかな、哭いているのは」

と、あえて門人に問うた。

「伯魚《はくぎょ》さまです」

「ああ、それは度を越えている」

と、孔丘はいった。孔丘は自分の子に気をつかい、叱《しか》るときも婉曲《えんきょく》にした。ここでも門人を介して、孔鯉をたしなめたのである。肉親の死は悲しい。それはわかるが、嘆きすぎるのはよくない。それを門人に教え、孔鯉にも教えた。

ちょっとしたことでも、孔丘の人柄がわかる逸話がある。

自家の廏舎《きゅうしゃ》が焚《や》けた。朝廷からさがってきた孔丘は、

「人にけがはなかったか」

と、問うた。問うたのはそれだけで、馬については問わなかったという。

さて、魯は、陽虎の亡命先をみさだめると、外交を転換し、晋との同盟から離脱する準備として、斉と結び、一年後に鄭と講和した。かつて魯軍は、晋の指令を承《う》け、陽虎の指麾《しき》に従って鄭を攻めた。それによって鄭に生じた魯への悪感情を改良する手を魯が打ったことになる。これで斉、魯、鄭という三国は反晋勢力を形成した。

こういう魯の外交策を推進したのは季孫斯と孔丘であろう。とくに季孫斯は陽虎に脅迫されつづけたすえに暗殺されかけたので、陽虎を敵視するまなざしは勁《つよ》く、孔丘もつねに陽虎とは反対側に立つ宿命を自覚しはじめていた。

——晋はまずい外交をおこなっている。

海内《かいだい》で最強の軍事力をもっている晋の動向を、魯としては注目しつづけなければならないが、晋が衛《えい》の霊《れい》公を侮辱《ぶじょく》したことで、霊公が怒り、両国は交戦状態にはいった。その後、戦闘は熄《や》んだが、霊公が晋との和睦を望まない以上、衛が斉と同盟するのは時間の問題である。つまり晋は衛をも敵にまわしたことになるので、晋軍が衛を越えて魯を攻めることは当分ない。そう予想した孔丘は、

——大改革を実行するのは、いましかない。

と、感じ、翌年の春に、ひそかに仲由を招いた。

ふたりだけの長い密談である。

「そんなことができましょうか。むりです」

最初、一驚した仲由は、最後には、

「わかりました。やってみます」

と、いい、目をすえた。

季孫邸にもどった仲由は、主君である季孫斯の閑日《かんじつ》をえらんで、

「折り入って、お話が――」

と、切りだした。その話の内容はすさまじい。首都である曲阜の城だけを残して、国内にある城をすべて消す、という壮大な計画である。たしかに、

「一国に一城」

というのは、平和の象徴的風景である。しかしこの乱世にそれはあまりに非現実的ではあるまいか。

季孫斯は失笑し、

――気はたしかか。

と、いわんばかりの目で、仲由を視た。

仲由は弁が立つ。胆力もあるので、この嘲笑《ちようしよう》されそうな計画を、気おくれせずに冷静に説いた。

「わたしは理想を申し上げたのです。善を積み、徳を積みつづけてゆけば、万人どころか天をも撼《うご》かすことができるでしょう。ただしそこまでゆくには長い歳月が必要となります。そのための第一歩を、主に踏みだしていただきたいのです」

「われに、どうせよ、というのか」

季孫斯は仲由の説述《せつじゅつ》をききながら、仲由のうしろにいる孔丘をみている。すべては孔丘の発想であろう。仲由はその伝達者にすぎない。

「先年、叔孫《しゅくそん》家に内訌《ないこう》があり、臣下の侯犯《こうはん》が郈《こう》に拠《よ》って叛《そむ》きました。郈は叔孫家の本拠の邑なので、けっして失ってはなりません。そこで叔孫氏は仲孫氏に助力を乞《こ》うて、郈を攻めました。が、攻め取れず、季節が変わって、再度攻めましたがうまくいきませんでした。けっきょく叔孫氏は武力での奪回をあきらめ、策略をもって侯犯を邑の外にだし、郈をとりもどしました。そのまえに叔孫氏は、郈は自家の憂《うれ》いとなっただけでなく、魯の国にとって患《うれ》いとなった、といった。そう仄聞《そくぶん》しております」

「ふむ、たしかに——」

「では憂患《ゆうかん》を取り除きましょう。それが叔孫氏と魯のためになるのです。ついで費邑《ひゆう》の城壁を取り壊しましょう。主は費邑を公山不狃《こうざんふじゅう》におまかせになっていますが、かれは陽虎に通じていたふしがあり、第二の侯犯になりかねません。城を謀叛《むほん》人の拠りどころにしてはならないのです」

季孫斯がこの計画に凴《の》ってくれなければ、孔丘が考えている大改革は始動しない。仲由はそれを充分に承知している。

——魯を文化国家にする。

その体裁《ていさい》をさきに作ってしまって、魯の国民だけではなく、天下の人々にみせる。儒教《じゅきょう》がなんであるか、わからない人へ、さきにはでな冠と儒服をみせるのとおなじやりかたである。

「中華諸国がこぞって魯をみならうことになるための千年の計がこれです」

仲由はねばりづよく説《と》いた。

兵術くらべ

夏に、郈邑《こうゆう》の取《と》り壊《こわ》しがおこなわれた。

兵を率《ひき》いて曲阜《きょくふ》をでた叔孫州仇《しゅくそんしゅうきゅう》が、自邑の城壁の取り壊しをみずから指示して、工事をおこなわせた。

その監視を季孫斯《きそんし》から命じられた仲由《ちゅうゆう》も、兵をもたされた。仲由を送りだした季孫斯は、

「住民が騒いで、暴挙にでるかもしれぬ」

と、いった。

――その恐れは充分にある。

仲由は用心をおこたらないつもりでいる。どれほど小さな聚落《しゅうらく》でも牆壁《しょうへき》をめぐらして外敵の侵入を防ぐつくりになっている。まして郈邑のように人口の多い邑《まち》が防禦壁をとり去るとなると、盗賊に狙われやすくなる。

――住民は不安であろう。

城壁がなくなることに不安をおぼえた邑民が、実際に取り壊しがはじまると恐怖をおぼえ、

その恐怖に耐えかねて暴発する場合がある。兵はその暴発を鎮綏《ちんすい》するために必要であり、工事の進捗《しんちょく》ぶりと、住民の動静の両方を観《み》なければならない仲由の任は重かった。

が、郈の民はおとなしかった。わずかな騒ぎさえ起こさなかった。

工事が竣《お》わって、城壁が消えた邑をながめた仲由は、

——夫子《ふうし》が理想とする風景が、これか。

と、しばし感慨《かんがい》にふけった。現今、海内《かいだい》にいくつの邑があるのかわからないものの、みずから牆壁を取り去った邑はここだけであろう。

いつの日か、牆壁がないほうが住みやすいと人民に実感してもらいたい。そう願い、そう信じて、孔丘《こうきゅう》は高弟の仲由をつかって季孫斯を動かし、計画の一端を実現した。叔孫州仇を説得できるのは、季孫斯を措《お》いてほかにはいない。

が、そういう計画を国家事業にすえると、食邑《しょくゆう》をもつ諸大夫《たいふ》の猛反発をくらいそうなので、最初の段階では、私的な事業にしている。まず三桓《かん》の家が手本をみせるというかたちである。

曲阜に引き揚《あ》げた仲由は、季孫家にもどり、

「郈邑の牆壁の取り壊しは、ぶじに完了しました」

と、主君に復命した。

「ほう、終わったか。よくやってくれた」

つぎはわが食邑だな、という顔をした季孫斯は、すぐに使いをだして仲孫何忌《ちゅうそんかき》に助力を求めた。費邑《ひゆう》には、公山不狃《こうざんふじゅう》がいる。かれを難物《なんぶつ》とみて、仲孫《ちゅうそん》氏の兵も出動してもらうことに

したのである。こういうことは間髪《かんはつ》を入れずに実行したほうがよい、という政治的呼吸をこころえている季孫斯は、朝廷で孔丘をみかけると、

「明日、仲孫氏とともに費へむかうので、あとはよろしく――。なお、家には仲由を残しておきます」

と、告げた。

「こころえました」

季孫斯が視界から消えたあとも、朝廷に残った孔丘は沈思をつづけたが、意を決して、

「内密に申し上げたいことがございます」

と、定公《ていこう》に内謁《ないえつ》した。万一にそなえて、定公を掩護《えんご》する方策を説《と》いたのである。

「そういうことなら、そなたの指図に従うであろう」

「恐れいります」

自宅にもどった孔丘は、朝になると、漆雕啓《しっちょうけい》を呼び、

「すでに季孫氏と仲孫氏は出発した。が、このたびは叔孫《しゅくそん》氏のようにたやすくはいくまい。費の邑宰《ゆうさい》である公山不狃は策士ゆえ、奇手《きしゅ》を打ってくるとみた。そこでなんじは丙家《へい》へゆき、食客《しょっかく》を動かしてもらえるように頼んでもらいたい」

と、こまかく指示した。

家の外にでて走りはじめた漆雕啓は、内心賛嘆《さんたん》していた。

孔丘は兵事についてはほとんど語らないが、おもいがけなく兵術にくわしいことにおどろ

いた。ちなみに孔丘とおなじ時代を南方の呉《ご》で生きた天才兵法家の孫武《そんぶ》（孫子《そんし》）がはじめて国家の意志としての戦略を樹立した。それはのちに、

「孫子の兵法」

と、よばれる。それまでは大夫の私兵の集合体が軍であり、戦いをはじめるまえの外交と諜報《ちょうほう》活動をひっくるめて戦略とする思想はなかった。むろん魯軍《ろ》もそういう旧態にある。が、孔丘は個人的発想で情報蒐集を重視し、東から曲阜に通ずる大小の道に偵諜《ていちょう》を配そうとした。

丙の家に飛び込んだ漆雕啓は、

「たのむ、丙さん、力を貸してくれ」

と、孔丘の考えをこの豪農に伝えた。

「へえ、孔先生は剣にも触れたことのない優雅な人だとおもっていたが、なかなかの軍師ではないか」

七十歳に近づきつつある丙は、さすがに足腰に衰えを感じているらしく、季孫氏の輜重《しちょう》の一部を自分の長男にまかせた。が、頭脳に衰えはない。費の邑宰である公山不狃が主君の説得に応じず、邑に籠《こ》もって抗戦することは充分に予想できた。しかしながら不狃が、費邑に近づいてくる師旅《しりょ》とは戦わず、ひそかに間道に兵をすすめて、曲阜を急襲することまでは予想していなかった。孔丘の予想するところでは、不狃は主家に弓を引くことを正義の行為としたいために、定公を掠奪《りゃくだつ》するという。

漆雕啓は丙にむかって低頭した。

「この家の食客を道にばら撒《ま》いてくれませんか。後手を引いて、敵に魯君を奪われると、先生は季孫氏とともども賊の立場に追いやられてしまうのです」

「よく、わかった。おまえさんは今日からここに泊まり込むといい。急報はここにとどく。それから先生に報《しら》せるといい。季孫家を留守《りゆうしゆ》している子路《しろ》さんへは、家の者を趨《はし》らせよう」

「ありがたい」

一時《いつとき》後に、母家《おもや》に集まった食客たちは、連絡の方法をうちあわせた。かれらは身なりをやつして邸外へでると、曲阜の東門をあとにした。食客のなかには馬にじかに乗ることができる者がいる。鐙《あぶみ》も鞍《くら》も置かない馬を乗りこなす術が上達するのは戦国時代であり、それよりまえのこの時代では、乗馬の特殊技能であるとおもってよい。

情報蒐集に鈍感でないのは、費邑にいる公山不狃もおなじであり、かれのもとに曲阜から急報がとどけられていた。不狃に与《くみ》する者は曲阜にいて、季孫氏の家中にもわずかにいる。

「いよいよ季孫氏の師旅がくる。さて、どうするか」

不狃は相談相手の叔孫輒《しゆくそんちよう》に意見を求めた。

叔孫輒は、先代の叔孫氏の庶子《しよし》で、本家から冷遇されていたため、憤懣《ふんまん》のかたまりになっていた。そこで、陽虎《ようこ》が季孫斯を暗殺して三桓の家をことごとく換骨奪胎《かんこつだつたい》するという計画に加担した。叔孫輒自身は当主の叔孫州仇にかわって、本家を支配し、一門を統制するつもりでいた。もっとも、そのほとんどすべてを陽虎にやってもらうという虫のよさが叔孫輒にあったことはいなめない。ところが、ぬけめのない陽虎が、なぜか季孫斯の殺害に失敗した。そのあと、はやばやと敗退して国外にでてしまったので、叔孫輒は起《た》って戦う機会を失った。ただし陽虎の与党となったかぎり、たとえ挙兵しなくても、残党狩りの手がおよんでくるにちがいなく、そういう後難《こうなん》を恐れて、曲阜を去ると、不狃のもとに身を寄せていたのである。

叔孫輒はすでに剣をつかんでいた。

「城壁の取り壊しと同時になんじは罷免《ひめん》される。いや、追放されるかもしれぬ」

「わかっているさ」

不狃は自嘲するように鼻を鳴らした。

「すると、われも居場所を失う。なんじもわれも、坐して滅びを待つつもりはない。当然、戦わねばなるまい。まさか、籠城を考えているのではあるまいな」

「それは、ない。ここで百日耐えたところで、どこからも援兵はこない」

斉《せい》に援助を依頼しても、斉の首脳はそれに応《こた》えてはくれまい。いまや斉と魯は同盟国である。

「それなら出撃しよう。なんじはいつ挙兵してもよいように兵を養ってきたのであろう。季孫氏がみずから兵を率いてくるのなら、われらは途中に兵を伏せて急撃し、その師旅を大破して、季孫氏の首をもらおうではないか。勝った勢いでそのまま曲阜につき進んで、季孫家だけではなく、ほかの二家も滅ぼしてしまえばよい」

「ふむ……」

不狃はすこしまなざしをさげた。

「どうした。なにを考えているのか」

苛立《いらだ》った叔孫輒は剣を立てた。

「こちらにむかってくるのは、季孫氏の師旅だけではない。仲孫氏もいる」

「えっ、そうなのか」

仲孫氏の師旅が魯軍のなかでは最強であることを叔孫輒も知っている。その師旅を奇襲しても、たやすく勝利は得られまい。いやそれどころか仲孫氏を怒らせて強烈に逆襲されるであろう。

「それでも、やるしかあるまい」

籠城が愚策であるとわかっているかぎり、野天《のてん》で戦うしかない。叔孫輒は腹をくくった。強兵が相手でも、負けると決まったわけではない。

「そうだ……、やるしかない。が、やるかぎりは、勝ちたい。ひとつ、奇策がある」

「ほう、どのような――」

「いきなり、曲阜を衝《つ》くのよ」

不狃にそういわれて、叔孫輒は瞠目《どうもく》した。その奇策の内容をすばやく想像できない。まなざしをもどした不狃は、

「季孫氏と仲孫氏の師旅がこちらにむかっているということは、曲阜が空《から》になっている。叔孫氏は郈邑からもどったばかりで、兵を解散させて、休ませている。公宮にあって魯君を守

っている衛兵はたいした数ではない。おそらく曲阜の留守をまかされたのは、司寇《しこう》の孔丘であろうが、かれは私兵をもっていない。しかもかれは礼楽には精通しているが、兵術にはうとい。となれば、われらの兵で曲阜を制圧できる」

と、いった。

「なるほど」

叔孫輒は剣把《けんぱ》をたたいた。

「われらの挙兵が叛逆ではない、と国民に知らしめるためには、魯君に三桓の討伐命令をくだしてもらう必要がある。そのためには、魯君をわれらが擁《よう》した上で、まず季孫家を潰《つぶ》す」

「わかった」

叔孫輒はちょっとした身ぶるいとともに起った。不狃の奇策が成功しようと失敗しようと、今日までの鬱屈《うっくつ》を晴らすには、それを敢行《かんこう》するしかない。

「わかってくれたなら、すぐに出発だ。間道をすみやかにすすみ、曲阜を襲う」

不狃も起った。

急襲のためには、速さが不可欠なので、重厚な輜重は不要である。

未明のころに費邑をでた師旅は、間道をえらんで急速に西進した。この師旅は、夜間もわずかな休息をとっただけで、すすみつづけた。あと半日で曲阜に到る地点まできたとき、不狃は兵の疲れをとるために牛肉と酒をふるまった。すでにこの時点で、

——うまくいった。

という実感が不狃にはある。この師旅のすすみに不審をいだいた野人《やじん》が途中にいたとしても、かれらの通報を超《こ》える速さでここまできた。

明日、曲阜に突入するまで、たとえ衆目《しゅうもく》にさらされても、かれらの狼狽《ろうばい》を睥睨《へいげい》するかたちで、公宮の門を破り、定公を掌中《しょうちゅう》におさめることができるであろう。朝廷に孔丘がいれば、ついでに始末できる。

不狃は自信をもって夜明けを迎えた。

それよりは遅く、日が昇ったあとに、丙の家に飛び込んだ食客がいた。

——きたか。

丙とともに朝食を摂《と》っていた漆雕啓は、剣を引き寄せて起った。が、丙は食事をやめず、わずかに顔をあげただけで、

「さすがに孔先生だ。魯軍を率いさせたいくらいだ」

と、いい、目で笑った。

「馬車をお借りする」

屋外に趨りでた漆雕啓は、馬に車をつけると、急発進した。

公宮の近くに多くの馬車が停まっている。そのなかの一乗が孔丘の馬車である。その近くに冉求《ぜんきゅう》がいた。馬車をおりた漆雕啓は全力で走り、

「おおい、冉求、費の兵が寄せてくる。先生にお報せせよ。門のほとりにいる衛兵にも告げよ」

と、大声を放った。この声に、ほかの馬車の御者《ぎよしや》が反応した。かれらは右往左往しはじめた。冉求が弾《はじ》かれたように宮門にむかうのをみた漆雕啓は馬車にもどって馬首をめぐらせた。季孫氏の邸へ急行したのである。

邸の門はひらかれ、門前に仲由が立っていた。そのまえに馬車を着けた漆雕啓は、

「丙家からの報せがとどいたかどうか確認にきただけです。まもなく君と先生が到着します。わたしは伯魚《はくぎよ》どのにお報せします」

と、車上からいった。

「ここへの報せはとうにとどいている。費の兵ごときに負けはせぬ。なんじは伯魚どのをお衛《まも》りしていればよい」

仲由は落ち着きはらっている。

「そうはいきませんよ」

一笑した漆雕啓は、顔にあたる風が多少ぬるくなったように感じ、日の高さを目でたしかめると、焦《あせ》りをおぼえた。費の兵が曲阜の近くまできているにちがいない。

――もしかしたら、丙さんは先生の家へも急報をとどけてくれたのではないか。

そう願いつつ漆雕啓は馬車を疾走させた。

はたして教場《きようじよう》のまえに五十人ほどの門弟が立っていた。かれらがなんらかのかたちで急報に接したあかしである。閔損《びんそん》の顔をみた漆雕啓は、

「子騫《しけん》よ、ここをたのむ、われは季孫邸へ往って先生をお衛りする」

と、声をかけた。閔損の返答をきくまもなく、馬車のむきをかえた漆雕啓が左右をみると、三十数人が武器をもって従っていた。

この小集団を季孫邸が吸収したころ、不狃と叔孫輒に率いられた兵が東門から曲阜に侵入した。

直後に、不狃は公宮に定公がいないことを知った。都内にいる与党からの報せである。朝廷にいた孔丘は、異変を知るや、定公をいざなって馬車に乗せ、季孫邸へ直行したという。もっとも孔丘がみずから手綱《たづな》を執《と》って御者となり、定公がその御の巧さに驚嘆したことまでは知らない。

「仲尼《ちゆうじ》め——」

天を仰いで咆《ほ》えた不狃は、こうなったら季孫邸を攻めてあとかたもなくなるまで潰滅《かいめつ》させてやる、と烈しく意気込んだ。

費の兵は季孫邸にむかって猛進した。

貴族の邸宅は小城といってよい造りで、牆壁をめぐらせ、楼台《ろうだい》をそなえている。季孫氏の邸宅はそのなかでも規模が大きい。このとき邸内には援兵として仲孫氏と叔孫氏の臣がいた。ほかにも、公宮から定公に追随《ついずい》してきた衛兵、大夫、士、官吏などがいた。いちど自邸にもどって私兵を率いてきた大夫は、あらかじめ孔丘の要請をうけてこの日にそなえていた。

邸内での総指麾《しき》は孔丘がとった。

季孫家の家宰《かさい》である仲由は、家臣をふりわけた。邸内での戦闘に参加させる臣と季孫斯の嫡子である季孫肥《きそんひ》を護《まも》る臣を分けたのである。

地がふるえた。

「きた——」

漆雕啓は全身で叫んだつもりだが、息を呑んだだけであった。

いきなり熾烈《しれつ》な矢合戦となった。

邸内に矢の雨がふってきた。矢をふせぐ楯《たて》が鳴りつづけた。楯を割るほどの勁矢《けいし》もあった。漆雕啓にとってははじめての実戦である。天空を暗くするほどの矢の雨を実見《じつけん》して、ひるむどころか、嚇《かっ》と熱くなった。

「射返してやれ」

漆雕啓は敵の矢を摧《くだ》くほどの励声《れいせい》を放った。孔門の子弟は射術に長じている。弓矢を渡された二十数人は、牆壁を越えてくる敵兵をつぎつぎに殪《たお》した。漆雕啓自身は仲由から甲《よろい》と矛《ほこ》を借り、弓矢をもたぬ十人の門弟をまとめ、なるべく孔丘から離れないようにして、あたりに目をくばった。

ついに正門が破られた。

それを知った孔丘は、定公をしりぞかせて、ともに楼台に昇り、そこから指麾をつづけた。

ちなみにこの楼台は、

「武子《ぶし》の台」

と、よばれる。武子とは、季孫斯の曾祖父（季孫宿《きそんしゅく》）の諡号《しごう》である。季孫氏を富強にした季武子の盛業をたたえて名づけたのであろう。

敵の矢が楼台にとどくようになり、定公をかすめることもあった。あきらかに劣勢である。楼下にいる漆雕啓はようやく仲由をみつけて、

「日没まで、もつかな」

と、いった。師のためにここで死ぬのはいとわないが、それは次善といってよく、最善は孔丘を護りぬいて生き延びさせることである。

だが、仲由には不安の色がない。もちまえの快活さをここでも失わず、

「そう深刻になるな。負けはせぬよ」

と、ぞんがいやわらかくいった。心にゆとりがあるせいであろう。

「昔、ここが似たような戦況になった。昭《しょう》公の兵が楼台近くまで迫ったが、季孫家の兵はけっきょく負けなかった。この台には祖先の霊が憑《つ》いているのかもしれぬ。先例を、先生はよくご存じよ。燃えさかる火も、衰えるときがくる。堅く守っていれば、敵は攻め疲れる。そこを衝く。故《ふる》きを温《あたた》めて新しきを知る、とは、このことだ」

「あなたが、それをいうか」

仲由の心のゆとりが漆雕啓につたわってきた。

なるほど人は数時間も全力をだしきれるわけではない。邸内に侵入した費の兵の熾烈さも、日が中天をすぎるころには、衰勢《すいせい》をみせるようになった。堅守を徹底させた孔丘の指麾が活気を帯びるのは、これからであった。

日のかたむきを瞻《み》た孔丘は、私兵をかかえている申句須《しんくしゅ》と楽頎《がくき》に反撃を命じ、自身も楼下におりて、

「突き破れ――」

と、号令した。おう、と応えた仲由と漆雕啓は、われを忘れて、突進した。遮二無二《しゃにむに》すすむしかない。眼前の敵を倒すことだけに意識を集中したため、しばらく孔丘がどこにいるのか、わからなかった。

敵兵の背がみえるようになったとおもったときが、この反撃が確実に勝機をつかんだときといってよく、漆雕啓の矛から手応えが消えた。費の兵が潰走《かいそう》しはじめたのである。敵兵が遠ざかるのをみて、われにかえった漆雕啓は、ひとり足を停めた。孔丘の近くにもどろうとした。このとき、

「追え――」

という大声をきいた。孔丘の声である。その声がおもいがけず苛烈《かれつ》であったので、漆雕啓はおどろいた。

――師は戦場の機微《きび》がわかっている。

そう感心した。が、別のみかたもできる。かつて不狃は自身のたくらみに孔丘をひきいれて利用しようとした。その誠実さのない巧言《こうげん》の主に報復しようとしている。

仲由が走ってきて、

「われはしばらく追撃する。なんじは先生のもとに残れ」

と、早口でいい、家臣を率いて走り去った。

ここでの孔丘の指麾はみごとであるというしかない。追撃の師旅はすぐにふくらんだ。遠くから戦いをながめていた諸大夫は、両者の優劣を知って、追撃に加わった。そうなるであろうと予想した孔丘は、兵術の巧者であった。

敗退した不狃と叔孫輒は、洙水《しゆすい》にそって東行し、姑蔑《こべつ》において、陣を立て直そうとした。が、追撃が急で、息を入れるまもなく撃破された。戦場を脱したふたりは、兵を棄《す》てて、北へ逃げた。姑蔑から東へむかえば季孫斯と仲孫何忌の師旅にぶつかってしまうので、ふたりにとっての逃走路はそれしかなかった。斉へ亡命したのである。

だが、斉は往時のように魯の敵国ではなくなったので、ふたりは逮捕されて魯へ送還されることを恐れ、やがて南方の呉へ去った。ちなみにこのころの呉は、闔廬《こうりよ》という英主のもとで栄耀《えいよう》のさなかにあった。

さて、費邑にあって、曲阜での攻防を知った仲孫何忌は顔色を変えて、

「もどられては、いかが」

と、季孫斯にいった。が、季孫斯はあわてることなく、

「孔丘がいます」

と、いい、ゆったり構えて、城壁の取り壊しを命じた。

道の興亡

晩秋の風が冷気をふくむようになった。

——つぎは、わが食邑《しょくゆう》か。

曲阜《きょくふ》の門を観《み》た仲孫何忌《ちゅうそんかき》は胸が重くなった。

ぶじに費邑《ひゆう》の取《と》り壊《こわ》しを終えてここまで同行してきた正卿《せいけい》の季孫斯《きそんし》にねぎらわれた仲孫何忌の表情は冴《さ》えなかった。その季孫斯と別れて、鬱々《うつうつ》と帰宅した仲孫何忌が、門内で礼容を示しているひとりを視《み》て、

「やっ、きていたのか」

と、軽いおどろきをみせた。この声に応《こた》えるように顔をあげたのは、成邑《せいゆう》の宰《さい》の公斂処父《こうれんしょほ》である。かれは都内での騒擾《そうじょう》をきくや、兵を率いて駆けつけ、公山不狃《こうざんふじゅう》と叔孫輒《しゅくそんちょう》が国外にでたあとも、主君不在の仲孫家を守るために逗留《とうりゅう》していた。

仲孫何忌としては、こういう忠心《ちゅうしん》からでた気配りがうれしい。ただしその気配りには、つぎの取り壊しの対象とされる成邑をいまあずかっている者のけわしい感情がひそんでいるに

ちがいない。

憂鬱を共有しているふたりはさっそく奥の室《へや》にはいって、密談をはじめた。

公斂処父の目に慍色《うんしょく》がでた。

「わが成邑の取り壊しの予定をご存じですか」

仲孫何忌はゆるやかに首を横にふった。

「正卿はなぜか明確な指示をなさらなかった。優先の予定があるのかもしれない。年内に終わらせようと仰《おお》せになっただけだ」

公斂処父は膝《ひざ》をすすめた。

「正卿は、孔丘《こうきゅう》にたぶらかされているのです。叔孫氏の郈邑《こうゆう》は西からくる敵を防ぐ城であったのに、いまや防衛力を失っています。魯《ろ》は晋《しん》と敵対するようになったのですから、晋軍が西からきたら、どのように防ぐのですか。また費邑は東からくる敵を止める城であったのです。それがいまや城ではないとなれば、莒《きょ》の国の兵に急襲されるとひとたまりもありません。わが邑は北への備えです。城壁を失えば、南下してくる斉《せい》軍に蹂躙《じゅうりん》されます。障害のなくなった斉軍はやすやすと曲阜を攻略できるのです」

「わかっている」

と、苦《にが》くいった仲孫何忌は憂愁《ゆうしゅう》の色を濃くした。

「わかっておられるなら、なにゆえ、正卿に献言《けんげん》なさらぬのか」

「わが城だけを残したい、とどうしていえようか」

さらに膝をすすめた公斂処父は、

「斉との戦いはいくたびあったでしょうか。戦っては和睦《わぼく》し、和睦しては戦うということをくりかえしてきたのです。今日の盟約は、明日には破棄されるということを、古記録は教えています。たとえ魯君のご命令でも、わたしは取り壊しには応じません」

仲孫何忌は黙った。よくぞいってくれた、と褒《ほ》めるわけにはいかない。定公《てい》の命令にさからえば、叛逆とみなされてしまう。

「成邑は仲孫家の堡《とりで》であり、成邑が消えれば、仲孫家も消えます。あなたさまは知らぬふりをなされればよい。わたしが成邑を守りぬきます」

公斂処父はそういって起《た》ち、早足で仲孫家をあとにした。

——さて、困った。

独《ひと》り室内に残った仲孫何忌は黙考しつづけた。剛毅《ごうき》な公斂処父は仲孫家にとってかけがえのない忠臣である。その者にだけ叛逆の罪を衣《き》せるのはしのびない。が、仲孫何忌があからさまに公斂処父に同調すれば、君主と季孫氏を敵にまわすという最悪の事態になりかねない。

——なんとか公斂処父を救う手だてはないものか。

考えに考えて、わかったことはふたつある。

よからぬ智慧《ちえ》をだしている孔丘を季孫斯から離すこと、城壁の取り壊しがいかに愚策であるかを季孫斯に知ってもらうこと、このふたつである。このふたつを遂行《すいこう》できれば、公斂処父をつらい立場に置かなくてすむ。そのためには、まず、した。


——孔丘の手足となっている仲由《ちゅうゆう》をかたづけたい。

と、おもった仲孫何忌は、孔丘を嫌っているらしい叔孫州仇《しゅくそんしゅうきゅう》をひそかに訪ねることにした。

冬になった。

が、成邑の城壁の取り壊しはあとまわしにされた。斉の景《けい》公との会合が、河水《かすい》に近い黄《こう》でおこなわれ、仲孫何忌が兵を率いて定公に従ったためである。むろん定公の輔佐《ほさ》は孔丘がおこなった。

すでに景公は衛《えい》の霊《れい》公および鄭《てい》の上卿《じょうけい》である游速《ゆうそく》と会盟をおこなって、反晋連合を形成した。斉はそれとは別に魯と会盟をおこなっているので、黄における会合は、既成《きせい》の盟約の確認にすぎない。魯は魯で、独自に鄭との関係を修復したので、要するに、斉、魯、衛、鄭という四国は、晋にも楚《そ》にも属さない勢力圏をつくったことになる。

十一月に、定公が曲阜に帰ってきた。随従《ずいじゅう》した仲孫何忌は、帰宅すると、そのまま邸に籠《こ》もって外出しなくなった。参内《さんだい》もしなくなったので、

「疾《やまい》であろうよ」

という声があちこちで揚《あ》がった。やむなく季孫斯は定公に謁見して、

「成邑の城壁を取り壊さなければなりませんが、仲孫何忌が出向けないようなので、君にお出ましを願いたく存じます」

と、懇請《こんせい》した。

定公が肯首《こうしゅ》した時点で、その種の工事が私事から公事へ遷《うつ》ったといえる。これは孔丘の狙い通りになったのかもしれない。

正卿のあと押しがあるので定公はまったく不安をおぼえることなく、諸大夫《たいふ》の兵を率いて成邑へ行った。

が、城門は閉じられ、城壁の上には弓矢をもった甲兵がならんでいた。定公は、

「開門せよ」

と、いい、城内に使者を遣《や》った。が、定公の命令は拒絶された。定公のもとにきた公斂処父の使者は、

「成邑が城壁を失うことは、曲阜の消滅につながる重大事なのです。城門を開かないのは、君と魯という国を守るためであることを、どうかお察しくださいますように」

と、切々と述べた。

――さて、困ったことよ。

成邑を攻めるということは、定公の予定になかったことである。仲孫何忌の重臣を叛逆者とみなして戦闘をおこなえば、かならず公室と仲孫家のあいだに隙《げき》が生じ、それがこじれると内乱にふくれあがる。だが、定公に従ってきた大夫と士のなかには、

「わが君のご命令をこばむとは、けしからぬ」

と、激昂《げっこう》する者がいたので、いちおう成邑を攻めるというかたちを示すために、定公は包囲陣をつくった。それでも、成邑を攻撃することがいかにむだであるか、とわかっている定

公は、公斂処父を説得するという姿勢を保ち、年があらたまるまえに陣を解いて引き揚げてしまった。

成邑の城壁の取り壊しは、仲孫何忌にまかせるのが、最善の処方であるとおもった定公は、手を引いた。

それまでの孔丘の所在が不明であるが、定公の輔佐をつづけていたのであれば、成邑を包囲する陣中にいて、成果をみずに帰途についたはずである。帰宅した孔丘は、

——季孫氏に動いてもらわなければ、事は成らぬ。

と、痛感し、季孫家の家宰《かさい》である仲由の手腕に期待した。

たしかに仲由は季孫斯に信用されている。なにしろ決断が早い。その美点について孔丘は、

「ちょっときいただけで、むずかしい訴訟《そしょう》を判定できるのは、由だけであろうよ」

と、称《ほ》めたことがある。

むろん季孫斯は、孔丘の教育があって、いまの仲由がある、とみている。仲由という原石を孔丘が研磨《けんま》して光らせたのである。

さて、費の邑宰《ゆうさい》であった公山不狃が反抗して逃亡したので、つくづく邑宰えらびのむずかしさを感じた季孫斯は、仲由を呼んだ。

「孔丘の門下生で、費の邑宰にふさわしい人物を推挙してくれ」

季孫家の本拠地には重臣をすえるのが慣例であるのに、季孫斯はそれをしないという。

「あっ」

と、悦《よろこ》んだ仲由は、ここでも逡巡《しゅんじゅん》しなかった。

「高柴《こうさい》がよろしいでしょう。あざなを子羔《しこう》といいます」

高氏は斉の名家として知られる。おそらく高柴の先祖は高氏一門にありながら、魯に移って、魯の文《ぶん》公に仕えた人である。その人の官職は下執事《かしつじ》であったというから侍者《じしゃ》としては賤臣《せんしん》であった。ちなみに文公は定公からかぞえて五代まえの君主である。それはそれとして、高柴の年齢は二十四歳である。

「では、高柴に会ってみよう」

季孫斯が高柴を採用して費邑を治めさせるらしいと知った孔丘は、仲由を呼びだして、いきなり叱《しか》った。

「あの者を、だめにしてしまう」

が、仲由は平然と抗弁した。

「邑には、人民がいて、社稷《しゃしょく》もあります。書物を読むことだけが学問であるとはいえないでしょう」

高柴は気心《きごころ》のよい男で、仲由は入門した高柴をみるや、

――ものになる男だ。

と、感じた。その好意を察した高柴は、以来、仲由を特別に敬慕した。ところで、邑には人民がいて社稷もある、というのは、実際に政治をおこない、実際に祭祀《さいし》もおこなう、ということであろう。書物から離れた実学《じつがく》がそこにはある、と仲由はいったのである。

孔丘は眉《まゆ》をひそめた。高柴については、

「愚直だ」

と、孔丘は評したことがある。五尺《せき》（百十二・五センチメートル）に満たない身長の高柴は容姿がすぐれているわけでもないので、容貌を重視する孔丘には低くみられた。高柴の真価は自分のほうがよくわかっているといわんばかりの仲由にむかって、

「これだから口の巧《うま》いやつは嫌いだ」

と、孔丘はいった。むろんこのいいかたには、季孫斯が自分にむけてくれているひそかな厚意に感謝する心がかくされている。季孫斯が正卿であるかぎり、向後《こうご》も、孔丘の門弟はさまざまなかたちで擢用《てきよう》されるであろう。孔丘はそういう希望をもった。

だが、正月になっても、成邑のあつかいが難件として残ったままという状況にあって、孔丘の存在を危険視する者が増えた。

「孔丘はわが君に諛佞《ゆねい》し、朝廷を擅断《せんだん》しようとしている」

そういう悪評が、季孫斯の耳にとどくころ、季孫家を訪ねた貴族がいる。かれは、

「公伯寮《こうはくりょう》」

と、いい、魯の公室から岐出《きしゅつ》したという血胤《けついん》をもつ、季孫斯に親しい大夫である。

「これから耳ざわりなことを申しますが、貴家をおもえばこそ、とご理解いただきたい」

そう切りだした公伯寮は、徐々に語気を強めた。

「はっきり申して、孔丘は第二の陽虎《ようこ》です。あの者は狡猾《こうかつ》なので、暴力といったみえすいた

力を用いず、貴家だけでなく、桓氏のほかの二家をも、内から弱めようと画策しています。それに気づいた成邑の宰は、城壁の取り壊しの君命に従わず、桓氏三家へ箴誡《しんかい》を声高《こわだか》に説《と》いているのです」

「孔丘が、第二の陽虎ですか……」

季孫斯は孔丘とともに魯に新秩序を立てようとしている。その孔丘に三桓を衰弱させるような毒刺《どくし》があるとはおもわれない。

公伯寮は季孫斯の顔色をうかがいつつ説述《せつじゅつ》をつづけた。

「最初に郈邑の城壁を失った叔孫家の家中には、孔丘に騙《だま》されたと憤激《ふんげき》する者がおり、また、仲孫家の家中にも孔丘を排斥《はいせき》せんとする者がおります。両家はまもなくなんらかの行動をおこすでしょう。両家の憎悪の目が孔丘にむけられているいま、孔丘の後ろ楯になっておられる卿も敵視されかねない。あえて申しますが、卿の評判は落ちているのです。このままでは朝廷の運営にもさしつかえましょう。評判を回復なさるために、まず、家宰である仲由を罷《ひ》免《めん》なさって、孔丘との紐帯《ちゅうたい》を断ったことを国内にお示しになるべきです。これは讒言《ざんげん》でも誣《ぶ》告《こく》でもありません。卿へのいつわりのない忠告です」

季孫斯は黙然とした。

魯の上卿が食邑の城壁を壊したことは、天下に衝撃を与えたはずである。魯はなにをするつもりか、と諸侯は関心をもって見守っているにちがいない。それは、魯が武《ぶ》の国ではなく、文《ぶん》の国になることを表明したことになり、そのように改良された国家が、武で支えるよりも

はるかに堅牢《けんろう》であることを、魯が先駆的に実現してみせようとするものである。季孫斯は自国の乱だけではなく、他国の乱も想《おも》い、

——武力を武力でおさえようとすれば、争いは永遠に終わらない。

と、考えるようになり、常識を超《こ》えて和協《わきよう》を実現しようとする孔丘の思想とその実践に理解を示した。が、改革はかならず反動を招く。その反動が激烈であれば、孔丘だけでなく季孫斯自身のいのちにかかわる。

公伯寮が帰ったあと、季孫斯は腹心の臣を呼び、

「孔丘への風当たりが強まっているようだ。他家のようすをさぐってくるように」

と、いいつけた。

仲孫家と叔孫家の激昂ぶりにおどろいたその臣は、五日後に報告をおこなった。

「風は旋風《せんぷう》になりそうです。孔丘はその風に巻きあげられて、天空で四分五裂するでしょう」

「それほどまでになっているのか」

季孫斯は表情を暗くした。仲孫氏と叔孫氏が結託して孔丘を襲ったあと、その暗殺行為が私行《しこう》であるにもかかわらず、君命にすりかえることはたやすくできるであろう。さらに二家は、季孫家を脅迫してくるにちがいない。

——さて、どうするか。

季孫斯は仲由という家宰が気にいっているだけに、苦悩した。

孔丘がめざしている改革に賛同している大夫は、いることはいる。子服何《しふくか》（景伯《けいはく》）がそのひとりで、かれは孔丘に近づき、

「すでにご存じでしょうが、季孫氏が公伯寮のことばに、心を惑わしているようです。わたしの力で、公伯寮を捕らえて殺し、市朝《しちょう》にさらすことができますよ」

と、ささやいた。が、孔丘は毅然《きぜん》として、

「道がおこなわれようとするのは天命ですし、道がすたれようとするのも天命です。公伯寮ごときが、天命をどうすることもできますまい」

と、答えた。自分には人の力よりももっと大きな天の力がついている、と孔丘は信じている。これから魯は、天の庇護《ひご》のもとで、中華で最上級の礼楽の国になってゆくはずである。自分はいまその端緒《たんしょ》についている。

だが、この自信はまもなくうちくだかれることになる。

仲由が季孫斯に罷免されたからである。その際、仲由はこうさとされた。

「わが手で孔丘をかばいきれなくなった。なんじは孔丘を護《まも》って、五日以内に、魯を出なければならぬ。われがいえるのは、それだけだ」

仲由は、一瞬、顔色を変えた。が、季孫斯の眉宇《びう》に愁色《しゆうしよく》がただよっているとみた仲由は、

——この人に悪意はない。

と、速断し、

「ご厚情は、忘れません。さっそく仰せに従います」

と、拝礼した。季孫邸をでた仲由は孔丘のもとに急行した。五日以内に魯を出よ、ということは、五日間は暴発する力をおさえて孔丘に危害がおよばないように手を打っておいた、という季孫斯のひそかな努力と好意がふくまれているであろう。

弟子が師を得心《とくしん》させるのはむずかしい。

とくに孔丘は、天命を遂行しているかぎり、かならず天の祐助《ゆうじょ》があり、いかなる危難ものぐことができると考える自信家である。政界の利害に血まなこになっている者たちにとって、利害を超越してゆく理想主義が憎悪のまとになることを、孔丘はいささかも顧慮《こりょ》しないであろう。だが、五日後には凶刃《きょうじん》が孔丘に殺到する。それが現実であり、その凶刃を、季孫斯が五日間止めてくれている。それも現実である。孔丘がよけいな自信をみなぎらせて、その現実を無視すれば、どうなるか。

仲由は戦慄《せんりつ》をおぼえながら、孔丘のまえに坐り、自身が罷免されたことと季孫斯のことばをつたえた。

孔丘は烈しく几《き》（脇息）をたたいた。

「われがどうして魯を逐《お》われなければならないのか」

このときの顔ほど恐ろしく、また、悲しいものはなかった。孔丘に、なぜ、と問われても、仲由は答えようがない。この場合、饒舌《じょうぜつ》は無用であった。仲由は沈黙した。

「われはけっして曲阜をでぬ」

そう孔丘にいわれることを仲由はひたすら恐れた。孔丘も黙った。長い沈思《ちんし》である。その

無言の時間を仲由は耐えた。そのまま小半時《こはんとき》が経《た》ち、孔丘は身じろぎをして、

「明日、門人にはわれが話す。明後日には曲阜をでる」

と、いった。

——吁々《ああ》、これで先生を失わずにすむ。

ほっとした仲由は、

「承知しました。ただいまから、旅行の支度《したく》にとりかかります」

と、すみやかに起《た》った。いそいで閔損《びんそん》に事情を告げ、冉求《ぜんきゅう》、顔回《がんかい》などを連絡のために趨《はし》らせ、漆雕啓《しっちょうけい》を誘って旅食《りょしょく》に必要な物を集めた。

はじめは唖然《あぜん》とした漆雕啓だが、すこし落ち着くと、

「このたびも先生は伯魚《はくぎょ》どのを連れてゆかれないだろうか」

と、いった。

「むこうにとって、伯魚どのは無害な人だ。はっきりいえば、むこうは先生だけを排斥すればよい。先生が出国なさったことを、むこうに知らしめるために、明後日は、白昼堂々と曲阜の門をでてやろう」

「なるほど、それがいい」

漆雕啓は途中で仲由と別れて、いちど自宅に帰り、兄のもとへ行った。

「明後日、孔先生に従って魯をでます。二度と魯の土を踏めないかもしれません」

語《つ》げるうちに漆雕啓は胸が痛くなった。生きて兄とは再会できないかもしれないというお

もいが悲嘆に染められそうになった。

物事の理解が早く、情に篤《あつ》い兄は、しんみりとした。

「孔先生は三桓を無力にしたかったわけではあるまい。君主と卿、大夫と士などの順位を正そうとなさったのではないか。それを正したあとに、礼によって、それを堅固《けんご》にしようとした。上下が乖隔《かいかく》しなければ、強い国になれる」

君主を飾り物として三桓とよばれる大臣が政治の実権をにぎっている国政の形態は、どうみても、ゆがんでいる。三桓のなかで最上位にいる季孫斯は、そのゆがみを家宰の陽虎に利用されて殺されそうになったという苦い体験をもとに、孔丘を後押《あとお》しして、礼法を徹底させ、精神的にも制度の改正をおこなおうとした。しかしながら、抵抗勢力をおさえきれず、挫折したかたちで孔丘を貶黜《へんちゅつ》せざるをえなくなった。

いまひとつ不得要領《ふとくようりょう》であった漆雕啓は、兄と話すうちに、そういう情勢がわかってきた。

——先生を逐えば、魯は旧態のまま、朽《く》ちてゆくだけだ。

あえていえば、魯は国として生まれ変わる千載一遇《せんざいいちぐう》の好機を逸することになる。漆雕啓はそうおもった。三桓の家は孔丘を活用すれば、永々と自家を保全できることに気づいていないのではないか。季孫斯は別として、ほかの二家の当主は、目先の利害しか視ておらず、視界が狭《せま》すぎるというしかない。

「兄さんには、ご迷惑をかけつづけたうえに、ご恩返しもできないまま、国をでます。お宥《ゆる》しください」

漆雕啓は兄にむかって深々と頭をさげた。

「なにをいうか、啓よ、無頼《ぶらい》の徒《と》であったなんじが、書物を読み、詩を吟《ぎん》ずるようになったことを、われは喜び、なんじを変えてくれた孔先生に感謝している。孔門の高弟であるなんじは、わが家族だけでなく、一門の誇りだ。孔先生は五十代のなかばであろう。その先生をお護りするのがなんじの生きがいであるなら、死ぬまでそれをつらぬけ」

兄のはげましは漆雕啓の心の深奥《しんおう》に滲《し》みた。

翌々日、孔丘の教場《きょうじょう》に集合した門弟は五十余人であり、そのなかに、費の邑宰になったはずの高柴がいた。かれらをみわたした孔丘は、旅装の原憲《げんけん》だけを呼び、

「なんじは未成年である。われに随行せず、曲阜に残って、鯉《り》を助けよ。よいな」

と、厳然といった。

原憲はまばたきもせず、静かに涙をながした。

衛国の事情

高柴《こうさい》の顔をみた仲由《ちゅうゆう》は、

「子羔《しこう》よ、なんじは費《ひ》の邑宰《ゆうさい》を罷免《ひめん》されたわけではないのに、先生についてゆくのか」

と、からかいぎみにいった。

「あなたが先生に随従《ずいじゅう》するのに、わたしが残れましょうや」

と、高柴は口をとがらせた。仲由が季孫《きそん》家の家宰《かさい》であれば、安心して費の邑宰を務めることができるが、仲由のいない季孫家にとどまる気はない。

「季孫氏はわれの顔を立ててなんじを採用したわけではない。みずからなんじを観《み》て、費邑をまかせようとしたのだ」

「わかっています。季孫氏は、魯《ろ》のなかで、ただひとりの人物です。先代（季平子《きへいし》）よりも、おもいやりがあります。しかし正義のための強圧《きょうあつ》に欠けます。先見《せんけん》の明《めい》のない仲孫《ちゅうそん》氏と叔孫《しゅくそん》氏との和合をはかる必要などなかったのです」

「ほほう、なにごとも強行をいやがるなんじにしては、めずらしいことをいう」

そんな話をしながら、ふたりは教場《きょうじょう》をでた。門前に三乗の馬車が停《と》まっている。集団を先導する仲由は先頭の馬車に乗り、孔丘《こうきゅう》が乗る二番目の馬車の手綱《たづな》は冉求《ぜんきゅう》が執《と》った。三番目の馬車は荷馬車といってよく、漆雕啓《しっちょうけい》がそれを動かした。

白昼堂々と曲阜《きょくふ》の門をでてやろう、と仲由がいったように、孔丘は日が高くなってから出発した。

ゆく先は決まっている。

衛《えい》である。

そこに仲由の妻の兄である顔濁鄒《がんだくすう》という大夫《たいふ》がいる。

ちなみに戦国時代の思想家である孟子《もうし》は、仲由の妻が、衛の弥子瑕《びしか》の妻と姉妹の関係であったことから、孔丘がたよったのは弥子瑕であるとしている。弥子瑕は衛の霊《れい》公（名は元《げん》）の嬖臣《へいしん》である。さらにいえば、若いころに男色を好んだ霊公の愛人が弥子瑕であった。

孔丘は、斉《せい》へ亡命したときに、賢相《けんしょう》の晏嬰《あんえい》を避けて、寵臣《ちょうしん》というべき高張《こうちょう》（高昭子《こうしょうし》）をたよったように、意外な功利主義がある。その主義が頭をもたげたとすれば、この亡命でたよったのは、賢大夫といわれる顔濁鄒ではなく、霊公の近くにいる弥子瑕ではあるまいか。ただし孔丘はつねづね、

「利にもたれて行動していると、多くの怨《うら》みを買うようになる」

と、門弟に教え、また、

「君子は義にさといが、小人《しょうじん》は利にさといものだ」

ともいっている。それと自身の行動は矛盾するが、その矛盾も孔丘の人間性といってよい。

さて、曲阜の門のほとりで孔丘を待ち、郊外の鄙《むら》まで同行するかたちで見送りにきたのは、宮廷楽師の師己《しき》である。音楽好きの孔丘は、宮廷楽師と親しくなったが、そのなかで師己が特別に親しいというわけではない。

師己の顔をみたとたん、孔丘は、この人は自発的に見送りにきたのではなく、定公《てい》あるいは季孫斯《きそんし》にいいつけられてきたのであろう、とおもった。だが、定公は大臣が国を去ることを惜しんで人をつかわすような厚情をもっていない。であれば、師己のうしろには季孫斯がいるとみざるをえない。

別れ際に、師己は、

「あなたに罪はないのに――」

と、いった。これは師己の真情の声であろう。それにたいして孔丘は、

「歌ってみましょう。よろしいか」

と、おもしろい返答をした。

婦《ふ》の口ありて
われは国をでてゆく
婦の謁《えつ》ありて
わが身は死して　国は敗《やぶ》れる

おもうにわれは　ゆらゆらと
さまよいつづける生涯か

即興の歌である。

孔丘を見送った師己は、曲阜にもどると、まっすぐに季孫斯のもとにいった。

「孔丘はなにかいっていたか」

この季孫斯の問いに、師己は孔丘が作った歌をそのまま告げた。

「婦とは……」

季孫斯は首をかしげた。孔丘がいやがった婦など、どこにもいない。婦はおもに貴人の妻をいう。その婦が口をひらき、身分の高い人に面会したがゆえに、孔丘は国を逐《お》われたと嘆いている。

しばらく考えていた季孫斯は、やがて、

「そういうことか……」

と、つぶやいた。周《しゅう》王室では、昔から、

――牝雞《ひんけい》の晨《あした》するは惟れ家《こ》の索《つ》くるなり。

と、いわれている。めんどりがときをつくるのは、家が滅ぶまえぶれである。ゆえに、婦が政治に口出ししてはならない。

周王室の分家である魯の公室にもそのいましめはつたえられており、当然、季孫斯もそれを知っている。ただし孔丘がいう婦とは、定公や季孫斯の夫人のことではなく、政治に口出ししてはならない者を指しているであろう。このたびは、そういう者が魯の国柄《こくへい》をにぎっている季孫斯に面会して国家を害するつげ口をした。孔丘の歌の主旨はそういうことであろう。

――われは公伯寮《こうはくりょう》にたばかられたのか。

そうであれば、公伯寮を使嗾《しそう》したのは、仲孫何忌《ちゅうそんかき》と叔孫州仇《しゅくそんしゅうきゅう》ということになる。

長大息《ちょうたいそく》した季孫斯は、

「魯は惜しい人を失ったことになるかもしれぬ。それも、これも、われの罪だ」

と、師己にむかって慚愧《ざんき》をあらわにした。

孔丘は出国した。

これが十四年にわたる亡命生活のはじまりである。

このとき孔丘は五十五歳であり、帰国がかなうのは六十八歳である。もしも孔丘が魯の大臣でありつづけたら、かれは思想における妥協《だきょう》を余儀なくされ、国政においては鄭《てい》の子産《しさん》の模倣《もほう》者で終わったかもしれない。

が、天は孔丘をそうさせなかった。

魯をでて、ほぼまっすぐに西進すると、衛の国都に到る。ただし途中に大野沢《たいやたく》という巨大な湿地帯があるので、当然、迂回しなければならない。

魯と衛は兄弟の国であるという認識を孔丘はもっている。

古昔《こせき》、衛は、滅亡した殷《いん》王朝の本拠地あたりに建国された。衛公室の初代は、周の武《ぶ》王や周公旦《たん》の弟の康叔封《こうしゆくほう》である。かれは最初に、河水《かすい》の西岸域にある朝歌《ちようか》に首都を定めた。その後、この国は北狄《ほくてき》（北方の異民族）の侵略をうけたため、遷都《せんと》せざるをえなくなり、河水を東へ渡って、楚丘《そきゆう》を国都とした。が、この国は異民族の攻撃をうけやすく、またしても首都を遷《うつ》した。楚丘から東遷《とうせん》して、帝丘《ていきゆう》を国都としたのである。なお、この帝丘は戦国時代になると、濮陽《ぼくよう》と名を更《か》える。

大野沢をあとにすると、急に、邑《まち》が多くなる。衛国にはいったのである。

ほどなくこの集団は、

「儀《ぎ》の封人《ほうじん》」

と、称する役人に停止させられた。封人は国境を守備する者である。

なお、儀という邑はどこにもない。邑より小さな聚落の名か、そうでなければ、夷儀《いぎ》のことである。ただし夷儀はかなり北にあり、大野沢の北をまわって衛にはいる道を選んだにせよ、夷儀は北にありすぎる。孔丘と門弟が夷儀の近くを通らなければならないわけは、不明としかいいようがない。

足をとめた門弟は緊張した。

――入国の際に、尋問《じんもん》されるのか。

門弟が愁顔《しゆうがん》をみせるなかで、平然と馬車をおりた仲由がその封人に近づいて、

「なにか、ご不審でもありますか」

と、訊《き》いた。封人は温顔《おんがん》をもった人物である。

「いや、いや、そうではない。あなたのご主人にお目にかかりたいだけです」

仲由は季孫家の家政をあずかっていただけに威風がある。尋常ならざる者が仕えている主人が俗人であるはずがない、と封人はみたようである。

「面会をご希望ですか」

「わたしは、ここにきた君子に、お目にかかれなかったことはないのです」

と、封人はおだやかな口調でいった。

君子は、最高の人格者という意味であるが、それは孔丘が意味を高めたといってよく、儒教を知るはずのない封人がいった君子は、りっぱな人、という程度の意味であろう。あるいは、封人は別のことばをつかったのに、のちに門弟が、孔丘を尊崇《そんすう》するあまり、君子ということばに置き換えてしまったのかもしれない。

封人を冷静に観察した仲由は、

「そうですか、では、どうぞ」

と、いい、孔丘の馬車まで封人をみちびいた。すでに馬車をおりていた孔丘は、仲由のみじかい報告をうけてうなずくと、封人とふたりだけで話しあった。

やがて、先頭の馬車の近くにもどってきた封人は、数人の門弟にむかって、

「みなさんは祖国を喪《うしな》ったといっても愁えることはありません。天下から道がなくなって久しいことです。天はまさに夫子《ふうし》をもって木鐸《ぼくたく》にしようとしているのです」

と、いった。これは励声《れいせい》である。

孔丘の話をきいた封人は、

——この人は警世家《けいせい》だ。

と、感じた。いや、世に警告を発するだけの人というわけではない。木鐸は、法令を人民に示すときに鳴らす木製の鈴である。それによって人民を教え導くという意味もこめられている。つまり孔丘は人民の指導者になれる、と称《ほ》めたのである。それほどの見識をもちながら、中央の政治にかかわりのない辺境を守っているこの人は、不遇であるとともに風変わりであるともいえる。

封人が去ったあと、仲由はすぐには車上にもどらず、しばらく沈思していた。

——ふしぎな出現だ。

突然あらわれた封人が、この世の者とはおもわれなくなった。

「どうなさったのです」

近くにいた高柴が、仲由の顔をのぞきこんだ。

「あの人は、天の使いかもしれぬ」

「まさか——」

「先生に話をきく、といいながら、先生にいろいろなことを教えにきたのだ」

「たとえば——」

「まず、先生がすすむべき道がまちがっていないことを教えた」

「そうですね」

高柴は小さくうなずいた。

「いつか、先生の教えが、天下に広まることを予言した」

「うれしいことです」

「先生は、かつて不遇であったが、いちおう司寇《しこう》の位まで昇った。が、あの封人は不遇のまだ。あれほどの人物が上司になれない衛という国には、人材が盈《み》ちていて、文化程度が高い、ともいえる。あるいは、逆に、あれほどの人物を辺陲《へんすい》に置いたまま、活用せず腐らせてしまう、衛の政治が昏《くら》いともいえる」

「そういうことですか……」

明るい予感を得られなくなった高柴は嘆息した。

「だが、なあ、子羔よ、いま、突然、われは先生の偉さがわかった」

「はあ……」

「われは季孫家の家宰を罷免され、なんじは費の邑宰の職を投げ棄《す》ててきた。しかも家族や友人から離れて祖国をでた。それでも悲しみは深くなく、腐りもしない。先生がいればこそだ。先生の教えがあればこそだ。われらはどこにいても、どんな境遇になっても、楽しむ、ということを先生から教えられた。そこまでゆくには、どうしても学問が必要なのだ」

「さすがですね、子路《しろ》どのは」

古参の弟子である仲由は、孔丘との親密度がちがう。高柴はそれをうらやむ顔つきをした。

「はは、われは古いだけで先生から称められることはすくない。それでも先生の思想のなにがしかはわかっている。先生は外の不幸を内の不幸にしない。個人から国家までもだ。あえていえば、先生には海内《かいだい》をおおうほどの愛があるのさ」

「そりゃ、また——」

きく者が赤面するほどの大言壮語《たいげんそうご》だが、高柴は笑いかけて、すぐにその笑いをひっこめた。あながち仲由の大仰《おおぎょう》な表現がまちがっているわけではないとおもいはじめたからである。なぜ孔丘という師は、どんな卑賤《ひせん》な者にも、あれほどの情熱をもって教えようとするのか。その一点を考えても、人にたいする超人的な愛を想《おも》わずにはいられない。

「そういえば、先生はこうおっしゃったことがあります。君子は道を謀《はか》りて、食《しょく》を謀らず、と」

高柴は記憶をさぐりつついった。

「食禄《しょくろく》をそっちのけにして、先生に従ったわれとなんじがそれなら、ふたりとも君子だ」

「まだ、つづきがあります。耕《たがや》せど餒《う》えそのうちに在《あ》り、学べば禄《ろく》そのうちに在り」

「田畝《でんぽ》で働きつづけても、なかなか貧しさから脱することができないからなあ」

たとえ農民の子に生まれても、学問をすることができる世を到来させることが孔丘の企望《きぼう》なのであろう。仲由にはそれがわかっているが、さすがにその実現は、夢のまた夢のようにおもわれた。

「君子は道を憂《うれ》えて、貧しさを憂えず、と先生はおっしゃいました」

「ふむ、よく憶《おぼ》えていたな。なんじは物覚えが悪いので、魯鈍《ろどん》であるとみられているが、われからみれば、すぐにわかったという顔をしないのがよい。呑《の》み込みの早いやつは、吐き出すのも早い。多分に、それが、われだ」

天を仰いで哄笑《こうしょう》を放った仲由は、馬車に乗った。

短い休憩を終えたこの集団はわずかにほがらかさをとりもどして、動きはじめた。

少壮の門弟のなかで孔丘が特に熱いまなざしをむけて嘱目《しょくもく》しているのが、冉求である。かれほど誠実に学んでいる者はいない、と孔丘はみて、つねに近くに置いている。馬車の御《ぎょ》もかれにまかせている。

帝丘に近づくころ、孔丘は逐臣《ちくしん》である悲哀を忘れたような表情で、

「衛は庶《ゆた》かだね」

と、冉求にきこえるようにいった。

庶《しょ》は、もろもろ、と訓《よ》むのがふつうだが、多い、とも訓める。この場合の庶は、人口が多い、という意味に、国が富んでいる、という意味が添《そ》えられているであろう。

孔丘は自身の志望を衛で実現させたいという意欲をもちはじめている、と感じた冉求は、師の明るさをうけとめて、

「すでに庶かなところに、なにを加えましょうか」

と、いった。この問いが気にいった孔丘は、

「富ませよう」

と、多少わかりにくいことをいった。

「すでに富んでいるのです。それをさらに富ませて、加えるものがありましょうか」

孔丘は一考することなく、

「教えよう」

と、いった。むろん、それは教育を指す。ただし、その発言をふりかえってみると、国をいっそう富ますためには、亡命者でありながら参政の席に坐らなければならず、そういう状態になったら、君主から庶民まで、すべての国民を教育しなおしたいが、もしも高位につけない場合は、在野《ざいや》の教育者になろう、といったように解せる。

ついに孔丘は帝丘に到着した。

魯の司寇が衛に亡命したことが、朝廷のとりざたにならないはずがない。衛は魯と敵対しているわけではないので、もしも魯の司寇が魯の定公あるいは正卿《せいけい》の季孫斯の政敵となり、争いに敗れて逃亡してきたのであれば、この亡命を認めるわけにはいかない。

「どうやら城壁の取り壊しの件で、孔丘が対立したのは、仲孫氏のようです。ただし仲孫氏とは戦闘におよんでおらず、危険を予知して、出国したようです」

この報告が左右の近臣から霊公にとどけられたため、引見してもさしつかえないという判断がくだされた。ちなみに霊公は斉の景《けい》公との会合を終えて帰国したばかりである。

「孔丘は、礼楽に関して、天下一といわれております」

それをきいた霊公は、ますます孔丘に興味をもったが、実際に孔丘をみて、すぐに興冷《きょうざ》めした。どれほど優雅な男かと期待していたのに、眼下に坐っている五十代の大男は武骨そのものではないか。

──この男のどこから歌や管弦の音が発せられようか。

なにごとにも美麗さを嗜《この》む霊公は、なかば目をそむけて、

「魯ではどれほどの俸禄《ほうろく》を得ていたか」

と、問い、孔丘の返答をきくや、

「では、それだけ、そなたにさずけよう」

と、いっただけで、席を立った。ほかになんの質問もしなかった。

──これが衛君の正体か。

孔丘は失望した。君主にまみえるときは、直視するのは非礼であるので、まなざしをさげていたが、それでも、在位三十八年の霊公が聴政《ちょうせい》に飽き飽きしている老君主であるとわかった。とても孔丘のことばを傾心《けいしん》して享《う》けてくれる人ではない。まだ斉の景公のほうがましである。

──衛は、国も人も熟しすぎて、廃頽《はいたい》にむかっているのか。

衛を富ませて広く教育をおこないたいと意気込んできた孔丘にとっては、つらい認識であり予感であった。他国からきた才能をいきなり活用するのはむりであるにせよ、試してみることさえしない衛の朝廷は、柔軟性を失っているのであろう。ちなみに、

「楚材晋用《そざいしんよう》」

ということばがある。かつて晋は対立していた楚から亡命してきた人材を用いて国を強化

した。晋全体に楚をしのごうとする意欲があったのである。

が、衛には危機意識も競争心も、好奇心もない。魯も似たようなものである。

――それでも国は存続するものなのか。

これが、孔丘に与えられた課題のひとつであったといえる。とにかく、このときから衛に住むこととなった孔丘は、二、三年が経《た》ったころに、

「われに一国の政治をまかせてくれたら、一年で可能にし、三年で成功させてみせる」

と、いった。これは豪語ではない。愚痴《ぐち》である。

この発言のなかには、斉の管仲《かんちゅう》や鄭の子産への羨望《せんぼう》がふくまれているであろう。しかしながら、新規の政治を断行するには、強大な支援者が要《い》る。その意識が、自信過剰《かじょう》の孔丘には、多少欠けている。たしかに管仲はよそ者ではあったが、君主である桓《かん》公に絶大に信頼されて、新法を制定し、施行《しこう》した。また子産は、正卿の子皮《しひ》に保庇《ほひ》されるかたちで改革を推進した。魯の正卿である季孫斯は、孔丘のために万難を排せば、子皮に比肩《ひけん》する令名を得たであろう。が、そこまでの勇気と胆力がなかった。新しい政治がおこなわれるためには、強力な後ろ楯が必要であるということである。残念ながら衛の霊公には、現状にたいする大きな不満はなく、大臣と反目しているわけでもないので、制度の刷新《さっしん》や政治の改革を望んでいない。

――凡庸《ぼんよう》というより無道《むどう》の君よ。

孔丘は内心舌打ちをするおもいで霊公をみている。

公室の紀律がゆるみすぎているのである。

霊公は正夫人である南子《なんし》を喜ばすために、もとの愛人である宋朝《そうちょう》を呼んでやるという常識はずれのことをおこなった。かつて南子は宋の公女として霊公に嫁《とつ》いだわけであるが、国もとにいるとき公子の宋朝を愛していた。なお南子の子は、男子の場合の敬称にはあたらず、宋公室の氏すなわち子姓《し》を示している。

なにはともあれ、衛の公室の淫事《いんじ》を国の内外の民が嘲笑しないはずがない。

斉の景公と宋の景《けい》公が、曹《そう》国の洮《とう》で会合したとき、霊公は出席せず、太子の蒯聵《かいがい》を遣《や》って、宋に近い盂《う》の地を斉に献じさせた。

蒯聵が宋の野を通っていると、野人《やじん》の歌がきこえてきた。

「とうにめす豕やった豚《ぶた》のに、なんでおす豕かえさない」

めす豕が南子、おす豕が宋朝であることはあきらかである。蒯聵ははずかしくて顔をあげられなくなった。衛は、公室だけではなく国全体が天下の笑い物にされているのである。そういう醜態をたれがつくっているのか。

しばらく愧赧《きたん》していた蒯聵は、顔をあげると、家臣の戯陽速《ぎようそく》に、

「少君《しょうくん》を殺せ」

と、命じた。少君は君主の正夫人をいい、蒯聵の母である南子のことである。

歳月の力

——母を殺す。

子として、その行為は、もっとも忌《い》むべき罪悪である。

しかもその母は、少君《しょうくん》とよばれ、衛《えい》の霊《れい》公の正夫人である。いわば、国母である。

太子の蒯聵《かいがい》は、これから自分が為《な》そうとしていることが、どれほど醜悪《しゅうあく》で、罪深いことであっても、

——国家のためだ。

と、割り切った。母というより南子《なんし》という元凶を除かなければ、衛は清潔さをとりもどせない。ただし、大義があると自分が信じている行為を成功させるためには、手筈《てはず》が要《い》る。蒯聵は太子として南子に面会して近づくことはできるが、その際、剣を佩《は》くことはできない。もつことができるのは、せいぜい匕首《ひしゅ》（短剣）である。匕首で人を刺殺するのはむずかしいと考える蒯聵は、臣下の戯陽速《ぎようそく》をうしろにひかえさせておき、かれに南子を襲わせるしかないとおもった。そこで、

「われがふりかえったら、少君を殺せ、よいな」

と、戯陽速にいった。

「承知しました」

戯陽速は顔色も変えず、おもむろに頭をさげた。この返答ぶりに沈毅《ちんき》さを感じた蒯聵は、

——この者なら、やってくれるだろう。

と、安心した。

帰国して霊公に復命した蒯聵は、あえて南子への面会を希望した。むろん、この時点で、すでに蒯聵は与党を集めている。南子を殺したあとに、公宮内を制圧するためである。

感情をおさえ、冷静さを保った蒯聵は、南子のまえに坐った。

「ひさしぶりにそなたの顔をみる」

南子はさぐるような微笑を蒯聵にむけた。とたんに嫌悪感が涌出《ゆうしゅつ》した蒯聵は、南子にことばを返さず、ふりかえった。が、半眼の戯陽速は動かない。

——なぜ動かぬ。

焦《あせ》りをおぼえた蒯聵は、ふたたびふりかえった。それでも戯陽速は起《た》たない。

——早く、この女を殺せ。

蒯聵の内心の声は、胸を破りそうな怒号であり、みたびふりかえった蒯聵は殺気のかたまりとなった。この鬼気そのものといってよい容態が、南子をおびえさせた。

「ひえっ」

と、小さく悲鳴を発した南子は、腰をうかし、蹌踉《そうろう》と走りだすと、

「蒯聵が、わたしを殺します」

と、わめいた。さらに、わめきつつ、霊公に助けを求めた。

「逃がさぬ」

そう叫んだものの、いちど室外にでて、側近から剣をうけとらなければならなかった蒯聵は、すこし遅れた。その間に、南子は霊公の胸に飛び込んだ。

「なにが、どうしたというのか」

霊公は蒼白の南子をみたが、すぐに事態をのみこめず、とにかく南子の恐怖をうけとったかたちで、避難しようとした。南子の手をとって楼台《ろうだい》に登ったのである。

家中が騒然とした。

「君をお守りせよ」

霊公の近臣が楼下を固めた。そこに、蒯聵が数人を率いて迫った。剣をぬいた蒯聵は、

「そこを、どけ。めす豕《ぶた》を斬るだけだ。父君には、害を加えない」

と、叫んだ。が、剣と矛《ほこ》で防禦の態勢をととのえた家臣たちは、すこしもひるまず、

「なりませぬ。それ以上、おすすみになると、太子を斬ることになります」

と、強くいった。蒯聵を威嚇《いかく》しながらも、実のところ、国にとって大切な後継者を傷つけたくないというのが、かれらの真情である。

――剣を斂《おさ》め、早く退いてください。

霊公と南子を護《まも》る者たちは、ひとしくその声を胸に秘めていたであろう。

短気な蒯聵はほんとうの胆力をそなえていない。戯陽速が起たない時点で、この一挙が頓《とん》挫《ざ》しそうな予感をおぼえていた。つまり、かれの計画には、二の矢、三の矢はなかった。それほど粗雑な計画であった。

しばらく楼台を睨《にら》んでいた蒯聵は、剣をおろして、

「せっかくの楼台も、めす豕のすみかになっては、瀸《けが》れよう」

と、いい放つや、きびすをかえした。

このあと蒯聵は近臣と与党を率いて国外にでた。宋《そう》へ奔《はし》ったのである。が、宋の君臣の同情を得られなかった蒯聵は、晋《しん》の実力者である趙鞅《ちょうおう》を頼った。ついでながら、この太子の出《しゅっ》奔《ぽん》が、孔丘《こうきゅう》だけでなく仲由《ちゅうゆう》の運命に微妙にかかわりをもつことになる。

それはそれとして、衛国をあとにするころに、蒯聵は、

「戯陽速には、ひどい目にあわされた」

と、悪態《あくたい》をついた。けっきょく戯陽速は南子を襲撃しなかっただけではなく、蒯聵をいさかも助けなかった。そのため、戯陽速は咎《とが》めをうけることなく、国もとに残っている。

その蒯聵の悪口《あっこう》が、伝聞となって、戯陽速の耳にとどいた。かれは眉《まゆ》をあげて、

「ひどい目にあわされたのは、わたしのほうだ。太子は無道の人で、わたしにその母を殺させようとした。わたしが承知しなければ、太子はわたしを殺しただろう。もしもわたしが夫人を殺していれば、わたしに罪を衣《き》せただろう。それゆえ、いちど承知したものの、なにも

しなかったのだ。死なずにすむためには、そうするしかなかった」
と、近くの者にいった。蒯聵の激情に釣《つ》られなかった戯陽速はそうとうに冷静で胆力もすぐれていたといえよう。

とにかく霊公は晩年になって、正式な後嗣《こうし》を失った。しかしながら、そういう衛の公室の内紛《ないふん》が、霊公の客にすぎない孔丘の生活を直撃することはなかった。霊公の諮問《しもん》にあずからない孔丘には、ひそかな不満があったが、門弟はほがらかであった。

門弟は貧家の子弟が多く、耐乏《たいぼう》生活には慣《な》れている。が、ここでは、生活難がない。しかも仕える孔丘は学問の師であり、大夫《たいふ》のような主君にはあたらない。門弟は朝から夕《よる》まで学習にうちこみ、共同生活をつづけてゆくうちに、親密さが濃厚になった。師と門弟の結束がきわめて固くなったのは、衛での生活があったからである。

そういう良好な状態のなかで、顕然《けんぜん》と頭角《とうかく》をあらわしたのが、顔回《がんかい》である。かれの容姿は冴《さ》えがなく、愚人《ぐじん》にさえみえるほどであるが、かれの非凡な理解力はほかの門弟をおどろかせ、孔丘をも感心させた。ついに、

——子淵《しえん》は一を聞いて十を知る。

と、門弟のあいだで感嘆をこめてささやかれるようになった。

ついでながら顔回の名の回の原義は、水の回流のことで、

——水深ければすなわち回《めぐ》る。（『荀子《じゅんし》』）

と、あるように、深い水すなわち淵《ふち》は水を回転させる、と想《おも》われていたので、顔回は自分

のあざなとして淵を選んだのである。顔回にかぎらず、人の名とあざなには、なんらかの関連があるのがふつうである。

のちに孔丘は、
「賢いものだね、顔回は。箪《わりご》のめし、瓢《ひさご》の飲み物だけで、陋《きたな》い巷《ちまた》で暮らしている。ほかの者なら、そのつらさに堪《た》えられないのに、顔回はその楽しみかたを改めようとしない。賢いよ、顔回は」

と、顔回の生きかたを特別に称揚《しょうよう》するが、それは孔丘の思想の理想的な体現者が顔回であると認めたからである。陋巷《ろうこう》に在ったのは、じつは顔回だけではなく、そのつらさに堪えていた門弟はすくなからずいた。ただしどれほど貧しくても、その暮らしぶりを嘆かず、楽しみをみつける才能があった者はきわめて寡《すく》なかったであろう。

顔回の実力が飛躍的に上昇したことによって、焦りをおぼえ、苦しげな表情をするようになったのは、顔回より一歳上の冉求《ぜんきゅう》である。なにごともそつなくこなす冉求は、誠実な努力家ではあるが、自分には顔回のような無限の吸収力がないことに、深刻なくやしさをおぼえるようになった。悩みを深めた冉求は、ついに孔丘のもとにゆき、
「先生がお示しくださる道はすばらしいとおもいますが、わたしには力が足らず、ついてゆけないのです」

と、正直にうちあけた。
孔丘は喘《あえ》いでいるような冉求をみつめて、

「ほんとうに力不足の者は、途中でやめてしまう。だが、なんじは画《かぎ》れり」

と、断言した。叱《しか》るというより励ます声であった。画る、というのは、自分でかってに限界をもうけて、努力することをやめることをいう。孔丘がみるところ、冉求には衍《ゆた》かな情があり、心づかいもこまやかで、性格には圭角《けいかく》がない。人を傷つけることをせず、人から傷つけられることもない。それをすぐれた社交性とみれば、顔回にはない徳性で、その徳性を活《い》かすときがかならずくる。孔丘にはそれがわかるが、まだ三十歳にならない冉求には、自分の才能の落ち着きさきがわからない。若いということは、自分を過大評価するか、過小評価するしかない。

冉求は孔丘のことばをきいて、ほっとした。師に見限られていない自分に安心したのである。

ところで衛という国は、中原《ちゆうげん》諸国のひとつであり、阸《けわ》しい地形がすくないだけに、交通が発達した。人と物が移動しやすいということは、国として伝播《でんぱ》力をそなえているということでもあり、その国に住む孔丘の名は、魯《ろ》にいるときよりも、遠方につたわるようになった。そのため、衛国内の好学《こうがく》の者はもとより、国外からも入門希望者がやってきた。

それらのなかで、ひとり、異質の人物がいた。衛人《えいひと》であるかれの氏名は、

「端木賜《たんぼくし》」

と、いい、あざなは、

「子貢《しこう》」

と、いう。年齢は顔回よりわずかに下であるが、すでに二十代のなかばで殖財《しょくざい》の才を発揮してかなりの財産を築いていた。店をもってあきないをする者が賈人《こじん》であるとすれば、店をもたないであきないをする者が商人である。端木賜はどちらかといえば商人であろう。近隣の国々へ足をのばし、いちはやく情報をつかみ、それをおのれの勘《かん》と知識で篩《ふるい》にかけて利益に変えた。そういう非凡な才覚をもつ端木賜であるが、商人が卑《ひく》くみられていることに、我《が》慢《まん》がならなかった。

この上昇志向が、礼楽を平民にも教えるという孔丘の名に反応した。商人でありながら貴族と対等の席に坐るためには、礼楽を知る必要がある。そこで孔丘に師事すべく入門した。だが、これは、孔丘という学者がどの程度の識量《しきりょう》をもっているか、商人の感覚で値踏《ねぶ》みにきたといってよい。評判ほどではないとわかれば、さっさと孔門から去るつもりであった。だが、そうはならなかった。

多くの人に会ってきた端木賜の目は、凡庸《ぼんよう》ではない識慮《しきりょ》をそなえており、その目で観察した孔丘は、きわめて異様な人物であった。理解できない範疇《はんちゅう》に属する人、といったほうがよいかもしれない。

——孔丘とは、こういう人だ。

と、わかるまで、端木賜は門下生としてとどまるつもりであった。が、半年がすぎ、一年がすぎても、孔丘の人としての、学者としての全容をつかめず、むしろ歳月が経《た》てば経つほど、わかりにくくなった。

まず、この師には、

——知らぬことがない。

というのが端木賜にとってはおどろきであった。もっとも孔丘は、

「われは生まれながらに物識りというわけではない。古い事を好んで、懸命に探求しているだけだ」

と、いっているようだが、その知識量は超絶している。

——怪物としか、いいようがない。

端木賜はそう意《おも》った。孔丘の門弟をみわたした端木賜は、一年も経たないうちに、

——自分にまさる者は、ひとりしかいない。

と、みきわめた。そのひとりが、顔回である。孔丘に近づけるようになった端木賜は、

「わたしは、どうでしょうか」

と、問うてみた。どうでしょうか、というのは、漠然《ばくぜん》とした問いであるが、はっきり問わないほうが、それに反応する孔丘の教えに妙致《みょうち》がふくまれる、と敏活《びんかつ》な端木賜にはわかってきた。

「なんじは器《うつわ》だな」

「どのような器でしょうか」

「瑚璉《これん》だな」

はっきりいってくれたものだ、と端木賜は慍《むっ》とした。瑚璉は粟《あわ》や稷《きび》を盛る器で、たしかに

宗廟《そうびょう》に供える礼器で、日用食器ではないが、貴族に多用される器ではない。孔丘は称《ほ》めたつもりであろうが、端木賜は不満であった。だいいち、器、といわれたのが、衝撃であった。

——君子は器ならず。

と、孔丘はいっているではないか。器は、どれほど巨大であっても、輪郭をもつ。その輪郭が人としての限界を示している。しかしながら顔回だけはとりとめがなく、器にはあたらないであろう。

——われは顔回には及ばない。

くやしいけれど、そう認めざるをえない。入門して二年がすぎたころの自覚とは、そういうものであった。孔丘は門弟の心情がわかるらしく、突然、

「なんじと顔回とでは、どちらがすぐれているか」

と、潑剌《はつらつ》さを失いつつある端木賜に声をかけた。おどろいた端木賜は、

「わたしがどうして顔回を望めましょうか。顔回は一を聞いて十を知りますが、わたしは一を聞いて二を知るだけです」

と、答えた。すると孔丘は、

「及ばないね。われもなんじとおなじで、顔回には及ばないよ」

と、くだけた口調でいった。

——優しい人だな。

このとき、ようやく孔丘という人がわかった、と端木賜はおもい、感動した。無限の愛の

ようなものを、孔丘から感じたのである。

ほんとうの教育とは、ほんとうの自己を門弟に発見させることであろう。そのために礼が要り、楽が要り、芸が要る。端木賜は孔丘に会うまで、自分を知らなかったということになる。つまり、人がわかって、はじめて自分がわかる。

商業という合理の世界をたくみに游泳《ゆうえい》し、人の感情をも利益を捻出《ねんしゅつ》するための算用《さんよう》にくみこんできた端木賜にとって、打算《ださん》をはずしたところにある師とのつながりが、生涯つづくものであろうと予感したこと自体、大いなるおどろきであった。ついでにいえば、孔丘が亡《な》くなったあと、門弟たちは三年の喪《も》に服したあと故郷に帰ったが、端木賜だけは孔丘の冢《つか》のかたわらに小屋を建てて、さらに三年、亡き師に仕えた。端木賜にとって、孔丘の存在がどれほど大きく、その教えがどれほど貴重であったかは、それだけでもわかる。

衛国内で孔丘の名が飛躍的に高まったため、霊公は忘れ物を憶《おも》いだしたように、孔丘を招いた。が、そのときの質問たるや、

「戦陣を存じているか」

という、あじきないものであった。戦術について知っていることを述べよ、とは、孔丘への無理解もはなはだしいといえよう。この君子へはまともな献言《けんげん》が亨《とお》らないと感じている孔丘は、

「俎豆《そとう》のことは存じていますが、軍旅《ぐんりょ》のことは学んでおりません」

と、答えて、退出した。俎と豆は祭祀《さいし》の際に供物を盛る器である。これは、礼について質

問してくだされば、いくらでもお答えします、と暗にいったようであり、礼に関心をもっていただきたい、礼は兵よりも国家を強くするのです、と言外に訴えたようでもある。

　こういう孔丘を冷笑をふくんで視《み》ていた重臣がいる。衛国の軍事を掌管《しょうかん》している王孫賈《おうそんか》である。かれは孔丘に声をかけた。

「家の奥の神に媚《こ》びるよりも、むしろ竈《かまど》に媚びよ、という諺《ことわざ》がありますが、これはどういう意味でしょうかな」

　王孫賈のように上にとりいることが巧《うま》い者にとって、傲然《ごうぜん》とした居ずまいの孔丘はいかにも不器用にみえる。孔丘はなんでも知っているようにみえるが、じつは世智《せち》に欠ける。諺にある奥の神とは、いうまでもなく霊公を指している。奥にいる霊公に媚びるよりも、そのまえにある竈すなわち王孫賈に媚びたらどうか。そこには権力に手をかけている者の詼嘲《かいちょう》がまじっていて、まさにいやみである。

　が、孔丘は恬淡《てんたん》と、

「それは、ちがっていますね。天にたいして罪をおかせば、どこにむかって祈っても、効《き》き目がなくなります」

　と、答えた。それをきいた王孫賈は、

　――話にならん。

　と、あえてあきれ顔をみせたであろう。どこの国に、国外からきた知識人をみずから鉤用《こうよう》して参政の席に就《つ》かせる君主がいるであろうか。君主は天意を問うて人事をおこなっているわけではない。周知の昔話では、斉《せい》の桓《かん》公は自国の出身ではない管仲《かんちゅう》を重用《ちょうよう》したが、それは重臣の鮑叔《ほうしゅく》の推挙《すいきょ》があったからである。故事に精通していながら、孔丘はそんなことも知らないのか、と王孫賈は侮蔑《ぶべつ》した。

が、孔丘は孔丘で、王孫賈は鮑叔とはくらべものにならない、とおもっていたであろう。

それはそれとして、孔丘には利用価値がある、とみた人がいる。

霊公の正夫人の南子である。

太子の蒯聵に殺されそうになってから、さらに評判を落とした南子は、高名な孔丘を引見することで、醜名《しゅうめい》から脱しようとした。おそらく南子は孔丘の遠祖が宋人《そうひと》であることを知っていたであろう。

南子の使者を迎えた孔丘は、否《いな》、とはいわなかった。

——先生がそんな招きに応ずるはずがない。

と、おもっていた仲由は、孔丘の決断を知って、嚇《かっ》とした。

——先生は正気か。

そうなじりたくなるような顔で、孔丘のまえに坐った仲由は、目を瞋《いか》らせて、

「南子なんぞに、お会いになってはなりません」

と、唾《つば》を飛ばしつつ強諫《きょうかん》した。あんな淫乱《いんらん》な夫人に会うだけで、孔丘の高潔さがけがれる。南子に会うことで、なんらかの益が生ずるというのであれば、弟子としては目をつぶることもしようが、会ったところでなんの益もなく、それどころか、孔丘とはそんな卑しい人であ

ったのかと世間からさげすまれる。

邪《よこしま》なことを嫌い避けてきた師に、弟子がまちがいを匡《ただ》すというのは、腹立たしいよりなさけないことであった。しかし孔丘は仲由の諫言《かんげん》をはらいのけるように、

「これが善《よ》くないことであれば、天が厭《いと》うであろう。天が厭うであろう」

と、声高《こわだか》にいった。おなじことばをくりかえしたところに、孔丘の強い決意があらわれている。

このあと、実際に孔丘は南子に謁見《えっけん》した。

孔丘は晩年に自身の六十歳については、

「耳順《じじゅん》」

という一語に凝縮した。耳順は、耳順《みみしたが》う、と訓《よ》む。

これは六十歳になったとたん、そういう心境になったということではなく、六十歳に近づいているころに、衛国の実情を観《み》て大いに失望し、天命をより強く意識するようになったために生まれた語である。つまり、どんないやなことでも、天が命ずることであれば順ってこなう。それが耳順であろう。

べつの表現をすれば、孔丘は完全に受動態《じゅどうたい》になった。天の声を聴き、天の命ずるままに動く、ということである。

「それでは、古代の殷《いん》王とおなじではないか。人の善言に耳をかたむけず、天帝とのみ対話をしていては、夫子《ふうし》に忠告する者は、ひとりもいなくなってしまう」

仲由はとくに親しい漆雕啓《しっちょうけい》と高柴《こうさい》にむかって憤懣《ふんまん》をぶちまけた。それでもうなずかず、口をつぐんでいる漆雕啓に顔を近づけた仲由は、

「なあ、子開《しかい》よ、あんな先生でも、これからもわれらは守っていかねばならないのか」

と、いった。その目に悲しみの色があった。

漆雕啓の胸中にせつなく揺漾《ようよう》するものがあった。いま孔丘は仲由の悲しみより深い色の目をしているのではないか。あえていえば、孔丘は善悪も、是非《ぜひ》もない淵に沈んでいる。死人とかわりがない。その孔丘を再生させるのも、天であろう。弟子としては、その時を待つしかない。

歳月にも人を動かす力がある。

孔丘が衛に入国した年から四年後に、霊公が薨《こう》じた。君主の席に即《つ》いたのは、太子蒯聵の子の出公《しゅつこう》（名は輒《ちょう》）である。そのままであれば、衛の国情は穏々《おんおん》としていたであろう。しかしながら、晋の趙鞅が蒯聵を衛に入れるべく、軍旅を率いて戚《せき》まできた。戚は帝丘《ていきゅう》の北に位置する邑《まち》である。その二邑の距離はおよそ五十里であるから、徒歩でも一日半で着ける。

仲由が血相を変えて孔丘に報告した。

「趙鞅の軍師は、陽虎《ようこ》です。かれが太子を擁《よう》して戚に乗り込んだのです」

受難の旅

衛《えい》は、にわかに複雑な国情となった。

あらたに君主となった若い出公《しゅつ》は、父である蒯聵《かいがい》の帰国を知っても、国主の席からおりず、父と敵対する意向を示した。たやすく国をゆずれないという事情もある。

公室の継承権にかかわる橋渡しをおこなったのは、出公の叔父の公子郢《えい》である。

先君である霊公《れい》は、亡《な》くなるすこしまえに春の郊外に遊びにでかけるということがあった。そのとき、馬車の御《ぎょ》をさせた公子郢に、

「われには嫡子《ちゃくし》がおらぬ。そなたを後嗣《こうし》に立てようとおもう」

と、いった。公子郢は自身が側室の子であり、君主の席をいちども望んだことがないので、おどろきのあまり口をつぐんだ。そのあと霊公がおなじことをいったので、自分にはその資格がないと答えて、霊公の好意をうけとらなかった。

四月に霊公が薨《こう》じたので、すかさず正夫人の南子《なんし》が、

「公子郢を太子とせよ、というのが、先君のご命令であった」

と、いい、公子郢を擁立《ようりつ》しようとした。が、公子郢はよくできた人物で、

「わたしはほかの公子とは母がちがいます。先君がお亡くなりになる際に、わたしはおそばにおりましたが、そのようなご遺言をききませんでした。亡命なさった太子の子の輒《ちょう》がおられるではありませんか」

と、述べ、南子と群臣の賛同を得た。

輒すなわち出公は、祖母と群臣に支援されて君主となったかぎり、一存では、父に公宮をあけわたせない。とくに南子が蒯聵を嫌っていることは、公宮の僕婢《ぼくひ》でも知っている。

若い人が新しい思想に敏感であるように、出公も孔丘の思想に関心があった。そのため出公は孔丘を擢用《てきよう》するのではないかといううわさがながれた。そこで仲由《ちゅうゆう》が、生気《せいき》をとりもどしつつある孔丘に、

「衛君が先生をお迎えして政治をなさるとなれば、先生はなにからさきになさいますか」

と、問うた。

「まず、名を正す」

孔丘は張りのある声でいった。

――また、それか、まわりくどい。

と、うんざりした仲由は、それでも、

「どうして名を正すのですか」

と、かさねて問うた。仲由のいらだちをみた孔丘は、

「粗野《そや》だね、由は。君子というのは、自分が知らないことは黙っているものだ」

と、軽く叱《しか》り、名の効用について説《と》いた。

この場合の名というのは、大義名分《たいぎめいぶん》の名分にあたるであろう。人がなすべきつとめの大本《おおもと》をいう。

仲由は首をひねった。登用《とうよう》された孔丘が出公を輔佐《ほさ》して名を正せば、どういうことになるのか。正式に君主として立った出公には大義があるが、倫理《りんり》においては、名分がない。子は父に従順《じゅうじゅん》に仕えるべきであり、極端なことをいえば、たとえ父がまちがったことをおこなっても、子は父を非難しないというのが、徳の基本となる孝行《こうこう》のありかたである。すると孔丘は出公を説いて、君主の席からおりてもらい、蒯聵をその席に迎えようとするのか。そうしなければ、名を正したことにならない。

――だが、それでは、蒯聵とともに陽虎《ようこ》が衛都に乗り込んでくる。

そういう事態を孔丘が望んでいるはずがない。まさか孔丘は、父の蒯聵と子の輒が君主の席をゆずりあうという美徳の光景を夢想しているわけではあるまい。まず名を正すといった孔丘は、いきなり矛盾《むじゅん》につきあたることになろう。

仲由だけではなく、門弟の多くが、孔丘の進退を気にかけつつ秋を迎えた。

衛の君臣をおびやかすような報《しら》せが飛び込んできた。

戚《せき》の南の鉄《てつ》という地で大戦があった。鉄は帝丘《ていきゅう》にかなり近い。

趙鞅《ちょうおう》の軍が鄭《てい》軍と戦って大勝した。その趙鞅軍のなかに、蒯聵がいたのである。

あいかわらず斉《せい》、魯《ろ》、衛、鄭という四国は連合して晋《しん》に敵対している。それが天下の主権争いであるとすれば、晋の国内でも権力争いが勃発《ぼっぱつ》して、国政にかかわる卿《けい》が三派に分れた。范吉射《はんきつせき》（士《し》氏）と荀寅《じゅんいん》（中行《ちゅうこう》氏）という卿は、趙鞅を攻めたあと、敗れて、衛の旧都であった朝歌《ちょうか》に逃げ込んだ。その時点で、斉をはじめとする四国はこの二卿を支援することに決めた。

趙鞅にしてみると、難題が急に増大した。それはそうであろう。范吉射と荀寅を晋から駆《く》逐《ちく》するだけでよかったのに、その二卿を救援する国とも戦わねばならなくなったのである。しかも懐《ふところ》に飛びこんできた窮鳥《きゅうちょう》ともいえる蒯聵を、もとの巣にかえしてやらなければならない。なにをどうするか、という優先順位を決め、さまざまな事態を想定して、策を立てるということをやったのが陽虎である。

孔丘の門弟は落ち着かなくなった。

戚に居すわった蒯聵の後ろ楯が趙鞅であること自体が脅威なのである。おなじようなおびえをもった衛の大夫《たいふ》が、蒯聵に通ずるようになれば、衛国にふたりの君主がいることになり、当然、その正否を天下に示すべく、両人は戦うことになろう。

十月に、霊公の葬儀が終わった。そのあと、門弟は集まって、

「先生は、どうなさるのか」

と、語りあった。孔丘が出公の招きを待つかたちで衛国にとどまることは、出公を支持して、蒯聵を敵視することになる。すると、帝丘が趙鞅軍に包囲されても動かないことになり、

それからでは、たぶん脱出したくても不可能となる。もちろん孔丘がすすんで出公を助け、陽虎と戦う、と決断すれば、門弟としても覚悟が定まる。とにかく、そろそろ孔丘の真意を知りたいのである。

めずらしく冉求《ぜんきゆう》が声を荒らげて、

「先生は衛君をお助けになるのだろうか」

と、いった。それについて孔丘に問い質《ただ》す勇気のある門弟はおらず、冉求もそこまではできない自身にいらだっていた。

すると、端木賜《たんぼくし》が、

「わたしがおたずねしてみよう」

と、いって、起《た》った。端木賜には機知がある。まともな問いはしなかった。かれは孔丘の室《へや》にはいると、

「伯夷《はくい》と叔斉《しゆくせい》は、どういう人であったのですか」

と、問うた。

伯夷と叔斉という兄弟は、殷《いん》と周《しゆう》が対立していたころに、北方の孤竹《こちく》国の公子であった。君主である父が亡くなったあと、父の遺志《いし》をうけて君主になることが決められていた叔斉は、その位を伯夷にゆずった。が、伯夷は、父上のいいつけにはそむけない、といい、出奔《しゆつぽん》した。叔斉も、弟の身で君主になるわけにはいかない、と意《おも》って、兄を追うかたちで国をでた。ふたりは周の文《ぶん》王が善政をおこなっているときき、周にたどりついて、そこに住んだ。ところ

が、文王が薨じて、子の武王《ぶ》が立つと、主家である殷王室を討とうとした。ふたりは武王が乗っている馬の手綱《たづな》にとりついて、臣である者が君を弑《しい》してはなりません、と諫《いさ》めた。しかし武王はその諫言《かんげん》をしりぞけて殷の紂《ちゅう》王を殺した。そこでふたりは、これからはけっして周の穀物《こくもつ》を食べない、と誓いあって、首陽《しゅよう》山に籠《こ》もり、薇《ぜんまい》を採《と》って飢《う》えをしのいでいたが、やがて餓死《がし》した。

むろん端木賜はそういう故事を知っていながら、あえて問うたのである。

——この問いにある深旨《しんし》とはなにか。

孔丘はそう考えながら、

「古代の賢人だ」

と、いった。門弟のなかでもっとも敏慧《びんけい》といってよい端木賜は、答えるのが阿呆《あほ》らしいと孔丘におもわせるような問いをしたことがない。そう想《おも》えば、この問いは奇妙なほど平凡だが、それだけに問いのなかにしかけがあるにちがいない。

すかさず端木賜は、

「ふたりは怨《うら》んだのでしょうか」

と、問うた。この問いのなかにある、怨む、については解釈がむずかしい。伯夷と叔斉は、武王を諫めても聴いてもらえなかったので、武王を怨んだ、というのでは解釈が単純すぎるであろう。おそらくそうではなく、従《じゅう》が主《しゅ》を踰《こ》えてはならないという正道をふたりは歩いたにもかかわらず、死なねばならないのが天意であるとすれば、天はなんのためにあるのか。

つねに天は善人を助けるためにあるのではないか。そうしなかった天を、ふたりは怨んだのだろうか、と端木賜は問うたのである。それにたいして孔丘は、

「ふたりは仁《じん》を求めて仁を得たのだ。なにを怨もうか」

と、いった。それ以上問わなかった端木賜は退室すると、

「先生は衛君をお助けにならない」

と、ほかの門弟に語《つ》げた。

仁については、孔丘はいろいろ門弟に説いている。この抽象度が高い語の意味は、ここでは、人としての本分、にあたるであろう。伯夷と叔斉はたがいに君主になることをゆずりあって国をでたのに、衛の父子はどうであろう。とくに出公は、子としての本分をつくしていない。孔丘は暗にそういったのであろう。また、仁を求めて仁を得ようとしているのは、孔丘自身でもある。

晩冬《ばんとう》になるまえに、

「衛をでる」

ということは、師弟が合意した。しかしながら、衛をでてどこへゆくのか、については意見がわかれた。魯に帰ることができるのであれば、それにまさる道はない。しかし、魯に変化があったとすれば、二年まえに君主の定《てい》公が薨じて子の哀《あい》公（名は蔣《しょう》）が立ったくらいである。孔丘を逐《お》った三桓《かん》があいかわらず国政を掌握《しょうあく》している。

ふたたび斉へゆくというのも選択肢《せんたくし》のひとつである。が、それには孔丘が難色を示した。

儒教を嫌った晏嬰《あんえい》はすでに亡いが、景公《けい》が老齢でありすぎて、いつなんどき薨去《こうきょ》するかわからないうえに、後継者の名がはっきりとはきこえてこないとあっては、景公の死後の国情がかならず乱れる、と孔丘はみている。たとえふたたび景公に優遇されても、二、三年で斉国をでることになるであろう。

「鄭はどうでしょうか」

と、情報通の端木賜がいった。鄭は孔丘が好むような古い国ではないが、魯や衛とおなじ姫《き》姓の国であり、子産《しさん》が作った法と制度が継承されているので、上下にゆるぎがない。しかしながら、子産は国の為政者が暗愚あるいは凡庸であっても、国民を守ってゆくにはどうすればよいか、と考えて新しい法治国家をめざしたといってよく、その整然たる制度に孔丘の倫理が割り込めるか、と考えれば、大いに疑問がある。

――鄭へ行ってもむだだ。

と、おもったのは、仲由だけではなさそうだが、ほかに適当な国がないので、かれは発言をひかえた。

「では、鄭へゆこう」

孔丘はそう決めた。ただし冬の旅はつらいので、春を待つことにした。

新年を迎え、水がぬるむころに、孔丘は門弟とともに衛都をでた。

はつらつとした気分の旅ではない。鄭をめざすというより、やむなく鄭へゆく、という心のありように弾《はず》みがあるはずもない。

仲由とおなじ馬車に乗った漆雕啓《しっちょうけい》は、

「鄭に知人がいますか」

と、問うた。

「いや、いない」

鄭都にはいったら、たれに頼るべきか、決まってはいない。仲由も不安をかかえているが、門弟をまとめてゆく立場にあるとなれば、暗い顔ばかりをしているわけにはいかない。孔丘の名が鄭までとどいていれば、なんとかなる。そう肚《はら》をすえている。

が、この集団は、すぐに災難に遭遇した。

衛都から西南へくだるかたちの道は、じつは十二年まえに陽虎が魯軍を率いて往復した道である。この道をゆけばかならず通ることになる匡《きょう》という邑《まち》は、もとは衛の一邑であったが、だいぶまえに鄭の版図《はんと》にはいった。晋のために鄭を攻めるといった陽虎は、鄭国のはずれにあるその匡を苛烈《かれつ》に攻撃して、邑内にはいると、暴掠《ぼうりゃく》をおこなった。

孔丘の馬車の御者《ぎょしゃ》となった顔刻《がんこく》は、そのとき出征して、匡に突入したことがあった。それを憶《おも》いだした顔刻は、匡の門をすぎるとすぐに馬車を駐《と》めて、城壁をゆびさして、

「あそこに切れ目があるでしょう。あそこから内にはいったのです。いまだに修築していないのは、不用心です」

などと、孔丘に説明した。

このとき、邑民のひとりが、この集団を怪しみ、孔丘の馬車に近づいた。長身の孔丘を看《み》

たその者は、

——げっ、陽虎だ。

と、憎悪を全身から噴《ふ》きださんばかりに嚇《かっ》とし、無言で歩き去ったあと、首をあげて、

「陽虎がきた、陽虎だ、陽虎だ」

と、のどを破るほど喿《さわ》ぎつつ、邑内を走りまわった。

一時後《いっときご》、孔丘と門弟は、甲兵と邑民の怒りの目にかこまれた。

「なんだ、これは——」

剣をぬこうとした仲由を掣《せい》した孔丘は、とっさに、

「歌いなさい。われも歌う」

と、いった。ふしぎないいつけであった。その厳乎《げんこ》とした声に打たれて、剣把《けんぱ》から手をはなした仲由は、琴をとりだして弾《ひ》いた。ただし仲由の琴の演奏はひどい。以前、仲由の奏《かな》でる琴の音を聴いた孔丘は、なかば耳をおさえて、

「ひどいものだな。由には音楽の才能がない」

と、いったことがある。その琴が鳴り、孔丘が歌いはじめると、包囲していた者たちから殺気が消えた。ただしその体貌《たいぼう》から放たれるけわしさは尋常ではない。昨年の鉄の戦いにおいても鄭軍を大敗させたのは陽虎なのである。匡の吏民《りみん》が陽虎へむける憎悪は倍加《ばいか》しているといってよい。

甲兵の長は剣鋒《けんぽう》を孔丘につきつけ、

「うぬは、陽虎だろう」

と、しつこくいい、けっきょく孔丘と従者を連行した。全員を牛舎に押し込めた。ただし牛は一頭もいない。

牛のにおいの残る舎内をみわたした高柴《こうさい》は、

「牛はどうしたのでしょう」

と、仲由に問うた。不機嫌そのものの仲由は、

「死んだのよ」

と、冷《ひ》ややかにいった。高柴は事態がのみこめない。

「死んだ……」

「魯《にぶ》いな、なんじは。牛の疫病《えきびょう》があったのよ。ゆえにすべての牛は死んだか、殺された」

「ひやっ、疫病――」

高柴は首をすくめた。

「そうおびえるな。この舎が焼かれずに残っているということは、人には伝染しない病気であるとみられたからだ。ほかに利用されるのだろう」

このふたりの問答をきいていた漆雕啓は、顔回《がんかい》がいないことに気づいた。それゆえ、

「子淵《しえん》がいません」

と、仲由に耳うちをした。すこしおどろいた仲由は、それをたしかめるために起って、うす暗い舎内を歩いたあと、孔丘のもとへゆき、

「顔回がいません」

と、報せた。孔丘は眉《まゆ》をひそめた。もしも顔回だけが拷問《ごうもん》にかけられていたら、ふびんである。仲由も似たようなことを想像した。ここに連行されるまでは、顔回はいたはずである。ただし舎の入り口で、顔回は甲兵の長に、なにかを訴えていたようであった。

この日から五日間、孔丘と門弟は拘留された。ほとんど飲食物は与えられなかったので、飢餓《きが》に苦しむ五日間となった。

衛を去る際に、天を意識した孔丘だが、この苛烈な五日間に、より強く天を意識した。息苦しい舎内で苦悶《くもん》する門弟をながめた孔丘は、

「周の文化は、わが身にある。天が周の文化を滅ぼさないかぎり、匡人《きょうひと》がわれを殺せようか」

と、あえて強がってみせた。

――また、それか。

仲由は、きき厭《あ》きた、といわんばかりの顔をした。端木賜が伯夷と叔斉について孔丘に問うたとき、孔丘は、仁を求めて仁を得たのであるからなにを怨もうか、といったようだが、こんな穢濁《あいだく》な舎内で死んでも、仁を求めて仁を得たことになるのか。仲由は小腹が立った。

――天祐《てんゆう》はたびたびあるものではない。

仲由は舎外の監視兵に、人ちがいであることをくりかえし訴えたが、まったく無視された。ところが孔丘の門弟のなかで、ただひとり、顔回だけが舎外で動いていた。かれは甲兵の

長の宥《ゆる》しを得て、孔丘の身元を証明してくれる書き付けを衛の大夫からうけとるべく、奔走《ほんそう》していた。

六日目に、孔丘と門弟は釈放された。

孔丘は舎外に這《は》いだした。大半の門弟がまともには歩けなかった。

冷笑した甲兵の長は、孔丘の鼻さきで、剣鋒を揺らしながら、

「うぬは鄭都へゆくつもりらしいが、途中で殺されるであろうよ。鄭は国民のすべてが陽虎を憎んでいるからな。うぬは陽虎に似すぎている。とにかく、鄭には入るな。それでもあえて西へむかえば、うぬの弟子がひとり死ぬことになる。郊外にも見張りがいることを忘れるな」

と、けわしい口調でいった。そのあと、剣を斂《おさ》め、配下の兵に顎《あご》をしゃくってみせて、歩き去った。

——これも、天の声か。

土に爪《つめ》を立てた孔丘は、すぐには起てなかった。衛を去ったのは、天意に従った行為であったのか、と舎内で考えつづけた孔丘である。いままた、鄭へは行くな、といわれた。安楽のほうへはゆけず、苦難のほうへ追い立てられるようである。

馬車と食料は返してくれた。

よろめきつつ全員が邑の外にでた。門弟は水を捜し、火を焚《た》き、炊事《すいじ》をおこなった。おそらくこのありさまも、遠くから監視されているのだろう。

極度の空腹には、粥《かゆ》がよい。それを食べ終えた門弟を集めた孔丘は、

「鄭へはゆかない。というより、ゆけなくなった。西へゆけば、顔回が殺される。南へゆくしかない」

と、告げた。

うつむいて孔丘の声をきいていた高柴は、わずかに横をむき、

「子淵が人質になっているということですか」

と、小声で仲由にきいた。むずかしい顔で天空を睨《にら》んでいる仲由は、

「われらがどこへむかったか、それをたしかめたあと、匡人は子淵の処置を決める。われらは子淵をみていないので、その生死はわからぬ」

と、いった。

「南へゆくしかない、ということは、宋《そう》の国へゆくしかないということですか」

「そうなるな」

「宋は、晋に通じている国でしょう」

「まあな……」

生返事《なまへんじ》をしながら、仲由は遠くを看ている。邑の門からでてくる人影がこちらに趨《はし》ってくれば、それは顔回にちがいないが、そのような人影はない。

「宋は、先生を歓迎する国ではないでしょう」

「つべこべいうな。南へゆくしかないのだ」

陰鬱《いんうつ》な空気を払うように起った仲由は、

「出発するぞ。こんなところで夕《よる》を迎えるわけにはいかない」

と、門弟全員の肩や尻をたたくようにいって、集団を動かした。

孔丘は御者を冉求に替えた。ささやかな厄《やく》払いであろう。顔刻に非はないが、人がもっている運気には差がある。

御者を替えたせいではあるまいが、二日後に、顔回が追いついた。

孔丘は喜色をあらわにした。

「なんじは、死んだとおもっていた」

この多少大仰《おおぎょう》ないいかたに顔回へのひとかたならぬ愛情が籠められている。むろん、それを感じない顔回ではない。

「先生がおられるのに、わたしがどうして死んだりしましょうか」

孔丘は顔回に、なにをしていたのか、と問わず、顔回もおのれの尽力の内容をいっさい語げなかった。このときにかぎらず、生涯、かれは自身の功をいささかも誇らなかった。

匡から宋都の商丘《しょうきゅう》まで、およそ三百里である。七、八日といった旅程である。

天に問う

宋《そう》は孔丘《こうきゅう》の先祖の国である。

また、離縁した妻の国でもある。

宋都である商丘《しょうきゅう》にはいったとき、孔丘は感情の微妙なゆらぎをおぼえた。あえて妻を憶《おも》いださず、

——鯉《り》はどうしているか。

と、想《おも》った。

孔丘が六十歳であるこの年に、孔鯉は四十一歳である。

孔丘の陰《かげ》で、めだつことなく生きつづけている孔鯉は、若いころにみせていた感情の棘《とげ》のようなものを、おのれのなかに沈め、自己主張をしなくなった。孔丘が魯《ろ》をでる際も、ついてゆきたい、とは一言もいわず、家を守るのが当然であるという顔をしていた。すでに伋《きゅう》（あざなは子思《しし》）という子を儲けていたので、その子を近くで守ってゆきたいというおもいがあったにちがいない。孔鯉は家庭をたいせつにした。そのこと自体、家庭を破壊した孔丘

への批判であるのかもしれない。

――平凡に徹《てっ》することができれば、非凡と謂《い》うべきか。

車上の孔丘の顔に、花の香をふくんだ風があたった。

――嘉祐《かゆう》でもあるのか。

そんな予感をおぼえた孔丘は、三日後に、宋の景公《けい》（名は欒《らん》）に招かれた。

この年、景公は在位二十五年で、君主として充実期を迎えていた。ただし、過去に偏倚《へんい》が強く、問題の多かった人である。

景公は孔丘につぎのようにいった。

「われは長く国家を保ち、多くの都邑《とゆう》に安寧《あんねい》をさずけたいとおもっている。民を困惑させず、士にその力を発揮《はっき》させたい。日と月の運行をくるわせないようにしたい。聖人がおのずとやってくるようにしたい。役所の治法《ちほう》にあやまりがないようにしたい。これらのことをおこなうには、どうすればよいであろうか」

これは、孔丘にたいして敬意をもったうえで、あらかじめ用意された問いのようであり、景公の本意からでたとはおもわれない。そう察しながらも孔丘は、

「千乗《せんじょう》の君で、わたしに問う者はすくなくありませんが、あなたさまの問いのように、充分な内容をもったものはありませんでした」

と、称《ほ》めた。ちなみに千乗の君とは、兵車を千乗だすことのできる大国の君主、ということである。

つづいて孔丘は、

「あなたさまが欲しておられることは、ことごとく実現できるのです」

と、いった。

国を長く保つためには、隣国と親しみあえばよい。君主が恵心《けいしん》をもち、臣下が忠心をもてば、都邑に安寧がもたらされる。無実の罪の者を殺さず、罪人を釈《ゆる》すことがなければ、民は困惑しない。士に与える禄《ろく》を増やせば、みな力を尽くす。天を尊び、鬼神を敬えば、日と月の運行はみだれない。道と徳を崇《たっと》べば、聖人はおのずとくる。有能な者を任じ、無能な者を黜《しりぞ》ければ、役所の治法にあやまりは生じない。

「なるほど、そうである。が、われは不佞《ふねい》ゆえ、そこまではできぬ」

不佞は謙譲《けんじょう》語のひとつで、不才をいう。

孔丘はすこし表情をやわらげて、

「むずかしいことはないのです。ただ、それを実行したいとおもうだけでよいのです」

と、諄々《じゅんじゅん》といった。

――この君主は話のわからぬ人ではない。

孔丘がおぼえた安心感は、宋都での滞在が安定しそうな希望に変わった。

ところで、孔丘のためにこまやかな手配をおこなったのは、

「司馬牛《しばぎゅう》」

であろう。かれは景公に仕えて食邑《しょくゆう》をさずけられている大夫《たいふ》であるが、兄の司馬向魋《しょうたい》（桓《かん》

魋）とはちがう生きかたを模索しており、もしかすると、これ以前に、身分をかくして衛にはいり孔丘の門をたたいていたとも想像できる。

景公の時代からかぞえておよそ百六十年まえに、宋の君主は桓《かん》公であり、桓公の子の公子向《しょう》が建てた家が、のちに向氏あるいは桓氏とよばれる。時代が下ると、向氏の血胤《けついん》も岐《わか》れ、その分家といってよい向超《しょうちょう》の五人の子のなかで、次男にあたる向魋が景公に愛重《あいちょう》されたことで、この家は栄えた。なお、宋の正卿《せいけい》は左師《さし》と右師《ゆうし》があり、その五人兄弟の長兄である向巣《しょうそう》が左師となり、次兄の向魋が司馬《しば》となって宋の軍事を掌握《しょうあく》している。あえていえば、向巣と向魋という兄弟が宋の国政にあたっている。

景公が孔丘を引見したことに関しては、司馬牛ひとりだけの力ではむりがあるとおもえば、司馬牛が向巣を動かしてなしえたのかもしれない。

——宋の地にいたわれの先祖が、われを護《まも》っていてくれるのかもしれない。

孔丘はひさしぶりに良い感触を得て公宮を退出した。

だが、往時に内紛が頻発《ひんぱつ》した宋はなまやさしい国ではない。

景公が孔丘に好意をもったらしいといううわさをきいて激怒した男がいる。

向魋である。

国外からきた学者が、われを通さずに、君主に謁見《えっけん》するとは、許しがたし、と怒ったのである。しかも景公がその高慢な学者を厚遇するかもしれない、ときかされては、腹の虫がおさまらない。

——弟のやつがたくらんだのか。

そんなことよりも、向後《こうご》、孔丘が景公に近づいてよけいな智慧《ちえ》をつけるとめんどうなことになる、と恐れた。

「よし、われが叩《たた》きだしてやる」

孔丘の処遇を景公が決めてからではめんどうになるとおもった向魋は、すぐに私兵を集めることにした。それと同時に、孔丘と門弟のようすをさぐらせた。

二日後に、

「あの師弟は宿舎をでて、邑外《ゆうがい》の大樹の下で、なにやら練習をしています」

と、報《しら》された向魋は、私兵を集合させて、

「ゆくぞ」

と、叫ぶようにいい、馬車に乗った。都の門外にでた向魋は、ゆるい傾斜地をくだり、大樹をみつけた。その大樹のほとりで、孔丘が門弟に礼を教え、自身も礼を習っていた。

「包囲しろ」

言下に、兵が左右にわかれた。

異状に気づいた門弟はいっせいに起《た》った。すばやく剣をつかんだ仲由《ちゅうゆう》は、漆雕啓《しっちょうけい》に、

「先生をお衛《まも》りせよ」

と、いい、自身は門弟のいちばんまえに立った。兵の矛《ほこ》が近づいてくるので、仲由は剣をぬいた。兵は奇声を揚《あ》げて、前後左右に動いた。

孔丘は車上の人物をみつめたまま、

「あれは、何者か」

と、漆雕啓に問うた。剣把《けんぱ》に手をかけている漆雕啓は、

「桓魋でしょう」

と、答えた。桓魋すなわち向魋をみたことはないが、こういう無礼を平気でなせるのは桓魋しかいまい。

「あれが桓魋か……」

桓魋の侈傲《しごう》については司馬牛からきかされた。そのひとつに石槨《せきかく》（石造りの外棺《がいかん》）造りの話があった。桓魋は自分のために石槨を造ろうとしたが、三年経《た》っても完成せず、工匠《こうしょう》はみな病気になってしまったという。その話をきいた孔丘は、愁色《しゅうしょく》をみせて、

「侈《おご》りもはなはだしい。死ねば、すみやかに朽《く》ちればよい」

と、いった。このちょっとした批判が、風に馮《の》って、桓魋を刺戟《しげき》したわけではあるまいが、孔丘と門弟は桓魋の配下に恫喝《どうかつ》されつづけた。かれらの戈矛《かぼう》が門弟の儒服《じゅふく》にとどきそうになったとき、孔丘は、

「天はわれに徳をさずけてくれた。桓魋ごときがわれをどうすることもできぬ」

と、つぶやいた。

突然、桓魋の馬車が突進してきて、孔丘のすこしまえで駐《と》まった。漆雕啓は孔丘をかばうように剣をぬいた。それを一瞥《いちべつ》した桓魋は、冷ややかに鼻哂《びしん》し、矛先を長身の孔丘にむけた。

「われは司馬として、なんじが率いている不逞《ふてい》のやからの逗留《とうりゅう》をゆるさぬ。明日の昼までに、都を去らぬ場合は、なんじの宿舎に踏み込み、弟ともども、みな殺しにしてくれよう。わかったか」

そういい終えると、桓魋は矛を投げた。矛は孔丘の頭上を飛んで、大樹の幹につき刺さった。

宿舎に引き揚げた孔丘は、憤激《ふんげき》がおさまらない門弟をなだめ、翌朝の出発にそなえさせた。宋都をでてゆけといわれたかぎり、それをいった者がたれであれ、それに従うのは、耳順《みみしたが》う行為のひとつであろう。孔丘はあらがうことをやめている。川の水はさからわずながれているが、昼夜、休むことはない。孔丘自身も、それでよい、とおもっている。

騒ぎを知った司馬牛が駆けつけ、孔丘のまえで深謝《しんしゃ》した。

「頑昧《がんまい》な兄です。なさけない……」

と、司馬牛はいい、落涙しそうであった。司馬牛は孔丘が宋にきた機をとらえ、孔丘を押し立てて国政の改善をはかろうとする意望をもっていたにちがいないが、旅支度《たびじたく》をはじめている孔丘と門弟をみて、落胆した。

「そなたに迷惑はかけられない」

翌朝、孔丘は宋都を発《た》った。

ついでに、このあとの向氏兄弟について記《しる》しておきたい。

十一年後のことになるが、景公に寵愛《ちょうあい》されすぎた向魋は、その威権が景公をおびやかすようになったので、景公に危険視され、ついに謀殺されそうになった。向魋を殺すという謀計に向巣を引きいれた景公は、兄弟の仲を裂いた。けっきょく向氏兄弟は国外へでた。司馬牛も封地《ほうち》を返上して亡命し、すでに魯にもどっていた孔丘のもとにもきた。そのとき孔丘の門弟の卜商《ぼくしょう》とおこなった問答は、そうとうな重みをもって、後世に伝えられた。

ちなみに卜商はあざなは子夏《しか》といい、衛人《えいひと》である。孔丘が衛に住んでいるときに入門した。しかしながら、卜商は孔丘より四十四歳若いということなので、孔丘が衛を去って南へむかった年に、十六歳という少年であった。たとえ入門していたとしても、随行はむずかしいであろう。孔丘が南方から衛にもどってきた年に随従がゆるされたとみるほうが、むりがない。

なお卜商は、

「なんじは君子の儒《じゅ》となれ、小人《しょうじん》の儒となってはならぬ」

と、孔丘にいわれるほど、将来を嘱望《しょくぼう》された。

その卜商にむかって司馬牛はこういった。

「人にはみな兄弟があるのに、わたし独《ひと》りは、ありません」

兄がいても、いないと同然のさびしさを吐露《とろ》した。

卜商は司馬牛をなぐさめ、はげました。

「わたしはこうきいています。死生《しせい》、命《めい》あり、富貴《ふうき》、天に在《あ》り、と。君子は敬虔《けいけん》を忘れず、失態《しったい》のないようにすごし、人とうやうやしく交わり、礼を守ってゆけば、四海《しかい》の内はみな兄弟となります。君子は兄弟のないことをどうして愁《うれ》えることがありましょうか」

卜商には名言が多いが、そのなかでもこれはとくに愛情に満ちて、人の孤独感を慰藉《いしゃ》するものである。

さて、ふたたび孔丘は旅途《りょと》にいる。

宋をでて西へゆけば鄭《てい》にはいるが、匡人《きょうひと》から、

「鄭にはいるな」

と、いわれたことにさからわなければ、南へゆくしかない。

南にある国は、陳《ちん》である。

「ひとまず陳へゆこう」

と、孔丘は御者《ぎょしゃ》の冉求《ぜんきゅう》にいったが、これは陳をめざす旅ではない。陳にうけいれてもらえなければ、どこへゆけばよいか、孔丘自身にもわからない。だが、孔丘は悄然《しょうぜん》としない。

――いつ、どこにいても、学習することはできる。

孔丘は自身が学習することも、門弟に教えることも、厭《あ》きるということがない。その絶えることのない生気が、ときには光彩《こうさい》を放っているように門弟の目に映《うつ》ることがある。あえていえば孔丘ひとりの活気が門弟のすべてをつつみこんでいる。

――先生は衛にいたときよりも生き生きしている。

漆雕啓はそんな奇妙さを感じた。人は苦しければ苦しいほど根元的な力を発揮する。もともと人が生きてゆくことは苦しいものだ、という透徹《とうてつ》した認識から孔丘は独自の思想をたちあげている。たびかさなる苦難に遭《あ》っても音《ね》をあげる人ではない。

宋都をでて六日後に陳都にはいった。

陳は帝舜《しゅん》の裔孫《えいそん》の国であり、姓は嬀《き》であるから、周《しゅう》を至上《しじょう》とする姫《き》姓の国々からは格下にみられている。しかし孔丘はこの国にはいったことで、中原《ちゅうげん》の騒擾《そうじょう》から遠ざかり、趙鞅《ちょうおう》と陽《よう》虎《こ》の手のとどかないところにのがれたともいえる。

おもいがけないことに、孔丘は陳の君主である湣《びん》公（名は越《えつ》）に賓客《ひんかく》として迎えられ、上館に住まうことになった。

「周から遠い国にかぎって、周の礼を珍重してくれる」

端木賜《たんぼくし》は笑謔《しょうぎゃく》をまじえながらそういったが、文化も水のながれのようなところがあり、水源は早くに涸《か》れても、末端で留滞《りゅうたい》することがある。

孔丘が落ち着いたとみた端木賜は、半年後に、商用のために衛に帰ることにした。それを知った仲由は冉求を呼び、

「なんじは魯へ帰れ」

と、いった。連絡のために魯に帰すと孔丘にはいうが、実際には、孔丘が帰国しやすい政治的下地《したじ》を作らせるためである。この話をきいていた端木賜は、

「わたしは明年、ここにもどってきますが、時宜《じぎ》をみて、魯へゆき、お手伝いしますよ」

と、いい、二日後にふたりは発った。ふたりを見送った漆雕啓は、仲由をみて、

「冉求はうまくやりますか」

と、問うた。

「季孫斯《きそんし》が亡《な》くなった。季孫家のあとつぎにとりいれば、なんとかなる。あとの二家は、季孫家の意向にさからわないだろう」

あとの二家とは仲孫家《ちゆうそん》と叔孫家《しゆくそん》である。孔丘を嫌っているその二家の当主の反感を取り去れば、孔丘の帰国はかなうのである。魯の君主をしのぐほどの威権をもっていた季孫斯が病死したという訃《しら》せは陳国にもはいったので、決断力のある仲由は、すかさず手を打った。孔丘が安住できる国は魯を措《お》いてほかにない、と仲由はおもっている。国もとには孔鯉、閔子騫《びんしけん》、原憲《げんけん》などのほかに冉氏の一族もいる。かれらが策を練《ね》って、かならず孔丘を迎える使者をよこしてくれるであろう。

――陳からまっすぐに魯に帰るときがくる。

仲由はそう信じて、過ぎてゆく歳月をかぞえた。

だが、事はそうたやすくはこばなかった。

陳にきてから四年目に、仲由だけではなく二、三の門弟が凶報に接した。それは、呉《ご》王夫《ふ》差《さ》がみずから軍を率いて北上し、陳を攻撃する、というものである。くりかえしたしかめたところ、それは訛伝《かでん》ではなく事実らしい。

都内の騒然たる空気を吸って館舎にもどってきた数人の門弟が、兄弟子である仲由をせきたてて、孔丘のまえにけわしげに坐った。

「城門が閉じられるまえに、都外へでるべきです」

夫差が陳を伐《う》つのは、これが二度目である、と門弟は知った。往時、呉の先王である闔廬《こうりよ》が楚《そ》を大々的《だいだいてき》に攻伐《こうばつ》する際に、陳軍の参加を求めたが、当時の陳君はそれに応じなかった。それを怨んで、夫差が陳を討つという。夫差の執念深さが、これだけでもわかる。

「夫差は非道の君主です。陳都が陥落すれば、捕らえられた陳君は檻送《かんそう》されて、呉の祭祀《さいし》の犠牲《ぎせい》にされ、都民は奴隷《どれい》にされて終生酷使《こくし》されましょう。先生とわれらは、そのまきぞえになってはならぬのです」

門弟にいわれるまえに、心のそなえができていた孔丘は、

「よくわかった。楚へゆく」

と、いった。陳を去れば、楚へゆくしかない。衛をでるときから、孔丘は自分の意思や欲望を表さないようにしてきた。ほんとうの自分を知るためには、天に自分をあずけるしかない、と信じたからである。

仲由が口をひらいた。

「楚の首都は、郢《えい》から都《じゃく》へ遷《うつ》りました。陳都から楚都へゆくには、まっすぐな道はありません。いちど鄭都にでて南下するのが、安全な道です」

孔丘は難色を示した。

「鄭にはいるなといわれている」

「われらは鄭へゆくのではありません。鄭を通って、楚へゆくのです」

仲由は孔丘の逡巡《しゅんじゅん》を嫌うように、強くいった。

「理屈というものか……」

孔丘は気にいらないというようにゆるゆると首をふっていたが、突然、

「魯に、帰らんか、帰らんか」

と、いった。仲由は瞠目《どうもく》したが、すぐに涙がでそうになった。楚へゆくより、魯に帰るほうがどれほどよいかわからない。しかしながら、冉求からの報せがないかぎり、魯はいまだに孔丘の帰国を喜ぶ態勢にはなっていない。

仲由の目をみつめていた孔丘は、みじかく閃々《せんせん》とした感情をおさえるように、

「明朝、発とう」

と、いった。

晩春である。夜が明けるのは早い。この師弟が陳都の外にでたとき、雲の多い天空に日が昇った。

鄭都へむかうには、まず西南へすすむ。道をゆるやかにくだってゆき、それから平坦な道を西へすすむ。ところが、潁水《えいすい》という川に近づくころに、前途が蔡《さい》兵によってふさがれた。

蔡は楚に従っていた国であるが、蔡の君主が楚の大臣に侮辱されたため、怒って、楚から離れて呉に属《つ》いた。呉軍が北上するまえに、下蔡《かさい》（州来《しゅうらい》）を発った蔡軍が先行し、陳を孤立させるために、交通の遮断をはじめていた。

孔丘と門弟は、蔡兵に怪しまれた。

――陳の偵探《ていたん》の集団ではないか。

なにしろ孔丘は長身で、しかも威《い》がある。甲《よろい》をつければ、すくなくとも五百の兵を指麾《しき》で

きそうである。

そう疑われたため、馬車、食料、武器などはとりあげられた。ここで、意外にも顔回《がんかい》が、剣をぬいている蔡兵の隊長にむかって、臆《おく》することなく歩をすすめた。

「われらは魯人《ろひと》です。旅をして西へむかっています。往時、蔡が食料不足で苦しんでいるときに、穀物を送ったのは魯です。その魯の民を遏《とど》めたばかりか、馬車や食料をとりあげるのですか」

つねにもの静かな顔回が、このときは、その口調に気魄《きはく》をみなぎらせた。

隊長は気圧《けお》されたようにまなざしをさげ、しばらく無言でいたが、やがて配下の兵に、食料を分けてやれ、といい、ふたたびまなざしをあげると、剣先を顔回にむけて、

「よいか、ここにとどまり、動いてはならぬ。動けば、斬る」

と、あえて威嚇《いかく》した。つらい、というより、酷《むご》い七日間が、ここからはじまった。

四日後に、食料が尽きた。五日後には、飢えて倒れる門弟がでた。顔回はひとりで黙々と食用の草をさがした。六日後には、さすがの仲由も、

——窮《きゅう》した。

と、絶望をおぼえた。が、孔丘はふしぎな人で、こうなっても、いささかも衰容《すいよう》をみせない。師は門弟の恐れと苦しみをどうみているのか、とおもった仲由は、慍然《うんぜん》として、

「君子も窮することがあるのですか」

と、くってかかった。孔丘は平然と、

「君子はもとより窮する。小人は、窮すると、じたばたするものだ」

と、いった。

――悠長すぎる。それでは全員が死ぬ。

師にはまかせておけぬとおもった仲由は、いそいで門弟を集めた。

「蔡兵がわれらをここにとどめているのは、呉軍の進出を待って、われらを呉軍に引き渡すためだ。呉軍はまもなく到着する。呉軍が到着すれば、われらは呉へ連行されるか、ここでみな殺しにされる。ゆえに、夜間に脱出する。屯営《とんえい》の兵は夜間に異変があっても動いてはならないというのが、規則のはずだ。哨戒《しょうかい》の兵にみつからなければ、かならず脱出できる。弱っている者は、われがかかえてでも脱出させる。また、鄭都で会おう」

これは仲由の独断であるが、門弟すべての同意を得たとして、孔丘に告げた。先生は君子ですからじたばたしないでここで窮して死んでもかまいませんが、われらは小人ですからじたばたして活路をみつけます。孔丘の独尊ぶりに腹を立てている仲由は、そんな皮肉を投げつけたかった。

黙然《もくぜん》とうなずいた孔丘は、日没後に、天にむかって吼《ほ》えた。

「わが道は、まちがっているのか。まちがっていないのなら、なぜ、われはここにいるのか」

大いなる休息

鄭《てい》の首都は新鄭《しんてい》という。

鄭はもともと西方にあった小国だが、東へ首都を遷《うつ》して大国となった。新鄭といわれる所以《ゆえん》はそこにある。

孔丘《こうきゅう》は新鄭にたどりついた。近くにひとりの門弟もいない。初夏の風にさらされながら郭《かく》の東門のほとりに立っていた。

生きているという実感はない。呆然《ぼうぜん》としていただけである。

孔丘を捜していた端木賜《たんぼくし》が、ようやくみつけた、という顔で趨《はし》ってきた。端木賜は郭内の鄭人《ていひと》にこう教えられていた。

「東門に人がいますよ。その額《ひたい》は堯《ぎょう》に似て、その項《うなじ》は皐陶《こうよう》に似ています。その肩は子産《しさん》のようですが、腰より下は禹《う》よりも三寸みじかい。疲労困憊《ひろうこんぱい》して、まるで喪家《そうか》の狗《いぬ》のようです」

あとでこの話を孔丘にすると、

「容貌はそうでもないが、喪家の狗とは、うまいことをいったものだ」

と、いって、孔丘は笑った。堯と禹は古代の聖王であるが、皐陶は王ではなく、堯のあとの舜《しゅん》が王であるころの大臣で、法の守護神と崇《あが》められるようになった。

喪家の狗とは、喪中《もちゅう》のために食を与えられず、瘠《や》せ衰えた犬である。

鄭には豪商が多い。

端木賜が取り引き先の商家に飛び込んだとき、その弊衣《へいい》におどろいた主人に、

「子貢《しこう》さん、こりゃ、また、えらい恰好《かっこう》ですな」

と、いわれた。喫緊《きっきん》の事情を語《つ》げると、

「よっしゃ、お力になりましょう」

と、馬車を貸してくれた。端木賜は孔丘をみつけて豪商に託したあと、郊外にでて、途中で倒れているかもしれない門弟を捜した。弱っている門弟を発見すると水と食料を渡し、動けない者は馬車に乗せた。門弟の最後尾にいたのは仲由《ちゅうゆう》と漆雕啓《しっちょうけい》である。ふたりは衰弱しきった門弟に肩を貸して歩いてきた。三人が端木賜の馬車に拯《ひろ》われたあと、仲由は、

「門弟のすべてが死んでも、夫子《ふうし》だけは死なない。夫子とは、そういう人だ」

と、いった。死者がでなかったのは奇蹟的であったが、それを孔丘の徳の力といわれれば、仲由はうなずかなかったであろう。

宿舎で三日をすごして、生き返ったおもいの仲由は、端木賜だけを呼んで、

「冉求《ぜんきゅう》ひとりでは、むりかもしれない」

と、いった。端木賜はすぐに仲由の意図《いと》をのみこんで、

「わかりました。わたしは楚《そ》へゆかず、魯《ろ》へゆきます」

と、答えた。孔丘のために馬車を仕立てたあと、東へ旅立った。

孔丘のために情報を蒐《あつ》めていた豪商は、

「楚軍が陳《ちん》を救援するために北上しました。楚王は陳には近づかず、城父《じょうほ》にいるらしいです。そうなると、ここから南下する道は、城父のあたりから楚兵でふさがれているでしょうから、楚都へはゆけませんよ」

と、孔丘をひきとめた。城父は、鄭の南にある楚の軍事拠点である。

その後、楚の昭王《しょう》（名は軫《しん》）は城父から動かなかった。陳を助けにきたのに、本営を陳のほうに移動しないのは解《げ》せない、と仲由は首をかしげた。その答えは、秋になってあきらかになった。昭王は罹病《りびょう》していたのである。七月に、昭王は城父で病歿《びょうぼつ》した。

楚軍が引き揚《あ》げたと知った孔丘は、鄭都をでた。

このときまで孔丘と門弟が滞在できたのは、豪商の好意によるというより、豪商を介《かい》するかたちで孔丘らを支えた端木賜の財力を想《おも》うべきであろう。

仲由は浮かない顔であった。

楚都へゆく意義を見失ったからである。なぜなら、昭王を喪《うしな》った楚王室は喪《も》に服すのであり、嗣王《しおう》（恵王《けい》）は当分聴政《ちょうせい》の席にあらわれない。国政に臨《のぞ》むのは、令尹《れいいん》（首相）の子西《しせい》である。孔丘にかぎらず、いかなる者も楚王にすぐには謁見《えっけん》できない事由《じゆう》がすでにあるとすれば、いま、なんのために楚へゆくのか、ということになる。

が、孔丘はまったく悩みも不安もみせていない。

――ふしぎな人だ。

と、仲由はおもうしかなかった。

南下をつづけて、城父の近くを通過した。さらに南下すると、葉《しょう》に到る。

葉には、以前、許《きょ》という小国があったのだから、邑《まち》の規模は大きい。その邑をあずけられている沈諸梁《しんしょりょう》（あざなは子高《しこう》）は、

「葉公《しょう》」

と、よばれ、楚の北部の防衛をまかされている実力者である。

「葉公がいる邑を、黙って通るわけにはいかない」

と、孔丘にいわれた仲由が、使者となって面会に行った。晋《しん》における趙鞅《ちょうおう》が、楚における葉公であるとおもっている仲由は、実際にみた葉公が嫋々《じょうじょう》たる人で、甲《よろい》の重さにも耐えられないような体軀《たいく》であることにおどろいた。

仲由は師の孔丘が楚都までゆくことを告げた。すると葉公は、

「孔丘とは、どのような人であるか」

と、問うた。

「どのような人か、と仰《おお》せられても……」

孔丘に近すぎるところにいる仲由は、客観のことばをとっさには選べず、うまく答えられなかった。

孔丘はもどってきた仲由から仔細《しさい》をきかされて残念がった。

「なんじは、どうしていわなかったのか。その人となりは、発憤すると食事を忘れ、楽しめば憂いを忘れ、老いがまもなくやってくることに気づかない、ということを」

しかしながら、葉公は孔丘のことを知っていた。それゆえ、現状の楚都へゆくことの無益さを暗に伝えるためであろう、迎えの使いをだして、孔丘を客としてもてなした。葉公は小国の君主より富んでいると想ってよい。

孔丘はおもいがけなく平穏を満喫《まんきつ》して、あらたな年を迎えた。

葉公は、いちど、

「政治とは、どういうものであろうか」

と、為政《いせい》の基本的なことを孔丘に問うた。孔丘は相手によってことばを変える。

「近くの者が悦《よろこ》び、遠くの者がやってくる。それが政治です」

いたって簡潔《かんけつ》な答えであった。

楚は昭王の時代から子西が王朝を運営してきたのであるから、これからもその体制は変わらないとみた葉公は、孔丘のために、子西に打診《だしん》した。周《しゅう》の礼楽に関しては天下第一の学者である孔丘が、葉邑にとどまっているが、あなたは関心があるか、と私的に問うた。が、子西からの返辞《へんじ》はそっけなかった。周王に軽視されて子爵《ししゃく》しか与えられなかった楚にとって、周の礼は害になるだけで、なんの益《えき》にもならない、というものであった。

周王朝の成立後、周王は諸侯の爵位を定めた。公《こう》、侯《こう》、伯《はく》、子《し》、男《だん》という五級がそれである。公が最上級であり、この爵位が与えられたのは宋《そう》などで、わずかしかない。宋は周にとって旧主の国にあたるので、敬意をそういうかたちで示したといえる。周王室とおなじ姫姓《き》の国には侯が、また異姓の重要国には伯が与えられた。ところが楚は貧弱な国ではなかったのに、荊蛮《けいばん》とさげすまれて、下級の子爵の国とされた。それが楚の君臣の感情にはしこりとなって、うけつがれた。

子西の冷淡な返辞をうけとった葉公は、孔丘に、

「楚都へゆかれるのは、やめたほうがよい」

と、忠告した。葉公に仲介の心があり、その仲介が挫折《ざせつ》した、と推察した孔丘は、葉公が多くを語らなくても、執政の子西の思想が自身の思想と対立するものである、とわかった。

「おことば通りに――」

と、孔丘はいい、楚都へゆくことをあきらめた。この時点で、子西よりも葉公のほうが器量が大きいと実感した。

かつて楚の荘《そう》王は、軍を率いて北上し、河水《かすい》のほとりまで進出するという壮挙《そうきょ》をなした。その際、荘王は周王に、鼎《かなえ》の軽重《けいちょう》を問う、ということをした。周王室には九鼎《きゅうてい》という宝器があり、天下を治める者だけがそれを保持している。荘王がその重さを問うたということは、周王が九鼎をもてあましているのなら、楚王である自分によこしなさい、とやんわりと脅迫したことになろう。天下をゆずれ、ということである。それからずいぶん年月が経《た》ち、いまや楚は、中、小の国を併呑《へいどん》して、その北部は鄭と国境を接するところまで伸張した。あらた

に従えた国の民に楚の法をおしつけてはいるが、そうはいかなくなった場合、孔丘の礼を活《い》かすときがくるかもしれない、と葉公は考えたのであろう。

孔丘は葉公の好意に甘えるかたちで、滞在をつづけた。

——こんなところで師を朽《く》ち果《は》てさせたくない。

危苦《きく》の地を走破し、九死に一生を得たという酷烈《こくれつ》な体験を明るく転化《てんか》したい仲由は、ときどき、

「冉求はなにをしているか」

と、いらいらと膝《ひざ》をたたいた。

だが、いちはやく魯に帰った冉求は、無為にすごしていたわけではない。かれは、教場《きょうじょう》を守っている孔鯉《こうり》、閔損《びんそん》、原憲《げんけん》などに会って、孔丘を帰国させるための策を練《ね》った。原憲は、孔丘が出国してから、遊俠《ゆうきょう》の徒《と》にまじわるようになり、その道では名を売ったが、孔鯉に説得され、すっかり足を洗って、教場にもどっていた。

そういうときに、かれらに光明が射した。

じつは季孫斯《きそんし》は亡《な》くなるまえに、子の季孫肥《きそんひ》（諡号《しごう》は康子《こうし》）に、

「われはほどなく死ぬ。なんじは魯の上卿《じょうけい》になるであろう。そうなったら、孔丘を呼びもどすがよい」

と、いった。遺言である。葬儀を終えた季孫肥は、喪に服すまえに孔丘のもとに使者をだそうとした。そのとき、公之魚《こうしぎょ》という臣下が、

「先君は孔丘を用いたものの、用いきれませんでした。そのせいで、諸侯に物笑いの種《たね》にされました。あなたさまが同様の不首尾になりますと、ふたたび諸侯から笑われます」

と、諫言《かんげん》を呈《てい》した。孔丘を招く以前に、仲孫《ちゅうそん》家と叔孫《しゅくそん》家から吹く風の強弱をさぐる必要もある。

「では、たれを召せばよいのか」

「孔丘の弟子がよろしいでしょう。亡命先から帰ってきたばかりの冉求は、賢俊《けんしゅん》であるとうわさされています。その者がよいでしょう」

「では、喪が明けたら、その者をためしてみよう」

この決断は、父の遺言をなかば守ったことになる。季孫家からの使いをうけた冉求は、すぐに孔鯉と閔損に報《しら》せて、小さな喜びをわかちあった。出仕の前日に、閔損は冉求にむかって、

「なんじだけが先生を帰国させることができる。たのんだぞ」

と、強くいった。古参中の古参の弟子といってよい閔損は、若いころから孔鯉のよき相談相手であり、その誠実さは弟子のなかでもぬきんでていた。が、閔損は帰国する孔丘の顔を見ることなく亡くなってしまう。享年は五十である。

冉求を家臣の列に加えた季孫肥は、半年間、その務めぶりを観《み》て、すっかり気にいった。

「孔丘の弟子がこれほどとは――」

感嘆しきりの季孫肥は、冉求を抜擢《ばってき》して、家政をみさせることにした。孔丘の弟子は礼楽

に精通しているだけではなく、武芸にも秀でている。いわば、どこにだしてもはずかしくない家宰《かさい》を、季孫肥は得たことになる。

——孔丘の弟子は、つかえる。

この印象を、冉求が強く季孫肥に与えたといってよい。

冉求としては家宰になったからといって、すぐに孔丘の帰国を進言することはできない。時宜《じぎ》を待つしかない、とおもっていた。やがて端木賜が魯にきたので、ひそかに連絡をとりあった。

——子貢の非凡な才覚を活用したい。

それを実行する機会は、すぐにきた。魯が呉王夫差《ごふさ》に目をつけられて、むずかしい外交交渉をおこなうことになった。苦悩の色をみせている季孫肥に端木賜を薦《すす》め、その弁才によって難局を切りぬけるという放《はな》れ業《わざ》をやってのけた。

季孫肥のために功を樹《た》てた端木賜が、叔孫州仇《しゆくそんしゆうきゆう》にたくみに近づくようになったのは、このころからであろう。孔丘に嫌悪感をいだいている州仇であるが、端木賜の人格の高さに打たれたようで、朝廷において、

「子貢は仲尼《ちゆうじ》より賢《まさ》っている」

と、大夫《たいふ》たちに語るようになった。それをきいた端木賜は、

「宮室《きゆうしつ》の牆《しよう》（垣根《かきね》）にたとえたら、わたしのそれは、肩の高さしかありません。室《へや》のよさをのぞけますが、先生のそれは、数仞《すうじん》の高さがあります。門からはいらないかぎり、なかにあ

る宗廟《そうびょう》の美しさや百官のにぎわいをみられません。門をみつける者はすくないので、あのかたがそういったのは、もっともなことです」

と、いった。わかりやすい譬《たと》えというべきであろう。とにかく端木賜が、州仇の悪感情をなだめ、孔丘への反感を軟化《なんか》させたことはまちがいない。

呉の勢力を北へ北へと伸長させたい呉王夫差は、ついに魯を攻めた。その際、呉軍の道案内をつとめたのは、呉に亡命していた公山不狃《こうざんふじゅう》である。ただしかれには愛国心が残っていて、わざと道をまちがえて、呉軍の将卒《しょうそつ》をまどわせた。

それでも呉軍は曲阜《きょくふ》に迫り、泗水《しすい》のほとりで駐屯した。魯の大夫である微虎《びこ》は、夫差がいる本営を夜襲するために決死隊を編制した。三百人の隊である。そのなかに孔丘の門弟のひとりである有若《ゆうじゃく》（あざなは子有《しゆう》）がいた。

だが、それをみた者が、

「こんなことで呉軍を損壊《そんかい》させられようか。かえって呉王を怒らせて、魯の被害が大きくなるだけだ」

と、いい、季孫肥に告げて、夜襲を中止させた。しかしながら、この夜襲を準備したことが呉軍に伝わり、夫差は夜間に三度も寝所を移した。それだけではなく、ほどなく呉のほうから和議を申し入れてきた。

魯人《ろひと》の勇気を夫差に印象づける戦いであった。以後、夫差は魯を攻めず、北伐《ほくばつ》の狙いを斉《せい》に定めた。

呉と同盟することで、軍事面でのむずかしさを回避した魯の落ち着きをみた冉求は、

——いましかない。

と、決意して、季孫肥のまえで深々と低頭し、

「なにとぞ、夫子を帰国させていただきたい」

と、懇請《こんせい》した。孔丘の弟子は軍事にも外交にも役立ったという実績を認めた季孫肥は、亡父の遺言も念頭にあるので、

「わかった。二卿に話してみる」

と、いい、仲孫何忌《ちゆうそんかき》と叔孫州仇を招いて、会談をおこなった。わずかに難色をみせたのは仲孫何忌だけで、しかし強くは反対意見を述べず、二卿の意向に従った。明るくうなずいた季孫肥は、

「孔丘はかつて司寇《しこう》の職にあった者だ。その帰国については、君の内諾《ないだく》を得ておきたい」

と、いって、このあと哀《あい》公に言上《ごんじょう》した。

「三卿の決定であれば、われに否《いな》はない。いま孔丘はどこにいるのか」

哀公にとって孔丘は遠い人であり、孔丘にたいして親近感も嫌悪感ももっていない。ただし、昔、三桓《かん》の城の牆壁《しょうへき》を取り壊そうとした大臣である、ということだけは知っている。

「楚にいる、とのことです」

「楚とは国交が杜絶《とぜつ》している。正式な使いはだせまい」

「仰せの通りです。ひと工夫《くふう》が要《い》りましょう」

退出した季孫肥は、自邸に帰ると、委細《いさい》を冉求に語げた。冉求は涙をながして喜んだ。

「さっそく使いをだして、夫子の居を移します」

翌朝、朗報をたずさえて教場へ走った冉求は、孔鯉に会い、原憲を楚へ遣《や》ることにした。すでに閔損が亡いので、孔鯉は原憲を信用して家宰にしている。

重要な使者となった原憲は、ひとりの従者とともに馬車に乗り、楚へむかった。かれが楚に入国して葉邑に到着したとき、孔丘の亡命生活はほぼ終わったといってよい。

めったに笑貌《しょうぼう》をみせない原憲のはじけるような声をきいた仲由は、

――冉求と端木賜がやってくれた。

と、想い、歓喜が全身に満ち、天にむかって叫びたくなった。ほかの門弟も、手を拍《う》ち、肩を抱きあって喜んだ。目頭《めがしら》が熱くなった漆雕啓は、

――先生は客死《かくし》しないですんだ。

と、ほっとした。孔丘がもっている生命力の勁《つよ》さを感じもした。孔丘はすでに六十七歳である。漆雕啓が知っているかぎり、孔丘はいちども病《やまい》で臥《ふ》せたことはない。

ただし漆雕啓にもひそかな自負はある。ここまで仲由とともに孔丘を守りぬいたことである。ただそれだけの人生であったとしても、また、自分が孔丘に尽くしてきたことを余人《よじん》が知らなくても、兄だけは称《ほ》めてくれるであろう。それ以上、何を望もうか。

孔丘は原憲の長い報告をきいている。それをながめている漆雕啓は、涙ぐみながら、微笑しつづけた。

――帰国できる。

と、わかった孔丘の行動は速い。葉公に謝辞を献じて、旅途《りよと》についた。正式な帰国の要請をうけるためには、魯に近くて、しかも魯と親交のある国にいるのがよい。となれば、ゆく先は衛《えい》しかない。

衛の君主である出《しゆつ》公は、父の蒯聵《かいがい》の存在を脅威と感じながらも、君主の席に坐りつづけている。それについて仲由が孔丘に問うと、

「孔圉《こうぎよ》がしっかりしているからだ」

と、いった。孔圉（諡号は文子《ぶんし》）は、衛の正卿《せいけい》である。蒯聵は孔圉を恐れて手だしをしないでいる、と孔丘はみている。

葉邑から衛都の帝丘《ていきゆう》までは、長い旅であるが、全員が活気に満ちていた。

帝丘にはいると、仲由がまず孔圉に面会に行った。

以前、孔丘が衛にいたとき、孔圉は孔丘とは距離を置いていた。だが、歳月は人のみかたを変える。仲由の話の内容はいかにも実事《じつじ》で、孔丘と門弟が死の淵《ふち》に落ちずに、今日、ここに到ったという奇快《きかい》さに感嘆した孔圉は、

「あなたの師を殺さなかったのは、天だ」

と、いった。孔圉は孔丘の思想に共感しているわけではないが、孔丘が稀有《けう》な人であることを認め、人がもつふしぎさを尊重した。それゆえ、孔丘と門弟を客としてもてなすことにした。このとき孔圉は、

「仲尼どのは、良い弟子をおもちだ」

と、いい、仲由の人柄《ひとがら》も気にいった。仲由は五十八歳であり、孔門の高弟としての風格だけではなく、いかなる難事《なんじ》に遭ってもくじけない気骨を孔圉に感じさせた。

――こういう臣下が欲しい。

孔圉がそうおもったとすれば、ここで仲由が衛の孔家とつながる縁ができたといってよい。

孔丘の落ち着き先をみとどけた原憲は、すばやく帝丘をでて曲阜にむかった。

初冬である。晩冬までには季孫家から正式な使者がくるであろう。

冬のあいだに、孔圉の一門にちょっとした内紛があった。孔圉の婿《むこ》である大叔疾《たいしゅくしつ》は、孔圉の女《むすめ》を愛さず、前妻の妹を寵愛《ちょうあい》したので、怒った孔圉が大叔疾を攻めようとした。その是非について、孔丘に問うた。が、孔丘は、

「祭器のことは学んだことがありますが、甲兵《こうへい》のことは知りません」

と、答え、是非を明確にしなかった。甲兵は、ふつう、甲をつけた兵をいうが、この場合は、甲すなわち武具と兵すなわち戦いのことかもしれない。孔丘の答は、遁辞《とんじ》といってよいが、よくよく考えると、ご自身の婿を攻めるということなど、おやめなさい、といったようにもとれる。孔丘はさりげない忠告をおこなうが、あつかましい好意を示したことはない。

孔圉のまえからさがる際に、孔丘は、

「鳥は木を択《えら》べますが、木は鳥を択べましょうか」

と、いった。鳥とは孔丘自身、木は孔圉を指す。これは、孔圉へ別れを告げたことになろ

う。


はたして十二月下旬に、孔丘を迎える季孫肥の使者がきた。

孔丘と門弟はすみやかに帝丘をあとにして、十数日後に、曲阜にはいった。

早春の風が吹いていた。

五十五歳で魯を出国した孔丘は、六十八歳で帰国したのである。

長大な旅が、ここで終わった。


孔丘《こうきゅう》は大夫《たいふ》となった。

正卿《せいけい》である季《き》孫肥《そんひ》は、正式に孔丘の帰国を要請しただけに、手配《てくば》りをおこたらず、参内《さんだい》した孔丘のために大夫の位を用意していた。

むろんそれを任命するのは、哀《あい》公である。哀公は太子のころに司寇《しこう》である孔丘をみかけたことがあるかもしれない。大きな男だ、とわかってはいたが、間近《まぢか》の孔丘をみて、老いた文化人だとはおもわず、

——老将のようだ。

と、感じた。その体貌のどこかに、威《い》、が残っていたのは、ここが教場ではなく宮廷であったからであろう。

孔丘の亡命の旅は、緊張の糸の上を師弟ともども渡ってゆくようなもので、その旅が終わ

ると、その糸の上からおりたことになり、糸がおのずと切れた。さすがの孔丘も、病になった。なかなか回復しないので、心配した仲由《ちゅうゆう》は、

「お祈りをしたい」

と、枕頭《ちんとう》でいった。

「祈って、病が治るのか」

「天神地祇《てんしんちぎ》に祈れば治るときいています」

「そうか、われは祈りつづけてきたよ。いまさら、祈るまでもない」

孔丘の病はながびいた。季孫肥の使者が薬をもってきた。病牀《びょうしょう》から起きた孔丘は拝礼をしてから、その薬をうけとり、

「わたしは薬のことはよく知りません。それゆえ、嘗《な》めることはやめます」

と、いった。だが、これは死病ではなかった。

翌年、孔丘の身代わりになったかのように、孔鯉《こうり》が病歿した。かれは父に随《したが》わず、曲阜《きょくふ》に残って自宅と教場を留守《りゅうしゅ》にしていたとはいえ、おなじ緊張の糸の上にあった、と想《おも》うべきであろう。享年《きょうねん》は五十である。

孔丘という偉大な父の陰《かげ》で、かれなりに人生をまっとうしたといってよい、父との問答がまったくといってよいほど遺《のこ》っていないところに、孔鯉の覚悟のようなものが、すけてみえる。

この翌年に、孔丘は七十歳になった。

孔丘は自身の七十歳については、

「心の欲する所に従って、矩《のり》を踰《こ》えず」

と、いった。自分のおもい通りにおこなっても、人の法則を越えなくなった、とは、少々わかりづらいが、自由自在を得たということであろう。四十歳で惑《まど》わなくなった自分だが、自分ではどうしようもない天命があることを五十歳で知り、その天命に従っていると、六十歳では、どれほどいやなことも避けなかった。それゆえ、七十歳でこういう心境に達した、という精神の推移を述懐《じゅつかい》したともとれる。

ところで、原憲《げんけん》を家宰《かさい》にしたのは孔鯉であるが、孔鯉が亡《な》くなったあとも、孔丘はひきつづき原憲を家宰とした。なにしろ原憲の家は貧しい。その寒苦《かんく》をあわれんだ孔丘が九百斗《と》の粟《ぞく》（穀物）を与えた。が、原憲は、

「要《い》りません」

と、辞退した。すかさず孔丘は、

「いや、なんじが要らなければ、隣里郷党《りんりきょうとう》（隣近所）に与えればよい」

と、いって、うけとらせた。

原憲は孔丘が亡くなったあと、世間を避けるように、草深い沢のほとりに棲《す》んだ。そこに馬車をつらねて端木賜《たんぼくし》がやってきた。端木賜は富貴そのものの人といってよい。原憲のやつれた姿をみて、眉《まゆ》をひそめ、

「あなたは病《へい》なのか」

と、いった。病は、やまい、をいうが、この場合は憂《うれ》いや苦しみをいうのであろう。

原憲は精神の骨格《こっかく》がしっかりしている。すぐにいい返した。

「財産のない者を貧《ひん》といい、道を学んだのにそれを実行できない者を病といいます。わたしは貧ですが、病ではありません」

端木賜ははずかしげに去り、生涯、その失言を恥じたという。かつて端木賜は、人の理想像について、

「富んでいても驕《おご》らず、貧しくても諂《へつら》わない、というのはどうでしょうか」

と、孔丘に問うたことがある。そのとき孔丘は、

「貧しくても道を楽しみ、富んでも礼を好むことに及ばない」

と、教えた。原憲と端木賜のありようは、孔丘の教えに忠実にそったものであろう。

端木賜はもともと衛人《えいひと》であるから、魯《ろ》だけでなく衛にあっても厚遇されるようになったのは当然であるかもしれないが、それよりまえに衛から招かれたのは、仲由である。

仲由を招いたのは、孔悝《こうかい》である。孔悝は正卿であった孔圉《こうぎょ》の子である。孔圉は、孔丘が曲阜に帰着した年に逝去《せいきょ》した。嗣子《しし》である孔悝は喪《も》に服し、その喪が明けると、仲由を招いた。

ということは、孔悝は父から仲由を招けといわれていたか、帰国する孔丘が衛にとどまっていたみじかい間に、意気投合するようなつきあいがあったことになろう。

仲由は衛にむかって旅立つまえに、孔丘に一礼した。

孔丘は目を細めた。

「なんじに馬車を贈ろうか、それとも、ことばを贈ろうか」

人にとって最良の贈り物が、ことば、であることくらい、仲由は知っている。

「ことばをいただきたい」

「努力しなければ成就《じょうじゅ》しない。苦労しなければ功はない。衷心《ちゅうしん》がなければ親交はない。信用がなければ履行《りこう》されない。恭《つつし》まなければ礼を失う。その五つをこころがけることだ」

仲由は喜び、

「死ぬまで、その教えを奉《ほう》じます」

と、いって、出発した。衛にはいった仲由はすぐに蒲《ほ》という邑《まち》の宰《さい》となった。この邑は孔悝の食邑《しょくゆう》である。なお、弟弟子《おとうとでし》の高柴《こうさい》が衛で仕官するようになったのは、仲由の引きがあったためであろう。

仲由が蒲の邑宰《ゆうさい》になって三年目に、

――仲由はどのような政治をおこなっているか。

と、おもった孔丘は、端木賜を御者《ぎょしゃ》にして蒲邑を訪ねた。蒲邑は首都の帝丘《ていきゅう》から徒歩で二、三日という距離にある。

邑境《ゆうきょう》にはいったとたん、

「善《よ》いかな、由や」

と、孔丘は称《ほ》めた。邑内にはいると、また称めた。役所に到ると、またまた称めた。

端木賜は問うた。

「先生は仲由が政治をおこなっているところをごらんにならずに、みたびお称めになりました。なにが善かったのでしょうか」

孔丘は仲由の善政がうれしかったのか、饒舌《じょうぜつ》になった。つまり邑境の農地、開拓地、灌漑《かんがい》用の水路は整然としており、仲由が信用されて農事が順調におこなわれていることがわかる。また邑内の牆《しょう》と家屋に破損がなく、樹木も豊かに茂っている。それは民の心にゆとりがあるからだ。役所は静かで、下の役人はきびきび働いている。これは仲由のことばが適確で、政治に乱れがないためである。

「われは仲由の政治をみたび称めたが、それでも称め足りない」

仲由の充実した、幸福な時間を、孔丘は観《み》たといえる。このあと孔丘が仲由に会ったとすれば、それは仲由をみた最後となった。

やがて仲由は内乱にまきこまれて死ぬ。

都外（戚邑《せきゆう》）にいる蒯聵《かいがい》をひそかに迎えて、君主に立て、出《しゅつ》公を追放する、という陰謀が進行していた。なんとその首謀者が、孔悝の母の孔伯姫《こうはくき》であった。

孔伯姫は蒯聵の姉である。夫の孔圉が亡くなったあと、美貌の近習である渾良夫《こんりようふ》に通じた。この渾良夫が蒯聵に懐柔《かいじゅう》されたこともあり、孔伯姫は渾良夫を手引きにつかって、蒯聵を衛都に潜入させ、さらに自邸にいれた。

実力者である孔悝に、諾《だく》、といわせれば、蒯聵は君主になれるのである。

蒯聵は従者の五人とともに孔悝を恫喝《どうかつ》して楼台《ろうだい》に登った。

異変を知った仲由は国都へ駆けつけた。

なかば閉じられた門から小男《こおとこ》の高柴がでてきた。高柴は衛にきて士師《しし》すなわち裁判官になっていた。ある裁判で、刖《げつ》（足の筋を切る刑）の判決をくだした者が、ここの門番になっていた。その刖者《げつしゃ》は高柴を怨むどころか、あなたはわたしをおもいやってくれた上に、正しい裁判をなさったといい、追手から高柴をかくまい、門外へ脱出させてくれたのである。

いれかわってなかにはいろうとする仲由の袂《たもと》をつかんだ高柴は、

「まにあいませんよ。わざわざ危難を踏んではなりません」

と、いって、止《と》めた。が、仲由は、

「祿《ろく》をうけている身だ。危難は、避けぬ」

と、高柴の手を払いのけて門内にはいり、孔悝邸まで走った。邸内に飛び込んだ仲由は、楼台の下まですすみ、

「太子（蒯聵）よ、孔悝を捕らえてどうなさるのか。たとえ殺しても、あとを継ぐ者があらわれますぞ」

と、楼上にむかっていった。ついで、台を半分ほど燔《や》いたら、勇気のない太子は孔悝を釈《ゆる》すだろう、と上にきこえるようにいった。はたして蒯聵は懼《おそ》れて、

「あやつを殺せ」

と、左右の石乞《せきこつ》と盂黶《うえん》に命じて、楼下の仲由にあたらせた。ふたりの武器は剣より長い戈《か》であり、その刃が仲由の冠の紐《ひも》を切った。仲由は倒れた。

「君子は死すとも、冠を免《ぬ》がず」

そういった仲由は紐をむすびなおして死んだ。六十三歳であった。

ちなみにこのあと孔悝は不本意ながら蒯聵を君主に立て、出公は魯へ亡命した。蒯聵は荘《そう》公とよばれる。

仲由の死を知った漆雕啓《しっちょうけい》は、遺骸《いがい》をさげ渡してもらえるなら、衛へゆき、そこから卞《べん》に帰葬しようとした。が、その遺骸は醢《かい》にされた。醢は、しおからであるが、人を塩づけにする刑でもある。それをきいた漆雕啓は、

「仲由は忠誠の鑑《かがみ》ではないか。それを、なんて、ひどいことを……」

と、持っていた耒《すき》を田の畝《うね》に突き立て、はらはらと涙を落とした。

孔丘は衛都で乱があったという報《しら》せをうけたとき、

「高柴は帰ってくるが、仲由は死ぬであろう」

と、いい、仲由の遺骸が醢にされたと知るや、自家にある醢をことごとく捨てさせ、二度と口にしなかった。

じつは、この年より二年まえに、孔丘は四十歳の顔回《がんかい》を失った。

顔回を自分の後継者と目《もく》していた孔丘は、その訃報《ふほう》に接すると、

「噫《ああ》、天、われを喪《ほろ》ぼせり、天、われを喪ぼせり」

と、天を仰いで慨嘆《がいたん》したあと、身もだえして哭《な》いた。それをみていた従者が、先生でも慟《どう》哭《こく》なさるのですね、とおどろいた。あとで孔丘は、こういった。

「かの人のために慟哭するのでなかったら、たれのためにするのか」

たしかに孔丘の思想の真髄《しんずい》をうけつぐ者は顔回しかいなかったにせよ、顔回が儒教集団の主宰者になってからの儒教がどのように発展していったかを想像すると、はたして天は顔回を失わせることによって孔丘を滅ぼしたのであろうか。顔回は倫理面と学術面を伸展させたかもしれないが、人を育てるという教育面についてはどうであったかという疑問はある。

とにかく孔丘は顔回の死をいちじるしく悼《いた》み、

「惜しいことだ。われは、かれが進むのをみたが、止まるのをみたことがない」

と、いった。後世、顔回は聖人に亜《つ》ぐ人、すなわち亜聖《あせい》とよばれる。

生前の顔回が孔丘をどのようにみていたかといえば、かれのことばによって描かれた孔丘像が秀逸《しゅういつ》である。

「先生は、仰げば仰ぐほど、いよいよ高い。鑽《き》ろうとすればするほど、いよいよ堅《かた》い。まえにいたとみえたのに、忽然《こつぜん》とうしろにいる。先生は順序よく、うまく人を導く。文学でわたしを博《ひろ》くし、礼でわたしをひきしめる。もうやめようとおもっても、それができない。すでにわたしの才能は竭《つ》きていて、高い所に立っている先生に従ってゆきたくても、手段がない」

これが孔丘の実像である。

顔回についで仲由を失った孔丘は、

「ひどいものだな、われの衰えは。ずいぶんまえから周公《しゅう》の夢をみなくなった」

と、つぶやき、ついに、

「もうなにもいいたくない」

と、いった。困惑した端木賜は、懇請《こんせい》した。

「先生がおっしゃらなければ、わたしどもはこれからどう伝えていったらよいのかわかりません」

「天がなにかいうだろうか。四季はめぐり、万物が生ずる。天がなにかいうだろうか」

めっきり口数がすくなくなった孔丘がここにいる。

蒯聵の乱の翌年、四月に、孔丘は早朝に起きて、片手を背にまわし、片手で杖《つえ》をついて、門のあたりをゆったりと歩きつつ、歌った。

泰山《たい》それ頽《くず》れんか
梁木《りょうぼく》それ壊《やぶ》れんか
哲人《てつじん》それ萎《や》まんか

泰山は多くの人に仰がれる名山である。梁は家のはりで、それにつかう木は暗に人材を指していよう。哲人はいうまでもなく孔丘自身をいっている。

それから孔丘は家にはいり、戸口にむかって坐った。歌声をきいた端木賜が不吉をおぼえて趨《はし》り込《こ》んできた。端木賜にまなざしをむけた孔丘は、

「賜よ、くるのが遅い。昨夜、われは堂の両柱のあいだに坐って食事のもてなしをうける夢をみた。殷《いん》の世では、棺《ひつぎ》を両柱のあいだに置いて殯葬《ひんそう》をおこなった。われはまもなく死ぬであろう」

といった。この日から病んだ孔丘は七日後に亡くなった。七十三歳であった。

十五歳で、学《がく》に志《こころざ》した孔丘は、休んだことがない。この死は、孔丘の生涯における最初の休息であった。

あとがき

五十代に、いちど、

——孔子を小説に書けないか。

と、おもい、史料を蒐《あつ》め、文献を読み、孔子年表を作った。それらの根《こん》を詰《つ》めた作業を終えたあと、残念なことに、孔子を小説にするのはむりだ、とあきらめた。

六十代になって、ほんとうに孔子を書くのはむりなのか、と再考して、すでに整えた資料にあたってみたところ、

——やはり、むりだ。

と、再認した。端的にいえば、『論語《ろんご》』が重すぎて、『史記《しき》』の「孔子世家《こうしせいか》」が軽すぎるのである。『論語』は、おもに孔子と門弟の発言が綴集《ていしゅう》されているだけで、そういう発言(あるいは問答)がなされた時と所がほとんど明示されていない。たとえば、それは、冒頭の一文をみればよくわかる。

——子《し》曰《のたま》わく、学びて時にこれを習う、亦《ま》た説《よろこ》ばしからずや。

これが、いつ、どこで、いわれたのか、またこの文を冒頭に置いた編集者（おそらく戦国以降の儒者《じゆしや》）の意図はなんであったのか、などがわからない。つまり『論語』から、孔子の行動をぬきだそうとする作業をこころみた場合、わからない、できない、の連続になってしまう。

孔子の生涯は、「孔子世家」に書かれているではないか、という人もいるであろう。しかし私がそれを最初に読んだとき、

――司馬遷《しばせん》にしては、軽佻《けいちよう》だ。

と、感じた。文がうわついている。司馬遷は孔子が好きというわけではなかったのではないか。となれば、信用できない「孔子世家」によりかかって小説を書けるはずがない。それよりも信用できる『春秋左氏伝《しゆんじゆうさしでん》』があるとはいえ、これは孔子の個人史ではない。かなりあとになって『孔子家語《こうしけご》』が出現するが、この書物の評価は高くない。むしろ儒教を批判する『荘子《そうじ》』のほうが孔子を正しく視《み》ているとおもわれるが、それでもその書の思想的偏曲《へんきよく》のなかでは、孔子の行動の必然が失われている。もっといえば、孔子という名だけがあって、心身がない。

そのように、孔子を小説に書けないわけをならべたところで、詮《せん》ないことで、小説家としての無力さをかかえたまま、七十歳をすぎたとき、

「孔丘《こうきゆう》を書かせてくれませんか」

と、文藝春秋にお願いした。神格化された孔子を書こうとするから、書けなくなってしま

うのであり、失言があり失敗もあった孔丘という人間を書くのであれば、なんとかなるのではないか、と肚《はら》をくくってそういったのである。いったかぎり、どんなにぶざまな小説を書くことになっても、やらなくてはならない、と自分をあえて追い込んでみた。つまり、いま書かなくては、死ぬまで書けない、とおびえはじめた自分を鼓《こ》したのである。

連載開始までにあらたにそろえなければならない史料と文献は多くなかった。たとえば『論語』に関しては、吉川幸次郎氏の朝日新聞社版、金谷治氏の岩波文庫版、貝塚茂樹氏の中公文庫版はつねに座右にあり、それで充分だとおもったが、念のため湯浅邦弘氏の中公新書版を加えた。

いわゆる「孔子伝」に関しては、白川静氏の『孔子伝』（中公文庫）と加地伸行氏の『孔子』（集英社）しか読まなかった。両書は著者の信念につらぬかれていて、読んでいて気持ちのよいものである。白川氏のそれは、かつて衝撃の書といわれ、斬新《ざんしん》なものであった。私は丹念に再読し、あらためて白川氏の見識の高さに感嘆した。そのなかに、

――『史記』の文が全く小説であって、ほとんど史実性に乏しい。

と、あるのをみて、同意を強くもち、さらに、

――『論語』はとても、安心してよめるものではない。

という一文があることに、いまさらながら気づき、戦慄《せんりつ》をおぼえながらうなずいた。史料と文献を読めば読むほど孔丘を書くことが、いかに無謀であるか、あらためて自覚したものの、引くに引けないところまできていたので、いくつか割り切った。歴史小説は時間

の順列にそって人と物と事象を立ててゆかねばならないが、孔丘を書きにくい大きな理由のひとつは、生年が不確実なことである。生まれた年が一年ちがうと、さまざまな不都合が生じてしまう。

「魯《ろ》の襄《じょう》公二十二年　孔子生《うま》る」(「孔子世家」)

これを信じると、孔丘が生まれたのは、紀元前五五一年である。ところが『春秋公羊伝《しゅんじゅうくようでん》』の襄公二十一年に、

「十有《ゆう》一月庚子《こうし》　孔子生る」

と、あり、それなら孔丘が生まれたのは、紀元前五五二年の十一月庚子の日、ということになる。

儒教の研究は千年以上つづいたであろうに、いまだに孔丘の生年が確定しないのはふしぎであるが、非家《ひか》の私としては、以前は信じなかった司馬遷の説《せつ》を採《と》って、孔丘が紀元前五五一年に生まれたとした。それが自分なりの割り切りである。孔丘が浅くも深くもかかわった魯《ろ》の三桓《かん》と諸国の動静などを照合し、孔丘の行動の合理を考えてゆくと、紀元前五五一年生まれでないと、齟齬《そご》が大きくなってしまうからである。

ほかにも、割り切った、というより、切り棄てたことがいくつかある。たとえば、孔丘の亡命先に蔡《さい》という小国があることに納得《なっとく》がいかず、その国へは行かなかったことにした。春秋時代の後期にあって、蔡は、楚《そ》に従っていたが、蔡の君主が楚の令尹《れいいん》(宰相《さいしょう》)の貪欲《どんよく》さといやがらせに悩まされ、ついに楚から離れて晋《しん》に従い、さらに呉《ご》に属《つ》いた。蔡は、孔丘の亡

命のさなかに、首都を呉の邑《まち》である州来《しゅうらい》（下蔡《かさい》）へ遷《うつ》して、呉の属国のようになった。孔丘は陳《ちん》から蔡へ行った、と「孔子世家」にあるものの、陳からかなり遠ざかった蔡（呉の勢力圏）へゆく理由がみあたらない。

なにはともあれ、この小説は、孔丘が母を埋葬するところから起筆したが、私はその直前に母を喪《うしな》った。また、小説の掲載誌が「文藝春秋」から「オール讀物」へ移るということがあり、ちょうどそのころ、孔丘が魯をでて斉《せい》へ移るところを書いていたので、それらの符合をふしぎに感じた。「文藝春秋」での担当は、水上奥人さんから薦田岳史さんになり、「オール讀物」では川田未穂さんとなった。三人の労に感謝したい。出版を担当してくれたのは山田憲和さんで、その顔をみると、山田さんが「オール讀物」の編集長であったころを憶いだした。この小説を温かく抱養《ほうよう》してくれる人である。

二〇二〇年七月吉日

宮城谷昌光

初出誌

「文藝春秋」二〇一八年一月号～二〇一九年十二月号
「オール讀物」二〇二〇年三・四月合併号、五月号

装丁　大久保明子
地図製作　チューブグラフィックス

宮城谷昌光（みやぎたに・まさみつ）

一九四五年、愛知県蒲郡市に生まれる。早稲田大学文学部卒。
出版社勤務のかたわら立原正秋に師事、創作をはじめる。
その後、帰郷。長い空白を経て、「王家の風日」を完成。
一九九一年、「天空の舟」で新田次郎文学賞。
同年、「夏姫春秋」で直木賞。
一九九三年度、「重耳」で芸術選奨文部大臣賞。
一九九九年度、司馬遼太郎賞。
二〇〇一年、「子産」で吉川英治文学賞。
二〇〇四年、菊池寛賞。
二〇〇六年、紫綬褒章。
二〇一五年度、「劉邦」で毎日芸術賞。
二〇一六年、旭日小綬章。
主な著書に「孟嘗君」「晏子」「太公望」「楽毅」「呉漢」、
十二年の歳月をかけた「三国志」全十二巻などがある。

孔《こう》丘《きゅう》

二〇二〇年十月十日　第一刷発行

著者　宮城谷《みやぎたに》昌光《まさみつ》

発行者　大川繁樹
発行所　株式会社　文藝春秋
〒一〇二-八〇〇八
東京都千代田区紀尾井町三番二十三号
電話　〇三-三二六五-一二一一
印刷所　凸版印刷
製本所　加藤製本

ISBN978-4-16-391270-7